千山茶客 著

将门嫡女 [典藏版] 上册

青岛出版集团 | 青岛出版社

图书在版编目（CIP）数据

将门嫡女：典藏版/千山茶客著.—青岛：青岛出版社，2023.6
ISBN 978-7-5736-1173-4

Ⅰ.①将… Ⅱ.①千… Ⅲ.①长篇小说－中国－当代 Ⅳ.①I247.5

中国国家版本馆CIP数据核字（2023）第094030号

JIANGMEN DINÜ：DIANCANGBAN

书　　　名	将门嫡女：典藏版
作　　　者	千山茶客
出版发行	青岛出版社（青岛市崂山区海尔路182号）
本社网址	http://www.qdpub.com
邮购电话	18613853563
责任编辑	龚雅琴
特约编辑	孙红彦
校　　对	耿道川
装帧设计	80小贾
照　　排	梁　霞
印　　刷	三河市良远印务有限公司
出版日期	2023年6月第1版　2024年2月第2次印刷
开　　本	16开（710mm×980mm）
印　　张	38
字　　数	425千
书　　号	ISBN 978-7-5736-1173-4
定　　价	69.80元（全2册）

编校印装质量、盗版监督服务电话　4006532017　0532-68068050

目录【上册】

第一章	浮生若梦	1
第二章	谢小侯爷	26
第三章	故人重见	47
第四章	校验风云	68
第五章	各怀鬼胎	94
第六章	寺庙惊魂	128
第七章	火烧祠堂	171
第八章	沣仙当铺	201
第九章	灭门惨案	266
第十章	意外迭生	301

目录【下册】

第十一章	灯火阑珊	317
第十二章	表哥表妹	340
第十三章	二房覆亡	395
第十四章	以退为进	443
第十五章	春城风云	470
第十六章	再回定京	488
第十七章	故人来访	513
第十八章	秦国兄妹	533
第十九章	庶女心计	561
第二十章	生死营救	585

第一章
浮生若梦

初夏，到了傍晚，滂沱大雨总是突然而至。

天色阴沉沉的，乌云压在宫墙之上，金碧辉煌的宫殿在暗云的笼罩下，暗沉得仿若巨大的囚笼。

宽大的寝殿，纱帘很陈旧，落着薄薄的灰尘。本是炎热的天气，竟也让人觉出些冷意。衣裳和首饰在地上散乱成一团，似乎一场浩劫刚刚过去。

女子半跪在地上，仰头看着面前的人。

这女子不过中年，面容却似老妪，眉宇间戾气沉沉，一双眼睛透着死气，似荒冢枯水，无泪可淌，却带着深不见底的恨意。

"娘娘，请吧。"身边的太监手捧白帛，语气里满是止不住的不耐烦，"咱家还等着向陛下复命呢！"

沈妙的目光落在太监身上。她沉默半晌，才慢慢地开口，声音含着混沌的嘶哑："小李子，本宫当初提拔你的时候，你还是高公公身边的一条狗。"

太监倨傲地微微仰头，道："娘娘，今时不同往日。"

"今时不同往日……"沈妙喃喃地道，突然仰头大笑，"好一个今时不同往日！"

只因"今时不同往日"，那些从前见了她毕恭毕敬的臣子、奴仆，如今可以对她呼来喝去；只因"今时不同往日"，她就要落得三尺白绫了残生的下场。往日是个什么往日，今时又是从哪里开始的今时？是从楣夫人进宫开始，还是从太子被废开始，抑或是从长公主和亲远嫁、惨死途中开始，抑或是从她做秦国人质五年再回宫开始？

"往日"到"今时"，皇后到废后，不过因为傅修宜的一句话，这满朝文武就能变了脸色，这明齐江山就能颠倒黑白！好一个"今时不同往日"！

寝殿的门吱呀一声开了，一双绣着龙纹的青靴停在沈妙面前，往上是明黄的袍角。

"看在你跟朕多年的分上，朕赐你全尸，谢恩吧。"天子道。

沈妙慢慢地仰起头，看着高高在上的男人。他是天下明君，名正言顺的天子，是她痴恋数十年的男人，相濡以沫走过来的丈夫。现在，他对她说"朕赐你全尸，谢恩吧"。

"为什么？"她艰难地问道。

他没有回答。

"为什么要抄了沈家满门？"

先皇育九子，九子各有千秋，偏太子多病，先皇又迟迟不肯改立太子，皇子夺嫡，风云际会。她爱慕定王傅修宜的风华绝代，不顾家里的劝阻，终于得偿所愿，却也将整个沈家和定王绑在了一块儿。

因她爱，所以便尽心尽力地辅佐定王。从什么都不知的娇娇女到朝堂之事也会参与的王妃，她为他出谋划策。傅修宜登基那一日，立她为后。母仪天下，她好不风光。

她曾是最风光的皇后。那时候，皇子叛乱刚被平定，明齐根基不稳，匈奴来犯，邻国虎视眈眈。为了借兵，沈妙甘愿去秦国做人质。她走的时候，幼子刚满百日，傅修宜还说："朕会亲自将你接回来。"

五年后，她终于再回明齐，后宫却多了一个美貌、才情皆上乘的楣夫人。

楣夫人是傅修宜东征时遇到的臣子的女儿，他喜爱她解语懂事，将其带回宫中。楣夫人为傅修宜生了皇子傅盛。傅盛深得圣宠，倒是沈妙的儿子——太子傅明不得圣心。

傅修宜曾当着满朝文武的面说："傅明性子太柔，还是傅盛肖似我儿。"话里明明白白都是要改立太子的意思。

楣夫人让沈妙有了危机感，在宫中，沈妙和楣夫人斗了多年。楣夫人屡占上风，甚至撺掇着傅修宜把亲生女儿婉瑜公主送去匈奴和亲。匈奴人好勇斗狠，婉瑜公主在和亲途中就病逝了，当即被火化。谁都知道这其中定有蹊跷，偏偏身为母亲的沈妙无可奈何。

到底，她还是走到了今日。傅修宜一道圣旨称沈家谋反，太子被废，自刎谢罪。她这个皇后也要被废，得到三尺白绫。她只想问一句："为什么？"

沈妙道："傅修宜，你有没有良心？你我夫妻二十余载，我自问没有对不住你的地方。当初你登基，是我沈家助；你出征，匈奴来犯，我赴邻国做人质借兵，其中诸多苦楚煎熬。可你回报了我什么？楣夫人让婉瑜出嫁，你便拟旨。婉瑜不到十五就病逝！你宠爱傅盛，冷落傅明，举朝皆知。现在你屠戮我满门，死到临头，我便问你一句，为什么？"

"沈妙！"傅修宜皱眉，神情没有一丝动容，冷酷如雕像，"先皇在世的时候便商量对付几大世家，沈家功高盖主，不可久留，是朕劝着父皇。朕已经多留了沈家二十年，已经是对沈家天大的恩赐了！"

已经是对沈家天大的恩赐了！沈妙的身子晃了一晃，她对着傅修宜一字一句地道："为什么留着沈家？那不是因为你仁慈，也不是出于你的恩赐，你只是想利用沈家的兵权来增加夺嫡的筹码。狡兔死，走狗烹，如今江山一定，你就过河拆桥！傅修宜，你好狠的心！"

"沈妙！"傅修宜怒喝一声，似被戳到痛处，冷哼一声，"你好自为之吧。"

说完，他拂袖而去。

沈妙伏在地上，握紧双拳。这就是她爱了一辈子的男人！她在宫中和楣夫人为他相斗，到最后才发现，这男人的心从来都没有在她身上！那些情话耳语，都不过是逢场作戏的笑话！她吐出一口鲜血。

"姐姐这是怎么了？看上去好生狼狈。"婉转的声音响起。

女子一身鹅黄轻薄小衫，芙蓉面，杨柳腰，模样赛天仙，款款而来。

这便是和沈妙斗了一辈子的楣夫人。楣夫人身后还站着两名宫装打扮的女子。

沈妙一愣，道："沈清、沈玥！"这是二叔和三叔的女儿，她的两个堂姐，她们怎会在宫中？

"陛下召我姐妹入宫了。"沈玥掩唇笑道，"五妹妹不必惊讶，原先几年，五妹妹爱替我姐妹打听人家做媒，如今倒不必了，陛下待我姐妹极好。"

"你……"沈妙心中翻江倒海，电光石火间，似是明白了一些从未想清楚的事，语气有些不可置信，"你……你们早已……"

皇帝在民间金屋藏娇，前史不是没有记载，但那是民间，不是臣子的府邸！

"妹妹这才明白？"沈清上前一步，"当初陛下和我爹、三叔达成盟约，只要说动你嫁给陛下，终有一日，我姐妹二人也会有同样的归宿。"

沈妙能嫁给傅修宜，二房和三房在其中可出了不少力。如今想来，当初她爱慕傅修宜，父母极力反对，却只有二房三房帮着相劝。原来，那竟是一早达成的协议？

沈清继续道："陛下丰神俊朗，我姐妹爱慕已久，偏偏只有大伯父手握重权，不得已让五妹捷足先登。五妹前些年享了不少福，我姐妹却无名无分，如今时辰也该到了。"

"沈清！"沈妙突然直起身子，高声道，"陛下抄了沈家，却让你二人进宫，二房和三房怎会平安无事？"

"原以为妹妹在宫里当娘娘总会变聪明些，不想还是如此蠢笨。"沈玥捂着嘴笑起来，"因为大伯造反的证据，可都是咱们两房大义灭亲指出来的。五妹，陛下还要封咱们两房大官呢！"

沈妙震惊地看着自己的两位堂姐，道："你们疯了？覆巢之下焉有完卵？沈家是一家人，傅修宜要对付沈家，你们竟然陷害自家人……"

"自家人？五妹，我们可从没承认大房是自家人。"沈清冷笑一声，"再说你享受得实在太多了。如今太子已死，公主不再，沈家已亡，你还是早些下黄泉，跟他们团聚吧。"

楣夫人款款上前，微笑着道："姐姐，江山定了，你也该退了。"

争了十年，沈妙到底是输得一塌糊涂，输得太惨，输得子丧族亡，输成了一个天大的笑话！

"李公公，动手吧。"楣夫人冲太监使了个眼色。

身形肥硕的太监立刻上前几步，一手攥住沈妙的头发，一手将盘子上的白绫套在沈妙的脖子上。白绫勒着骨肉，骨头发出清脆的响声。

在地上挣扎的女子瞪大双眼，心中无声地立下毒誓。

她的儿子，她的女儿，她的父母兄弟、姐妹仆人，沈家上上下下，全都被害了。傅修宜、楣夫人、沈清、沈玥……所有害过她的人、害过她亲人的人，若有来世，她定要他们血债血偿！

黑白分明的大宅院，青石板，朱红柱，雕花栏杆刻着繁复花纹。刚下过一夜的雨，雨珠自芭蕉叶上滚落进泥土里。

桌上的紫金香炉做成小兽的模样，吐出的香是水木香，在初秋天里闻起来分外清爽。

床上四角都挂了镶着流苏的香包，色泽鲜艳。柔软的榻边，两个丫鬟正在小心地为床上的人扇扇子。

"天凉了，掉水里，发热了可不得了。姑娘已经睡了一天一夜，大夫说这会子也该醒了，怎生没动静？"青衣服的丫鬟面上难掩焦虑之色。

"谷雨，都大半个时辰了，大夫怎么还没过来？"另一个紫衣丫鬟道。

"二夫人那边看得紧，说这是丑事，府里都藏着掖着。"谷雨看了一眼床上的人，"夫人和老爷都不在京城，大少爷也不在，老夫人又偏心东院的，白露和霜降去找大夫，现在未回，莫不是被人拦住了？这是要把姑娘往绝路上逼啊！不行，我还是得出去看看。"

话音刚落，她便听得床上的人发出一丝微弱的声音。

"姑娘醒了！"紫衣丫鬟惊喜地叫了一声，连忙跑到床边，但见床上的少女揉了揉额头，慢慢地坐起身来。

"惊蛰……"沈妙喃喃地道。

"奴婢在呢！"紫衣丫鬟笑着握住沈妙的手，"姑娘可觉得好些了？姑娘睡了一天一夜，眼看着热退了却不见醒，奴婢还寻思着再去找大夫一趟。"

"姑娘，要不要喝点儿水？"谷雨递上一杯茶。

沈妙有些困惑地看着面前的两人。

她有四个一等丫鬟，惊蛰、谷雨、白露、霜降，俱是聪慧灵敏的好丫头，可惜到最后一个都没能留下来。

她当秦国人质时，谷雨为了保护她不被秦国太子羞辱，死在了秦国太子手中。白露和霜降，一个死在陪婉瑜和亲的路上，一个死在和楣夫人争宠的后宫。

至于惊蛰，生得最为貌美。当初为了帮沈妙与傅修宜上位，惊蛰主动拉拢权臣，自甘为妾，最后被权臣的正房寻了个由头，杖责而死。

得知惊蛰死了，沈妙大哭一场，差点儿小产。

如今惊蛰好端端地站在沈妙面前，眉目依旧秀美如画。谷雨笑盈盈地看着沈妙。两个丫鬟都是十四五岁的好年纪，让沈妙一时恍惚。片刻，她才苦笑着闭上眼睛，道："这死前的幻觉，也太过真实。"

"姑娘在说什么呢？"谷雨把茶杯放到一边，伸手来摸沈妙的额头，"莫不是还未好？"

额头上的手冰凉凉的，真实不似梦，沈妙猝然睁眼，缓缓低头看向自己的手。那是一双白嫩纤细的手，指甲修剪得整整齐齐，指尖圆润可爱，一看就是双养尊处优的手。那不是她的手。她的手在陪傅修宜处理朝事、审时度势的时候已然磨得粗砺。后来，她执笔一本一本地记账，在秦国被当成仆妇一样呼来喝去，在后宫为了傅明和婉瑜争斗，在冷宫浆洗衣衫，手心生满茧子，关节肿大粗黑……又哪里会是这白嫩嫩的样子？

"给我拿一面镜子过来。"沈妙的声音还很虚弱，语气却坚定。

谷雨和惊蛰面面相觑，最后还是惊蛰去取了一面镜子，递给沈妙。

铜镜里，少女脸蛋圆圆，额头饱满，一双大大的杏眼微微发红，鼻头圆润，嘴巴小小。还是一张稚气未脱的脸，说不上倾城美貌，胜在清新可爱，乖巧羞怯。

沈妙手中的镜子摔落在地，发出清脆的响声。声响击打在她的心中，掀起惊涛骇浪。她狠狠地掐了自己一把，两行热泪滚滚而下。

苍天不负人，苍天不负她！她回来了！

谷雨和惊蛰吓了一跳。谷雨忙去捡地上的碎片，焦急地道："姑娘仔细些，莫扎了脚。"

"姑娘怎么哭了？"惊蛰拿着帕子给沈妙擦脸，却见沈妙神情诡异，似哭似笑，嘴里喃喃地道："我回来了……"

沈妙一把抓住惊蛰，道："现在是多少年？"

惊蛰有些害怕，仍老老实实地回答道："明齐六十八年。姑娘是觉得身子不舒服吗？"

"明齐六十八年……明齐六十八年……"沈妙瞪大眼睛。

明齐六十八年，是她十四岁那年，是她遇到傅修宜、痴恋傅修宜，甚至向父亲逼嫁，自请嫁给傅修宜的那一年！

而现在……她耳边响起谷雨的话："姑娘莫要吓奴婢们，您这才刚退了热，还糊涂着。大姑娘也实在太狠了……"

曾经，沈妙大部分时间都跟在傅修宜身边，为他奔走。和傅修宜有关的每件事，她都记得清楚，这件事也一样。

沈清告诉她，傅修宜要来沈府拜访，拉她一起偷偷去瞧。待到了花园，沈清却把她从假山上推了下去。

沈妙湿淋淋地从池塘里被捞上来。当时在府里的还有别的官员，他们只当是看了沈府的笑话。她迷恋定王一事，早在半年前就传遍了京城。这一次，不过是徒增笑料。

曾经，她醒来后指责沈清将她推下池塘，偏没有一个人肯信，而她还被老夫人罚禁足佛堂，导致之后的中秋没法出门。沈玥偷偷地将她放出来，带她一同去了宫中的中秋宴，出了十足的洋相。

沈妙闭了闭眼。

沈家有三房，大房沈信，就是沈妙的父亲，是老将军原配的儿子。原配中年病逝，老将军娶了门继室，继室生了二房沈贵和三房沈万。老将军死后，继室成了如今的老夫人。沈家没有分家，兄弟三人相互扶持，感情颇好，被传为一段佳话。

沈家世代戎马，到了沈信这一代，除了大房手握兵权，二房和三房却是走文官的路子。沈信常年在外征战，沈夫人罗雪雁乃将门女儿，也跟着丈夫随军。沈妙就一直被放在沈府，由老夫人和两个婶婶教导。她们教导来教导去，沈妙就成了这么一个一事无成、不学无术、遇见男人就不知羞耻地贴上去的草包。

当时，她只觉得婶婶们待她极好。沈玥和沈清要学的规矩礼仪，她统统不必学。如今看来，这不过是一出十足蹩脚的捧杀罢了。

众人欺她父母、兄长不在身边，便当面一套背地一套，只让沈信和沈夫人每次回府都觉得这个女儿比从前更加荒唐了一些。

如今，她倒要看看这些人要如何厚颜无耻地故技重施！

她正想着，便听到外头洒扫的丫头跑进来，道："姑娘，二姑娘来看你了。"

惊蛰闻言，面色不虞地道："偏在这时候来，姑娘的身子还没好，她安的是什么心？"

谷雨推了推惊蛰的胳膊，神情却也十分忧虑。

沈妙看在眼里，心中舒了口气。

她身边的四个丫头，都是沈信和沈夫人亲自挑选的，忠心的、机灵的都有。沈家究竟是个什么状况，二房和三房暗藏的心思，她之前看不出来，丫头却能瞧出端倪。

沈妙还没来得及说话，便见外头走来一名少女。这少女不过十五六岁，穿了件淡粉色的菊纹百褶如意裙，衬得肤色白皙，梳着流苏髻，眉目清雅秀美，一身书卷味儿。少女瞧见沈妙，快步走到床前，担忧地道："五妹妹，身子可好些了？我知道你落水后，心焦了许久。玉娇苑的人说你要休息，我不敢打扰，听说你醒了方敢过来。"

沈妙看着面前的少女，这是沈家三房所出的嫡女沈玥。

沈家出的三个嫡女，沈清开朗大气，沈玥才名远播，只有沈妙性格木讷，怯懦无才。外人夸赞沈妙"贞静贤淑"，其实都知道她并无长处，她是沈家最上不得台面的女儿。

曾经，沈妙出嫁前，和沈玥的关系最好。沈玥性情温柔体贴，许多时候都能帮沈妙出主意。

这一次，沈玥前来，无非是为沈清求情。

果然，沈玥开口道："五妹妹，大姐当日也是失手犯错，事已至此，还望五妹妹能原谅她一回。如今大姐心中自责极了，她也不是故意让你在定王殿下面前出丑的。"

她不说这话还好，偏要在沈妙面前提起"定王"二字。谁都知道定王就是沈妙的心病。此刻沈玥故意提起，不是要挑起她和沈清的争端是什么？

曾经，也是这样，她刚醒来不久，沈玥就赶来为沈清"求情"，令沈妙勃然大怒。为了心上人，沈妙当着老夫人的面指责沈清将她推下水。偏沈清不承认，周围的人也说没瞧见沈清推沈妙。老夫人本就偏袒二房三房，自然顺势教训她"小小年纪不知自爱，还妄图诬蔑姐妹"云云，罚她禁足。

后来，这事便被传到广文堂去了。沈妙成为同窗的笑柄，羞愤之下，连广文堂也不去了。再后来……京城中的贵女圈，她也渐渐淡出去了。

如今想来，她的目光一直都局限在将军府这些虚假的吹捧之中。她以为自己贤良淑德，殊不知外人眼中的她有多么懦弱无知；她以为爱慕定王是自己勇敢直率，殊不知外人称她不知廉耻。

这些刻意教导的结果，造就了她一塌糊涂的名声。虽然后来她嫁给傅修宜，却仍被视作上不得台面，甚至天下人拿她和楣夫人比较时，也只会说她蠢笨无知。

多蠢的过去！

沈玥忧虑地抚着沈妙的肩头，唇角却露出一丝笑意。她知道以沈妙的性子，只要提到傅修宜，沈妙定会勃然大怒。可是，这会儿等了半天也不见沈妙反应，沈玥不禁狐疑地看过去，便见面前的少女微笑地看着她。少女的脸色还很苍白，嘴唇也干涩,唯有一双眼睛黑漆漆的,像葡萄一般水灵。

沈妙的眼睛长得最好看,大大的杏眼,懵懵懂懂,似甫出生的小犬般怯怯的。只是平日里沈妙神情木讷,平白辜负了眼睛的灵气。如今,那双杏眼依旧圆圆的,眼神却十分不同,透着些冷意。

沈玥一个激灵,不知道为什么,心中生出淡淡的寒意。自己怎么会有这样的感觉?她自然不知道,面前的沈妙已经不是从前那个沈妙了。面前的沈妙,是经历了夺嫡、战乱、争宠、丧子、亡族的沈妙,是曾执掌后宫的明齐皇后——沈皇后。

沈玥愣了半响,直到面前的少女揉了揉额头,轻声道:"二姐姐言重了,此事本就与大姐姐无关,是我自个儿掉下去的。"

"五妹妹……"沈玥没料到沈妙会这么说,呆了一下才反应过来,摇头道,"五妹妹莫要委屈自己。"

"我哪里会委屈自己?"沈妙笑着打断了她的话,"不过是些小事。我还有些头晕,想再休息一会儿,有什么事情,我们明日在祖母那儿一并说吧。"

沈妙话都说到这个份上,沈玥也不好再说什么了。她虽奇怪今日沈妙待她不甚热络,但只将原因归结于沈妙在傅修宜面前出了丑,心情不悦,于是又说了几句,方才离开。

等沈玥走后,谷雨才道:"咱们姑娘被推下水,命差点儿没了,她却来替大姑娘求情。求情就求情吧,怎么我听着不是那么回事儿?"

"鹬蚌相争,渔翁得利,她大约是想当那个'渔翁'吧。"沈妙道。

谷雨有些不明白地看着自家姑娘,却见自家姑娘面上一片森冷之色。

沈妙看着自己的指尖。沈清为什么会推她下水?是因为当时她说了一句:"年关等爹凯旋,我便让爹做主,求爹将我嫁给定王殿下。"

她说得天真,又觉得对方是自家人,因此毫无顾忌。沈信是朝中大将,有心要嫁女儿,不是不可能的。

沈玥为什么要挑拨她和沈清,自然是因为沈玥也爱慕定王。

曾经,沈妙死到临头,沈玥和沈清才告诉她,她二人爱慕傅修宜许久。如今想来,这时候就已初见端倪了。既然这两姐妹都对傅修宜痴心一片,如今自己不让她们得偿所愿,岂不可惜?

她一定会让她们心想事成,二房和三房欠沈家大房的血债,他们就从现在开始偿还吧!

初秋，北地大雁排成一行，自辽远的长空划过，飞向温暖的南国。院子里，夏日繁茂的枝叶开始凋零，连池塘都比往日清冷了几分。

少女将长发梳成缕鹿髻，发间插一支精巧的珊瑚钗，云雁装勾勒出窈窕玲珑的身材。

霜降笑着问沈妙："姑娘在看什么呢？"

用过早饭后，沈妙便一直站在院子里看着天空出神。

"我只是在想，这些大雁从北地飞到南国，途中是否也经过了西北的荒漠？"沈妙喃喃地道。

西北荒漠，那是沈信镇守的地方，沈夫人和沈大少爷都在此处。他们上个月送来的家书里称，京城才刚刚寒凉，西北已经百草枯折、小雪渐生。

"姑娘是想老爷和夫人了吧？"霜降笑道，"等到了年关，老爷就回来了。到时候看到姑娘又长高了，老爷不知道有多欢喜。"

沈妙笑了笑，嘴里有些发苦。

一年到头才能回定京的大将军，归来后的第一件事便是面对自家女儿不知廉耻、自奔为眷，甚至以死逼嫁的笑话，能有多欢喜？更何况，她心心念念要嫁的还是个想利用沈家兵权夺嫡的小人。

沈妙闭了闭眼。

不过短短半年时间，便发生了太多事情。自她及笄以后，她的婚事便成为东院随时可以拿捏的把柄。似乎也是从她及笄开始，东院仿佛一头卸下伪装的恶兽，一步一步把她逼入死胡同，令她回不了头。

"姑娘，姑娘？"白露见主子神情有异，抓着披风的指关节也泛白，不由得轻声唤道。

沈妙回过神，见谷雨小跑着过来道："姑娘，荣景堂那边过来催了。"

荣景堂，沈老夫人住的地方。一大早，老夫人便差身边的丫头来看沈妙。

丫鬟见沈妙无碍，只回说待沈妙身子好了，就能去给老夫人请安。事实上，沈妙是去请安还是被兴师问罪，哪个不是心知肚明？

沈妙微微一笑，紧了紧披风，道："走吧。"

待拐过长长的走廊，经过修剪得无比精致的花园，沈妙她们才走到荣景堂门口。大约是为了彰显书香之气，荣景堂布置得极为风雅。门口挂着竹心雅意的牌匾，松鹤做成的铜把手精巧灵动。

"五姑娘来了。"沈老夫人身边的喜儿道。

沈妙一脚踏入荣景堂。

荣景堂里是其乐融融的画面，人几乎到齐了。沈家二夫人任婉云和三夫人陈若秋站在老夫人的下首。沈清拿着一盘点心坐在老夫人身边，另一边坐着沈家二房所出的弟弟沈元柏。沈元柏才五岁，胡乱抓着点心就要往老夫人嘴里塞，逗得老夫人笑得前俯后仰。

似乎没有一个人注意到沈妙的出现，直到沈玥笑着道："五妹妹怎么现在才来？七弟都要把糖蒸酥酪吃完了。"

沈妙颔首，道："身子还未全好，走两步有些晕，路上歇息了一阵，因此来迟了。"

荣景堂里的人都默了默。

沈玥要说沈妙托大来得晚，沈妙也不怕点出沈老夫人倚老卖老，不顾孙女身子未好，就要人过来请安的道理。

片刻后，任婉云笑道，"我看小五是真的身子弱，这几日大夫都被请了两回，好在眼下瞧着是无事了。"

"身子可好些了？"一个严厉的声音响起，带着一丝不易察觉的不耐烦。

沈妙抬头看向沈老夫人。

沈老夫人已经收起面上的笑容，有些倨傲地微微仰头。明明是古稀之年，她偏偏穿着件桃红色的盘锦扣窄薄袄裙，领口镶着绿色的玉石扣子，戴着绣有白兰的抹额。满头银发盘成一个祥云髻，点缀着一些玉珠子。

沈老将军的原配、沈信的母亲出身名门，是真正的大家闺秀，可惜中年病逝。后来，沈老将军行军路过某地时，从地痞手中救下一名歌女。歌女无处可去，恳请为妾，为沈老将军生下了沈贵和沈万，再后来就被扶正了。

歌女熬出了头，成为沈夫人，后来又成为沈老夫人。她的名声和地位变了，可骨子里来自市井的小人嘴脸还是一成不变。沈妙还记得，曾经沈老夫人逼她嫁给瘸了腿的豫州王，不过是为了给沈清、给二房铺路。

沈妙看着面前的女人。沈老夫人年轻时生得美，脸儿尖尖，眼睛大而水灵，到了老时，便如一个干巴的三角儿鼓面，上面突兀地耸着两只眼睛。偏偏她到老也爱美，还要涂艳色的口脂。

沈妙谦卑地道："喝了药，已经好多了，谢祖母关心。"

下一秒，便听得头上沈老夫人高声喝道："不肖女，还不跪下！"

伴随着沈老夫人的这句话，沈妙却没有动。

众人有些吃惊地看着沈妙。沈信常年征战，不在府中，沈妙的性格被养得懦弱木讷，她对老夫人的命令从未有过反抗，今日竟然不跪？果真是只要有关定王的事，她便生出莫大的勇气吗？

"祖母，我不知自己何错之有。"沈妙声音平静地道。

"五妹妹莫非是烧糊涂了？"沈玥焦急地道，"祖母只是一时气急，并非真的要罚你，只要认个错儿便能妥帖的事情，今日你怎么还执拗起来了？"她一句话便把知错不改、顶撞长辈的罪名扣在了沈妙头上。

"放肆！简直反了天了！"沈老夫人气得一下子坐直身子，声音带着几分尖厉。

沈元柏正吃着糖蒸酥酪，被沈老夫人这么一吓，手里的点心掉在地上，顿时哇哇大哭起来。

"七哥儿莫哭了。"任婉云见小儿子哭了，立刻几步上前，将他抱在怀中，看着沈妙的目光里全是不赞同，道："你是疯了不成？谁教你顶撞长辈的？"

沈妙看向任婉云。

二夫人任婉云身材丰腴，穿着一件菘蓝色云锦长缎衣，面色红润，白白胖胖，看上去和气又仁善，平日里总是带着笑容。掌家之权被她握在手中，沈府上上下下都敬她处事公正严明，是个当之无愧的好媳妇儿。

沈妙也曾这么觉得，直到后来，自己出嫁的时候，沈信几乎将自家的大半财产都为她添作了嫁妆。谁料最后沈妙到了定王府，嫁妆却寥寥无几。为什么呢？自然是被任婉云扣下了。

任婉云将嫁妆里值钱的东西扣了下来，为店铺换了主人。沈信不在京城，沈妙傻乎乎地嫁到定王府，却因嫁妆问题受尽定王府上上下下的白眼，真亏了这位好婶婶的"公正"。

"二婶也是认为我做错了？"沈妙轻声道，"可我确实不知道自己哪里做错了。"

"蠢货！"沈老夫人没忍住，当即大骂起来，"你小小年纪不知廉耻，偷看定王殿下，把我们沈府的脸面都丢尽了！你还敢与我顶嘴，谁教你的规矩？！"

沈妙心中微叹。沈老夫人平日里架子拿得十足，可一旦开口，定是歌女作风无疑。哪家高门大户的老夫人会如此破口大骂？

"偷看定王殿下？"沈妙困惑地问道。

沈玥忍不住开口道:"五妹妹,虽然你爱慕定王,可是因为偷看定王而让自己落水,实在是有损府上颜面。如今……五妹妹,你还是寻个机会给定王殿下道歉吧。"

爱慕定王,给定王道歉,哪个女人愿意在自己心爱的男人面前失了脸面?曾经,沈玥也是这么说的。沈老夫人深以为然。沈妙觉得难堪,抵死不从,便被沈老夫人罚了禁足。

沈玥这一句话,无非诬陷沈妙爱慕定王,不知廉耻,毁了自己的名声,还连累大房!沈妙表面温柔良善,心思却如此歹毒,沈妙忍不住看了她一眼。

话音刚落,沈玥便瞧见沈妙朝自己看过来。那双黝黑的眼睛分外清透,让沈玥不禁一愣。

下一秒,沈玥便听得沈妙淡淡的声音传来:"二姐姐,什么爱慕定王殿下?这话可不能胡说。如今妹妹也是及笄的姑娘了,二姐姐这么说,怕是会坏了妹妹的声誉。"

沈玥愕然。沈妙爱慕定王,全京城的勋贵都知道。沈妙虽然没有明说,可是言行举止都不加掩饰,现在怎么却矢口否认?

沈玥笑道:"五妹妹,这里都是自家人,这些事情无可厚非……"

"二姐姐!"沈玥正说着,沈妙突然高声打断她的话,严厉地道,"二姐姐慎言!所谓祸从口出,定王殿下天潢贵胄,我们身为世家贵女,更应谨言慎行。从前是妹妹年纪小不懂事,做了些惹人误会之事,可前日之事是个教训,我以后自会约束言行,还请二姐姐不要再说这样的话。"

沈妙的一番话,不仅让沈玥,简直让屋里所有人都惊呆了。

沈妙平日里胆小,话都不曾大声说过,是个乖顺好拿捏的,何曾这么疾言厉色过?

陈若秋的目光一闪。沈玥年纪还小,到底不如沈妙精明。

陈若秋出身书香世家,平日里心高气傲,从来不肯服软,眼见自家女儿吃了亏,当即温温柔柔地开口道:"这爱慕不爱慕的,一句话就能说清吗?毕竟女儿家的心思谁能猜透?可是,五姑娘还得听三婶婶的一句话,你二姐说得不错,定王殿下身份高贵,无论如何,都应去给他道歉。"

"不错。"沈老夫人也回过神来,道,"明儿你便去给定王府下帖子,亲自登门道歉。"

沈妙几乎要气笑了,这话也就能骗骗之前不知事的她。如今再看,她不过在定王面前落水而已，为什么要去登门道歉？这么一来，沈信的脸又往哪儿搁？恐怕明日起，定京又会多了个笑话谈资。

她也算是看明白了，老夫人就是看沈信这个原配出的大儿子不顺眼，巴不得大房整日出丑，倒霉更好。眼下沈信、沈夫人不在定京，老夫人就拿她作筏子。可天下哪里就有那么好的事？

沈妙微微一笑，目光落在从一开始就一言不发的沈清身上，道："大姐姐，当日我落水的时候，只有你在我身边。"

沈清抬起头，面色沉静地点点头。她已经想好了，沈妙接下来肯定要说是自己推她落水的，可是沈清一点儿也不怕。沈家如今做主的是老夫人和任婉云，沈妙也就面上占着个小姐的名头，实质上不过是个大房不管的女儿罢了。只要自己一口咬定没有做过，老夫人和任婉云都会向着自己。到时候，人人皆相信沈妙说谎，而沈妙也定会被老夫人厌弃，甚至会被重重地处罚。活该！谁让她一个粗鄙无知的草包也想跟自己抢定王！当日怎么就没淹死她？！

"大姐姐，你当日也看到定王殿下了吗？"沈妙问的话却不是这个。

"看到了。"沈清答道。

"那便是了。前日里，明明是我与大姐姐在池塘边玩耍，我不小心落入水中，恰好被路过沈府、进来问二叔要书画的定王殿下遇到罢了。"沈妙摇头，"若说我是去偷看定王殿下的，那么请问我从哪里得来的消息？二叔和三叔的小厮没道理给后院传话，我怎么会知道定王殿下会突然来沈府找二叔要书画？莫非是未卜先知？或者……"她悠悠地开口道，"难不成定王殿下给咱们府上下了帖子？"

沈清不明白沈妙说这些话是什么意思，皱着眉就要反驳，却听得母亲任婉云突然开口喝道："大姐儿！"任婉云的声音带着无法掩饰的惊慌。

沈妙扫了一眼面色苍白的任婉云和神色骤然紧张的陈若秋，微微笑了。她就说嘛！这府里这么多精明人，怎么会听不出来她的意思？

傅修宜前日来沈府，想起曾跟沈贵有个下棋的赌注——找沈贵要一幅画。

现在沈妙却说是他提前下了帖子，而如今的皇帝最讨厌臣子和皇子走得太近。若是傅修宜特意下了帖子，会和沈贵聊什么？未来的储君大计？

世上的耳目千千万万，谁知道沈府会不会有天家的眼线？有些话，是说也说不得的。

沈妙一句话就把女儿家的品行上升到臣子的忠诚问题。沈信在西北，自然没什么。沈府里却留着沈贵和沈万，这两人还在朝廷当差呢！

这个道理，沈玥和沈清不懂，任婉云和陈若秋却一定懂。

沈妙心中冷笑，她们要拿自己的名声来践踏，那她就拿沈贵和沈万的脑袋来赌，不知道她的二婶和三婶舍得吗？敢吗？

沈清有些不明所以地看着母亲，虽然心有不甘，还是乖乖地住了嘴。

沈玥虽不明白沈妙这话有什么不对，但见陈若秋紧张的神色，也意识到了什么，规规矩矩地立在原地，再不开口了。

沈老夫人眉头一皱。她不懂官场上的弯弯绕绕，听不出沈妙这番话的含义，只觉得沈妙今日屡次顶撞自己，已是忤逆，当即就要发火。

"小五这话说得不错。"任婉云笑着打断沈老夫人即将出口的斥责之言，"本来就是一场误会，都是不巧撞上罢了。定王殿下心胸开阔，不会将小孩子家的玩闹看在眼里。可怜我们小五落了水又受了惊，真正委屈极了。"

沈老夫人张了张嘴，对二媳妇儿突然打断自己的话有些不满，可任婉云的娘家是商贾之家，平时府里的许多用度都是这个二媳妇儿补贴的，她虽不满，却也不愿意得罪二儿媳妇儿，只冷哼一声，没有继续说下去。

陈若秋忙顺着任婉云的话道："就是，玥姐儿、清姐儿，以后千万莫要再提刚才那种话了。本就是小五不小心落水，恰好被定王殿下看到罢了，世上哪还没个巧合？"她又笑着看向沈妙："小五，老夫人也是心疼你，并非真的生你气。"

沈妙看着面前的女子。沈玥长得随陈若秋，气质也像。陈若秋出身书香世家，眉目婉约，平日里走个路、说个话都是温温柔柔的，看着好相与，谁知后来她会惹出事呢？

沈妙对她弯了弯眼眸，道："我明白。三婶婶现在也觉得小五没错了吧？"

陈若秋一愣，看了看座位上明显不悦的老夫人，勉强道："话虽如此，可小五掉进池塘，也实在太不小心了，你身边的几个丫头是怎么照顾人的？大哥大嫂不在府中，丫鬟便如此奴大欺主了？依婶婶看，还是将这几个丫头换掉好。"

任婉云扑哧一声笑出来。她这个弟妹，看上去知书达理，却精明得很，大约是想把沈妙身边的人换掉吧？如今，沈玥也到了该为她留意人家的年龄，京城里，不管沈妙蠢笨怯懦的名声有多远，单从地位而言，沈玥仍是不如沈妙的，毕竟沈信手中还握着兵权。

三房，到底也是蠢蠢欲动了。

沈妙低下头，道："三婶为什么要换掉谷雨她们？她们都是爹和娘留给我的人。如今西院的人换了许多，前几日那批二等丫鬟，我一个不认识。三婶再把谷雨几人换掉，西院里，我都不知该找谁说话了。"

任婉云的笑容戛然而止。

沈信夫妇常年不在京城，沈妙院里的丫头、小厮几乎都被换了，新换进去的人里有老夫人的人，有二房的人，也有三房的人。不过，因为如今的沈府是二房掌家，自然是二房的人多一些。沈妙这话不说还好，若是被人传到外人耳中，兴许外人会乱嚼舌根，说什么大房女儿在自家院子里一个奴仆都不认识，可见二房和三房不安好心，毕竟，断没有弟媳将手伸到大哥院子里的道理。

任婉云的脑子转得飞快，她笑着瞪了陈若秋一眼，对沈妙道："你三婶是在跟你说笑呢！谷雨几个丫头不过是粗心马虎罢了。咱们沈家心地仁善，做不来这种不近人情的事。"

话到最后，她还是呛了陈若秋一句。

沈元柏看着自己的母亲，又看了看陈若秋，打了个哈欠。

沈老夫人正对二媳妇儿和三媳妇儿之间的唇枪舌剑有些不耐烦，见此情景，便道："成了，不过是些琐碎杂事。老二家的，把七哥儿抱过来。你们都散了吧。这么多人，吵得我头昏脑涨。"

任婉云忙把沈元柏抱到沈老夫人的榻上，道："娘，那媳妇儿就先下去了。七哥儿，你和老夫人玩耍，要乖乖的。"

陈若秋看了沈元柏一眼，双手抚上自己的小腹，慢慢地走出荣景堂。二房有个儿子，便得了沈老夫人的高看，她再有本事又如何？沈玥到底是个女儿。要是自己有个儿子就好了。沈府里，大房的东西她迟早要争过来，若还有个儿子，至少能和二房平分秋色，不像现在，平白便宜了二房。而且……大房还有个嫡子呢！虽然跟着沈信在边关，可谁知道他会不会回来分一杯羹？

陈若秋想着，抬起头，目光落在往西院方向去的几人身上。

少女穿着深红色的锦绣长衣。她历来爱穿些艳嫩的色彩，加之没有父母在身边，不会打扮，总流露出土里土气的感觉。而现在，深红将她的肤色衬托得更加白皙，她分明还是那个容貌，看着却沉肃了不少。

谷雨小声道："姑娘身子还未大好，何必急急忙忙去广文堂？咱们已经向先生说明了病情，您的功课也不急于一时，还是……"

"不行。"沈妙打断她的话，"立刻，马上。"

沈妙分明没有说重话，可不知道为什么，谷雨打了个寒战，竟然什么都不敢多问了。

广文堂是定京的学堂。

明齐达官贵人常常把自己的哥儿、姑娘送进广文堂。广文堂的先生都是名震四方的大儒或才子。年轻的勋贵子女皆以能入广文堂为荣。

沈妙也是在广文堂学习的。

可惜沈信和罗雪雁出身武将世家，大哥沈丘更是一遇到念书就头疼的主儿。沈妙自小被养在沈老夫人身边，沈老夫人是个歌女，大字不识一个。沈妙的启蒙还是沈三夫人陈若秋教的。陈若秋出自书香世家，可当初教沈妙时，尽是用的晦涩难懂的课本。孩子家本就玩心重，她教来教去，倒逼得沈妙彻底厌恶了读书写字。

陈若秋见沈妙不喜欢读书，也从不勉强，反倒教她讲究吃穿用度，过十足的娇小姐生活。后来，沈妙到了年纪去广文堂，怎么都跟不上先生讲课的进度，比国一的学生还不如，便成了垫底的。一来二去，沈妙更不喜欢念书，也成了定京出了名的无知蠢笨大小姐。

沈家的三位嫡出姑娘中，沈玥最是才名远播，琴棋书画样样都会，且无一不精。沈清虽然没有沈玥那般出众，却也不错，尤其做得一手好女红，于书算亦是一把好手。对日后嫁入人家、成为主母的人来说，书算越好，越能得到夫家的青睐，因此，沈清也得了个能干的名头。

沈玥和沈清越是出众，就越显得沈妙一无所长。在众人眼里，沈妙甚至连二房所出的庶女沈冬菱都不如。

马车上，惊蛰问道："姑娘，您怎么不和大姑娘、二姑娘同行了？"

平日里，沈妙总是和沈清沈玥同乘一辆马车的。

"本就不是一条路上的人，何必同行？"

惊蛰吐了吐舌头，不知道为什么，自家姑娘的话越来越让她听不懂了。不过这样也好，从前的沈妙，万事都被二房三房拿捏着做主，如今落水一回，倒像是有了自己的主意。

另一辆马车里，沈玥撩起帘子看了看后面，轻声道："大姐姐，五妹妹跟在后面呢。"

"她是故意在跟我使性子。"沈清冷哼一声，"随她去，反正最后丢脸的也不是我。"

沈玥担忧地道："可她本就受了风寒，况且定王殿下这件事又……"

"沈玥！"沈清道，"你心里如何想的，我会不知道？别在这里装什么好人了！你若真在意心疼她，你去坐她那辆马车呗！何必在我这边说道？"

沈玥咬了咬嘴唇，低下头去，没再说话。

马车行驶了小半个时辰，终于到了广文堂。

时辰尚早，先生还没开始起课。国二的学生来得七七八八，在学堂里坐着说话。沈玥和沈清刚到，立刻就有姑娘们热络地招呼她们。

广文堂里，女子中，沈玥才名第一。她生得美，性情又谦逊温柔，自然受到众人的追捧。沈清虽然不及沈玥才学出众，可做事能干，处事圆滑，贵女们也很喜欢她。

一名粉衣少女道："哎，今日怎么不见沈妙？"平日里，沈妙总是尾巴一般跟在沈玥和沈清身边，今日不见人，有些奇怪。

"怕是没脸来了吧？"说这话的少女长相姣美，嗓门却不小，嘲弄地开口，"听说她偷看定王殿下，却掉到水里去了。谁知道她是风寒还没好，还是没脸见人啊！"

"佩兰，不是那样的……"沈玥摇头道。

"你就是太护着你妹妹了。"易佩兰道，"那样一个蠢笨的人，真是让人大开眼界。平日里看着她怯怯懦懦的，她一遇到定王殿下却十足勇敢，不知道的，还以为是哪家没教养的野姑娘。"

这话说得有些重了，沈清闻言，笑道："五妹妹只是一时顽劣罢了。"

"我看是因为沈将军和沈夫人不在她身边教养吧？"另一名梳着堕马髻的少女道，"她疏于管教，自然连姑娘家该知道的礼义廉耻都不知道。"

"采萱这话说得不对。"沈玥轻轻柔柔地开口道，"虽然大伯父和大伯母不在定京，可五妹妹也是长养在祖母身边的。我娘和二婶也时时教导她，并不曾疏于管教。"她的言外之意，全是沈妙天生不知廉耻了。

果然，沈玥这番话一出来，易佩兰就道："真奇怪，同是一家教养出来的，你们和沈妙真是天壤之别。这大概就是先生所说的烂泥扶不上墙吧。"她说着说着就咯咯地笑起来。远处的少年郎们忍不住侧目。

下一刻，众人便听得有人喊道："看，沈妙来了！"

众人抱着看好戏的心情往门口看去，就见门口缓缓走来一名少女。少女穿着深红色挑丝云雁装，外头披一件深蓝缎绣披风。这样的颜色对女子来说过于老成。尤其是沈妙，她生得圆润，一不小心便会像偷穿了长辈衣裳的小孩。

她脚步很慢，裙角微动，下巴微微抬着，眉目冷淡平静，眸子成了深不见底的潭，仿佛收起爪牙的猛兽。她的五官依旧讨喜，因为圆圆的，显得可爱，如今却找不到一丝蠢笨的痕迹。虽说沈妙还未完全长开，却有了端庄的仪态。她并不像少女，倒像是……那些身居高位的大人。

学堂里渐渐安静下来。

易佩兰推了推沈玥，道："玥娘，你妹妹莫非是病糊涂了，今日怎么像换了个人般？"

沈玥看着沈妙，心中不解。沈妙好似从落水醒来后，性情便变了不少。莫非是定王之事令她受了太大的打击？

沈玥刚想说话，身边的好友江采萱便开口道："沈妙，听说你落水了。怎么，你现在风寒已经好了吗？"

这话她摆在明面上说出来，着实让人难堪。若是往常的沈妙，定会不知所措地看向沈玥，请求沈玥帮自己说话，可今日，她只轻飘飘地瞥了江采萱一眼，淡淡地道："好了，多谢关怀。"

江采萱一愣。学堂里的所有人都跟着一愣。

江采萱觉得沈妙这般不冷不热的态度碍眼极了，立刻道："既然好了，你要做的第一件事不是给定王殿下道歉吗？怎么却是来学馆？你不觉得这样做是本末倒置吗？"

沈妙深深地吸了一口气。周围的学子，无论少年还是少女，都没有为她说话的意思。看沈妙出丑，大概是这些贵族子弟眼中学馆里最有意思的事了。

沈妙扫了一眼神色各异的众人，再看看沈清眼中的幸灾乐祸之色，正要开口，便听得沈玥道："定王殿下心胸豁达，不会因为这些小事就责怪五妹妹的。五妹妹来学馆，自然是因为求知若渴，是一件好事。"

"什么好事？"另一边的一名少年忍不住笑起来。他暗地里爱慕沈玥许久，平日里十分看不上沈妙，觉得有沈妙这么个妹妹，简直是沈玥的悲剧。

"求知若渴？沈玥，你若想帮这个妹妹，大可不必用这样的说辞，求知若渴……连国一的课文都不会念的人，说她求知若渴岂不是太可笑了？况且……"他恶意地打量了沈妙一下，继续道，"谁知道她是不是故意掉下水的，戏文里不都那么演吗？掉入水中，英雄救美，以身相许……不过，她怕是猜错了结局吧？"说完，他倒先放声大笑起来。

他是这群少年的头头，这么一说，周围的少年也跟着哄笑起来。围在沈玥周围的贵女也觉得好笑，一时间，嘲笑声紧紧地围绕着沈妙，落在她身上的目光含着满满的恶意。

言语是最伤人的利器，曾经，这样的情景，沈妙不知道目睹过多少次。她曾以为这就是自己最大的不幸，可跟后来遭遇的那些悲剧相比，这些又算得了什么？这些少年和少女，还没有她的婉瑜和傅明年纪大，不过是因为想要挑拨便口出恶言。这些人真的就该是她的仇人吗？自然不是的。

这些勋贵子女多来自世族大家，而世族大家曾落得个什么下场？他们全都被先皇和傅修宜斩草除根了。譬如眼前这位嘲笑她的沈玥的爱慕者，是当今朝奉郎蔡家的大公子蔡霖。几年之后，蔡家因卷入一起贪墨案，照样被抄了家，蔡霖也被发配充了军。可怜他爱慕沈玥多年，最后沈玥却巴不得与他划清界限。

她与这些少年、少女并不是敌对的关系，有一部分甚至是站在同一边的。只是这些世家因为皇帝的刻意制衡和挑拨，处在微妙的对立面，彼此之间的联系并不紧密，甚至是有些仇怨。

把本有可能的同盟变成自己的敌人，这种做法太不聪明，也没有必要。

"蔡霖，你怎么能这么说五妹妹？"等众人笑够了，沈玥才突然开口，"五妹妹才不是那样的人。"

"蔡霖，"沈妙打断沈玥的话，语气平平，没有一丝起伏，"谁告诉你，我掉下水是因为爱慕定王殿下？"

一个姑娘家将话这么直白地说出来，本应令人感到鄙夷，可沈妙说这话时神情坦然，语气也是十足的淡漠，竟然让众人一愣。

蔡霖是这里的小霸王，平日里沈妙见了他，话都不敢多说，何时用过这种质问的语气？不知道为什么，蔡霖竟然没有骂出声，反问道："难道不是吗？"

"原来是这样的……"沈妙自言自语了一句，突然微微笑了，看向沈玥和沈清二人："大姐姐、二姐姐，他人不知道便罢了，你们也不知道吗？你们怎么也不为妹妹辩解一二？"

沈玥和沈清同时怔了怔，突然想起离家前自家母亲的叮嘱，在沈妙落水这件事情上，她们千万不能说错话。

沈清到底比沈玥顾全大局些，立刻道："是的，你们莫要胡说八道！当时我与五妹妹一道的，我亲眼所见，五妹妹不小心滑入水中，那时恰好定王殿下到了，这才撞见，和爱慕完全无关。"

沈清说得这般笃定，众人虽然不信，却也没有方才那么严肃了。

沈妙开口道："非是亲眼所见便妄言，看来广文堂不仅要教习功课，怕是连品德也要一并教习。况且爱慕一言，本是美好之词，为何你们将它说得如此不堪？我沈妙爱慕一个人，也要爱慕得有尊严。定王殿下天潢贵胄，哪是我能够肖想的？诸位错了。"

这世上，一个人要想一下子改变别人对自己的印象是很难的，况且她之前痴恋傅修宜的事天下皆知，现在说不爱，怕是没有人会相信。

但无论如何，她都需要划清界限。

她的话音未落，众人便听得一道赞叹的声音响起："好一个爱慕得有尊严！"

自外头走进来一名年轻男子，二十出头，青衫落落，眉目端正，身材瘦弱。他走进来，赞叹道："说得不错，爱慕之心，美好珍贵，并非取笑嘲弄之意。广文堂虽是教习功课，对于德行，却也不可忽视。"

诸位学子皆不吭声。

沈妙紧紧地盯着那青年。

裴琅，广文堂的书算先生，德才兼备，以秀才之身入堂教学。裴秀才性情温和，耐心十足，比起其他严厉的夫子，他在学生中更受人尊敬。便是如沈妙这样的人，裴秀才也从未责骂过，都是一遍一遍地耐心教习。

若只是这样的话，这人的确是个不错的先生，品德才学都是万里挑一的，可惜，沈妙还知道他的另一个身份——傅修宜最倚仗的幕僚。后来，傅修宜登基后，封他做了国师。国师裴琅，春风得意，一人之下，万人之上。

这国师，他也的确做得很好。沈妙以为，裴琅是个聪慧又正直的人，可最后傅修宜废太子的时候，他什么都没有说。

沈妙和裴琅的私交算起来也是不错的。当初提议让沈妙去秦国做人质的，就是裴琅。裴琅说，这都是为了明齐的江山着想，若是娘娘此去能解陛下的燃眉之急，日后的江山万里，都有娘娘的福荫照蔽，天下人都会感激娘娘的恩情。

可事实上，五年后，当她回宫之时，后宫多了一名楣夫人，而这些往日敬她的裴琅的手下却对她有了防备之心。

傅修宜废太子的时候，沈妙甚至跪下来求过裴琅，只因裴琅是傅修宜的亲信。只要他开口，傅修宜定会听他的意见。

裴琅却扶起她，对她道："娘娘，陛下决定的事情，微臣也无能为力。"

"裴琅！难道你就忍心看着太子被废吗？你明知道废太子之事不可为！"她怒极，咄咄质问。

"这已是大势所趋。娘娘,认命吧。"裴琅叹息着道。

认命吧。

人怎么能认命?若是重来一世,还要认命,岂不是太可悲、太可恨?

沈妙目光沉沉地盯着前方的青年,他光明磊落,他见死不救,他性情温和,他也冷酷无情。身为臣子,一切当为江山着想,裴琅倒也算是一名忠臣,但……只要他站在傅修宜那边,这辈子就注定与她不死不休!

现在这个时间,傅修宜应当还没有收服裴秀才,那么,自己是要在那之前斩断他们的可能,将裴秀才拉到自己身边呢,还是干脆先将他扼杀在摇篮里?

裴秀才放下手里的书卷,敏感地察觉到一道目光正注视着自己。他抬起头,迎上了沈妙意味不明的眼神。

沈妙的位子比较靠后,即使是这样,她仍然执拗地看着他。这种感觉有些奇怪,裴秀才觉得,她的目光像是审视。

动作一顿,他想要再看清楚沈妙是什么神情,就见少女捡起桌上的笔,低下头去。他便只当自己眼花,整了整东西,开始今日的授课。

整个国二的学生都有些昏昏欲睡。

书算课本就乏味,无论裴秀才教得如何精彩,坐在下面的都是十四五岁的少年与少女,哪里就能听进去?加之又是秋高气爽的好天气,个个都有些打盹。

今日的沈妙却不同。她眼睛一眨不眨地盯着裴秀才,坐得端正,似乎极为认真。这实在是有些不可思议,沈妙居然会认真听课?

与沈妙坐一桌的是个秀丽少女,神情有些倨傲。少女见沈妙如此,忍不住露出诧异的表情,对沈妙认真听课的举动不时侧目。

沈妙哪里管得了那么多呢?她只不过想要看清裴秀才究竟是个什么样的人。

她这般专注的神情,落在身边少女的眼中,已经是十分不同寻常。待书算课结束,裴秀才走了,沈妙才收回目光。

身边的少女推了推她,语气带着惊讶,道:"沈妙,你是不是中邪了?"

"为什么这样说?"沈妙问道。

面前的少女是光禄勋家的嫡女——冯安宁。

冯家当初也是京城中的勋贵,冯安宁从小被惯成骄纵的性子。可冯老爷站错了队,新皇登基后他被革职,冯家为了保全这个女儿,只能将她提早嫁给远房的一位表哥。之后冯家落败,冯安宁也没得到什么好结局。那位表哥是个金玉其外败絮其中的人,冯安宁进门没一年,就养了个外室,连儿子也有了。冯安宁哪是能受委屈的脾气，拿了剪子就和外室同归于尽了。

曾经种种，如今皆如过眼云烟。

此刻这神情高傲的少女，哪能想到自己后来的衰败结局？

见沈妙不说话，冯安宁有些不满，道："你是在故意无视我吗？沈妙，你今日这般刻苦，莫不是为了一月后的校验吧？听你姐姐说，你想趁着校验出风头，好让定……别人看见你。"

冯安宁到底还是个孩子，刚才听了裴秀才的话，这会儿便不把爱慕定王那一套说辞搬出来了。

"校验？"沈妙挑了挑眉，道。

广文堂的校验设在每年十月。

校验是对学堂里每位学子的考验，最重要的是，当日会有许多大儒朝臣观看，皇子也会在一边瞧着。学子若是表现不错，或许还能得到入仕的机会。总之，将自己的才学展示给别人看，无论如何都是一件出风头的事情。是以每年的校验，众人都拼尽全力，希望拿个名头下来。

国二的学子中，沈玥才学最盛，一直都是校验中的一枝独秀。沈清虽然不比沈玥在诗词歌赋上的造诣，书算却名列前茅，这一项上总也能拿个名次。

若说一事无成，垫底的都是沈妙。她琴棋书画一概不会，书算策论一窍不通。每每校验，别说展示，便是通过考验都很艰难。曾经的沈妙最怕的就是每年的校验。只不过，她看着沈玥、沈清在台上春风得意，心中不是不羡慕的。

她看了冯安宁一眼，道："校验吗？我从未想过争什么名次，垫底的，有什么可争的？"

冯安宁微微一愣，倒没想到沈妙如此坦荡地说出事实。她打量了沈妙一下，问道："你莫不是真的伤得狠了，才这般性情大变吧？"

"是啊。"沈妙笑了笑，不再说什么了。

书算也上完后，学子们到广文堂外边的花园中休息玩耍。女孩子们在学堂里下棋或讨论新写的诗，却听得外头似有惊马的声音掠过。

"什么声音？"易佩兰转过头去。

"去外头看看吧。"江采萱提议，拉起沈玥，"走，瞧瞧是什么事。"

沈妙本无意凑热闹，倒是冯安宁走了两步，又回过头来，想了想，抓起沈妙的手，道："一起去看！"

沈妙觉得有些诧异，冯安宁向来是瞧不上她的，更别说有这般亲密的举动了。她尚且摸不着头脑，却已被冯安宁拽着走出了学堂。

外头，已经有许多学子闻声聚在门口。

蔡霖刚从人群中挤出来，瞧见外头的人，惊喜地叫了一声："谢小侯爷！"

谢小侯爷？沈妙往外一看。

广文堂朱色大门外，立着一匹枣红色的骏马。马匹毛色光亮顺滑，一看便是千金难求的良驹。马儿倨傲地踢动前蹄，优雅的身形顿时吸引了众人的目光。

但它终究不及马背上的人耀目。少年端坐于马背之上，穿着一件玄色绣云纹的窄身锦衣，外罩深紫貂皮大氅。他的右手懒散地把玩着马鞭，剑眉星目，容颜俊俏，神情似笑非笑，眼神却冷漠得很。

人群中立刻就有少女羞红了脸，也不顾是什么场所，大胆地将手绢叠成绢花，往那少年怀中抛去。绢花落到少年怀里，少年伸手接过，攥在手中，唇角一勾。抛落绢花的少女立刻抚着胸口，脸红扑扑的，俨然已经痴了。

下一刻，少年顽劣的笑容转瞬而逝。绢花飘飘摇摇地掉到地上，落到枣红色的马儿蹄下，被踩成一团。他懒洋洋地坐直了身子，五官漂亮，富有极强的侵略性。那张俊俏的脸将他的吸引力淋漓尽致地释放出来，实在让人移不开眼。

他真是冷漠又顽劣的人。

易佩兰喃喃地道："是谢家小侯爷。"

沈妙心中了然，这是谢家小侯爷——谢景行。

明齐如今的簪缨世家，大都从开国以来就陪先皇打下江山，挣下功勋。经过一代又一代，有的世家只余名头，内里空空，有的世家却越发繁荣，花团锦簇。

其中有如冯家这样的文官，也有如沈家这般的武将。如果说沈家将门几代都老老实实地带兵打仗，是公认的实诚人，那么谢家手握重兵，却里里外外都是浑人兵痞。当今陛下对上谢家，也是无可奈何。

大约谢家人总是存着几根反骨，干下的事都是混账事，譬如说罔顾千里之外京城下的指令，不肯退守，偏要剑走偏锋，乘胜追击，还美其名曰："将在外，军令有可受，有可不受。"

天家人总是拿谢家人无可奈何，因为谢家人在战场上的确勇猛无敌。

沈家和谢家本就是对立关系，这其中固然有先皇故意的隔阂和挑拨，使之相互制衡，以便稳固朝廷。沈信和谢侯爷的政见也是从来不和，沈信看不惯谢鼎战场上的激进诡谲，手法不正统。谢鼎看不惯沈信打仗还要看兵书，守旧古板，不懂变通。两家除了在朝堂上吵架，再无往来，先皇显然也是乐见其成的。

谢鼎的妻子去世后，谢鼎没有娶继妻，只有一房妾室为他生了两个儿子，也就是说，谢景行有两个庶弟。也许是谢鼎心疼嫡子的母亲早逝，想要尽力弥补，因此始终娇宠着谢景行，终于把他养成无法无天的性子。

即便这样，谢景行依旧是个出类拔萃的人。除了本性顽劣冷漠些，他的才学、相貌、家世，皆是明齐数一数二的，否则他不会引得这么多姑娘暗自倾慕。

只是可惜了！沈妙心中叹息一声。这样一个出类拔萃的少年，最后却得了万箭穿心、扒皮风干的惨烈结局。

许是她目光中的怜悯太过明显，那少年突然望过来，意味不明地看了她一眼，深如星辰的眸子微微一闪。

第二章
谢小侯爷

沈妙垂下头，做出一副羞赧的模样。

谢景行死在二十六岁那年。

明齐的皇室，越到后来越是昏愦无能，不是想着励精图治、发展国力，而是想着自保，视簪缨世家为威胁。诚如傅修宜所说，沈家老实做人尚且可以被宽恕，谢家这样不听指挥的，自然是先皇的眼中钉。

彼时，适逢匈奴进犯，谢鼎带兵出征，在战场上放肆了一辈子的谢家军最后全军覆没。谢景行在京中等着父亲归来，最后却等来了一具尸体。

谢鼎的死并不是结束。谢鼎入葬时，定京百姓自发为他送行，举国上下，痛哭哀恸。对皇室来说，这是大忌。于是没过多久，先皇任命年轻的谢景行代父出征。

皇家的这道圣旨，几乎是把谢景行推向了绝路。谢景行还是接了圣旨，去了战场，然后兵败。当日，他暴露于敌军目标之下，得了个万箭穿心的结局。不仅如此，他的尸身也被夺走，扒皮风干，晾在城楼，十分惨烈。

父子齐丧战场，百姓只看到匈奴的凶残和将军的英勇，却看不到这阴谋之下的暗流汹涌。

那时候，先皇已驾崩。傅修宜在位，为谢家的遭遇感到遗憾，甚至追封了谢家父子。然人死身灭，朝廷的抚慰只是平白便宜了那位妾室和两个庶子。

沈妙还记得，得知谢景行死讯的时候，沈信沉痛的模样。沈、谢两家势同水火，谢家倒霉，沈信无论如何都不该难过。现在想想，恐怕那时候沈信就有了兔死狐悲之感。

平衡已被打破，谢家一倒，接踵而来的就是沈家。

可笑她那时候还一门心思把沈家搅到夺嫡这浑水中去。

沈妙当初很是为这少年郎的际遇唏嘘了一番。这身手了得的儿郎，本该在明齐历史上留下浓墨重彩的一笔，谁知会以这样的方式收场。

蔡霖从人群中挤出来，手里捧着一只布包。他把布包递给谢景行，恭敬地道："小侯爷，这是您吩咐我去找的医书孤本。"

冯安宁悄悄地跟沈妙咬耳朵，道："你觉得谢小侯爷比起定王殿下如何？"

沈妙认真地道："谢小侯爷更胜一筹。"

别说如今沈妙深知傅修宜的心性，要知道当初婉瑜和傅明在读明齐正史的时候，读到谢家那一段，也曾偷偷与她说，谢景行是顶天立地的好男儿，死得着实可惜。连自家儿女都称好的少年，必然是好的。

冯安宁有些惊讶，半晌才道："看来你果然是伤心了。"

沈妙懒得跟她解释。

马上的谢景行一把接过包袱，随手绑在马鞍上，看了蔡霖一眼，什么话也没说，潇洒地扬鞭就走。马蹄激起滚滚烟尘，依然掩盖不了马上少年的风姿。他仿佛天上的旭日，天生就有耀眼的光芒。

蔡霖有些失落。周围的少女们更是难掩失望。很奇怪，谢景行是唯一在少女中颇负盛名、少年却也不因此嫉妒他的贵族子弟。可能是他与旁人迥异的行事风格，着实令人羡慕吧！

沈妙掩下眸中的深思。谢家倾覆，沈家也会随之迎来滔天灾祸。两家既是唇亡齿寒的关系，如今可否结束对峙的局面？若是天家想要动手，或许也要掂量掂量有没有这个能力……

救下谢家，救下谢景行，只要如此，就是给沈家增添了一份筹码。沈家人老实厚道，谢家人飞扬跋扈。皇室最先对付的是谢家，而她，或许可以和谢家做一笔交易。

谢景行一路骑行，终于在某处酒馆前勒马。他翻身下马，径自走进酒馆最里面。

厢房中，白衣公子容貌清秀，瞧见他，微笑道："你来了。"

"拿去！"谢景行将手中的包袱扔过去，"以后这种事别找我。"

高阳微微一笑，道："你这性子，就应当多走动。那些学生，年纪也有与你相仿的，你该学学他们那般生气活力。"他顿了顿，面上浮起一抹促狭的笑容，"或许也有可爱的姑娘。你年纪正好，整日孤家寡人是怎么回事？"

谢景行不耐烦地别过头，脑海中却想到方才看见的一双眼睛。那眼睛里有世间难得的清澈，含着深深的悲悯和无奈。那神色让他不禁一怔，后来那双眼睛的主人低下头去，似是羞怯了。

但谢景行是什么人？自少年时代起，他便走南闯北，打过仗杀过人，练就了一双火眼金睛。那丫头大约是想装作爱慕他，可惜连她自己都不知道，那双眼睛沉如死水，一丝波澜也无。

沈妙下了学堂，回到沈府的时候，天色已经有点儿晚了。

沈玥和沈清依旧没有与她一道，沈妙也懒得与她们计较。沈老夫人已经休息了，她便径自回了西院。

沈妙方走到西院，便听得一个有些热络的声音传来："姑娘可回来啦！老奴听说姑娘落水了，担心得不得了！眼下看着姑娘好了，老奴心里的石头才落下。"

沈妙侧过头，便见一名中年妇人朝这里走来。那妇人四十多岁的年纪，肤色稍黑，穿着一件青色袄子。袄子款式普通，料子却不错。她腕间戴着一只沉甸甸的银镯子。妇人满脸都是笑容。

"桂嬷嬷。"沈妙淡淡地答道。

那妇人似乎没觉得有什么不对，一个劲儿地道："老奴本想早些过来的，奈何然儿一直病着。折腾来折腾去，老奴实在没法子，只得把然儿丢给他娘，自个儿先回府，看见姑娘好，才安得下心。"

她这话说得讨巧，仿佛沈妙在她心中比亲孙子还要重要。若是往常，听完这话，沈妙便又该感动一回，然后拿些银子给桂嬷嬷，让她回去给孙子看病。可如今再看眼前的妇人，沈妙几乎要在心里嘲笑自个儿当初怎么会瞎了眼，认为这样的人是忠仆？

沈夫人生了沈妙没多久，沈信便得令出征了。沈妙年纪尚小，不能舟车劳顿，沈夫人只得忍痛将她留在沈府。沈老夫人为她请了奶妈，就是如今的桂嬷嬷。桂嬷嬷是庄子上的农户出身，勤快又老实，后来沈夫人见她将沈妙奶得好，更放心地将她留在沈妙身边。

可这世界上，人都是会变的。

沈府里，西院本就人丁稀少，做主的是东院的两房和沈老夫人。桂嬷嬷原先还老老实实地带沈妙，到后来看清了局势，便毫不犹豫地投奔了东院和沈老夫人。当初虽说是沈妙自己铁了心要嫁给傅修宜，可桂嬷嬷也没少在其中煽风点火。

不过，最可恨的是当初沈老夫人的远房侄女来投靠沈家，那位侄女被大哥沈丘占了清白，非要问大哥讨责任，最后成了沈妙的嫂子，把大哥的后院搞得乌烟瘴气。而那位侄女被沈丘侮辱一事，是桂嬷嬷做的人证。

新仇旧恨，沈妙自然要好好来算笔账。

桂嬷嬷等了许久，也没听到沈妙说出什么打赏的话，忍不住抬头看向沈妙，却见沈妙淡淡地看着她。她心中咯噔一下，不知道为什么，竟有一种心虚的感觉。

下一刻，她便听到沈妙不咸不淡地道："哦，那真是辛苦嬷嬷了。"

谷雨轻轻地哼了一声，有些嘲讽地看了桂嬷嬷一眼。她向来看不上桂嬷嬷这种谄媚的小人。这桂嬷嬷仗着是姑娘的奶妈，向来在西院里横行霸道。

桂嬷嬷讪讪一笑，摸不清沈妙为什么今日待她态度冷淡，想着莫不是沈妙因为落水之事心情不好？于是，她笑着劝道："老奴劝姑娘一句，莫要太过伤心。姑娘花一样的人儿，定王殿下心里定是喜欢的，总有一日……"

"嬷嬷这般说话，可是想要污了我的清白？"沈妙脸色一变，冷然道，"我是将军府嫡出的小姐，寻常人家的姑娘尚且要个清白名声，嬷嬷这般说，岂不是故意陷我于水火之中？"

桂嬷嬷一愣，道："姑娘怎么能这么说？老奴也是为了您好……"

"你这样说，反倒是我的错？"沈妙冷笑道，"也好，不如向老夫人问个明白。桂嬷嬷你说得这般堂皇，原来如今将军府女儿的清白都是不值钱的大白菜。"

桂嬷嬷在西院里横行霸道惯了，平日里沈妙也被她拿捏得很好。今日这般当着谷雨和惊蛰的面被沈妙下了面子，她心中恼怒，不由得道："姑娘这话实在是折杀老奴。老奴跟在姑娘身边十几年，姑娘怎能认为老奴是故意害人？"

"放肆！"惊蛰高声道，"姑娘是主子，桂嬷嬷怎敢跟姑娘这般说话？"

桂嬷嬷一惊，也懊恼自己方才激动了。她只当沈妙仍是那容易哄的小姑娘，忙又软了声音，道："姑娘，老奴是真心实意地心疼姑娘。老奴跟了姑娘这么多年,心中早就拿姑娘当自己的孩子。方才都是老奴不对,姑娘莫要生气,仔细别气坏了身子。"

拿她当自己的孩子看待?沈妙心中冷笑一声,倒觉得桂嬷嬷是个妙人。桂嬷嬷平日里从她这里得了不少银子,却把东院的人当正经主子。

她淡声道:"既然桂嬷嬷知错,我便只罚你三个月的月钱吧。"

桂嬷嬷神色一僵。沈妙唇角一扬。

没有银子的桂嬷嬷该怎么办呢?自然是去东院表忠心了。

夜里起了凉风,越近深秋,天气一日比一日寒冷。

定京又处在北地,冷得出奇。

灯火下,少女捧着书,倚在榻上慢慢地翻阅。

白露呆呆地看着自家姑娘,仿佛一夜间,姑娘便变得不是往日的那个姑娘了。

霜降走过来推了她一把,小声斥责道:"傻站着干吗?"说完,她走过去将披风披到沈妙身上,温声劝道:"姑娘,眼下时间也不早了,明日您还要去广文堂,还是早些歇息才是。"

沈妙摇了摇头,道:"你们先休息去吧,我再看一会儿。"

她看得认真,一点儿细节都不放过。若是仔细看,便能发现,她手中拿着的正是《明齐正史》。

皇帝下令铲除世家大族的脚步近了,沈妙记得清楚,如果不出意外,下个月便会有一场浩劫。敌人的敌人便是友人,若是这些簪缨世家倒了,沈家很快也会倒台。

沈妙料得不错。这天晚上,桂嬷嬷进了荣景堂,先同沈老夫人身边的张妈妈拉了一通家常,话里话外都是沈妙行事越发忤逆,动辄迁怒下人。张妈妈陪着不咸不淡地说了几句后,桂嬷嬷又让张妈妈在沈老夫人面前美言几句,这才离开。

桂嬷嬷刚走出荣景堂的院子,便瞧见任婉云身边的丫头香兰走过来。香兰看见她便笑了,道:"桂嬷嬷,我正要找您呢!"

"哟。"桂嬷嬷眯着眼睛一看,见是香兰,便也笑了,"香兰姑娘找我什么事儿?"

"也没什么大事。"香兰过来拉着桂嬷嬷的胳膊,"就是咱们太太听说您知道有一处卖口脂的地方，那里的口脂卖得特别好，因此想找您问问具体在什么地方。"

桂嬷嬷心知肚明，顺着香兰的话，道："这是什么事儿！太太既然想听，我便告诉太太去。说起来，许多官家的小姐、太太都爱用那口脂呢……"

待桂嬷嬷同香兰来到彩云苑，外头的丫鬟婆子已经被打发走了。

任婉云坐在榻上。沈二老爷这会儿还在外头应酬，不曾回来，她一边做针线，一边吃着旁边的一碟子葡萄。

桂嬷嬷心中暗暗地啐了一口。这可是个稀罕物！按理说，都这天气了，定京城里是寻不到葡萄的，也就沈二老爷有本事，讨了一筐子过来，让自个儿院子的女人们分着吃。

桂嬷嬷心中兀自想着。任婉云终于放下手中的针线，开口道："桂嬷嬷。"

桂嬷嬷忙回神，应道："太太，老奴在的。"

任婉云已经是四十岁的人了，尽管保养得极好，眼角还是有一些细纹。只是她坐在那里，穿着用上好料子剪裁的衣裳，举手投足间都是当家夫人的派头。

任婉云道："听闻你回来了，如今小五身子方好，你须得好好照顾她。"

桂嬷嬷心中嘲笑。谁不知东院巴不得西院倒霉？任婉云又怎么会如此好心？

果然，她只听得任婉云又道："这些日子，小五大约是因落了水心情不大好，大哥大嫂不在，我这个做婶子的怎么做都是错，便是想要听些什么消息，也须得从你这里来听。"这便是要桂嬷嬷将沈妙的一举一动都说给自己听了。

桂嬷嬷忙道："太太有心关怀五姑娘，是五姑娘的福气。不过依老奴看，五姑娘这次落水，也的确是生了气，连带着对老奴也生分了。别的不说，便是今日好端端的，老奴也被五姑娘罚了三个月的月钱。"她愁眉苦脸地道，"老奴听闻五姑娘落水，心中焦急，连自家的小孙子尚在病中都不管。谁知道五姑娘斥责老奴，老奴心中也不好受。"

任婉云有些不耐烦听这老货的暗示，便道："那桂嬷嬷你看，小五对定王殿下的态度可曾改变了？"这才是她最想问的话。

桂嬷嬷的眼珠子转了转，她道："五姑娘似乎想与定王殿下划清界限，今日都不让老奴提起。不过老奴带了五姑娘这么多年，清楚她的性子。五姑娘在定王殿下一事上异常执着，怕是不会这么轻易放弃。那些话，大约只是姑娘家气急之下说的，当不得真。"

她的话音刚落，任婉云的面上便浮起一丝狠戾。

待桂嬷嬷走后,沈清从屏风后走出来。她走到任婉云身边,依偎着母亲,道:"娘,沈妙不肯放弃定王殿下,我该怎么办?"

沈家三房,大房无疑是官位最大的,若是沈妙求沈信向皇上讨赐婚,那这桩婚事也是有很大可能的。可是沈清也爱慕定王,若是沈妙成了,她算什么?

定王殿下那么丰神俊朗的人,怎么能被沈妙那个蠢笨无知的人占了?每每思及此,沈清便是一百个不甘心。

"放心,这沈府里没人能大过你去。"任婉云道,"沈妙个性蠢笨,不足为惧。娘自然有法子让她嫁不成定王殿下。倒是你……"她叹了口气,"不妨认真点儿看着秋水苑的人。你以为二丫头就是个好惹的?你有这样的想法,二丫头未必没有。"

"沈玥?"沈清皱了皱眉,"她也恋慕定王殿下?怎么可能?再说就算她真的喜欢定王殿下,三叔不比大伯,也说不上话。看来看去,那边的人都不足为惧。"

"你呀……"任婉云嗔怪地点了点沈清的额头,"叫我怎么放心!你三婶可是个厉害的人,当初和你三叔……"似乎意识到这话不该在孩子面前说,任婉云猝然住嘴,只是道,"总之,五丫头你莫放在心上,娘自然有办法。"

"谢谢娘。"沈清甜甜地道。

母女俩笑作一团。

秋水苑内,陈若秋正坐在桌前写字。她是书香世家出来的女子,才情无限,即便已为人妇,还是喜欢写写字、看看书。

沈玥立在她身后,一身鹅黄绸缎长裙,身段纤弱又苗条,活脱脱就是个小陈若秋。

"娘,刚才你为什么对桂嬷嬷那样说?"沈玥还是忍不住开口问道。

桂嬷嬷来过一次,可出乎意料的是,陈若秋非但没有让桂嬷嬷阻止沈妙恋慕定王殿下,反而让桂嬷嬷劝着沈妙,说定王殿下是个好归宿。

"这不是让她打定主意嫁给定王殿下了吗?"沈玥有些埋怨地道。

陈若秋放下手中的毛笔,轻轻地叹息一声,拉着沈玥的手来到榻前坐下,温声道:"玥儿,娘不是告诉过你,做任何事情,尤其在这后宅之内,都要绕着弯儿去做?这样即便日后出了什么事,管天管地,总归管不到你这里来。"

沈玥摇了摇头,道:"娘,我不明白。"

陈若秋笑了笑。她这个女儿,温柔又有才华,脑子也不笨,终究太年轻了些。沈三老爷又太过疼爱她,是以她也不知后宅的凶险。哪像自己当初在尚书府的时候,一堆姐姐妹妹、姨娘、侍妾,哪个都不是省油的灯,是以陈若秋嫁过来后,一直把沈三老爷牢牢地握在手心。

只是她终究没能生个儿子,哪怕沈三老爷再疼爱,只要她没有儿子,就没有傍身的依靠,沈三老爷迟早都是要让妾室断了绝子汤的,到那时……又是个什么光景呢?所以眼前这个女儿,她更是要好好教养。

"玥儿,你以为小五如何?"陈若秋轻声问道。

沈玥想了想,便答道:"书算策论不会,琴棋书画不通,性子怯懦蠢笨,不善言辞。若非有大伯的名号镇着,只怕无人会给她好脸色。便是庶女,看上去都比她要有气度一些。"

"或许以前是这样。"陈若秋摇摇头,"可这次落水后,我瞧着小五也变了不少。"

"娘为何这样说?"沈玥不解地道。

陈若秋也不知道为什么会有这样的感觉,但她看人自来很准。

沈妙变聪明了。她在荣景堂和老夫人的对话,以及表现出来的样子,都和以前截然不同!难道她身边有高人指点?

无论如何,陈若秋觉得自己都不能掉以轻心。

"或许是受了定王的打击,但是玥儿,娘告诉过你,聪明的女人不对付女人,她们对付男人。"陈若秋的声音轻轻柔柔的,"你既然也心悦定王殿下,又何必把所有的目光都放在沈妙的身上?你大伯就算再有权势,可天下男子,绝不会真心去爱慕一个蠢笨无知的女子。定王殿下贵为皇子,若是真娶了这般不堪的女子,岂不是会被天下人笑话?"

"可是……"沈玥有些委屈地道。

"听娘的话,你不仅不要因此而疏远小五,还要如从前一样与她做朋友。你要加倍勤奋,让所有人看到你的才华和美貌。你越出众,她便显得越蠢笨。"陈若秋笑着,仿佛在闲话家常,"是我让桂嬷嬷劝着她继续恋慕定王,这样蠢笨的女子,越是对定王殿下倾心相待,越能显出她是个不自知的笑话,定王殿下只会加倍厌恶她。"

"这样一来……"沈玥好像明白了。

陈若秋摸了摸她的头,道:"你是个聪明的孩子,应当明白娘的意思。"

"娘……"沈玥把头埋进陈若秋的怀里,"我明白了。"

陈若秋笑了笑。当初，她和沈三老爷的亲事有许多人阻挠，而沈三老爷也算青年才俊，不少媒人都曾上门说亲。为何他独独选中了她呢？不过是因为有一次两人在寺庙中偶遇，她恰好穿着一身白色锦衣坐在树下弹琴，而沈三老爷刚好听到罢了。沈三老爷看见她，一时惊为天人，回去后便说非要娶她为妻。

沈三老爷最爱听琴，最喜欢的颜色是白色。

看，那么多女子争争抢抢，而她是最后的赢家，因为她一开始就知道，自己对付的只是一个男人罢了。

沈家三个嫡女又如何？只有她的玥儿能对付定王殿下。

无论东院的怎么做，沈妙都开始故意疏远二房和三房的人，也不再像从前一样跟着沈玥和沈清了。

这些日子，她在广文堂越来越勤奋。虽然众人看她的目光依旧是看一个垫底的，她却也不恼，每日只做好自己的事情。她越是这般坦荡，人们便越是觉得无趣，沈妙竟也因此过了些安生的日子。

这天清晨，辞赋课结束后，沈妙觉得胸口有些发闷，便在广文堂的花园里随便走走。

广文堂虽是学堂，却也十分宽敞。堂内有国一、国二、国三三个等级的课室。沈妙这样年纪的明明在上国二，却不知不觉地走到了国一的地方。

彼时，她恰好见着一个小孩坐在台阶上抹眼泪。这小孩八九岁，生得白白胖胖，一眼看上去好似个球。他穿着一件菘蓝色的银丝彩褂，脚踩小布靴，脖子上套着圆圆的项圈，好似年画里走出的娃娃。

沈妙微微一怔，随即走过去，轻声道："你哭什么？"

那娃娃许是没想到有人来，吓得扑通一声从台阶上栽了个跟头。他倒也没哭，而是一骨碌坐起身来，愣愣地看着沈妙。

他一双眼睛炯炯有神，脑袋上扎了个小鬏鬏，脸上还带着未干的泪痕，实在是憨态可掬。沈妙忍不住笑出声来。

那小孩奶声奶气地叫了她一声姐姐。沈妙的一颗心都要被这小孩叫化了。眼前的小孩，让她忍不住想起婉瑜和傅明。

沈妙微微蹲下身子，摸了摸他的头，道："你哭什么？"

"先生问我问题，我答不出来，先生便打了我的手心。"小孩伸出手，露出红红的手心，委委屈屈地道，"我实在疼得很。"

沈妙想要逗逗他，问道："先生考你什么问题呀？"

"先生要我写'兔死狐悲'四个字，可我默不出来。"小孩哭丧着脸，道。

若是读国一，这个年纪，默字都默不出来，的确是有些说不过去。傅明在这么大的年纪时，已经开始学着处理朝中政事。虽然皇家少年多早熟，但来广文堂读书的孩子也都是贵族子弟，不应当启蒙得这般晚。

那小孩还嫌抱怨得不够，继续哼哼唧唧地道："若是回去被爹知道了，他定又会狠狠地训我。我……我还不如一头撞死算了。"

沈妙听得好笑，想着这是哪家的活宝，便问道："你是哪家的孩子？"

那小孩看着沈妙，道："我是京城平南伯家的二少爷，苏明朗。我爹是平南伯苏煜，我大哥是平南伯世子苏明枫。"

这孩子竟是竹筒倒豆子般，将自己的身家来历说了个一清二楚。

沈妙一愣。苏家？平南伯？

无论是曾经，还是现在，苏家和沈家都没什么干系。倒是苏家和谢家关系不错，平南伯苏煜和临安侯谢鼎是很好的兄弟，苏明枫和谢景行也是自小玩到大的朋友。这两人的关系好到什么地步？当初苏明枫死了后，只有谢景行敢去给他收尸。

是的，苏明枫死了，或者说，整个苏家都没了。先皇搜出了苏家贪墨并私下贩卖军马的证据。要知道，一旦牵涉军马之事，便没有转圜的余地。

圣旨下得突然，官兵直接带军抄家，一众人等就地处死。青天白日，整个苏家的血从定京城东流到定京城西。

谢景行知道消息的时候已经晚了，整个苏家无一生还。往日交好的人没一个出面，还是谢景行亲自去给苏家主子收的尸，完了后谢鼎向先皇请罪，只道看在苏家也曾为明齐立功的分上，请求先皇准允将苏家人下葬。

先皇准允了，苏家的后事是由谢家一手操办的。

沈妙记得很清楚，年关时候，沈信回来，知道了此事，还很是唏嘘了一番。

如今算起来，苏家的灭亡就在两个月后，快了。面前这个懵懂无知的小孩，当初也死在那道冰冷的圣旨之下。

她的神色突然有点儿冷，一双眸子里隐隐泛出厉色。

小孩不由得瑟缩了一下。沈妙再看向这孩子的时候，语气便又如方才一样温柔，道："苏明枫？是不是最近立了大功，军马管得极好的那个苏家世子？"

"是！"小孩昂着头答道，"爹说陛下这次肯定会赏大哥一个功名呢！"

沈妙笑了，微微弯下腰，凑近小孩，轻声道："你不是说你爹知道你答不出先生的问题，就会罚你吗？我有个法子，可以让他不罚你。"

"是什么？"小孩眨着眼睛，道。

"你须得答应我，不能让他知道是我告诉你的，我才说。"

"好。"小孩想了半响，点点头。

苏家是掌管军马的大族，地位超然，自明齐开国以来，从未出错。在平南伯苏煜看来，苏家花团锦簇，必会长长久久地绵延下去。自古以来伴君如伴虎，世上之事，又有谁说得清？

苏煜年过不惑，同夫人也算恩爱，有几房妾室，妾室无所出，府里只有两位嫡子。因此，苏煜对儿子们的教育总是格外严厉。

大儿子苏明枫年纪轻轻便已入仕，手中依旧握着如他父亲一样掌管军马的权力，这半年以来做得比苏煜还要出色些。

前段时间，苏明枫同太医院的兽医商量着改革军马的一些规章，于是每年因马瘟死去的军马数量少了一半，这可是件大功。只待下个月朝中军马统计反馈后，先皇必然会给苏明枫赏赐。

赏赐倒是其次，主要是这其中代表的荣耀。苏煜已经年过不惑，如今苏明枫年纪正好，是该子承父业、扩大名气了。倘若苏明枫再出色些，说不定会成为先皇留给下一任储君的心腹人才。

大儿子如此出色，苏煜自是高兴不已，可小儿子令他头疼万分。小儿子苏明朗是自家夫人年纪颇大的时候才得的，夫人对这个儿子宠爱得很，便养成了骄纵的性子。

本来苏明朗不是长子，不用继承世子之位，是以蠢一点儿也没关系，可苏煜是个好强的性子，容不下自家儿子半点儿不好。于是，小儿子每次从广文堂回来，都要被他考功课。小儿子训斥照挨，夫人护短照护，整个苏府都是鸡飞狗跳。

这一日，苏煜正在书房同苏明枫商量事情，说着说着便说到下个月关于苏明枫的赏赐要下来了。

"依我看，陛下这次必然是封官。爹只盼着你仕途走得更稳。如今匈奴蠢蠢欲动，军马之力更需重视。明枫啊，你只要得了陛下的重视，日后咱们苏家只会越来越好。你弟弟尚且年幼，苏家还需你扛起大梁。"

苏明枫点头称是。他正值少年时期，眉目间亦有正气凛然之色，然而目光中忍不住流露出几丝得意。少年郎最是争气性，更何况是来自父亲的肯定，纵然他一向在为官之事上沉稳有加，此刻也是心花怒放。

父子俩心情不错，突然听得小厮在门外叫道："老爷，二少爷回来了。"

这会儿正是苏明朗下学的时候。每日下学，他都会被叫到苏老爷书房中考功课，今日也不例外。

苏老爷有些头疼地按住额心，看看优秀的大儿子，再看看蠢得小猪似的二儿子，实在气闷。今日也是一样。

苏明朗慢慢地进了书房，撇了撇嘴角，叫道："爹、大哥。"

苏明枫笑着摸了摸弟弟的头，道："明朗，今日在学堂过得可好？"

苏明朗抿了抿唇，没说话。

苏老爷板着脸，对苏明朗道："伸出手心。"

苏明朗瑟缩了一下，委委屈屈地伸出手，只见白白嫩嫩的掌心赫然有几条红痕。苏老爷一脸早就料到的模样。反而是苏明枫心疼自家弟弟，问道："这先生怎么打得这般重？不过是个小孩子。"

"就是你们整日这般娇惯，才把他惯坏了！"苏老爷闻言暴跳如雷，怒道："今日又是哪里出了错？"

苏明朗顿了顿，才扭扭捏捏地道："先生让我默'兔死狐悲'四个字，我默不出来……"

"你让我说你什么好？！"苏老爷一脸痛心疾首的表情，"你连默字都默不出来，看看那些如你一般大的少爷，哪个像你这样？你大哥在你这么大的时候，都开始学军马策了！我苏家的脸面都快被你丢光了！"

苏明枫正想劝一劝，就听得自家二弟抽抽搭搭地道："我虽默不出来'兔死狐悲'四个字，却默得出来'狡兔死，走狗烹'六个字，说起来还多两个字呢！既然都是一样的意思，默出'狡兔死，走狗烹'不是一样的吗？"

"胡说八道！"苏老爷简直不知道说什么好。

苏明枫笑了笑，道："二弟，这两个词可不是一个意思。"

"那是什么意思？"苏明朗仰着小脸，问道。

"兔死狐悲的意思是兔子死了，狐狸觉得自己有相同的命运而感到悲伤；而狡兔死走狗烹的意思呢，则是兔子死了，用来捕猎的猎狗便没有了价值，也被烹食了，也就是说一旦那些工具没有利用价值，不能为己所用的时候，便可以丢弃了。狡兔死走狗烹和过河拆桥倒有些像。"苏明枫是个好哥哥，耐心地回答着弟弟的问题。

苏明朗闻言，摇了摇头，仍旧一脸困惑地道："既然都是兔子死了后才会发生的事情，不是应当一模一样吗？总归兔子是死了。"

苏明枫正要解释，却见父亲的神情微微一顿，轻声重复了一遍："兔子死了？"

"是呀，"苏明朗仍是一副天真的表情，"总归都是兔子死了。这些意思不是说，只要兔子死了，狐狸和狗都要倒霉了吗？既然大家都要倒霉，那么这些词的意思不是一样的吗？"

狡兔死，走狗烹，寓言之所以为寓言，必然有其在生活中呈现出的大道理。

兔子死了，狐狸比狗聪明些，大约能看到自己的结局。可是，谁才是那条猎犬？帮助主人捕猎到兔子的狗，又是个什么结局？

苏煜的神色渐渐沉了下来。

十月初，定京发生了一件大事。

定京城中平南伯家的世子苏明枫大少爷突然身染重病，须在家疗养。平南伯心疼爱子，与夫人一同在家照看苏大少爷。军马场那边的事情暂时被搁下。

陛下赏赐了一些东西表示慰问，并让新的接管人前去接管相关事宜。

定京城中的百姓纷纷为此叹息。苏大少爷青年才俊，入仕不久便立下大功，眼看正要平步青云，却突然生此重病，果真是天妒英才！

百姓如此看，朝堂上的同僚却不一定。有聪明人便道："这哪是生病，分明是避祸啊！原先以为这苏家如同烈火烹油，眼看就要引火烧身，不想如今还能看清局势，来个釜底抽薪。"

这些事情传到沈妙耳中时，她正站在院中修剪海棠花的枝叶。

"姑娘如今倒喜欢这些花儿草儿了。"谷雨笑着道，"这海棠花长得可真好。"

海棠花深红色的花瓣在肃杀的秋日里显出几分灵动的色彩。

"你知道海棠花为什么开得这般艳吗？"沈妙问道。

谷雨笑着答道："这是管事的从外头拿回来的种子，听说是很金贵的，夫人也夸过，这种海棠在秋日开得特别好。"

沈妙轻轻地摇了摇头。

宫中阴森苦寒之地却花团锦簇，连冷宫外亦不例外，因为那些花枝之下都是累累白骨。这世上最艳丽的东西，都有最冷的缘由。苏家已经懂得了这个道理，他们会怎么做呢？

她微微一笑。

平南伯府。

苏大少爷的院子被人紧紧地看守起来，除了贴身小厮和亲人，旁人无法进入，只闻得里头重重的药味。苏老爷闭门谢客，不见外人。

作为苏世子好友的谢小侯爷，自然是要登门探病的。

书房内，苏明枫一身青布衣，除了身形有些消瘦，神情还是一如既往地精神，哪里有身患重病的痕迹？

他的对面，锦衣少年紧锁眉头，扬声问道："避祸？"

"不错。"苏明枫看着好友，叹了口气，"如今你也看到了，苏家的势头越来越好。苏家绵延几代，就军马这事而言，实在不应再往上升迁，可陛下非但没有打压，反而越发捧着苏家。"

"你还立了功。"谢景行提醒道。

"正因立了功，父亲与我颇为得意，差点儿忘了背后隐藏的危机。若功德再大，就是祸了。我说的这些，你都明白，只是原先苏家身处其中，难免一叶障目。"

"这样做也好。"谢景行点头，"只是你如今须得在家白白待几年。"

"我只愿苏家平安无事。"苏明枫道，"不说我了，说说你如何？苏家和谢家一荣俱荣、一损俱损，苏家已经决定悬崖勒马，你谢家……"

谢景行挑眉，道："我不入仕，他能奈我何？谢家就一个临安侯，他总要顾及天下众口。"

谢景行和苏明枫不同，苏煜为了苏家，把儿子早早地送入仕途。可谢景行没有入仕，身上只挂了个闲职。有几次他随谢鼎出征，还挂的是亲子的名头。皇家就算再想打压，也不会去打压一个连儿子都不入仕的家族。

"你倒如此深谋远虑。"苏明枫忍不住笑了。

"我也不是为了防他。"谢景行懒洋洋地道。

"不过……"他眉头一皱，突然转了话头，道，"你怎么突然就想通了此事？原先我几次提醒，你都没放在心上。"

苏明枫惭愧地低下头，道："原先争一时意气，哪里会想这般多？这一次，还多亏了我二弟。"

"你二弟？"谢景行本是懒洋洋地靠着椅子，闻言坐直了身子，眼中闪过一丝异色，"那个肉团子？"

苏明枫便把来龙去脉说了一遍，末了才道："这次若不是二弟误打误撞，说不定我就要酿成大祸了。"

"误打误撞？"谢景行轻声自语。

正在这时，两人便听到一道稚嫩的声音："大哥，娘让我给你送点心来了。"

苏明朗端着一碟子花朵模样的酥饼，迈着小短腿走了进来。他圆圆胖胖的，像颗汤圆，嘴角还沾着不少糕饼屑，显然在端过来的途中已经偷吃了不少。

这些日子，因为他无意间的提醒，苏家改换了策略，连对他最不满意的苏老爷都破天荒觉得儿子"必有大用"，甚至说他"聪慧敏捷""大智若愚"。苏夫人更是变着花样给他做好吃的。不过短短几日，苏明朗便胖了一大圈。

他见谢景行还在，不由得声音低了几度。不知道为什么，他总是有些惧怕哥哥的这位俊美好友。

苏明朗把点心放在桌上，丢了一句"大哥我走了"，转身就要跑，不想被人一把揪住衣领。他回头一看，见那少年锦衣华服，此时正温柔地蹲下身子，摸了摸他的头，一双桃花眼带笑生动，偏偏眼神冷漠无比。

少年问道："那句话是谁教你说的？"

苏明朗瞪大眼睛。

"狡兔死，走狗烹。"谢景行笑得邪气极了。

日子总是过得很快。

随着天气越发寒凉，广文堂的学子也开始为月底的校验做准备。

冯安宁问沈妙道："你怎么不看书？眼看着月底了，你若又要吊尾巴，岂不是让人笑掉大牙？"

沈妙道："总归看不明白，何必浪费时间。"

一边听到此话的易佩兰扑哧笑出声来，讥讽道："烂泥扶不上墙，如是而已。"

沈玥正在与沈清闲谈，假装没有听到这边的话，并不帮忙解围。这些日子，沈妙不像从前一般讨好她们，她们心中也多有不悦。

沈妙却仿佛没有听到易佩兰的话一般，起身道："我去花园走走。"

待她走后，易佩兰才撇了撇嘴，道："她是无话可说才逃了吧？真是胆小如鼠。"

"你说够了没有？"冯安宁眉头一拧，"学问做得很好了吗？"

她自来在国二中是有些威严的，在家中更是受宠。易佩兰不想与她交恶，便又不作声了。

却说沈妙来到花园，慢慢地走着。

广文堂也是风雅之地，花园里茂林修竹，池塘假山，修建得煞是可爱。走进去便可闻到林丛芬芳，令人心旷神怡。

她只是想安静地自个儿待一会儿。曾经在宫中的时候，沈妙一天除了面对各种妃嫔的问安，多数时候都是待在自己的凤仪殿，习惯了冷清清和空落落。如今和一群孩子闹腾，无论是讥笑还是嘲讽，她都实在懒得应付。

她走着走着，便看见前面出现了一颗雪白雪白的元宵团子。一身象牙色缎面长袍的小团子就站在竹子下面，衣服本该非常漂亮，结果因着圆圆的身材被挤得有些变形，而他的脑袋上依旧扎着个鬏鬏，显得滑稽可笑。

"苏明朗。"她轻声道。

那团子闻言，急急忙忙地转过头来，看着沈妙，眼中闪过一丝惊喜。他似乎是想扑上来，但又犹犹豫豫地站住，看着沈妙，没有说话。

苏明朗看着沈妙，抿了抿唇，突然眼圈一红，小声道："对不起……"

对不起？沈妙微愣，就看见团子嘴角一扁，委委屈屈，竟是要哭了。

下一秒，一个懒洋洋的声音响了起来："原来是你。"

自竹林走出一名俊美少年，他也穿一身象牙白镶银边锦袍，比起那白生生的团子，实在是优雅修长极了。

他走到沈妙面前，停下脚步，居高临下地俯视她，目光中带着探究之意。

这少年个头极高，沈妙堪堪到他胸口。他仿佛在看稚童，嘴角习惯性地带起顽劣的笑，却因为俊俏的脸蛋，并不让人厌恶。若是换了普通少女，怕是此刻已心跳加速，面红耳赤了。

然而，沈妙毕竟不是真正的豆蔻年华。她扫了对方一眼，并不言语。

那少年却勾唇一笑，手上不知什么时候多了把精巧的短刀。他把刀鞘那端对准自己，用刀柄抬着沈妙的下巴，迫使她抬起头来。

沈妙不得已把目光投向对方。

少年十七八岁,生得剑眉星目,眼睛似乎带了秋水,似笑非笑的模样十分动人。然而,他的目光深处却让人发冷,那是一双锐利的眸子,几乎可以看到人心底去。

她深深地吸了一口气,后退一步,让那短刀的刀柄离开自己的下巴。她温和地道:"谢小侯爷。"

谢景行笑了,语气不明地道:"你认识我?"

"京城中无人不知谢小侯爷大名。"沈妙淡淡地道。

"我不认识你。"谢景行扫她一眼,又扫了一眼地上瑟瑟发抖的团子,"是你让苏明朗传话给苏家?"

"传话?"沈妙看着他,忽而微微笑了,"不过是教他个不被父亲训斥的法子,转移注意力罢了。小侯爷怎么用上'传话'二字?未免想得太多。"

"想得太多?"少年玩味地咀嚼着几个字,突然欺身上前,几乎将沈妙逼到背后的巨大树干上。他神情暧昧,语气却十分清明,"我若不想多,就被你瞒过去了。"

沈妙皱了皱眉。

未婚男女在青天白日做出这样的举动,实在是有失礼仪。尤其广文堂外头多是勋贵子弟。若被人看到,她倒不介意坏了名声,只怕沈信会因她而蒙羞。

她思及此,便有些不耐烦,道:"谢小侯爷兴师问罪,究竟是想干什么?"

谢景行注视着面前的少女。他向来对任何事情都有十分敏锐的直觉,有些事情,单从表面也能看出其中暗流,这都是他在十几年的生活中练就的。他在战场上杀过人,定京表面之下的诡谲争斗、后宅里包藏祸心的暗算,皆瞒不过他的眼睛。他看上去嚣张无比,可能长到这么大,也并非全靠运气。明齐那么多勋贵家的子弟,每年因种种原因不在人世的,从来没少了去。

谢景行从不会对任何事情掉以轻心。苏明朗的那句话,苏明枫不会联想到其他,苏老爷也觉得是儿子无意间的提醒,在谢景行看来却不然。苏明朗如何能将时机把握得这样巧?世界上真正的巧合都太少了,很多表面上的巧合,都是人为。谢景行断定有人在教唆苏明朗说这番话。不过对方的真实目的是什么,谢景行不得而知。

谢景行打算会一会这个人。然而待真正见到了这个人,谢景行却只觉得意外。

谢景行原以为对方既能说出这番意味深长的话,又是广文堂的学子,必定是哪家朝堂股肱的儿子，或是即将步入仕途的青年。至于对方的目的，或许是为了拉拢苏家，或许是欲擒故纵。然而当看到这人时，谢景行却险些以为是苏明朗故意使坏。直到那少女开口唤苏明朗，谢景行才确定就是她没错。

面前的少女个头不高，堪堪到他胸前，面目也算不得动人，顶多可爱，看上去有十四五岁的模样，梳着双环髻。她站在那儿，像是丛林中迷路的小鹿，偏偏还站得笔直端庄，一字一句说得慢悠悠的，仿佛是宫中教出来的刻板宗妇。

谢景行上看下看，左看右看，对方不过是一个黄毛丫头。直到他与她说了几句话后。

她面目稚气，语气却沉稳，面上非但没有流露出一丝惊慌，反倒有些不耐烦。这对于谢景行来说，还是头一遭。别的女子见他这样靠近，早已羞得面红耳赤，她却是面色寡淡。

大约她尚且年少，还不懂心动，但为何又懂得与苏家说那样的话？

他一只手撑在沈妙身后的树干上，从旁看来，他几乎要将沈妙整个人圈在怀中。他低下头，离沈妙很近。

"你不怕我？"

"小侯爷又不是吃人的妖怪，有什么可怕的。"沈妙道，"若没有别的事，我便先回学堂了。"说罢，她就要离开。

"站住。"谢景行手一扬，沈妙的长发从他掌心滑过，让他感觉痒痒的。他收回手，身子退后几步，靠在树上，双手抱胸，又恢复了那副玩世不恭的模样。

"提醒苏家，你的目的是什么？"话语锋利，像他的眼神。

沈妙心中微微地叹了口气。谢景行比她想象的还要聪明，凭借苏明朗的一句话就能找到这里。他找到这里，还能问出目的。和聪明人打交道，该如何掩藏自己的真意呢？可惜她从来都不想掩藏。

"无他，自保而已。"说完这句话，她冲谢景行微微地福了一福，再也不管其他，转身离开了。

六个字，谢景行会懂的。

在她身后，少年勾起唇角，把玩着手中的短刀，问："苏明朗，她叫什么名字？"

定京城临安侯府，富丽堂皇。故去的侯夫人是先皇最宠爱的玉清公主。本来做了驸马后，临安侯的兵权便该被收回去。谁知先皇架不住玉清公主的撒娇卖乖，竟然也放任自流了，足可见出玉清公主在先皇心中的地位。

玉清公主生得国色天香，性子又最温柔，嫁入临安侯府，自是被临安侯宠在心尖尖上。可惜后来，临安侯到底还是纳了一房妾室，便是如今的方氏。

若说玉清公主是天生的大家闺秀，长袖善舞，这方氏便是活脱脱的小家碧玉。原是方氏父亲对临安侯有恩，后来方家落败，方父以恩情要挟，终于让临安侯娶了方氏做良妾。

良妾和普通的妾室又不同，不能被随意打发。加之方氏确实伏低做小，并未有争风吃醋的行为，临安侯便也没放在心上。大约高门子弟都看惯了三妻四妾，如临安侯这般只纳一名良妾的已算鲜有，临安侯自己也未觉得不对。

可惜男子与女子看待问题，尤其是妾室之上的问题，实在截然不同。临安侯觉得纳房良妾也无甚大碍，妾室不过是玩物，自己心尖上的还是玉清公主。玉清公主却不是这样想。

玉清公主自小在先皇的宠爱下长大，嫁入侯府后过的又是养尊处优的生活，丈夫只有她一个正妻。谁知道突然来了一房妾室，玉清公主那时候才生下谢景行，还没出月子，便被此事打击了。

方氏每天过来给玉清公主请安，穿的、做的都是极有规矩。她不来还好，一来，玉清公主便觉得心中无比烦闷。若玉清公主是个普通公主，随意找个法子私下给方氏下绊子，也不是没法将她弄走。偏偏玉清公主自来被保护得极好，一直是天真烂漫的性子，哪里会冲人使那些阴私的手段？

还是公主的陪嫁嬷嬷想了个法子，在没告诉公主的前提下，暗中寻个理由，想将方氏赶出去。可不知怎么的，嬷嬷竟没有得手，甚至被临安侯发现了。

临安侯虽然平日里行事不羁，却是个光明磊落的性子，最看不得女人耍小手段，当即狠狠地斥责了玉清公主。

玉清公主自嫁给临安侯，还是第一次与他争吵。她受不得委屈，也未将嬷嬷的事情说出去，只与临安侯针锋相对，最后气得临安侯拂袖而去。

玉清公主原本以为过几日临安侯便会来看她，谁知一个月过去了，临安侯只在方氏那边歇着。女人坐月子期间最不能伤心，玉清公主怄了气，便重重地病了一场。

临安侯到底还是深爱着发妻，便要过来看望玉清公主，偏偏他连夜接到出征的圣旨，甚至来不及与玉清公主打招呼就离开了。

而临安侯离开后不久，方氏就发现自己有了身子。

身为正房，临安侯不在，玉清公主万万不能给方氏下绊子，甚至还得护着方氏肚子里的孩子。否则，方氏一旦有个三长两短，怕是定京城中的流言全是她趁着夫君不在谋害妾室云云。

时间一久，玉清公主的身子渐渐荒废，竟是要不行了。嬷嬷见状，心中焦虑。偏偏玉清公主不许嬷嬷回禀皇家，自己爬起身，给临安侯写了封信，要他回来见自己一面。她等啊等，到底没能等来临安侯。

玉清公主没了。待她下葬三日后，临安侯凯旋，甚至没能见到爱妻的尸首，哀恸不已。可惜佳人已去，只余黄土一抔。

那时，先皇震怒不已，摘了临安侯的乌纱帽。直到新帝上任，怜惜他的才华，又重新复用临安侯，可惜定京再也没有往日那段郎才女貌的佳话。

临安侯没有娶继室，临安侯府的女眷也只有方氏一人。方氏仍旧几十年如一日地伏低做小。她生的儿子，临安侯略有关怀，却还是将所有的精力都用在嫡子谢景行身上。

但谢景行并不领情，从懂事开始就一直疏远临安侯。玉清公主和临安侯的爱恨纠葛，定京几乎家喻户晓，谢景行若想知道，总也能知道的。

临安侯对儿子有愧，总是尽力满足他的要求。谢景行却极喜欢跟他爹对着干，老把他爹气得头疼。无论如何，他都继承了玉清公主的美貌与才华，除了性子顽劣，倒是个惊才绝艳的好儿郎，自然也是明齐勋贵家女儿的闺梦中人。

今日也是一样。

谢景行大步走进自己的书房。他的院子是玉清公主养病时居住的，与正院隔得很远，胜在幽静。谢鼎也曾想让他搬去靠近正院的地方，都被谢景行拒绝了，理由是：实在不想看到某些人。

他对侯府的态度一向这样凉薄。

身边的小厮推门走进来，端来个雪白撒花的陶瓷碗，道："方姨娘亲手给熬的水晶莲子粥，主子喝了暖暖身子。"

他不喜欢手下叫他"少爷""世子"，只叫"主子"，似乎这样就能和侯府撇清关系。

谢景行瞥了那碗一眼，粥熬得很是黏稠，汤色鲜亮，当是熬了不短的时间，散发出清香，令人胃口大开。

他一笑，道："倒了。"

小厮习以为常地称了声"是"，退了出去。

小厮刚退出去，门后便出现了一人。那人微微垂下头，低声道："主子，查清楚了，对方是将军府上的大房五姑娘，沈信的嫡女——沈妙。"

"沈信？"谢景行皱了皱眉，问。

沈信和谢鼎在政见上不合已有多年，沈府和临安侯府也是各自看对方不顺眼，并且利用兵权相互制衡，这其中实在牵扯着不少利益。

临安侯府和苏家是好友，沈家提醒苏家，或许就是在提醒谢家。可本是对立立场的人，突然前来提醒，究竟是个什么意思？再说，沈妙一个小姑娘又懂什么？当是沈家人故意让她来提醒的。沈信如今远在西北，莫非指使沈妙的是二房和三房？沈贵和沈万也是极有野心之人，如今朝堂风云再起，只怕他们想要浑水摸鱼。

"沈、谢两家向来泾渭分明，沈家丫头却突然示好，分明不怀好意。"他挑了挑眉，语气冷漠如寒铁，"继续查！"

第三章
故人重见

不久，一年一度的菊花宴快来了。因着广文堂举办校验的时间恰好与菊花宴相隔不远，今年便放在一起办了。这样一来，与从前不同，校验变成了大庭广众之下勋贵之家的大宴。

一大早，沈老夫人便差身边的大丫头喜儿到西院，说是请了裁缝来做菊花宴上穿的衣裳，让沈妙去挑一挑。沈妙应了。

菊花宴上各家夫人都在，大多是来相看未来儿媳妇的，是以女儿家都会盛装出席。沈老夫人虽看不惯大房，面子却还要做的。

白露有些高兴，一边陪着沈妙往荣景堂走，一边道："没想到这样快就到了菊花宴，姑娘最喜欢菊花宴，届时可以赏花了。"

沈妙喜欢菊花宴，却并不是为了赏花，不过是因为傅修宜。

那年的菊花宴，傅修宜也在场。当日，她又被众女嘲笑孤立，园子里姹紫嫣红，大家都找最红最艳的花，她走到角落，远远地瞧见一盆白菊。

白菊这种东西，大多是做丧事时用的，天生不讨喜。况且这菊花开得委实凄惨了些，孤零零一枝盛放在角落，没有人注意。

大约起了同病相怜的心思，沈妙觉得自己就如那菊花，孤零零一人，是无人看到的小可怜儿。她心中正感叹，就瞧见一名华服男子走到那菊花前。

他伸手执起花枝，以手轻抚花瓣。身边的人问他："九弟，这花凄凄惨惨，有何好看的?"

华服男子一笑,道:"怜惜它娇弱无依,可怜。"

就是这一句"怜惜它娇弱无依",让沈妙对男子有了好感。待那男子转过身,她更为他丰神俊朗的外表所着迷。后来,沈妙从诸位女眷嘴里得知,此人正是九皇子——定王傅修宜。

她想,这样一个温柔的人,若自己嫁给了他,他也定会如怜惜孤花一般怜惜她吧?可惜,她终究还是想错了。

"姑娘?"

沈妙不知不觉想得出神,竟没发现已经到了荣景堂门口。白露出声提醒,沈妙才跟着喜儿抬脚走进去。

沈元柏今日未曾在,沈老夫人一身青色锦绣长扣衣,古稀之年还穿这样鲜嫩的青色,直衬得脸如女鬼。

沈玥和沈清都站在各自的母亲身边。二房本还有个庶女沈冬菱,可惜她向来身子不好,不能出门。

沈妙冲沈老夫人请过安,任婉云看着沈妙,笑道:"小五来了?快来挑布料吧,等会儿便让丽娘给你们量身。"

沈清笑嘻嘻地道:"我与二妹妹已经选过,就等着你来挑了。"

分明是喜儿来得晚,却像是她的不是了,晾着一众人在荣景堂等着。沈妙懒得与她计较,自个儿走到那摊着布料的软榻前。

丽娘是个三十来岁的中年妇人,沈府每年的新衣都是从她家铺子里裁买的。她年轻的时候,跟宫中的女官学过一些刺绣手艺,做衣裳十分好看。

沈妙面前摊着五六匹布,一匹海棠色和一匹烟粉色的已经被挑了出来,勿用提,定是沈清和沈玥二人的。

曾经的情景历历在目。当日菊花宴,沈清穿着海棠色的撒花烟云裙,显得热情大方,人比花娇。沈玥一身烟粉色绣白梨花缎面百合薄袄裙,更是娇柔纯美。而她穿着一件嫩黄色衣裳,戴着沈老夫人给的金灿灿的项圈和首饰,像个笑话。

沈玥笑着出声道:"五妹妹肤白,不若挑那嫩黄色的衣裳如何?况且还显得活泼可爱,实在是很称。"

沈清也连连点头,道:"不错,剩下的料子似乎就嫩黄色更称五妹妹一些。"

陈若秋嘴角含笑,并不言语。任婉云的目光中流露出一丝讥讽。

沈妙并不会挑衣服。

沈夫人常年不在府上，沈府其他人又各怀鬼胎，哪里会真心教小姑娘搭配？长此以往，沈妙只会跟在沈清和沈玥身边，她俩说什么，沈妙就挑什么。譬如说那嫩黄色的料子，称她的肤色是不假，却显得太过稚气廉价。加之那些金灿灿的首饰，沈妙穿上，活脱脱就是一个地主家的女儿。

她指了指其中一匹天丝锦缎，道："就这个好了。"

那是一匹青莲色的料子，一般来说，闺中女儿大多不会选这个颜色。青莲色挑人，寻常女儿家穿容易显得老气。

陈若秋的目光微微一闪，她笑道："小五怎么挑了这么一个深色？姑娘家都要穿得鲜鲜亮亮的，如你两个姐姐。这样的深色，你穿怕是老气了些。"

沈玥和沈清却是暗笑。沈清道："我看这青莲色也挺好的，五妹不是不曾穿过这样的深色吗？试一试也好，听说这样的颜色也很是贵气呢！"

"若非我已经挑了料子，定也是要尝试一下那青莲色的。"沈玥笑盈盈地道。

丽娘看了看沈家两位口蜜腹剑的嫡女，又看了看神色平静的沈妙，心中叹了口气。沈家大房嫡女沈妙头脑愚蠢无知，定京城里无人不知，可谁知道，外表良善温柔的两名堂姐竟也有这样的恶毒心肠，竟是变着法儿让沈妙出丑。

她有些同情沈妙。沈将军在外保家卫国，嫡女却在府里被亲人算计，实在可怜。思及此，她婉言道："这青莲色确实太过庄重，若是赏菊宴，小姐不若选这一匹玉白色的？"

沈妙瞥了丽娘一眼，婉言谢道："不必了，我就喜欢这匹青莲色的料子。"

她这般回答，倒叫刚刚皱起眉的沈清和沈玥松了口气。

沈玥笑道："五妹妹的眼光果然是好！如此，就劳烦丽娘为我们量体裁衣了。"

丽娘不好再说什么，依言为几位小姐量身。

自始至终，沈老夫人都斜倚在榻上闭着眼睛假寐。

待丽娘量完了尺寸，离开沈府，任婉云才笑道："几个孩子都是大姑娘了，咱们沈府的姑娘出去，也不能被人小瞧了。我打了些首饰，待到赏菊宴那日便可用了。"说着，她吩咐身后的香兰把几个匣子端了出来，一个给了沈清，一个给了沈妙。

沈妙的匣子沉甸甸的。任婉云看着她，语气分外慈爱地道："二婶瞧你这些日子忙着广文堂的校验准备，逛首饰铺子的时候特意给你打的，都是依照最好的款式，希望你喜欢。"

高座上，沈老夫人眉头皱了皱，似乎想睁眼，顿了顿，终究还是继续假寐。

"多谢二婶婶。"沈妙笑道。

"那咱们就先回去瞧瞧吧。"沈玥拉着陈若秋，冲沈妙眨了眨眼，"五妹妹的首饰定是最重头的那个。"

沈妙微微一笑，并不言语。

回到西院，沈妙将匣子扔到一边，并未细看。

惊蛰见状，奇道："姑娘也不打开瞧瞧？"

"有什么可瞧的？横竖有什么不一样？"沈妙头也不回地答道。

惊蛰欲言又止，每次从二房、三房那边得来的首饰，自家姑娘都爱不释手，可是就连下人都看得出来，那些首饰实在俗气不堪。

沈妙想了想，又伸手将那匣子打开。她甫一打开，便是金灿灿的光芒扑面而来。里头摆放的都是金子和银子打造的手镯、项圈，甚至还有钗子，上头镶着的红宝石个头倒大，成色却劣质得很。

惊蛰脸上忍不住露出一丝愤怒的神情。

沈妙险些失笑。每每她穿着颜色艳丽的衣裳，戴着金晃晃的首饰，活脱脱就像一只会移动的匣子。在温柔婉约的沈玥和大方明朗的沈清面前，她实在像个乡下女财主。

惊蛰观察着自家姑娘，惊讶地发现她并未如以前一样露出兴奋的神情。

惊蛰正在诧异，便见沈妙将匣子一合，推给惊蛰，道："找个当铺给当了吧，顺便去买根银钗子回来，也不用太好，刻花的就行。"

"姑娘……"惊蛰惊讶地道，"咱们就这么当了，若是被东院的人发现，难免会招人口舌。"

"首饰既然不能戴，留着有什么用？不如当成真金白银，平日里咱们做事，总归方便些。"沈妙答道。

沈府每月都是按份例给月银，每个姑娘一月二两银子。然而，沈玥和沈清究竟又被自家补贴了多少呢？沈妙不得而知。但有一点可以肯定，她是没那份补贴的。

她分明也是将军府上的姑娘，出手却没有两位姐姐大方。她以前觉得那是因为二婶和三婶自个儿愿意贴补女儿，如今呢？

公中的钱财都由任婉云掌握，可沈贵和沈万平日里在朝中办事上下打点，自己的俸禄尚且不够，哪里有闲钱？倒是沈信，在战场驰骋，陛下赏赐得多，可这些赏赐，沈信从来没有私吞过，全是奉给了公中。

拿着他们家的银子却如此对待她，这般无耻之事，也只有老夫人那家人做得出来。沈妙总要想办法分家的。

明齐六十八年的菊花宴，终究还是来了。

广文堂的校验与以往不同，说是校验，竟变成了斗才。但凡有才之士，便可随意上台展示，挑战同窗，如此既能显示出少年人的勃勃生机，又能让人看到广文堂的学子各有千秋。

男学生和女学生也可同台，就是说，不像以往一般分成男子组与女子组。若是喜欢，女子可以挑战男子擅长的策论和骑射，男子也可以挑战女子擅长的琴棋书画，不过想来，发生此种情景也是很少见了。

一大早，沈府便忙开了。

西院里，霜降仔细地为沈妙戴上银簪，笑道："姑娘，好了。"

"姑娘这身可真是好看极了，"白露看着就笑，随即又有些迟疑，"就是头上看着太素了些。"

沈妙的头发又黑又多，被霜降梳了个精巧的垂云髻，看上去典雅又别致。只是一支银簪子孤零零地插在头上，看上去颇为可怜。

谷雨忍不住生气。沈府家大业大，可沈妙没有一件拿得出手的首饰。她怕沈妙伤心，连忙换了个话头，道："丽娘真是好手艺，姑娘这身衣裳真漂亮。"

也不知是不是心底怜惜沈妙，丽娘送来的这件衣裳，绣工出奇地精致。似是照顾她年纪偏小，青莲色难免老成，丽娘便在裙子下摆处绣了大朵大朵的海棠花。花朵栩栩如生，绽放得又艳丽，实在美丽极了。

"走吧。"沈妙站起身来，"不能让人等得太久。"

她方走出院子，便见花园中海棠繁盛，于是停下脚步，掐了小小的一朵，簪进乌油油的发髻中，一下便似锦上添花。

"姑娘可真好看！"谷雨赞道。

桂嬷嬷刚从小厨房出来，为沈妙准备了些马车上的零嘴儿，提着篮子出来的时候见了沈妙，忍不住惊了一惊。

她伺候沈妙这么多年，看着沈妙长大，今日却觉得沈妙陌生得紧。今日的沈妙看起来沉静而稳重，与从前判若两人。她差一点儿没拿紧手中的篮子，傻傻地站在原地。

直到白露笑盈盈地开口道:"桂嬷嬷这是在瞧什么呢?"

桂嬷嬷一愣,习惯性地正要说几句漂亮话,突然想到今日是菊花宴,沈妙出众,岂不是将沈玥和沈清都压下去了?她将已经到嘴边的夸奖话咽了下去,忧心道:"姑娘,这衣裳的颜色实在是太重了。姑娘这样年轻,何必穿老成颜色?平白遮了姑娘的好气色。姑娘还是回去拿从前那件绣花枝喜鹊的桃色夹袄如何?显得粉嫩。还有这簪子,老奴记得二夫人不是赐了不少吗?这样下去,没的让人说将军府中的姑娘还这般朴素。"

谷雨撇了撇嘴。那花枝绣喜鹊的桃色夹袄是任婉云送的,颜色俗气,加之戴上满头满脸的金银首饰,让沈妙活像乡下土财主家的小姐。若今日穿去菊花宴,沈妙定会被众人耻笑。桂嬷嬷分明就是不安好心。

她正要替沈妙斥责几句,便听见沈妙轻声开口道:"如今明齐国泰民安,百姓安居乐业,可陛下主张节俭。天下之道,铺张浪费乃下乘,咱们朴素一点儿又有何不好?被人瞧见了,只会说我将军府清正廉明,门风端正。至于衣裳,就更不必在意。"沈妙扬了扬嘴角,"今日物在赏花,人在斗才,可跟衣裳没有一丝一毫的关系。"

她这一番话说下来,和和气气,妥妥帖帖,教人无法反驳。桂嬷嬷脑子里混沌一片。她不怕沈妙发火,可沈妙何时能跟她讲出这样一堆大道理来?文绉绉的,让桂嬷嬷这个没念过书的粗人不知如何反驳。

白露忍不住笑出声来,忙又噤了声,肃了脸色,只是眉目中的畅快之色还是掩饰不了。

桂嬷嬷被几个丫头看了笑话,心中懊恼,也想不通为何这一次回府,每次和沈妙对话,自己都落了下风。她有些狠狠地把手中的篮子交给谷雨,道:"这是给姑娘路上吃的零嘴儿,到菊花宴还有些路程,你们莫要饿着姑娘。"她又冲沈妙道:"老奴先回院做事了。"

"去吧。"沈妙轻飘飘地答道。

待桂嬷嬷走后,谷雨和白露俱是开心不已。沈妙越是强势,就越有主子的模样,这样沈府里那些没眼色的下人便不敢欺负她。

几人方走到门口,就见门口停着两辆马车。第一辆已经准备出发了,第二辆却空空的。沈清的丫头春桃就立在第一辆马车前。

春桃见了沈妙,忙凑近马车,对里面的人说了什么,紧接着,马车的帘子被人掀开了。里头正是沈玥和沈清,还有任婉云和陈若秋。这四人瞧见沈妙的模样，都忍不住一怔。

陈若秋的目光闪了闪。任婉云却是皱起了眉头，道："小五，你怎么穿得这样素淡？"

"没错。"沈清也迫不及待地开口道，"看上去实在难看。你还是穿些鲜艳的好。我屋里还有一件艳黄色的新衣。春桃，你带着五妹妹去换下那身衣裳。还有首饰，你怎么什么都未戴？不知道的，还以为将军府亏待了你呢！"她暗自压抑住心中的妒忌。

沈清也算是清秀佳人一个，可有一点是她最在意的，她的肤色不甚白皙，有些偏向麦色。沈玥肤白，她不敢说什么。可沈妙肤白，今日又穿着青莲色的衣裳，更显得肌肤胜雪。这样一来，沈府三个女儿中，她便是肤色最暗淡的那个，自然不高兴。

沈玥仔仔细细地打量着沈妙，见她梳的垂云髻小巧精致，配着那一身青莲色衣裳，竟也十分端庄。她微笑道："五妹妹，衣裳暂且不说，首饰却是一定要戴的，你毕竟是咱们府上的脸面，祖母见你如此打扮，也会不悦。再者，你怎么梳了这样一个发式？你如今年纪还不大，以前的双环髻就很好了。"

谷雨气得脸色有些发白，可是她身为下人，没法顶撞主子，只恨得咬牙切齿。二房和三房都心怀鬼胎，这般坑害自家侄女，巴不得沈妙打扮得越土气越好。

沈妙心中冷笑。沈玥自己梳着飞仙髻，身上的粉色纱衣轻薄似仙。可她想做绝色才女，凭什么就要自己来衬？

她们说完，见沈妙一言不发，只是微笑地看着她们。终于，沈清被看得有些不自在，呵斥站在马车边的丫鬟，道："春桃，还愣着干什么？！还不赶紧带着五妹妹换衣裳？"

"不必了。"沈妙打断她的话，面上适时做出一副忧伤之态，"今日这般打扮，也是有原因的。二姊赐我的首饰，我也极喜欢，并非故意不佩戴。父亲如今远在西北，带领众将士浴血奋战，匈奴未退，将士们都在前方拼命。我身在京城，却锦衣玉食，闲情逸致，赏花吟诗，实在惭愧。"沈妙微微低下头去，声音也放轻了，"昨夜有菩萨入梦，要我虔诚祷告。我便下定决心今后素衣淡彩，到父亲凯旋之前，都不会着艳衣、戴首饰了。"

谁都没料到沈妙会突然说出这么一番话来，沈玥和沈清都吃惊得说不出话。陈若秋抚着自己的额角，若有所思。任婉云面上有些尴尬，按照沈妙这番话，她一人为自己的父亲虔诚祷告，那他们这些沈家人又算什么？可要让她的清儿也穿得这般素淡去菊花宴，她又是铁定不干的。

任婉云咬了咬牙，慈爱地劝道："虽如此，可你到底也是年轻姑娘家，何必心思那么重，菊花宴上便好好放松……"

沈妙却突然朝任婉云拜了个大礼，道："求二婶成全沈妙的一片孝心。"

沈妙本就站在沈府门口，身边来来往往有不少路人。沈妙这么一拜，路过的百姓都忍不住投来好奇的目光。

任婉云可以让沈妙穿艳丽的衣裳维持沈府的脸面，可是任婉云敢不成全沈妙的一片孝心吗？自家大哥在西北打仗，自己不祷告便罢了，连人家女儿的孝心也不成全，那她起的是什么心？

任婉云的脸色顿时发青，她忙让春桃扶起沈妙，道："你这孩子，二婶怎么会不成全你的孝心？难为你小小年纪就有这般心思，罢了，素淡点儿就素淡点儿吧。"

沈清还有些不服气，却不好反驳自家母亲的意见。

沈玥母女似乎看出了点儿什么，再看向沈妙时，目光已经有了不同。

"不过……"任婉云笑道，"咱们这辆马车已经坐不下了，我让管家另备了一辆特意给小五，坐着也宽敞。小五就坐在那辆马车里，跟着咱们，等会儿一起进去。"

每年的菊花宴，沈妙都是和这两对母女乘坐同一辆马车，今日怎会挤不进去？任婉云这般作态，也不过是故意为之。

任婉云也有自己的思量。沈清到了寻人家的年纪，可沈信的官位比沈贵大，若有那高门的，说不定府里会先思量把机会让给沈妙。沈妙的性子蠢笨，只要无人带领，她就会闹出许多笑话，也才能衬托出沈清的大方得体。

"好，但凭二婶吩咐。"沈妙微微一笑。

任婉云还有些诧异，没想到沈妙这么容易就答应了。这样一来，倒显得她准备的话多余了。

"没什么事的话，沈妙就先去马车上了。"沈妙冲四人行了礼，径自上了自己的马车。那马车也算宽敞，却不如任婉云的那一辆精致。

谷雨气愤地道："她们单独让姑娘一人坐马车便罢了，竟还让人坐后面，这是安的什么心？"

惊蛰有些担忧地看了沈妙一眼，心中微叹。

沈妙目光沉沉地看着小几上的蜜饯，手渐渐地握紧。她们想扫了大房的面子，故意拉开和大房的距离，让她成为笑话，给沈信招骂名？她倒要看看，最后是谁给谁添堵。

菊花宴设在离恭亲王府不远的雁北堂，是当初明齐开国，帝后亲自设立的堂会。府邸原是前朝修建的精致花园，占地极广，建筑宏大精致，若非离城中太远，帝后甚至想要将它改造成宫中一景。

然而此处依山傍水，是欣赏风景的好去处。尤其是每年十月，各色菊花竞相开放，身处其中，好似来到仙境。广文堂在此处举办校验，也算十分风雅。

从沈府去雁北堂，赶马车大约要一个时辰。

谷雨打开桂嬷嬷给的篮子，同沈妙道："姑娘不如吃点儿东西，路途遥远，吃了东西才有力气。"

沈妙看着那篮子中的东西。冰羊奶酪、葱卷儿、辣油腿儿……颜色鲜亮，乍一看让人食指大动，闻着也是香喷喷的。可惜这些东西的味道都太大了，如冰羊奶酪、辣油腿儿这样的，更容易弄花口脂。若是沈妙一个不小心，还会弄脏自己的衣裳，桂嬷嬷也真是"精心"准备了这些食物。

她摇了摇头，让谷雨将盒子盖上，对惊蛰道："不必了，惊蛰这里有。"

惊蛰小心翼翼地从身后拿出一个小布包，里面都是小巧玲珑的糕点。沈妙让惊蛰买通了采买东西的管事，托她带了些外头的点心给自己。

广福斋是定京城中数一数二的点心铺子，宫中的妃嫔都爱吃他家的糕点。前世婉瑜喜欢得不得了，一天不吃便觉不痛快。

那糕点只有沈妙的手指大小，味道也不大，沈妙分了些让谷雨和惊蛰也吃。两个丫头先是不敢，后来见沈妙坚持，推辞不了，便小心翼翼地接过来，吃了一口后，惊喜地道："姑娘，这点心可真好吃。"

沈妙微微一笑。女儿家总是喜欢好看的东西。婉瑜当初和亲之时，她甚至花重金买下广福斋一名做点心的师傅，让他随行，只希望在匈奴的苦寒之地，婉瑜还能吃到自己喜欢的糕点。谁知道……谁知道便是在半途中，婉瑜香消玉殒。而她连女儿的尸体都未见到。

沈妙闭了闭眼。婉瑜和亲，是楣夫人鼓动的不假，下令的却是傅修宜。如今，这些人一个都别想跑。这些害死婉瑜的人，她要他们千倍百倍地奉还！

谷雨正津津有味地吃着点心，一抬头却见身边的沈妙目光冷厉。她小心地问道:"姑娘可是哪里不舒服？"

"无。"沈妙垂眸，"想些事情而已。"

今日的菊花宴和校验，傅修宜也会到场。不仅是他，还有他的几个兄弟。如今的九个皇子各分阵营，傅修宜表现得最是无害，和太子一派交好。

谁知道，皇上最后却废了太子，改立傅修宜为储君。她不打算帮太子，明齐皇家的这些人最是无情，看这些替先祖打下江山的簪缨世家不过看几条老了的狗。明明当初是这些猎犬替他们打下了兔子，如今兔子收入囊中，皇家却还要担心狗会咬死自己，于是企图榨干狗的最后一滴血，将他们杀而烹之。

天下不仁，储君不义，凭什么要求所有人忠心？

不如先看狗咬狗如何？沈妙的唇角微微一勾。

雁北堂此刻已经来了不少勋贵之家。

校验不分男子与女子，宴堂却还是将客人分成了男子席和女子席。男子席边，少年与父亲忙着结交朋友，贵门之间拉关系相互扶持也是自然。况且这些少年，终有一日会接替父亲的官职，扛起整个家族的重任，此时多结交人脉也好。

女子席上，妇人和小姐在一起闲话家常。

易佩兰拨弄着小几上的鲜花，道:"今日的校验，你们可有把握？"

"我是没有的。"她身边的女子笑道，"这么多人，如我资质平平，实在害怕。只希望等会儿千万莫要抽到我，也不要有人挑我上台。我不求出头，只要不出丑便是。"

易佩兰撇了撇嘴:"至少也要试一试，要知道今日定王殿下也在此，况且你心仪的李家少爷不也在吗？李家少爷文辞那般出众，定会上台，你不抓紧这个机会好好表现？"

那少女推了一把易佩兰，道:"净胡说。"

江采萱闻言，笑道:"就是，白薇，你可莫要害怕，要说比出丑，不是还有沈家老五垫着底儿？怎么着你也比她强吧？"

"不错。"易佩兰笑得花枝乱颤，"每年的校验，沈五不是都负责逗乐吗？也难为她每年都有脸来。一想到今年她又要来表演那些活计，我便想发笑。不知道她又会穿什么样的衣裳，如去年那般恐怖的艳红色配紫红金钗？"

几个少女咯咯地笑起来。

"够了。"冯安宁突然开口道，"很好笑吗？"

易佩兰一愣，随即道："冯安宁，你最近似乎很奇怪啊，怎么与那傻子交好了？"

冯安宁面色一怒，正要说话，便听得另外一边有人道："哎，沈家夫人来了。"

易佩兰的母亲易夫人平日里和任婉云交好，易老爷和沈贵在官场上互相照应，偶尔任婉云也带沈清去易府上做客。因此，易佩兰和沈清关系最好，和沈玥也不错。

在场妇人与另一边男眷席上的宾客都朝那边看去。

沈贵和沈万最近整日忙于公务，是来不了的，但众人看向来处，却并非因为沈贵和沈万二人。

无论如何，威武大将军沈信在朝堂上威望颇高，先皇在世的时候，沈家便有颇多特权，"天子近臣"四个字名副其实。沈贵和沈万在朝堂上顺风顺水，也是借了自己大哥的势头。

男眷们看沈家，是看重权之家，看武将威武；女眷们看沈家，却是看笑话。

夫人们还好，毕竟年长，即便心里轻蔑，面子上总是要敷衍几句，少女们却不一样。

"不知道今日又是什么好戏，定王殿下在场，沈妙必定会'精心'打扮一番吧。"易佩兰捂着嘴笑。

白薇叹了口气，装腔作势地摇了摇头："也不知道沈将军上辈子造了什么孽，怎生有了个这样的女儿。"

正说着，她们便见雁北堂的婢女领着一行人走了进来。

走在最前面的赫然是任婉云和陈若秋。任婉云一身弹花勾金薄长袍，她本就生得丰腴，梳着原萝髻，越发显得富贵端庄，很有掌家之母的气派。陈若秋则不同，虽然沈玥都十六了，她仍如少妇一般，着琵琶襟淡绿烟罗裙，一看便是出自书香门第的温婉女子。

而她二人身后，正是沈玥和沈清。

沈玥穿着烟粉对襟羽纱长裙，长发绾成飞仙髻，其中缀着粉色的珍珠，珠子散发着光泽，直把人的目光都吸引了过去。她身边的沈清，穿着散花如意云烟裙，也是亮眼的颜色，梳着百花髻，显得精神又明朗。她腕间的翡翠镯子颜色透亮，一看便知不是凡品。

她二人正是年少，一人柔美一人大方，穿戴都昭示着富贵，不少少年郎的目光都投了过来。男眷席上，一位大人也忍不住赞叹："沈家的几位女儿，倒是好相貌。"

"还有一个。"蔡霖见到了自己心仪的沈玥，心中正是愉悦，闻言忍不住讥讽道，"沈家还有一位沈将军的女儿，那才是好相貌。"

那位大人似乎并不太理会外头的传言，对于外人对沈妙的评论，竟然一点儿也不知道。听到蔡霖这么说，他还以为是真的，便道："沈将军的女儿，必然不会差的。"

"呵。"蔡霖忍不住笑了一声，随手指向沈玥一行，"那可不是……"

他话没说完，却咽了下去。

众人便见沈清、沈玥的后面，还走着一人，她没有和沈清、沈玥走在一起，孤零零地落在后面。她本该是看上去有些不得志和瑟缩畏怯的，却不知为何，一点儿也不显得卑微。

她穿着乌金云绣衫、月牙凤尾罗裙，裙摆勾画描边，绣着大朵大朵的海棠花。那些花朵竟像是盛开在她脚下一般，随着少女的走动，步步生花，摇曳多姿。

而这少女大约觉得冷，外头罩了一件青莲色的云丝披风，瞬间便将那花团锦簇的图案压了下去，生生多出了一股子清冷的韵味来。

随着她的走近，众人看清了她的脸。那是一个十四五岁的少女，梳着简单的垂云髻，只插了根素净的银钗，钗尾绽放着一朵小巧的秋海棠，瞬间在那沉色中点出了一抹鲜亮，看起来颇为动人。

她肤色白皙，穿着青莲色的衣裳，越发显得肤如凝脂，而一双眼睛澄澈透亮，亮晶晶的，如某种甫出生的兽，唇角含着微微的笑，然而又似乎并不是在笑。她鼻子小巧，嘴巴红润，看上去颇有些可爱，但众人瞧着她，并不会以为这是一位小姑娘。

少女模样清秀，气质却沉静端庄。她微微抬着下巴，裙裾微动，双手交叠的动作恰到好处，不僵硬也不随意，仿佛这样的动作她已做了千百遍，没有一丝漏洞。

恍惚中，人们觉得她不是什么十四五岁的小姑娘，前面的沈玥与沈清、任婉云和陈若秋，都不知不觉成了这少女的陪衬，像是她随身带着的四个侍女。而走在最后的那个人，分明才是她们的主子。

"那是谁？"易佩兰喃喃道。

"这是……沈家的客人吗?"白薇问,"似乎是从未见过的人啊。"

"这便是沈将军的女儿吗?"之前那位与蔡霖说话的大人目光有些激动,"实在是好相貌!好气度!青出于蓝!"

"沈妙?"蔡霖一愣,定睛一看,失声叫起来,"是沈妙?"

一石激起千层浪,满座人静了一静,紧接着一片哗然。

沈妙?

冯安宁忍不住一怔。平日里,她和沈妙在广文堂同坐一张桌子,自然比别人更熟悉沈妙一些。

眼前的少女,的确是沈妙没错。

因着前段时间落水后养病,沈妙消瘦了些。今日看来,她的下巴略微尖了一点儿,更像是十四岁的豆蔻少女。

仿佛一直蜷缩在窝里的猛兽幼崽,终于在沉睡了许久之后,第一次亮出了爪牙。

裴秀才也在男眷席中,虽然他只是广文堂的书算先生,可世人皆尊敬有才之士。他如今年纪尚轻,却有如此才华,若是入朝为官,也是担得起一个官位的。官场上的都是人精,只要懂得为日后铺路,裴琅未必就没有发达的一日。

沈妙目光扫过男眷席上,在裴琅身上停留了一瞬。

她知道,今日的校验,裴琅虽是书算先生,但在前世,斗才的时候,曾有恃才放旷的学子向先生挑战。裴琅的一篇《行律策》文采斐然,有理有据,当日便入了傅修宜的眼。后来,傅修宜为了收揽这位人才,做了许多礼贤下士的举动,终于得到了裴琅这员大将。

这辈子,沈妙是断然不能让此事发生的了。

裴琅敏感地察觉到少女的目光似乎远远地落在了自己身上,心中腾起一股奇异的感觉。他顺着对方的目光回望过去,沈妙却早已转过了头。

身边的大人都在赞叹:"沈将军的嫡女年纪尚小,便有这样的气度,日后实在是不可小觑啊。"

"模样生得也不错。"一名蓝衣少年道,"原先怎么没发现,这沈妙长得也算是个丽色佳人。"

少年们看少女,又只是看容貌了。

"可惜是个蠢货。"蔡霖在短暂惊讶过后回过神,不满众人都看沈妙,反而将沈玥给忽略了,便哼了一声。

"你才是蠢货！"一个突兀的声音在他耳边炸响，蔡霖吓了一跳，见一个穿着软缎红衣的团子气鼓鼓地瞪着自己，他个子尚矮，却气势逼人。

"对不住。"闻讯赶来的青衣少年冲蔡霖好脾气地笑了笑，"舍弟无礼，冲撞了。"

蔡霖正想骂人，一见对方却是平南伯世子苏明枫，那团子正是苏二少爷苏明朗，便又将到嘴边的话吞了下去。苏明枫可是谢景行的挚友，谁敢惹？

苏明枫如今的"病情"有所好转，可以下地走动了，这回特来观看校验。

"大哥。"苏明朗拉了拉苏明枫的衣角，"那个姐姐好漂亮，你把她娶回去做嫂子吧。"

苏明枫嘴角一僵，微微俯身，问："二弟认识沈姑娘？"

"不认识呀。"苏明朗无辜地玩手指。

苏明枫便不说话了。

沈妙跟在任婉云一行人身后，走到了女眷席上。

女眷席上，夫人们都是挨着自己相熟的好友随意坐的，小姐们也是一样。沈妙自顾寻了个位子坐下来。她并不惧怕这些少女孤立她，相反，很享受安静的感觉。

"五小姐如今瞧着变了不少呢。"易夫人与任婉云笑着道，"似乎也变成大姑娘了。"

她不好说沈妙看着竟将沈玥和沈清都比了下去，只得婉转地提醒任婉云。

任婉云哪能不知道？她善于察言观色，刚才一路走来，很清楚众人的目光可不是在瞧她，亦不是在瞧沈玥和沈清，分明是落在最后的沈妙身上。她暗暗咬牙切齿，看来沈妙这次也是下了血本，知晓定王也会前来，于是想方设法吸引定王的注意，要和她的清儿争个高低。

她举起茶碗来，笑盈盈地看着对面的男眷席："可不是嘛，小五如今年纪也不小了。老太太疼小五，说大伯不在，这次出门前让我特意相看有没有合适的人哪。"

坐在她身边的陈若秋目光一动，相看？

沈玥和沈清都比沈妙年纪大，却要先替沈妙相看，自然不会是因为沈老夫人的好心。沈老夫人恨死了大房一家人，怎么可能让沈妙得了好？

陈若秋目光落在正和易佩兰说话的沈清身上。任婉云似乎要急着在沈信回来之前把沈妙的亲事定下来。为什么？因为沈清也爱慕定王，所以任婉云要替沈清扫除这个最大的威胁?

陈若秋正想着,又听到男眷席上一阵喧哗。

江家夫人道:"豫亲王来了。"

沈妙抬起眼看向男眷席,目光十足平静。

豫亲王,上辈子沈老夫人想让她嫁给的瘸子鳏夫,性淫而残,若非她那时迷恋傅修宜自奔为眷,只怕就要成为豫亲王府的枯骨一具了。

此时自远而近走来一名中年男子,他并未和那些官老爷以及少年郎坐在一处,而是远远地坐在特置席位。这男子四十来岁,面目黑瘦而狰狞,穿着件松香色的长锦衣,衣饰极为富贵,可惜只有一只腿。

这就是当今皇帝的胞弟,豫亲王了。

豫亲王是皇帝一母同胞的亲兄弟,年少时曾在刺客手下救过皇帝的命,也因此左腿受了伤,不得已丢了一条腿,从此成为一个瘸子。自此以后,豫亲王性情大变,残暴凶狠,性格乖戾,更是收了一屋子姬妾。外头人尚且不知内情,皇家人却知道得一清二楚,这豫亲王很有些肮脏的怪癖,被他玩死的女人数不胜数。

豫亲王妃早在七年前就死了,这其中也很是蹊跷,奈何皇帝和太后都护着豫亲王,王妃一家便也只得吞下这口苦水。而近日,豫亲王府突然传出消息,豫亲王有意要纳妃。

一时间,定京城中众人猜测不已。豫亲王地位颇高,又有皇帝和太后宠着,选王妃也要门当户对的。高门大户家的,真心疼爱女儿的,自然不愿意让女儿进那等狼窟。

沈妙目光划过豫亲王,又划到了女眷席上的任婉云身上。

果然,便见任婉云眸色亮了亮,对一边的易夫人道:"陛下果真待豫亲王殿下极好呢。"

都是在后宅里摸爬滚打的人,易夫人几乎立刻就想到了任婉云打的什么主意,虽然有些鄙夷任婉云做事也太绝了些,可是自家老爷和沈贵是一条线的,她自然也是要偏帮着任婉云,便笑着道:"不错,豫亲王虽说年纪大了些,却也是会疼人的。"

陈若秋在一边低下头,慢慢吃着点心,嘴角的笑容有些古怪。疼人?任谁都不会想把自家女儿嫁给一个瘸子鳏夫,就算那豫亲王再会疼人,再权势滔天,只要把女儿嫁给他,那也是把女儿往火坑里推。思及此,她又转过头看了看沈妙。

石桌上有为了解闷而特意放置的棋局。沈妙耐心地执着棋子,一步一步顺着棋局落子，似乎一点儿心思都没分在其他人身上。

陈若秋心中突然有些没底，自落水后，沈妙醒来便似变了一个人。若是沈妙得知了任婉云的打算，会乖乖接受吗？

陈若秋正想着，却见沈妙似乎察觉了她的目光，抬起头看了她一眼。那一眼十足冷漠，本就是十月金秋，霎时让陈若秋的心冷到冰里。

沈妙低下头，看着手下的棋局。

上辈子，金菊宴上她出尽了丑，回府后却被任婉云向沈老太太提起了豫亲王府的亲事。任婉云说："小五如今这般行事，无一长处便罢了，还丢了沈家的脸。哪家高门会愿意娶小五这样的姑娘？眼下还有豫亲王府这门好亲事，小五过去了，便是王妃，有陛下和太后娘娘照拂，那可是个有福气的。豫亲王虽是腿不好，年岁大了些，可咱们小五也没什么过人之处，不算亏了。"

任婉云这话说得冠冕堂皇，实则恶毒无比。沈妙后来花重金买通了荣景堂的丫头，才得知了这番话。沈老夫人心底本就恨极了大房，沈信乃原配所出，当初沈老爷在世的时候就亲厚沈信，让继室沈老夫人心中妒忌。沈老夫人好容易熬死了沈老爷，沈信却又有军功在身，她根本动不得。不过，沈老夫人动不得沈信，总能动沈妙，对一个女人而言，在她的亲事上做文章、让她嫁得不如意，实在是太容易了。

沈老夫人和任婉云一拍即合，当即便要遣人去豫亲王府提出此事。沈妙心中又怒又怕，她那时恋慕傅修宜，心一横，当晚便携了包裹去定王府，请求收留，且不顾自己的名声，故意让人传出此事。她想着，既然名声都坏了，那么生米煮成熟饭，嫁给定王做妾，都比嫁到豫亲王府好。

傅修宜虽然心中恼怒，面上待她却不算太差，或许也是看出了沈家兵权于他的价值。虽然他对沈妙不甚热络，却也没将她赶出去。后来，沈信年底回京，迎接他的就是满城谣传的女儿自奔为眷的事实。他又惊又怒，可沈妙不惜以绝食抗议，沈信终究拿她没办法，拼了一身军功，为她换来了定王妃的名头。

可谁也没想到，那才是真正的噩梦的开始。

沈妙闭了闭眼，前生的种种错误，似乎都是从今日开始。而今日，注定要成为她今生的转折。欠了她的那些人，现在，就统统开始准备还债吧！

"喂，一个人有什么好玩的？"沈妙耳边突然响起一个声音，冯安宁不知什么时候走到她面前，面上还带着些别扭之色，在她对面坐下来，"不如和我对弈一盘？不过你会下棋吗？"

冯安宁低头看向棋盘，本是无意间随口一说，这一看之下，她却有些来了兴趣。她仔细瞧了一会儿，终究没瞧出什么由头，便问："这是什么下法？我从未见过。"

"这不是下棋。"沈妙笑了笑，"这是打仗。"

"什么？"

"现在看不见。"沈妙淡淡地道，"这种棋，只有最后吞子的时候才能看见。"

这局棋就像一张网，牢牢实实，严丝密缝，一个都跑不了。

冯安宁打了个冷战："说什么呢，怪瘆人的。"她瞧着男眷席，突然眼睛一亮，有些促狭地看了沈妙一眼，"你看，定王殿下到了。"

男眷席上，定王傅修宜一身绣金松蓝长袍，青靴玉冠，好不风光。他本就生得俊朗，气度又颇为冷峻，然而行事亲切，似乎并没有高高在上的皇子架子。他这一路走过，都能引起女眷席上的惊呼。

沈妙低着头，握着拳的手指嵌进掌心。

她与他十载相伴，对他倾心扶持，换来的不过是白绫一条，满门血债，甚至一双儿女也因此命丧黄泉。

这个人外表看着有多良善，内心就有多狠毒，表面有多公正，实则有多狠心。

上辈子这个人赐她全尸，今生今世，她就要此人死无全尸！

傅修宜，她回来了！

男眷席上，除了定王外，便只有周王傅修安和静王傅修泫两位皇子。太子身子不好，这样的场合是不会前来的。周王和静王皆是徐贤妃所生，才能出众。周王性格外露自大，静王内敛却有城府。这二人亦对皇位虎视眈眈。谁都知道太子身子孱弱，终有一日皇帝会改立太子，而徐贤妃本就深受皇帝宠爱，相比之下，定王的母亲董淑妃就显得低调得多，若非定王还算出色，只怕她连四妃的位子都坐不稳。

上辈子，周王和静王卷入夺嫡之争，却对定王放松了警惕。若论原因，一来是由于傅修宜和太子交好，时时刻刻与太子走在一路，亲自为太子寻珍贵的药材，就连皇后都对傅修宜颇为满意，因此其余人都觉得定王只是个太子的跟班；二来傅修宜平日清高，不屑参与朝堂之事，而董淑妃又是谨小慎微的性子，整日整日地念经修佛，又没有强大的娘家支持，众人便料想定王翻不起什么浪来。

但事实上，最后坐上龙椅的，正是他们以为翻不起什么浪的傅修宜。

沈妙拿起一边的叶子牌把玩。如今的局势就像这叶子牌，傅修宜从出生开始牌面就烂得很，所有人都以为他一开始就出局了，却不知道，他从来就没想过要用自己手上的牌。他的牌都在别人手中，而他要做的，就是抢夺。

"你怎生毫无反应？"见她沉默不语，冯安宁有些奇怪，"你不是喜欢他的吗？"

沈妙沉默。

冯安宁道："其实我也不大喜欢他，世上怎么会有这般完美的人呢？瞧着他我总感觉不大真实。"

沈妙这回难得地认认真真看了冯安宁一眼。她没想到，这个骄纵的大家小姐竟能看到这一层。迷恋傅修宜皮相的人太多，怕是只要傅修宜愿意，这满场的少女没有不为他倾倒的，可怎么竟还有一个特立独行的？

她慢悠悠地道："看来你是有心上人了。"

"你……你胡说什么？"冯安宁小脸顿时涨得通红，"别诬赖好人。"

沈妙便不与她说话了，小姑娘家家的心事，她也没心思打听。

来来往往，菊花宴的帖子都收得差不多了，人也该到齐了。

雁北堂菊花场下搭起了巨大的高台。这戏台子一般的装饰却并不让人觉得粗俗，只因先皇也曾在此处祭天。那是沾染了真龙气泽的高台，两边插着旗子，有穿着礼服的仪仗士兵头绑红巾，大声擂鼓。

鼓声轰隆隆地响彻天际，乐手也弹拨着长筝，是一曲《贤士曲》，寓意皇家求贤若渴。今日的校验便是为明齐江山选贤举能，选出真正的国之将才。

乐曲鼓声声声入耳，带着特有的激扬壮丽，让人的心情也不由自主地汹涌澎湃。在场的大半是少年郎，正值一腔热血的年纪。听着乐曲，他们险些跟着入了境，只恨不得将一身才华全部展现在众人面前，在明齐奔个好前程，为明齐青史留下浓墨重彩的一笔。

即便是女儿家，也忍不住流露出激动的神情。她们虽然不能如男孩子那样入朝拜官，自己的父兄却是国之栋梁，自己的家族却是顶天立地。此刻，她们便也沐浴在皇家的圣宠之下，心中满是感激。

全场都笼罩在皇恩浩荡的激动虔诚之下，唯有一人目光冷漠，丝毫未见一丝动容。

沈妙目光落在最中心弹琴的人身上。明齐皇家最爱的便是这一套，勾起少年郎的报国之心，利用他们为腐朽的皇室办事，然而到了最后，一旦江山平定，这些为江山抛头颅洒热血的功臣却极少得到好结局。

狡兔死，走狗烹。每一任新皇上任，都会铲除旧人。尤其是那些经历了黑暗的夺嫡之争的臣子，见识过皇家肮脏的交易和血腥，皇家又怎么会放心地让他们步步高升？

这些激扬的乐曲，日后只会成为催命的丧曲。而此刻这些沉浸在报国激情里的少年，日后只会死在皇室诡谲的倾轧之下，成为无辜的牺牲品。

她救不了天下人，却救得了自己人。

沈妙轻轻一抬手，右手衣角瞬间划过桌边，那一碗清亮的茶汤顺势被拂到地上，啪的一声，清脆地在会场上响起。这声音本该是听不见的，可和那富有节奏感的乐曲相比，便犹如在好端端排列的丝线中硬是拉起了其中一根，把其他的搅得乱七八糟。

只一声，就打乱了乐曲的节奏。

犹如大梦初醒，冯安宁一下子回过神来，却见沈妙施施然捡起地上的茶盏，微微一笑："对不住，手滑了。"

那正在台上弹拨着琴弦的乐手脑子一炸，几乎要疼晕过去。

这类乐曲是明齐皇室从一个西洋人手中学来的，有些蛊惑的意思，能小小地煽动人心中的情绪。而这曲子又是战曲，几乎能把人心中的战意和效忠之情大幅度放大。

这类乐曲的可怕，是后来沈妙当了皇后才见识到的。当时匈奴进犯，皇室让大批御林军守护都城，招募新兵去边关时，就让这些乐手在台上击鼓弹奏。听完之后，大拨少年人便头也不回地参军了，有的甚至还是孩子。

此时被沈妙这么一打岔，那些乐手的后劲也是越来越弱，最后的琴声再也没有了刚才的慷慨激昂，只是普通弹奏了。而在场那些魔怔了般的热血情怀，便也渐渐消散，一切又恢复了平静。

但沈妙刚才的举动，到底还是引起了一些人的注意。男眷席上，傅修宜和裴琅一同看过来。

傅修宜是皇室中人，对于皇家的手段自然不可能一无所知，方才，茶盏落地的清脆响声，看似不经意，却已经打乱了台上乐手的节奏。

少女正托腮与身边人说着什么，神情并无异样。

"九弟这是在看谁？"周王傅修安顺着傅修宜的目光看过去，露出一个了然的笑，"说起来，咱们几兄弟中，就只九弟不曾娶妻。父皇不是曾多次提起九弟选妃的事情吗？怎么，那姑娘瞧着是哪家府上的小姐，看上去倒是不错。不知道是这儿哪位的亲眷，可有人认识？"

"是威武大将军府上的五小姐，在下的学生。"裴琅站得不远，闻言便答道。

"威武大将军府上的五小姐？"静王傅修泫记忆力不错，或许是沈妙的名头太大，他道，"那不是沈信沈将军的嫡女吗，似乎叫沈妙？"

"怎么可能是沈妙。"傅修安毫不在意地一笑，"沈妙追咱们九弟的事情全京城都知道了，前些日子她不是还为了看九弟落了水？若九弟真的心悦沈妙，哪还用得着这么麻烦。再说了，沈妙可是个草包，你看对面那姑娘，气质沉静温婉，怎么可能是沈妙嘛。"

"四哥慎言，修宜并无此意。"傅修宜摇头，目光却是远远地落在女眷席上的紫衣少女身上。

他记忆里的沈妙，总是爱穿些大红大绿的衣裳，酷爱金饰，恶狠狠地往脸上抹胭脂水粉，活像戏台子上唱大戏的丑角。眼下对面的紫衣少女，眉目婉约，沉静优雅，怎么可能是沈妙？

困惑的不止他一人，还有裴琅。

作为教习了沈妙两年的先生，裴琅无疑比傅修宜了解沈妙。若说人的打扮可以换，衣裳可以调，但气质实在难变。一夜之间如同变了个人，哪里有这样的事？

众人心中各自思量，台上的乐曲却已终了。校验要开始了。

今年的校验与往年并不一样，不分男子女子，只分文武。虽然广文堂要求学子们文武双全，文类和武类都要教习，可百年间的规矩历来如此，极少有女子选择武类。而文类中，策论、时赋、经义又基本为男子所囊括，只因这三门其实都是为朝廷选拔人才的途径。如同一位大人说的："进士之科，往往皆为将相，皆极通显。"

武类则须考骑射、步射、马枪、负重等，但毕竟不是真正的武举，练兵操演以及具体的擂台都不必。

而女子大多考校文类中的诗词歌赋四项，这是默认的传统。即便明齐国风尚算开放，对女子总要苛刻得多。倒也不光是明齐，所有国家都这样，仿佛女子天生就该在家相夫教子，吟风弄月。

明齐的校验一直分为三个部分：抽、选、挑。

抽是每人都要抽的，由校验官打乱顺序，抽签的形式决定每个人抽到校验的项目是什么。为了避免抽到太难的加大难度，女子都在文类的四项中抽，男子则在武类和文类的策时经里抽。

这是避免不了的一环，每年沈妙都会在这上面丢脸，只因诗词歌赋四项，她一样也不会。

而选，则是第二阶段。众人可以选择一类自己擅长的上台展示。就如沈玥常常选择弹琴，沈清选择书算。

至于最后，则是挑。这个挑不是挑选，而是挑战。参加者可以上台任意挑选一名学生做对手，拿某一项进行比试，这样的场面往往发生在势均力敌的情况下。如沈妙这样的，挑她则是侮辱了自己的实力。不过，也有想看沈妙笑话的人，就会故意挑选她上台，拿某一项进行比试。结局自然不用猜，无论比哪一项，沈妙都一败涂地。

因此，对沈妙来说，年年的校验都是噩梦。她每年都是当笑话被众人嗤笑，这样的日子数不胜数。

而今年亦是一样。

台上的主校验官像煞有介事地如往年一般说了一通话，另外两人则从后头拿出两只小木筒，木筒里装的正是签纸。这些签纸上都写了校验的项目，由学生自个儿抽来。

男子与女子都要抽。一位校验官走到男眷席上，将木筒依次递到男学生手中。另一位高个儿的女夫子则拿着筒，走到女眷席上，按次序让女学生抽签。

冯安宁眨巴眨巴眼睛，道："愿老天保佑，我只盼着抽到琴类和书类，画和棋可真是不通。"她看向沈妙："你看着倒是一点儿也不担心，难不成是胸有成竹，抑或破罐子破摔？"

沈妙不置可否。抽什么有意义吗？琴棋书画，她本就样样不通。

待那木筒传到沈妙这桌时，冯安宁先抽。她抽到签纸后拿出来，迫不及待地拆开一看，顿时松了口气，道："是琴！是琴！这下可好了，这些日子的琴总算没白练。沈妙，你的是什么？"

此时沈妙的手刚从签筒里收回来，掌心躺着一枚白色的签纸，折叠成长长的一条。她打开来看，里头赫然是一字：画。

第四章
校验风云

"画？"冯安宁伸长脖子，瞧见沈妙手里的签纸，愣了愣，道，"你会吗？"

沈妙不言。冯安宁也安静了下来。两人正沉默着，却见沈玥和沈清施施然走过来。

沈玥笑道："五妹妹手里拿的签纸是什么，也给我看一看吧，说不定我和大姐姐还能想些点子。"

沈清点头，道："不错。我和二妹分别抽到了书和画，你的是什么？"

沈妙不说话，沈玥便笑着上前，抽走了她手里的签纸，道："五妹妹莫要害怕，横竖还有我姐妹二人在，总会照顾你一两分的。"

沈玥这番话一出来，那边的易佩兰听到，便嗤笑起来："沈玥，你与她说这些做什么？便是你出再好的点子，怕是她也应付不来。"

"就是，还是让沈妙自己精心准备吧。"江采萱也笑道。

她们这般明目张胆地嘲讽，四周的太太、小姐听到，也假装没听到。众人表面上瞧着仍是一本正经，嘴角却翘了起来。

"别这么说五妹妹。"沈玥不赞同地道，"五妹妹也是很用心的。"她打开签纸，哎呀了一声，惊喜地看向沈妙："是画！五妹妹，你与我抽到的是同一项呢！"

冯安宁有些不能理解地看着沈玥，不过是抽到同一项，她有什么可惊喜的？

沈妙却心知肚明，大约沈玥觉得，自己的蠢笨又能衬托得她才华出众了。更何况，今日还有傅修宜在场。沈妙想到傅修宜，目光黯了黯。

"五妹妹打算画什么？"沈清好奇地问，"要不让二妹妹与你指点两句？"

"劳烦二位挂心。"沈妙冷冰冰地道，"不过既是校验，还是遵守规则的好。二姐姐要帮我，岂不是作弊？作弊的二人，可是要一同被逐出校验场的，二姐姐要为了我做如此地步？"

她不冷不热的一番话说出来，沈玥的脸色便变了变。这样的行为确实当得起舞弊，可若放在往日，大伙儿只会说她友爱良善，并不会在这上面多费心思，可今日被沈妙这么"特意"指点出来，众人看向沈玥的目光就变了。

校验场上，多一个人就多一个对手，谁都想要独占鳌头包揽风光。沈玥在广文堂与众人交好，不代表就没有嫉妒她的人。在场的这些少女都是她的对手，而每年的校验，都由沈玥包揽女子这边的第一，必然有不服气的人。若能让她下场，不参加校验，她们岂不是少了个劲敌？顿时，那些本来都与沈玥站在一边的女学生纷纷对她虎视眈眈，包括与沈玥交好的易佩兰一行人。

沈玥打了个冷战，她自然也知道其中的利害。她回过头，却见沈妙似笑非笑地看着她。

若她就此退缩，便显得方才那一番好意都是假的；若是顺势，难保这些个学子不会抓着把柄，让她不参加比赛。横竖都是错，沈玥压抑住心中的怨毒，看了沈妙一眼，勉强笑道："既然五妹妹都这么说了，我便也不敢再擅自好意，罢了。"

冯安宁忍不住嗤笑一声，故意高声道："还以为某些人有多疼爱妹妹呢，原也不过如此，便被人这么一吓就算了，又说什么真心相助？"

一时间，那些少女看着沈玥的目光也颇为意味深长。

陈若秋也听到了这边的动静，心中发冷。这沈妙三言两语就能挑动别人的情绪，让人跟着她的话走，好厉害的嘴！可她偏偏又不能插手，都是小孩子家的事情，她身为母亲，若是插手，便是落了下乘。

任婉云和沈清俱是有些幸灾乐祸，要知道，沈玥太过出色，也会掩掉沈清的光辉。如果沈玥落不了好，沈家就只有沈清能撑场子了。

看着周围少女略带讥嘲的目光，第一次，沈玥几乎控制不住自己，想狠狠地扇沈妙的巴掌。她咬牙道："看来五妹妹似乎已经胸有成竹，既然如此，等会儿我们便看五妹妹如何大放华彩，想来定是精彩万分！"

"精彩万分"四个字，沈玥咬得很重。说完这句话，她便一拂衣袖，转身走了。沈清连忙跟了上去。

冯安宁看了看沈妙，问："虽然极爽快，可你为何那般不给自己留退路？待你上场时，她定会抓住机会狠狠嘲笑的。"

"我不喜欢忍。"沈妙看着面前的棋局，告诫自己不要忍，不要回头，不要心软。

"不要忍，要杀。"她拈出一枚棋子，放在棋盘上。

负责校验的考官已经站到台上，方才拿签筒的女夫子挨个儿记载好各自的项目，是要分组考查的。

首先便是女子组，琴棋书画四样。广文堂的学子，国一的不用校验，参加校验的只有国二和国三的。国三的留在下一拨，而这拨国二的算起来也不过二十多人。

来广文堂的女子本就是京城高门家的女儿，庶女自然没有资格，嫡女中也不乏请了先生自行来府上教习的。再者，广文堂的门槛不低，每年这些高门光是上缴给它的银子都要几百两。

沈信向来不在意身外之物，将沈府的三个女儿都送进了广文堂。

二十二人统共分为四组，琴类多些，有七人，其余三项都是五人。

而沈妙所在的画这一组中，有沈玥、左都御史嫡女秦青、奉天府府尹的范柳儿和左侍郎家的赵嫣。

范柳儿和赵嫣俱很是失望，范柳儿擅长的是琴类，赵嫣擅长的是棋，并非人人都如沈玥那般每一项都精通。没能抽到自己擅长的，范柳儿和赵嫣都不怎么愉悦。倒是秦青，一如既往地高傲。秦青生得貌美，是广文堂中大约能和沈玥分庭抗礼的唯一一人，却不是因为才艺。虽然沈玥也生得柔美，可秦青能不动声色地将她压下去。

沈妙目光落在秦青身上，今日她穿着一身青色广袖棉布刺绣长袍，腰间束着一根鹅黄色的腰带，更衬得纤腰不盈一握。而她衣袂飘飘的模样，很有几分仙子之风，和一边柔柔弱弱的沈玥比起来，像是一朵清荷。

站在沈妙身边的冯安宁拉了拉她的衣角："到时候，你便随意画一画，莫要多想。"

冯安宁想得简单，沈妙觉得自己总归要出丑，这样坦坦荡荡地出丑，反而会让那些人觉得无趣。若是她为了争一口气，在台上做些什么出格的事情，那才是大事不好。

沈妙颔首，便听得台上的仪式官员重重地一敲鼓，校验正式开始了。

首先比的是"琴"。

算是冯安宁好运，今日抽到"琴"的这些女学生，俱是技艺平平。而平日弹琴弹得最好的几个，恰好未抽得这一项，平白让冯安宁捡了个便宜。

冯安宁这些日子苦练的琴艺，终于没有白费。她端正坐着的时候，还颇有几分淑女之风，加之生得也好看，在前几个人的衬托下，配以琴音渺渺，犹如一阵清风拂面而来。

男眷席上有个蓝衫少年就道："绕梁三日。"

一边的蔡霖闻言，不悦地瞪了那少年一眼，道："这算什么？你是没听见玥儿的琴音，若是玥儿弹奏一曲，九天仙女都比不来。没见识！"

蔡霖一向维护自己的心上人，却是听见他的话的苏明朗不屑地撇了撇嘴，似乎想说些什么，瞧见自家大哥警告的眼神，还是忍住了。

"琴"类很快就比完了，场上的几位校验官开始互相商量着做出评判，待"琴"组完毕后，便是棋艺。棋艺的过程就要简单得多，五人两两对弈，一局胜制。这一类胜出的是易佩兰。

"棋"过了是"书"。沈清和白薇、江采萱恰好分在一组。这三人平日里便是好友，但在校验场上，气氛也颇为紧张。这次的"书"是以菊为题赋诗，参加者须提笔写下，一来是看书法，二来是看才情。沈清最好的不是赋诗，而是棋和书算，可惜书算在男子组，棋她又没有抽到。

但不到结果下来，谁都不知道这项究竟是哪个拔得头筹。

待到了最后，便轮到沈妙这一组。

沈玥看了沈妙一眼，笑着对沈妙道："等会儿在台上，五妹妹可千万要让着姐姐啊！你这般胸有成竹的模样，我都有些害怕呢！"

这话恰好被一旁的范柳儿听到，她忍不住讥笑道："沈玥你在说什么呢？什么胸有成竹，莫非……沈妙有什么后手不成？"

"你这么一说，我也有些期待了。"赵嫣幸灾乐祸地道，"记得去年沈妙抽了'琴'，却把人家好好的竹香琴琴弦给拨断了，大约她是继承了沈将军那般勇武吧。今年画画，沈妙可莫要把笔给折断了。"

沈妙不动，目光冷漠地看着她。赵嫣的笑容渐渐僵住了。范柳儿也感觉到了沈妙神情里的不善，不由自主地咽回嘴里的话。

秦青不耐烦地看了沈妙一眼，道："吵什么吵？要吵去台上吵，左右让所有人瞧见你们这副嘴脸。"

她这么说，赵嫣几个虽然不满，却也没再说话了。

男眷席上，蔡霖激动地看着沈玥的身影，苏明朗却是拉了拉苏明枫的袖子："那个漂亮姐姐也在，大哥你看。"

苏明枫有些哭笑不得，不知道自己的弟弟为何对沈妙如此执着。他已经国三了，今日是谎称重病后第一次出门，还显得十分虚弱，是以不能参加校验。他也知道沈妙的大名，毕竟整个定京城都知道，威武大将军纵横沙场，却生了个草包女儿。

"她一定会赢的。"苏明朗握拳，道。

苏明枫心中不置可否，只道今日必定又是沈玥拔得头筹了。

上台前，沈玥到底还是忍不住，撩拨了沈妙一句："五妹妹，等会儿千万别手下留情啊，姐姐等着你。"

"一定。"沈妙答。

主考的校验官是内阁大学士钟子期。他是个满头华发的小老头，平日里极为严肃刚正。此刻，他拉开手中的卷轴，开始宣读今日的试题。

关于"画"这一项，其实每年都不一样，不过今年的校验和菊花宴恰好凑在一块儿，题目便也简单得多。如"书"是以菊为题，"画"亦是以菊为题。

台上有五张桌子，桌上并有笔墨纸砚。参加者按次序走到桌边，鼓手便重重地擂鼓，校验开始。

众人都伸长了脖子往上瞧。

这五人也算极有特色的五人了。沈玥是众所周知的才女，秦青美貌高傲，范柳儿和赵嫣二人是一双感情不错的姐妹花，而沈妙，自然就是那蠢笨无知的草包了。

男眷大多是看沈玥和秦青二人的，女眷看的却多是沈妙。

白薇捂着嘴道："今日沈妙看上去倒是规矩，不曾有什么奇怪的动作，瞧着还挺像那么回事。"

加上这一次，沈妙已经参加过四次校验了。第一次抽到的是"棋"，她胡乱下了几颗子便兵败如山倒。第二次抽到的是"书"，她将墨盘打翻弄脏了衣裳。第三次抽到的是"琴"，上好的竹香琴被她拨断了弦。与其说众人是来看沈妙上台，倒不如说是来看她在众目睽睽之下出丑的。

可今日有些不同。

高台广阔，少女端坐桌前，持笔的动作很端正，一丝一毫都挑不出错来。十月金秋，飒飒冷风穿堂而过，撩起她额前的碎发，而她微微低头，众人只看得到她的鹅蛋小脸，垂下的睫毛划出美丽的弧度。

　　这样的少女，竟也有几分美丽。

　　那青莲色的披风猎猎作响，她坐得端正，下笔却潇洒，洋洋洒洒间，似乎并不在意。然而那种笃定的气度，就像她乌发中的海棠，以一种内敛的方式，张扬地盛开。

　　易夫人抿了抿唇，意味不明地对任婉云道："沈五小姐果真是长大了啊。"

　　任婉云勉强笑了笑，手却悄悄地握紧了。

　　身后传来少女们的交谈声。

　　"沈妙到现在也未曾出什么丑，莫非真的转了性子？"

　　"不可能，应当只是做做样子，你没瞧见她下笔都不曾思索过吗？沈玥尚且还要想个几刻，沈妙这样，最大的可能也不过是随意涂涂画画罢了。"

　　冯安宁看着台上的沈妙，那种奇怪的感觉又来了。冯安宁突然有一种直觉，今日的菊花宴或许并不似以往那样，譬如台上的沈妙，她真的会出丑吗？

　　男眷席上，也有人渐渐发现了不同。

　　这一组，大约是整个女子组中最让人赏心悦目的一组了。沈玥粉衣淡雅，柔美多姿。秦青青衣广袖，高傲美艳。范柳儿娇俏动人。赵嫣古灵精怪。若说最没有特点的，便是那个蠢笨懦弱又俗气的沈妙吧。

　　可大家一眼望去，五人中，沈妙非但没有被比下去，反而尤为突出。她就这么安静地坐着，低着头，却有一种睥睨天下的感觉，仿佛……仿佛那纤弱的身影是立在杀伐果断的高位上一般，让人不由自主地被她吸引。

　　傅修宜难掩心中的惊异，倒不是注意到了沈妙如今和以往天翻地覆的差别，而是沈妙坐着的姿势，挺直的脊背，举手投足间竟然让他想到了一个人。当今六宫的主人——皇后娘娘。

　　"真奇怪。"之前那个被蔡霖训斥的蓝衫少年奇道，"不是说国二的沈妙是个草包吗？看上去倒不像。"

　　蔡霖也愣住，半晌，哼了一声，道："装模作样罢了。"

　　"大哥，她会赢吧？"苏明朗拽了拽身边人的袖子。

　　苏明枫眉眼带笑，神情却有些古怪。

　　"沈妙吗？"

一炷香的时间过去，鼓手再次敲鼓，示意时间到。

沈玥搁笔。她对自己今日的画作十分有信心。她的左首是秦青，秦青也完成了画作，正在洗笔。

沈玥又转过头看向沈妙，心道，沈妙每每一事无成，今日竟也没出什么岔子，大约真是靠人提点，变得聪明了。然而，人可以装，才华却不能装，此刻的沈妙应当是在手忙脚乱地完成尚未完成的画作吧？

可惜眼前的沈妙早已搁笔，等着收画卷的人过来。

沈玥笑容一僵。

"好了，下去吧。"

待所有人的画卷都收上去后，便轮到校验官对国二女子的作品进行评判，这也需要时间。

"五妹妹，你究竟画了什么？"沈玥下了台后便迫不及待地试探沈妙。

"等会儿你就知道了。"沈妙道。

沈妙转过身，走到众人看不见的地方，才对身边的谷雨道："想办法把这个送到京典史府二公子手上。喏，就是对面席左起三人中穿湖绿衣裳的人。"

谷雨犹豫了一下，似乎还有些迷茫，随即道："奴婢明白了。"

"去吧。"沈妙拍了拍她的肩，走回原来的座位上，远远地看向裴琅。

裴琅一抬头就撞上一双眸子，隔得远远的，那双眸子里仿佛酝酿着别的情绪。

对不住了，裴琅。沈妙心道。

台上的校验官在评定结果，台下的学生也纷纷议论。

今日沈妙未曾出丑，既令校验显得有些乏味，却也让平日里不拿正眼看她的同门有些留意起来。

冯安宁不时往台上的校验官那边看去。不知道是什么原因，几位评判的大人似乎起了争执。

"看来今日的竞争也很激烈。"周王傅修安笑道，"不过，女儿家嘛，何必如此计较，总归不会入仕。"他一向自负，也不怕身边这些大人听到后不满。

"校验机会难得，"傅修宜道，"自然要好好把握。"

"九弟说得不错。"静王傅修泫拿起桌上的茶盏，喝了一口茶，道，"若是有特别出众的女子，九弟也可留意一下。"

"五哥说笑。"傅修宜摇头，"我的婚事，父皇自会做主，哪里轮得上自己挑选？"

这倒也是，傅修宜平日做事都是皇帝安排的，极少会自己拿什么主意。在外人瞧来，这样的皇子温顺过头，又没什么野心，和董淑妃一模一样。

"人生在世，总要搏一搏，姻缘也是一样，不是吗？"静王话中有话地道，"不到最后，谁知道会是什么结局？"

周王也听出了自己弟弟对傅修宜的试探，眼珠子转了转，不说话了。

没过多久，台上的校验官便站出来宣布结果。

琴类中，不出意料，由冯安宁拔得头筹。她上台领了校验的花束，兴高采烈地拿给冯夫人看。

棋类中，由白薇拔得头筹。书类里，沈清只得了第二，第一是易佩兰。沈清一首咏菊的闺怨诗倒也清雅可爱。虽说一个未出阁的少女写这样的诗词有些太过，可广文堂就胜在冲破礼法束缚，对女子的要求也不太严苛。

沈清的脸色不大好，不过她擅长的也不是赋诗，是以十分无奈。

最后，便是沈妙所在的画组了。

台上的校验官脸色不一，想来方才争执得最厉害的便是这一组。女眷纷纷猜测，当是沈玥和秦青各有千秋，让人难以抉择，毕竟这两人在广文堂便经常被拉出来比较。

沈玥坐在陈若秋身边，陈若秋满意地看着她。这个女儿聪慧灵敏，才华也跟她一样出众，琴棋书画样样精通，每年的校验都是风头无两。陈若秋瞧她看上去那般从容，心想今日也应当是十拿九稳。

沈玥自然胸有成竹，她笔力有，意趣有，就连立意都想到了，仿佛早就摸清了校验的这些考官的喜好，总能拿出最好的作品。秦青长得美又如何，到底也是中看不中用的。想到不中用，她将目光投向坐在另一边的沈妙。今日沈妙害她吃了那么大的亏，她本以为沈妙会在校验台上出丑，谁知道竟是平安躲过了，接下来，校验官要将画卷展示给众人瞧，沈妙怎么也免不了被一顿嘲笑吧。

横竖沈妙都是要闹笑话的，她心中闪过一丝快慰。

负责宣读结果的校验官在台上高声唱道："画组一甲……沈妙……"

沈妙？一甲！

一石激起千层浪，现场一片喧哗，连校验官宣读后几位名字的声音都被淹没了。

沈玥的笑容一下子僵在脸上，她不可置信地看向陈若秋，声音有些颤抖地道："娘，方才……方才的一甲是谁？是我听错了吧？"

陈若秋掐了一把沈玥的胳膊，心中虽然惊怒，到底比沈玥多吃了几十年饭，知道这种情况下，定然有许多看热闹的要看沈玥的反应。若是沈玥坦坦荡荡的还好，如刚才这般要死要活，便已然落了下风。

沈清和任婉云虽然幸灾乐祸沈玥第一次被人扫了面子，但听到那人是沈妙时，也是一惊，以为校验官将沈玥和沈妙的名字弄错了。

女眷席中议论纷纷，男眷席中自然也是一片哗然。

"怎么回事？怎么不是小玥？"蔡霖一下子站起身，看向身边的同窗，"是我听错了？是那老头子念错了吧？"

如他这般想法的自然不止一个，尤其是和沈妙同窗的少年郎，惊讶极了。

"看，哥哥，我就知道她会赢！"苏明朗拉着苏明枫。这群人中，大约数他最快乐，脸上白白的肥肉都跟着抖动。

苏明枫也是头疼。谁知道竟是沈妙！今年校验前开赌，他买的是沈玥，可花了一百两银子啊！得，一百两银子全打了水漂。要是苏老爷知道，非拆了他不可。再看看乐得一颠一颠的苏明朗，苏明枫欲哭无泪。

裴琅皱眉，看向女眷席中的少女。她的神色异常平静，目光漠然地看着所有人。她早知道自己会赢。

议论还在继续，台上的校验官已将画好的画卷展示给众人观看，以示结果公平。范柳儿和赵嫣的画是一个路子，皆是花园秋菊盛开的景色，平心而论，倒也美丽，只是意境平庸，自然得了后面的名次。

秦青则画了"红仙子"——一大朵菊花。这应该是她熟悉的一种菊，画卷中只单单描绘了这一枝菊花，纤毫毕见，栩栩如生，但校验不单单只考画技，还要考画意，是以这朵菊花再美，她也不过是第三。

很快，便到了沈玥的那一幅。沈玥咬着嘴唇，端坐在陈若秋身边，面上勉强维持着笑意，只是拳头捏得紧紧的。放在往常，她在这时定是笑得云淡风轻，接受众人诚心的赞誉和羡慕。可如今，这个"二乙"像一个深刻的讽刺，让她觉得众人看她的眼神都充满嘲讽和讥笑。

沈玥画的是残菊。风雨瑟瑟，院中的菊花花瓣掉了许多，仍有零星花朵牢牢地依附于枝干之上，挺得笔直，仿佛极有气节的大人物，旁边题有两句诗："宁可枝头抱香死，何曾吹落北风中。"

这幅画也算是立意高远了，由画及人，残菊品质高洁，作画之人必然也是正直高远。主考校验官最爱这样有才华又有品格之人，若是沈玥这一幅都不能拿到"一甲"，众人实在是无法想象沈妙究竟画了什么。

"画得这般好，怎么竟然是二乙？"白薇疑惑地道，"我真是弄不明白。"

陈若秋也不明白。起初，她以为是沈玥今日紧张，走岔了路。谁知道这画一拿出来，她便知道自己的女儿并未做错。与往年的校验一样，沈玥的确是当之无愧的一甲，可怎么就是另一个结果？

任婉云有些幸灾乐祸。沈玥才学出众，校验上处处压沈清一头。今日，她眼看着沈玥吃瘪，虽然沈妙夺得第一也让她不悦，不过既然与她无关，她就乐于看热闹。

台上的校验官令两个小童展开画卷，喧哗声戛然而止。

画纸很大，而沈妙的这幅留白太多。她的画技并不出众，所以只洋洋洒洒地画了大概的远景，却意外有了一种波澜壮阔的大气之感。

画卷之上，黄沙漫漫，斜阳血色喷薄，一柄断剑立在黄土之中，剑下是一捧白菊。

这里头，菊花似乎只是个点缀，那么一小点儿，甚至连花瓣经络也看不大出来，可偏偏它便如画龙点睛的一笔，让苍凉凄清之感喷薄欲出。

在场的人都静了一瞬，隔着纸笔，似乎能感受到其中的苍凉悲惨和无能为力的挣扎。

那是战争。

不错，沈玥的画确是意趣高雅，风骨不流于艳俗，能照顾到品性和高洁，可沈妙这幅画，根本就跳脱了"人"自身。若说沈玥是借菊咏人，沈妙就在借花言志。个人的情感怎么能与战争的残酷相比呢？

主考的校验官内阁大学士钟子期道："学生沈妙，你且上来说说，何以作了这幅画卷？"

每个得"一甲"的学生都要讲述对于拔得头筹的感悟。然而，主校验官今日却让沈妙来说作画的原因，自然是因为众人皆不相信她能作出这幅画，怕是从哪里听来的主意。

沈清笑了笑，低声对一边的易佩兰道："这下可要露馅儿了。"

"可这真的不是她画的吗？"易佩兰不明白，"方才咱们也都瞧见了，她可是亲自一笔一笔画出来的。"

"这画技又不出众，画意嘛，谁知道是不是有人指点。"沈清不屑地看向正往台上走的沈妙，"与她一起生活了这么多年，我还不知道她会什么？钟学士这下让她说作画原因，想来她也是说不出的，只怕又要脸面全失了。"

易佩兰闻言，便也笑道："我便说嘛，哪有这么快就成才女的。只怕她是为了吸引那位……"她目光暧昧地往男眷席中的定王那边一扫，"请了高人指点，沈妙也算是为他殚精竭虑了。"

沈清的面色僵了僵，她压抑住心中的不快，道："且看看吧。"

台上，沈妙安静地瞧着展开的卷轴，慢慢地伸出手，在众人诧异的目光中，抚过画卷。

"沈妙之所以作这幅画，不过是因为听父亲说过，每年战场上有多少英雄儿郎马革裹尸，身殒黄沙。而路途遥远，军中只能将他们掩埋在战场之上。那时候，西北沙漠和北疆草原皆是没有菊花的。菊花盛开在温暖的南方，盛开在繁华的定京，这里歌舞升平、吃穿不愁，却是以边关将士的生命为代价换来的。"

议论声渐渐停了下来，众人的目光集聚在青衣少女身上。而她目光平静，说故事般娓娓道来："我父亲曾言，因战争而殒命的将士们牺牲后甚至连一捧白菊都不能有。战场上不会盛开鲜花，将士们连完整的哀悼也不曾体会。而他们的妻子儿女，只能隔得远远的，头上佩戴白菊，为他们献上哀思。我想，诸位如今能在此处平心静气地赏菊，皆是因为边关有勇武儿郎固守。可惜我并不能为他们做些什么，唯有在一纸画卷上，一抔黄土前，画上一捧白菊，以慰英魂。"

少女站在风中，目光清澈，说话掷地有声，仿佛天地间只有她的话清明悦耳，如晨钟暮鼓，敲打着诸位的心。

沈妙微微垂眸。

明齐的天家人不是要着手对付世家大族、对付沈家吗？可天下之大，人眼都会看，人耳都会听。防民之口甚于防川，既然天家想拿将军府开刀，她便让天下人都看看。

看啊，沈家用命拼来的功勋，沈家用生命驻守明齐的城墙，如今你们这些勋贵子弟在京城享受的歌舞升平的乐土，都是战场上刀剑下，将士们用血肉筑起的坚城！

踏着将士们的血，明齐皇室还敢大张旗鼓地打压将军府吗？

你若敢，就不要怕天下人的眼睛！

至高无上的是皇权，比皇权更厉害的是百姓的嘴。

皇室固然可以用铁血手腕将百姓的嘴堵住，然而真到了那一日，百姓不敢妄言，道路以目的笑话传出去，岂不是滑天下之大稽？

明齐的皇室大约就是这样，明明内里腐败，做过多少肮脏的事情，偏偏还要装出一副心系江山的嘴脸。他们心安理得地享受世家的供奉和保护，最后还要倒打一耙。

沈妙的这番话令在场众人都渐渐沉寂下来。

有人就不那么痛快了。在场的三位明齐皇子不约而同地皱了皱眉。别人尚且不知道，他们却知道皇家如今待世家们是什么样子。沈家树大招风，迟早有一日会被皇帝以别的借口铲除。奈何这么多年，沈家在百姓中名声颇好，皇室要想扳倒沈家，也不是一朝一夕的事情。如今沈妙的这番话，看似在哀悼将士，实则却是歌颂功勋，把将士放到一个万众瞩目的位置，皇室有一丝一毫的不妥，于德行这一方面，都是理亏。

她是否故意的呢？

众人抬眼看去。少女说完后，便沉默下来。她的衣袍略有些宽大，在冷风中猎猎作响，更衬得她的身形纤弱不已。

大约是自己想岔了吧？她不过是闺阁间的女儿。这次能一反常态拔得头筹，皆因她是沈信的女儿。沈信也真的与她说过这些战场上的事，让她讨了个巧罢了。豫亲王的目光死死地追随着紫衣少女。须臾，他突然意味深长地一笑，道："这个沈家小姐，倒极有意思。"

不知道为何，豫亲王这话一出来，裴琅和傅修宜同时皱起眉头，心中有一丝不好的预感。

周王闻言，颇有深意地道："王叔是否中意那沈家小姐？听闻沈家小姐草包无知，如今看来也不尽然嘛！她伶牙俐齿的，生得也不错……"

豫亲王如今都四十多了，加之残暴凶狠，被他折磨死的女人不计其数。若是沈妙落到了他手上，只怕没多少日子就会香消玉殒。

静王比自己的同胞哥哥想得远些，如今皇室虽有心打压沈家，可沈家兵权在握，仿佛怀璧匹夫，任是哪位皇子私下里得了沈家的助力，都会拥有夺嫡路上的巨大筹码。若沈妙嫁给豫亲王，豫亲王本已无力争权夺利，也就相当于将兵权安置在皇家，不被任何皇子觊觎，或许这才是最好的做法。

思及此，静王傅修泫便点头道："沈家小姐的确才思敏捷，王叔若是觉得不错，也无可厚非。"

傅修宜兀自思索着。静王能考虑到的事情，他自然也考虑到了。他知道沈妙嫁给豫亲王府,对自己来说有百利而无一害,一来至少他能摆脱沈妙的纠缠,少一个桃色笑话;二来,沈家兵权太过烫手,就算他有心利用,也怕引得皇帝怀疑,得不偿失,倒不如先放在豫亲王府,伺机而动。

裴琅担忧地看了一眼正往台下走的沈妙。她步履从容,神色平静,大约并不知道自己的命运已经掌握在这群皇室子弟手中。他心中叹息,到底也是师生一场,不过他只是一个小小的教书先生,却不能改变什么,只能在心中为沈妙感到惋惜。

豫亲王嘴角的笑容有几分阴狠:"皇侄,本王并非不知道你们打什么主意。豫亲王府可吃不下沈家这尊大佛。"他的目光落在自己的残腿上,"不过嘛,沈家小姐有趣,弄过来玩玩,倒也不错。"

苏明枫看了这边一眼。他和傅修宜几人离得近,只认真观赏台前的状况,心中却是有些不忿。那沈妙就算再如何草包蠢笨,被豫亲王盯上,只怕也是凶多吉少。若是沈信在定京还好,可惜沈信得年关才回来,没有父兄护着,一个小姑娘怎么和这些恶狼抗衡?

仿佛预料到了沈妙之后的悲惨结局,苏明枫叹息一声,把苏明朗带到苏老爷面前,自己先悄悄离了席。

男眷席上风云变幻,沈妙并不知道。惊蛰很是为沈妙高兴了一番,沈玥却维持不住面上的神色,有些僵硬地离席。

女子组的校验比试结束后,轮到了男子组。女眷这边已经有校验过的姑娘纷纷离席休息。

冯安宁跟在沈妙身边,道:"你方才做得真好。"

沈妙淡淡地回道:"你也不错。"

大约是想到自己在琴类比试中得了第一,冯安宁便笑眯眯地道:"功夫不负有心人嘛!我去马车上取点儿东西,你在这儿等等我。"

待冯安宁走后,沈妙便走到雁北堂的梅林中等她。这个季节,梅花并未开放,但树丛郁郁葱葱,十分茂盛。

谷雨从中走出来,四下里看了看,小声道:"姑娘,东西已经送到了京典史公子手中,是买通外头的小厮换掉的,准保安全。"

"很好。"沈妙道。

谷雨尚且有些迷惑,不明白自家姑娘为何要如此做。要知道京典史家的公子,自家姑娘断没有认识的可能啊!

正在这时，她们耳边传来一声轻笑。三人皆是抬头，便见离得近的树梢枝头，一抹紫色飘然坠落，转瞬便落到三人面前。

紫衣少年容貌俊俏，不似凡人。他双手抱胸，懒洋洋地靠在树干上，似笑非笑地勾着唇角，眸色却深沉如定京的冬夜，带着料峭的冷意。

正是谢景行。

"姑娘。"谷雨和惊蛰皆是有些警惕地护在沈妙面前，不敢大声呼喊，怕引来旁人。况且这少年锦衣华服，生得又极为贵气美貌，让人不禁猜疑起他的身份。

"谷雨、惊蛰，你们在林口守着。"沈妙道。

"可是姑娘……"两人有些犹豫地道。

"去吧。"沈妙皱了皱眉。

惊蛰和谷雨便只得退守林口了。

"你倒有趣。"谢景行倚着树干，眼神玩味地看着她。这位金尊玉贵的小少爷，偏偏目光锐利如战场上的血刃，平淡的语气也能带出凛冽的寒意。

"谢小侯爷想说什么？"沈妙问道。

谢景行突然出现，自然不会是来闲谈的。这人年纪虽轻，行事却极有主意。既然老侯爷都管不了他，他做事也就更加放肆，让人摸不着头脑。

"豫亲王府如今还缺个王妃，那瘸子似是瞧上你了，我是过来道声恭喜的。"他语气不明，然而将豫亲王称瘸子，也算得上胆大万分。他话中带着一丝轻蔑和嘲弄，仿佛豫亲王不过是个脏污不堪的玩意儿罢了。

沈妙心中思索，面上却不显，竟忘了自己这副模样落在对方眼中代表了什么。

谢景行突然上前一步。他的个子极高，沈妙整个人都罩在他的阴影之下。

紫衣少年微微俯身，凑近她的耳畔，道："你果然早就知道了。"

少年身上传来好闻的寒竹香味道，声音刻意压低，有种暧昧的磁性。这动作也暧昧，沈妙抬眼，那张俊俏的脸蛋就在自己面前。他的唇角微微勾起，便给他的笑容增添了几分洞悉一切的邪气。

可她毕竟不是真正的豆蔻少女，只微微垂眸，道："知道如何，不知道又如何？"

谢景行见她无动于衷，也懒得做花花公子模样，丝毫不怜香惜玉地推开她，手里扬着一封纸束，笑容带着几分残酷，道："既然知道，你给京典史二少爷的这副词又是什么意思？"

沈妙的目光猝然一动。随即，她紧紧地盯着他，语气不由自主地带了几分狠戾，道："小侯爷是否太多管闲事了？"

"一张纸，你也紧张。"谢景行又恢复了那副玩世不恭的模样，"你与京典史老二有什么交情，如此帮他？又或者……沈家丫头，你在打什么主意？"

沈妙面沉如水，静静地盯着谢景行手中的纸，纸页薄薄，却是她心中沉甸甸的一块石头。那是她默了许久才默出来的《行律策》。

曾经，裴琅就是凭着这张策论，被傅修宜发现，自此被收为幕僚，替傅修宜出谋划策。如今他尚未展现自己的才华，沈妙却要在这之前断绝了可能。不仅如此，裴琅最好永远不为皇室中人效力，这才是最稳妥的做法。

京典史家的二公子高延，家世与定京城中有着古老传承的世家大族不同。高家是新兴的贵族。明齐皇室要打压老世族，自然也要扶持新贵。京典史家便是皇室新扶持的新贵中最为显著的一支。京典史家的大公子高进是真正的才华横溢，后来傅修宜登基，对高进更是大力提携。京典史家因此而蒙受恩荫，越发横行霸道，而这个高延……甚至垂涎过她的婉瑜。

若非当时她还是六宫之主，而傅修宜还没着手对付沈家，只怕婉瑜也会惨遭毒手。这个高延，才华不如他哥哥，还极为贪慕虚荣，总是喜欢拿着他大哥的功绩说成是自己的，为人睚眦必报，心胸狭隘，总归是一根搅屎棍。曾经，高延不曾入仕。如今，京典史家还未达到全盛时期，高进也刚入仕途不久，她倒不如加把力，将高延也送进这坦荡官途。

她会拿裴琅的《行律策》给高延，自然是因为知道每年校验，高延都会让小厮花银子在外头买份"考卷"。今日她便让谷雨去替换了这份考卷，以傅修宜那份"惜才"的性子，定会不顾一切地收揽高延。而高延个性虚荣，必然不会交代这不是出自他的手笔。

这样的人进了明齐的官场……她倒想看看，对上傅修宜，二人是要如何狗咬狗一场！

剪除傅修宜的有力臂膀，换上一根脑袋空空的"搅屎棍"。沈妙是打的这样的好主意。谁知道半途杀出来一个谢景行，平白让她的计划落空。

她的目光明明灭灭。谢景行终于扬唇，懒懒地道："你大可不必露出如此恨我的神情。这封信是我的人誊抄的，原来那份仍在高家小子手中。"

沈妙一愣，没想到竟会是如此结果。她看向谢景行，沉默了一下，道："小侯爷心宽。"

"非是心宽，只是本侯自来就有一点儿颇得赞誉。"谢景行目光微冷，"最不喜欢多管闲事。"

沈妙刚要说话，只听谢景行的声音又传来："现在你可以告诉本侯，你为何写信给京典史了？"

沈妙心中叹息。她虽有心将沈家和谢家绑在一条船上，可如今尚不是时候。沈、谢两家龃龉由来已久，非是一朝一夕可以解开，当得徐徐图之。谁知如今搭上个谢景行，好好的计划全被搅乱了。

"本侯想你如此帮他，莫非是你与他有私情，想帮情郎争风头？"谢景行笑容促狭，上下打量了沈妙一番，"后来又想，高家老二虽不成器，挑女人的眼光却不差。"他看着沈妙，分明是极漂亮的眉眼，却像西北大漠的风霜一样刺人。

"还有，你要帮高延，就是要帮京典史得誉，但你不帮高进，却帮废物高延，看上去便有些居心不良了。"他笑得不怀好意，却是一句话正中要害。

"沈家丫头，京典史和你有仇吗？"

沈妙静静地看着眼前的少年。他的眉眼生得漂亮，英气逼人，面上虽是玩世不恭的神情，却有种超然于年龄之上的稳重感，仿佛只要她跟着他，便有种天塌了都有他来顶着的安全感。曾经，她在秦国也好，后宫也罢，都未曾见过如此剔透的人，只消一句话，他便能洞悉所有事情的核心。

这样的人，偏是英年早逝，实在天妒英才。

眼中的惋惜一闪而过，她再开口时，却是平平淡淡的语气："是。"

"你这局棋铺得迂回。"谢景行的目光带着审视，"绕了这么大一圈，只是为了将高延送进仕途，莫非你要搅乱明齐的官场？"

饶是沈妙活了两世，心中都忍不住微微一惊。如果说之前的谢景行表现得于她来说只是聪明得过分，一点即通，那么现在这人倒显得有些可怕了。

寻常人走一步瞧一步，聪明人走一步瞧十步，谢景行这句看似平常的问话，却似走一步瞧到了千里之外。他如此毫不掩饰地单刀直入，让她有些不知如何回答。

片刻后，她才答道："这又与小侯爷何干？"

"本侯不关心明齐的官场，可临安侯府，你动不得。"他的语气里有警告之意，"你若把主意打到临安侯府，就别怪小爷不客气。"

沈妙看了他一眼。谢景行看似对临安侯府一直厌恶有加，极爱与他爹对着干，如今看来，倒不完全是厌恶。否则，他曾经也不会为了保全侯府的名声而落得万箭穿心的下场。

谢景行怀疑她会对谢家下手也无可厚非。沈家与谢家本就是横竖看不对眼，加之如今她做的事情总让人无法理解，旁人看来，她的确有可能给谢家使绊子。

"小侯爷大可放心。"她淡淡地开口道，"谢、沈两家井水不犯河水，自然不会生出事端，谢侯爷担心的事不会发生。人生短短几十载，风水轮流转，谢家如今视沈家为敌，殊不知未来有一日，也许两家会风雨同舟、同仇敌忾。"

"你这是在向我示好吗？"谢景行挑眉，道。

"是。"沈妙平静地说。

谢景行打量着面前的人。少女的身子罩在青莲色的锦衣披风之下，俏脸含霜。这郁郁葱葱的梅林竟也被她站出了九尺宫阙的感觉，显得无比苍凉与凄怆。

"沈家也有聪明人。"这话颇为讥讽，他却还是正色道，"既然如此，你就放手做吧。今日我就当看了场好戏，你可别让我失望。"

说完，他站直身子，转身离开。

"谢小侯爷。"沈妙叫住他。

"还有什么事？"他站定，头也不回地问道。

"谢家的两位庶弟，今日也会上台校验。"沈妙淡淡地道，"小侯爷就如此放任？"

谢家的两位庶子，姨娘方氏所出的谢长朝和谢长武如今都是国二的学子。谢景行则是国三的，只是他做事随心所欲，广文堂也约束不了他。平时他是不来上学的。曾经，谢景行也没有参加校验，让自己的两名庶弟抢了风头。兄弟俩在武类中名列前茅，也因此得了皇帝的青眼。后来，傅修宜有心抬举他二人，让其跟在自己身边办事。

沈妙一直觉得，临安侯父子皆是聪明人，却如何会落到那样一个结局？父子齐齐身死，受到荫庇的反而是方氏母子三人。

沈妙细细思考，觉得其中不乏疑点。譬如当时沈家的倾覆，自有二房和三房在其中出力。如此看来，谢家会不会也是内部出了问题？

"你希望本侯上去与他们一争高下？"谢景行回过头，诧异地道，"就像你同你那姐姐争一样？"

"小侯爷与我的处境难道不是一样的吗？"沈妙没有理会他话里的嘲笑之意，只道，"朝自己捅刀最深的，恰恰是身边最亲近的人。我自然明白谢小侯爷这样身份高贵的人，不屑和庶子斤斤计较，可是千里之堤溃于蚁穴，看似不起眼的玩意儿，却如蛰伏在暗处的毒蛇。"她一字一句地道，"若我做事，便要将他们斩断在萌芽阶段，要让他们永远无法萌芽。比起让他们风光无限得贵人扶持，同我永远虚与委蛇、做兄友弟恭状，将他们一一挑下，让其在人前出丑，我在府内亦不必装模作样，岂不是更加痛快？"

谢景行心中一动。他的母亲是金枝玉叶的玉清公主，他不想和庶子计较，因为一旦计较，人们不仅会说他气度不够，更会提起生母当初被活活气死的妒妇行为。他可以不用在意自己的名声，可是玉清公主的名声，他永远都会顾及。

他在临安侯府整日同那母子三人冷眼相对，临安侯虽然偏着他，外人免不了会胡乱嚼舌根。那母子三人还要做一副恭顺慈爱的模样，令他作呕。原本他只想如局外人一般冷眼瞧着那三人做戏，如今沈妙的话却让他心中一动。

如果掐灭他们的希望，他的内心是否更加畅快？如果他当面撕破脸，是否能让他们再无颜面兄友弟恭、惹人心烦？

沈妙的声音似乎带着蛊惑："你已经忍了太久，不要忍。"

不要忍。

他低下头，看着近在咫尺的人。少女身上传来淡淡的幽香，如她的人一样，看似纯澈，实则冷漠无心。他明明知道她有别的目的，却似乎无法拒绝她的提议。

他蓦地一笑，袖风一扫，她乌发上的海棠花已落入他的掌心。下一秒，海棠花所在的地方变成了一朵小小的玉海棠。

他拈花的表情似笑非笑。随即，他语气暧昧地道："你倒是有趣。这朵花赏你的。你的提议不错，多谢了。"

等沈妙出了梅林后，谷雨和惊蛰皆松了一口气。惊蛰抬眼往里瞧了瞧，没见人影，有些疑惑地道："怎生不见人了？"

沈妙也回头瞧了一眼。梅林枝叶郁郁葱葱，随风轻轻摆动，哪里有什么人影？

她道："走吧。"

待沈妙找到冯安宁，回了席上，台上的少年郎正在比试，第一轮"抽"已经过了，第二轮是"选"，选择自己擅长的科类。

沈妙的目光落在对面席上最左边穿湖绿色衣裳的少年身上。这少年生得黑壮，穿绿色的衣裳便衬得肤色更黑了。不仅如此，他还梳着高高的发髻，缠着镶玉的竹簪，大约是想效仿古人的君子之风，却因为舍不得富贵的打扮，显得有些不伦不类。

这便是京典史家的高延了。他如今年纪尚小，不过十六。后来傅修宜登基，高延乘着高进的风一路水涨船高，在定京欺男霸女，甚至连婉瑜都胆敢垂涎，实在是胆大至极。

高延此刻正一脸欢欣地与高进说着什么。他自然高兴得了这样一篇文辞独特的策论，刚刚在"抽"中，他抽到了经义，表现平平。等下的"选"，他只要拿出这篇策论，必然能够惊艳全场。

沈妙心中冷笑，去吧，你便拿着这篇策论，去到傅修宜的身边吧，在高进升迁之前进入仕途！她相信，以高延的搅屎棍手段，定能将整个京典史家亲手覆没，给傅修宜狠狠地拖一把后腿。这便是她送给傅修宜的其中一份"大礼"。

"沈妙，男子组过后，轮到女子组的'选'，你会选吗？"

"不会。"沈妙答道。

校验中，"抽"是每个学子必须完成的任务，"选"则可按自己的意愿，若不愿意便可不选。与其说"选"是校验的一环，不如说是最容易发挥自己长处的一环。若有自己擅长的项目，学子自然可以在"选"这一环节展示出来，因此比起"抽"，众人对"选"的热情更高。

"为什么？"冯安宁有些失望，"你如今画画得不是很好吗，为何不干脆展示一下？"

"没有必要。"沈妙开始摆弄桌上的棋局，头也不抬地回冯安宁道，"出风头如何，不出风头又如何？这两者于我没有分别。更何况，我本就琴棋书画样样不通，方才不过是侥幸。"

"你……"冯安宁气急，"哪有人这样说自己的？"

"五妹妹。"一个声音打断了她们的交谈，沈玥不知何时站到了她们面前。

沈玥一脸忧心地道："五妹妹，下一场的'选'，你果真不参加？"

"二姐姐难道希望我参加？"沈妙反问道。

沈玥被她说得一噎，咬了咬嘴唇，委屈地道："我自然希望五妹妹参加。方才你那画画得极好。既然五妹妹有此大才，何不继续选择'画'这一类？省得旁人还在背后说道。若是你再次画好了，流言也就不攻自破了。"

沈玥的声音不低，周围全是小姐、夫人，自是一字不漏地听了个清楚。这话将众人心中的怀疑说了出来。沈妙方才那一幅白菊图，虽是得了一甲，可她毕竟草包了这么多年，人们心中的印象不会轻易变化，当然也不会相信这画由她所出。

冯安宁听出了门道，立刻讥笑回去，道："沈二小姐说得好容易，画画也要讲究构意的，就算二小姐自个儿画，接连画两幅也是不可能的吧？"

"我不是看五妹妹如今大有进益才这般问的吗？"沈玥笑得温柔，"方才那般好画五妹妹都画得出来，再画一幅又有什么不可呢？"

沈妙自始至终都未抬头，只拈了一枚棋子放在棋盘中心，道："没兴趣，二姐姐劳心了。"

沈玥没料到，在这么多人面前，沈妙都敢这么不冷不热地回答自己，一时间脸色有些难看。

沈妙即使面对众人的猜疑都不肯接受她的激将，这让沈玥更加确定那幅画的画意并不是沈妙所想。让沈妙出丑的念头在她心中盘旋。她顿了顿，突然笑道："既然五妹妹坚持，那我也不好再说什么了。"

说完，她转身回到自己的座位上。

男眷席上，蔡霖一直在偷偷地看沈玥，突然见沈玥远远地看过来，似是温柔地对他笑了一笑。蔡霖一怔，随即有些激动，却见沈玥又垂下头去，似乎有些难过。他蓦然紧张起来。

台上，男子组的"选"还在继续。

经义和时赋都是中规中矩的，挑的人自然也多。只要学子记忆力出色，或者研读透彻，一般说来也容易出彩。相比之下，选择策论一项的人寥寥无几。

策论是针对如今的天下大事所进行的论述，非常实用，也和朝事息息相关。在场的都是年轻学子，除了一些已经开始接受教习的官家子弟，大多数人对朝事懵懂无知，更不用说提出什么好的策略建议了，所以策论一行最难。可参加者若是真的答得出彩，也相当于半只脚踏入了仕途。

沈妙看着面前的棋局。

当初裴琅的《行律策》是在第三轮"挑"中做出来的。"挑"这一项，男子可以挑女子，女子可以挑男子，学生自然也可以挑先生。

而其中一个男学生就挑了裴琅。裴琅才华横溢，不过台上几步，一篇策论便已完成，洋洋洒洒，引经据典，令人惊艳。

那时，几位皇子便对他重视起来，不过裴琅只道自己想在广文堂做书算先生，其他的不做多想。他态度坚决，若非后来傅修宜几番礼贤下士，甚至让沈妙给自己出主意，这裴琅也说不定就真的不入仕了。

棋局纵横交错，如同曾经的人生。她轻拂衣袖，整局棋就被打乱。沈妙落下一颗子，如今重来一盘局，便由她开始如何？

高延整了整袖子，又理了理自己的发髻，问身边的小厮道："爷看起来如何？"

"少爷风流倜傥，英俊潇洒……"小厮追捧的话张口就来。

高延得意地一撇嘴角，就要起身往台上走去。身边的高进见状，一把抓住他，问道："你这是做什么？"

"选啊。"高延道。

高进皱了皱眉，自己这个弟弟究竟有几斤几两，自己是再了解不过的。高延没本事便罢了，偏还爱出风头。如今京典史府蒸蒸日上，万万不可出岔子。

高进道："你会什么？"

这话听在高延耳中便不是滋味了。他和高进是一母同胞的亲兄弟，可人们提起高家来，首先夸的便是高进。高进生得眉清目秀，他却粗犷黑壮；高进年纪轻轻就能替父亲办事，而他每每想和父亲说点儿朝事，父亲就摇头不耐烦。同为兄弟，本没什么龃龉的，却因为外人的眼光而生了隔阂。高延本就在自己哥哥的光芒下有些敏感自卑，如今听闻高进这番话，更是气不打一处来。他本来有些犹豫那文稿写得太好，自己交上去是否会太过风光，眼下倒是一点儿犹豫也没有了。

他语气不善地道："大哥，小弟我虽然不及你聪明，却也不是完完全全的草包。你大可不必拦着我，总归我也抢不走你的风头。"

高进听出高延话里有话，顿了一下，还未说话，就见高延推开他，施施然走上台，远远地大声道："我选策论！"

策论？

广文堂不是没有人认识高延，此时自然都瞧了过来。说来也奇怪，高延本身没什么本事，在广文堂的名声却不错。只因他每次的功课和文稿都由别人代笔，所以在众人眼里，他虽然称不上什么大才子，却也算得上优秀。

他这么上台去，众人并未大感诧异。因为"选"这一行，展示的都是自己准备得最周全的项目。不过策论本就很难，是以此刻，有些闹哄哄的场子瞬间安静下来，众人都看着台上的少年。

前头几个选"策论"的学生已经当众念出自己的文稿，然而并未算得上多么好，高延一上去，高进就皱了皱眉。

"没料到高延也敢挑'策'。"冯安宁好奇地道,"若是换成高进,我倒觉得还好些。"

沈妙放下手中的棋子,看向台上。

准备好一切,高延就拿出文稿慢慢地念起来:"律者,国之框本也,尤架之于木,正扶冲天也……"

他念得颇为抑扬顿挫,起先众人看热闹的神情也渐渐收了起来,尤其是席上的老爷官员们。

"高进的弟弟果然不差。"周王眼中闪过一丝惊叹。

"的确不错。"静王也点头称赞,"此子年纪颇轻,假以时日,必非池中物。"

傅修宜静静地看着台上的人,神情虽未有什么波动,手指却不自觉地搓捻起来。每当他有什么思量或主意的时候,都会下意识地做这个动作。显然,高延的举动,让他心中有了新的打算。

而裴琅,自从高延念第一句的时候就身子一僵。不知道为何,他总觉得高延这篇"策论"似曾相识。可他自来记忆力超群,细细想了一番,却仍是摸不着头脑,大约是没看过的。这种扑面而来的熟悉感,让一向淡定的他有些焦躁,仿佛高延每念一句,他都能接出下面一句。

沈妙微微一笑,不再看台上的少年,而是继续看着棋盘上的棋子。她随手拈了一枚棋子,放在棋盘边缘。

"你这是在下什么棋?"冯安宁问,"胡乱下的吧?哪能把棋子放在这么远的地方?"

"远?"沈妙摇了摇头。

每一枚棋子都有自己的妙用,这一枚看似无用的废棋,能走到什么地步呢?就算现在瞧着离局中还有十万八千里,可在未来的局里,它就是不可或缺的一环。

远处的某座阁楼上,苏明枫摇了摇扇子,道:"不知高延是从哪里找来的这篇策论,写得极潇洒,我倒想认识一下写这策论的人了。"

"认识又如何?"在他对面,紫衣少年懒懒地开口道。他整个人坐在楼阁窗前,斜斜地靠着窗口,半个身子几乎都要探出去。

"应当是位博闻强识的大人。"苏明枫不以为意地道,"若能结交,定可获益匪浅。"

谢景行嗤笑一声,转头看了一眼台上,手中多了一朵海棠。海棠花还未谢,刚摘下般新鲜动人，似乎含着清幽的香气，却又显得有些肃杀。

"那可不一定。"

台上，高延终于念完了《行律策》。

周围的人先是一阵安静，随即小声议论起来。学生们尚且不懂这篇策论的含义，只晓得其中引经据典，煞是华丽，男眷席上的大人却懂得其中的深意。

台上校验的考官也没料到，高延竟然深藏不露。不过规矩还是要讲的，一旦考官对学生的结果表示怀疑，自然要先考验一番。譬如之前沈妙的那幅画，平心而论，这篇《行律策》比沈妙的画更高明。

考官便问："诚如方才策论所言，明齐行律多广围，你言须细细分之，又是怎么个细分法？"

高延心中一喜，那文稿除了有这样一篇《行律策》，还有一个问题与这校验官问的正是一模一样。他心中好生感激那给他写稿子的人，想着日后定要多给些银子打赏。

闻言，他便不慌不忙地挺胸抬头，按照那稿子上的话答道："分三层，商道、官道、民道皆应分别……"

裴琅拿起桌上的茶盏喝了一口，手还有些微微颤抖。不知道为什么，高延所说的每一句话，仿佛都印在他脑中。

苏明朗刚刚打了个盹儿，瞧见自己身边的人都看着台上的高延，露出欣赏的神情，干脆扯了扯苏老爷的袖子，问道："爹，他说得很好吗？"

"少年英才。"苏老爹直接道。

无论如何，高延今日这一仗都打得极为漂亮，不由分说，自然得了"一甲"。

高延得意地下台了。

这一轮的"选"也就此结束，而女子组的"选"也开始了。

冯安宁并未上台，方才的"抽"，她已经得了"一甲"，自然没有必要上台。沈清选了棋，她的书算好。而沈玥则选了琴。

女子组中，一旦有沈玥在，其他人都不会自取其辱地选琴。

沈玥施施然上台，焚香沐手。她秀气婉约，粉衣柔柔的模样，煞是动人。

她弹的是《咏月》。《咏月》是一首极难的曲子，表达的是远方的游子对故土和亲人的思念之情。前面温柔怅惘，紧接着激烈怆然，到最后令人唏嘘。起承转合十分考验琴技，亦是靠感情动人。

沈玥已经开始了。她一拨琴弦，琴弦就好似有了灵性，在她手上无限柔软曼延，曲子空灵，含着韵味，飘飘扬扬地落入在场每一个人的耳中。

蔡霖跑到了席外，努力想离高台更近些，好将心上人的每一个神情都尽收眼底。他沉醉于这美妙的琴声，突然被别人的交谈声打断了。

"二姑娘可真倒霉，从未得过第二，偏偏被五姑娘那样的人用了手段抢了一甲。"说话的是个身材苗条的丫头。

蔡霖认出她是沈玥的贴身丫鬟书香，不由自主地往那边看去。

"可不是嘛，况且五姑娘连'选'都不选了，根本就是存心和二姑娘作对。"另一个丫头道。

"唉，只可惜咱们二姑娘心善，私下里不知道受了五姑娘多少气。五姑娘不就是仗着大老爷才敢这么对二姑娘吗？二姑娘真可怜，准备了这么久，好端端的，却被别人抢走了果实。"

"要是有人能替二姑娘出气就好了，比如'挑'的时候让五姑娘上台？"

"说什么胡话呢？"书香打断她的话，"谁都知道五姑娘琴棋书画皆不通，去挑五姑娘，不是自己降低自己的身份吗？我看女子组是不可能的了，若是男子组的挑了她，那才是替五姑娘出气。"

交谈声渐渐小了，蔡霖的眼珠子动了一动。他看了看台上的沈玥，心里有了一个主意。

沈玥一曲方歇，众人听得如痴如醉，琴技出众的女子到哪里都会惹人喜爱。

"你这妹妹，弹得倒好。"冯安宁不情不愿地道，"也不知是从哪里请来的琴师，赶明儿我也叫母亲替我寻个名师来教习我。"

"说起来，沈家二小姐真是难得的才貌双全。"爱美之心人皆有之，周王对沈玥感觉也煞是惊艳，"可惜了。"

可惜什么，别的人或许不懂，几位皇子却不可能不懂。沈玥娇艳可人，才情无限，若有这样的解语娇花常伴身侧，许是人间一大美事。可惜她不是从沈夫人肚子里爬出来的，偏偏是三房。

偏偏手握重兵的沈信却生了沈妙那样一个草包。即便今日的沈妙看上去有些不同，可众人的印象又岂是一朝一夕能够改变的？

高延下台后，裴琅的心情也逐渐平复下来。这一生中，他还是第一次遇到此种情景，虽然不解，却也竭力令自己宽心。此刻他听到周王的话，便又忍不住看了对面女眷席上的紫衣少女一眼。

她持棋侧头沉思，隔得太远，他看不清她的目光，却能想到那目光中带着的审视和深意，就仿佛沈妙看他的时候一样。这样的人，怎么会是草包？

可人的确不会在一夜之间就改变，难道沈妙之前的蠢笨都是在做戏？这又是为什么？

女子组的"选"伴随着沈玥的《咏月》结束了。沈玥自然拿了一甲，可今日的她非但没有因为这一甲而欣喜，反而觉得有些难堪。她看了沈妙一眼，沈妙丝毫没有瞧她。

陈若秋注意到沈玥的神情，低声提醒道："玥娘，你失态了。"

听到陈若秋的提醒，沈玥稍稍收起面上的愤然之色。身边的婢子书香捧了茶给她："姑娘喝口茶，润润嗓子。"

沈玥接过茶，瞧了瞧书香。书香对她笑了笑。沈玥心中了然，面上的笑容真实了些。沈玥道："有些热了，等下的'挑'我倒极有兴趣。"

沈清因着也得了"棋"的一甲，心情愉悦了些，笑道："今年不是不分男女子组，亦不分国二、国三了，比试起来定是更加激烈。"

本来，"挑"就是三项中最令人期待的。对学子而言，"抽"不一定会抽到最好的，"选"也是选自己擅长的，"一甲"定然会落在尽人皆知的两个最优秀的人身上。女子组中的"挑"尚且不甚激烈，因为女儿家面上总要和和气气的，也要作淡然之姿，展现自己并不看重这结果的态度。男子却不同，少年们喜爱用比的方式分出胜负。这个年纪的他们，正值求胜欲最为旺盛的时期，所以每年的"挑"，都是最激烈的。

今年的"挑"这一行，不分男女，亦不分国二国三，所有学子都能一起。大家想挑战哪个，自然就能同哪个比试。不过，说是这样说，男女之间互相挑战的，大约应是没有。

文类今年果然又无人挑战，重头戏自然落在了武类上。这便几乎排除了女子参与的可能。虽然在场的也不乏武将家会功夫的女儿，可大多女子比起男子来，力气上本就差了一截。

却见男子席上，蔡霖首先站出来，走到台上去。

校验的考官问他挑战什么，他便指着步射的签子，道："步射。"

众人了然。蔡霖这个小霸王，文类一窍不通，武类却也算得出色，尤其步射最为优秀。他若射箭，自然能够把把中的，去年他也曾在校验上夺过步射的一甲。

今日他要挑战的又是谁？众人放眼全场，并没有比他更出色的人啊！

蔡霖仰着脖子，突然伸手向女眷席上遥遥一指。

众人瞧他指的居然是女学生而不是男学生，便是一惊，待看清楚他指的是谁时，更是诧异地张大了嘴巴，连议论都止住了。

他还特意大声道了一次："我要挑战她，沈妙！"

那沉浸在棋局中的少女抬起头来，目光清冷地直视着台上的人。她的神情未见波动，动作亦未出错，仿佛这石破天惊的一句话不过是对方随口的问候，而她连回答也不屑。

陈若秋皱起眉。她一直倾心教导沈玥，可沈妙似乎也学会了不动声色。

远处楼阁上，悠然品茗的俊美少年一口茶全喷了出来，玩世不恭的神情里也显出一丝意外来，道："蔡家小子疯了？"

沈妙站起身。桌上的棋局里，对面一只黑子越过楚河汉界，正往她这边来。

第一只小卒出动了。

她拾起白子，黑子顷刻间被吞吃，被潇洒地丢进棋篓。

"接。"她道。

第五章
各怀鬼胎

秋日的风清爽淡雅，此刻却也因为紧张的气氛，连花香都变得浓烈了。

沈玥捂住嘴，吃惊地道："这……五妹妹可是女子啊！怎么会有人挑这项？"

"不错。"陈若秋也担忧地道，"小五，你莫要勉强，虽然大哥是武将，可你自来都不会这些。"

陈若秋说沈信是武将，身为女儿的沈妙却不会步射。其实，武类不通便也罢了，女儿家大多不喜欢舞刀弄枪，这理由也说得过去。可连文类亦不通，就实在是有些糟糕。她这话便把沈妙贬得一无是处，连带着沈信一房都会被人看轻。

"可是……这比试的规矩是不可改变的呀！"沈清面上着急，语气却怎么听都是幸灾乐祸，"一旦被挑中作为对手，无论是哪一类，双方都得将比试完成。不过，大家一般会挑这一类中优秀的人来比试，五妹妹莫非还留了一手？否则蔡霖怎么会独独挑中了你？"

任婉云笑着道："大姐儿胡说些什么？小五哪里就会舞刀弄枪的？小五，你若是不想上台比试，二婶亲自与校验官说，你年纪还小，就算看在大伯的面上，他们也不会为难你。"

虽然任婉云的话听着是为她解围，可细细一想，又不是那么回事。毕竟校验台上，多少年来也从未有人破例。如今沈妙一开先河，指不定明日定京的百姓要怎么说。再者，沈妙若搬出沈信的名头，未必就不会有人说沈信仗着自己的军功行使特权。

"多谢二婶，不必了。"沈妙自女眷席上站起来，慢慢地朝台上走去，"我应。"

蔡霖的目光动了动。他这么做，无非想为沈玥出气。武类中，男子挑女子来比试，本来就是头一遭。不过他混账惯了，今次回去，无非被自家爹娘教训一通。但想到能为沈玥出气，蔡霖就打心底高兴。他想得好，若是沈妙不敢接这个比试，他就能狠狠地嘲笑沈妙一番。

可他未曾想到，沈妙竟然迎战了。不仅如此，她还迎得如此坦荡从容。蔡霖眼睁睁地看着那一袭紫衣往台上缓缓走去，心中竟然生出一种古怪的感觉。

好似她根本无惧！她竟然能装到如此地步吗？蔡霖正在深思，陡然察觉一道目光射在自己身上。他转过头，正对上女眷席上沈玥看来的目光。

沈玥瞧他回看过来，又似羞涩，低下了头。蔡霖却被她看得心中一荡。

每个少年郎心中都有一出英雄救美的话本。如今在蔡霖眼中，自己就是那替美人儿出头的英雄郎。至于沈妙，便是那恶毒又丑陋的仗势小人。无论今日她迎不迎战，他都必定会让沈妙颜面尽失。他要让她再也不敢在沈玥面前横行霸道！

一般来说，"挑"这一项，都是由挑战的人立规矩，说怎样挑战便怎样挑战，被挑战者只有接受的份。因着谁都不知道接下来的情势会如何发展，所以每年的这一轮比试总是最吸引人的眼光。

沈妙走到台上。

校验考官也有些为难，毕竟沈妙是个娇滴滴的小姑娘。这女子和男子挑文类倒也说得过去，这回偏偏是武类，只怕是蔡霖故意要她出丑。

"今日这出戏极好。"周王拊掌，似乎很有兴味，"沈家大房的名声只怕又要一落千丈了。"

静王摇头叹息，道："沈将军在沙场征战得来的美名十分不易，奈何女儿不争气。"他心道，沈妙不仅不争气，还实在傻得可以。今日，分明她迎不迎战都是错的，眼下做这副姿态，接下来就会更加令人发笑。

蔡霖得意地一撇嘴角，道："今年我想了个有趣的规矩，每年老老实实地比步射实在是太无趣了。今年的步射挑战，我与你对射。你将草果子顶在头上，我用箭射你，之后再换我把草果子顶在头上，你用箭射我。如何？"

他此话一出，满场哗然。

那校验官也吓了一跳。这是要出人命啊！沈妙到底是沈信的女儿，要是真的出了什么三长两短，沈信年底回来追究，谁担得起责？

校验官忙道："蔡学生……"

蔡霖把手一挥，道："先生，广文堂可没有特意为某人开先河的道理。以往的规矩皆是如此，挑战的人说什么规矩就是什么规矩。怎么，堂堂大将军的女儿，也是这样的无胆？"

沈玥低下头，掩住翘起的嘴角。

"说得不错，"这声音有些嘶哑，却是来自一边闭着眼的豫亲王。他狰狞的脸上现出一丝古怪的笑意，"自然没有为某人而改规矩的说法。难不成在战场上，因为敌方强大，沈将军就要临阵遁逃不成？哈，那也不是不能理解。"说完后，他似是觉得好笑，大笑起来。

沈妙的目光陡然凌厉。

这些人口口声声讽刺的都是沈信，还真当她是沈家大房的弱点了不成？她看着对面蔡霖看好戏的目光，再扫一眼席上众人，积攒了许久的怒气终于爆发。

她冷冷地道："家父在外浴血奋战，保家卫国，所以才有今日花团锦簇的菊花宴，才有此时学子校验的百花争放。"她眼中闪过一丝嘲讽，"咱们在此比试，赢了不算什么，真正上过战场、杀过人才好提出色。至于你立的规矩，我为什么不敢？"

众人一愣。

"我为什么不敢？你箭术精湛，自然会射中草果子。而我箭术不精，若是射偏了，该担心性命的也是你。"

她微微一笑，声音仿佛从很远的地方传来，却像惊雷炸响在众人耳边。

"这样的话，签生死状吧，伤了或死了，后果自负。

"你敢吗？蔡霖。"

偌大的雁北堂，此刻静寂无声。

蔡霖一时哑口无言。

沈妙说得没错。两人这样以箭互射，最危险的应该是他才对。只因为沈妙哪里会什么箭术，稍稍射偏一分，也许那箭矢刺进的就是他的脑袋。可蔡霖并未想那样多。他想得简单，只要自己先射箭，以沈妙的性子，定会吓得腿软，涕泗横流地向他求饶。到那时，他再好好地将沈妙戏耍一番。这样一来，沈妙的脸面也就丢尽了，他也自然能为沈玥出口恶气。

至于那之后的事情，蔡霖想都没想。在他心中，沈妙在他射箭过后就该吓得不成人形，哪里还会有力气以箭射他？再者，一个连弓都没碰过的女子，说不定到时候连弓都拉不开，总归就是个笑话。

蔡霖是如此想的，却独独算漏了沈妙的反应。她就这么静静地看着对方，那种冷淡的沉静让蔡霖恼羞成怒。沈妙的目光仿佛在看戏耍的孩童，显得他可怜又可笑。

都是容易冲动的年纪，蔡霖想也没想就开口道："我有什么不敢的？生死状就生死状！"

"唉！"男眷席上的蔡大人叹了口气，恨不得冲上前去，将自己这个不孝子胖揍一顿。之前他以为蔡霖只是顽劣，没想到蔡霖竟挑了沈妙。生死状这种东西，蔡大人倒不是担心儿子的安危，却怕蔡霖真的让沈妙下不来台，或者射偏了弄伤她。和沈信这样的大老粗对起来，可不是人人都吃得消的。

沈玥焦急地道："五妹妹怎么能立下生死状呢？不过是一场校验，哪里就能到如此地步？这样可不行啊！"

"是啊，五姐儿怎么这样不懂事？"任婉云皱着眉，道，"她怎么能凭一时意气说这种话，这要是出了问题怎么办？"她提也不提是蔡霖逼着沈妙做出这个选择的，只把一切归于沈妙赌气。

陈若秋摇了摇头，轻声叹息，道："小五到底是好胜心强了些。"

她们这厢云淡风轻地"关心"沈妙，为沈妙"着急"，男眷席上自然也不乏对此感到有趣的。豫亲王死死地盯着台上的紫衣少女，浑浊的眼球中散发出兴味，仿佛野兽看到了猎物。

"这沈家小姐可真是有勇无谋。"周王指点道，"她竟然还签生死状！不知道这样一来，一旦出了问题，沈信都不能拿此说事吗？"

"大约她是为了维护沈家的名声。"傅修宜看着台上的沈妙，道，"毕竟谁都不愿听自家不好的话。"

"可惜，即使这样，她也改变不了事实。"静王摇头，"这性子实在太过冲动，难怪大家说她无知蠢笨。"

裴琅拿起桌上的茶喝了一口，也觉得沈妙这样的举动实在是太冲动了。虽然方才豫亲王的话过分，可若沈妙真的愿意为沈家着想，就应该想个法子全身而退。纵然她可能暂时会被人说道，可也比等下落得一个当众出丑的结局来得好。

"爹，她一定会赢的。"苏明朗握着小拳，向他爹表明自己的立场。

苏老爷不想扫了小儿子的兴致，便含糊地顺着他的话道："不错，定会赢的。"

苏明枫不知道苏明朗和苏老爷的态度，若是知道了，定会嗤之以鼻。因为此刻他正坐在楼阁上，遥望着校验台，忍不住道："沈家小姐的胆子可真大，她连生死状也立上，这也太缺心眼儿了。"

苏明枫对好友说话从不掩饰，今日却未听见自己最挑剔的好友出言附和，便忍不住回头看了对方一眼。

紫衣少年拈着手中的海棠侧头沉思，日光正好，微风吹得他匕首上的缨子微微拂动。

"你在想什么？"苏明枫忍不住问道。

谢景行将那海棠往怀里一揣，突然站起身来，扬唇一笑，道："有趣，我们来打一个赌如何？"

"什么赌？"

"就赌……"谢景行一指台上，笑容带着说不出的风流，"谁会赢？"

"自然是蔡霖。"苏明枫皱眉，"莫非你以为有别的人选。"

"我赌沈妙赢。"他道。

台上已经开始准备了。

今日的武类步射，足以提起在场所有人的心神。这哪里是校验挑战，分明是赌命！

广文堂果真让人写了生死状，血色的字迹在雪白的布帛上分外醒目。沈妙提笔写上自己的名字，极为潇洒，仿佛根本未将这重逾千斤的东西放在眼中。

相比之下，蔡霖却没那么轻松了。少年虽然正值胜负心最强的年纪，可毕竟是第一次签下生死状这种东西。蔡霖只是个被家族保护得太好的孩子，甚至不够成熟。沈妙这般坦然，反而让他心中更害怕。

下笔重逾千斤，他写得艰难，字迹歪歪扭扭，同沈妙的名字形成鲜明对比。

他写完后，忍不住问道："沈妙，你不怕我第一场就射偏了？若是我怕第二场你射中我，自然可以在第一场就伤了你的。"

沈妙正要去拿草果子，闻言转过身，盯着蔡霖，道："蔡公子是这样认为的？我可不这么想。谁都知道蔡公子步射超群，若是射偏，定不会是失手，只能是故意为之。蔡公子是故意想要杀了我。我却不然，谁都知道我对此一窍不通，若是射不中，也是情理之中。"

蔡霖一怔，随即目瞪口呆，心中涌上一股深深的无力感。是啊，他射偏，就是故意，沈妙射偏，却是自然。他甚至都不能失手，因为……那样的话，所有人都能看出他是故意的！

他让沈妙进退维谷，沈妙就立刻原样奉还。

他怎样做都是错。

"蔡公子为了避免第二场被我射中，自然也可以在第一轮一鼓作气杀了我。生死状都立了，你杀了我，也不过是比试的结果，除了天下人的唾沫，你不必负一分责任。

"我就在这里，你敢杀吗？"

蔡霖像是头一次相见般盯着对面的少女，满眼都是不可置信。他在广文堂横行惯了，又是被家族宠大的，对沈妙，今日他也不过是想教训教训她。谁知道沈妙非但没有害怕，反倒与他对着干了。

蔡霖敢吗？且不说他是否有这个胆量，就算他敢，他能吗？蔡家少爷可以凭着一时意气做事，可是蔡家又如何？若是今日沈妙真的被他杀了，莫说一命抵一命，沈信回京砍了蔡家上上下下，再亲自请罪都有可能。

况且，他不敢的。他只会耍耍嘴皮子，并未上过战场，甚至连血都没沾过。他的步射固然很好，可是射的都是草果子或者禽兽，人却是没有的。

然而，眼下他焉有退缩的道理？沈妙一介女子都不怕，他堂堂男儿，若是退缩，只怕明日也没脸出府门了。

思及此，蔡霖便又趾高气扬地道："随你如何说，什么本事都要在射场上见分晓。你眼下说得高兴，焉知等会儿会不会吓得屁滚尿流？"

他话说得极为粗鲁，似乎只有这样才能平复自己的心情。他只盼着这番话能让沈妙觉得难堪。可沈妙已经去校验官手上拿草果子了。草果子下面方，上头圆，沈妙就站在台上的最东面，将那草果子放在头顶。

场上渐渐喧嚣起来。

"她此刻定是强作镇定，实则吓破了胆吧？"易佩兰笑着道，"我真是迫不及待想看看她吓得涕泗横流的样子。"

"自明齐举办校验以来，从未有女子被男子以武类挑战的。"江采萱翘着小手指，歪头道，"这沈妙也算是头一遭了。只是在众目睽睽下出丑，想想也很可怕。"

"哎哟，五姐儿还站在上头做什么？若是蔡家少爷射偏了该如何？"任婉云道。她心中有些为难，若是沈妙真的出了什么意外，沈信就算再如何待沈家人好，也必然饶不了自己。

"二嫂担心什么？"陈若秋轻描淡写地道，"横竖都是小孩子间的玩闹罢了。

蔡家少爷又不是什么都不懂的稚童。只要五姐儿服个软，说几句求饶的话儿，蔡家少爷自然不会为难她，只希望五姐儿莫要争一时意气。"

她将这样的生死大事只用"小孩子间的玩闹"来形容，可毕竟任婉云才是掌家的人，出了事也有任婉云担着。不过，她这话倒是说到任婉云的心坎里去了，全都是沈妙自己要争一时意气，若是沈妙好好地求饶，对蔡霖说几句服软的话，自然不会落到如今这个地步。

"放宽心吧。"陈若秋道，"我看那蔡家公子大约只想吓唬吓唬五姐儿。这样的校验场上，大伙儿争的都是风度，咱们现在喊停是不可能的。"

"娘不必担心。"沈清也对任婉云道，"蔡霖的步射好得很，无论如何都不会射偏的。"

沈清想着沈妙挡了她当皇子妃的路，现在巴不得沈妙颜面无存。她曾听闻，有些人惊到深处会屎尿齐飞，也不知道等会儿沈妙会如何。若是蔡霖真的射偏了……毁了沈妙的脸也不错。

沈玥没有沈清想得那么远。她只是想看沈妙跪地求饶的模样，仿佛沈妙那样做，沈玥就能找回自己的自尊。

蔡霖手里握着长弓，面对三丈外的沈妙，额上冷汗涔涔。

沈妙安静地站着，风吹起她宽大的披风袍角。衣裳猎猎拂动，而她眉目宛然。

蔡霖缓缓地拉开弓。他想，只要沈妙求饶就好了，只要她掉一滴眼泪，说句求饶的话，自己就能趁机好好地羞辱她一番，就不必面对这样进退两难的场面。

可惜，他的愿望终究是落空了，沈妙的神情平静得很。

沈玥皱起眉，为什么想象中沈妙痛哭求饶的画面并未出现？为什么沈妙看上去竟比蔡霖还要从容？

蔡霖的手开始发抖。射中三丈外的草果子，平日里于他不过是轻而易举的事情，今日却是分外艰难，那距离似乎变得很遥远。而沈妙的话萦绕在他耳边："我就在这里，你敢杀吗？"

他敢吗？他敢吗？他敢吗？

咻的一声，箭矢猛地划过。可它只在半空中晃了晃，就掉了下来。箭矢甚至没挨到沈妙的衣角，仿佛力气不足，更勿提射中草果子了。

满场哄笑。

甚至有同窗笑着打趣道："蔡霖，你莫不是怜香惜玉了？平时距离十丈，你亦可射中，今日三丈便不行了？"

蔡霖擦了擦额上的汗，立刻开始搭弓射箭。第二支箭矢射到了沈妙脚下。第三支倒是擦着沈妙的发髻飞过，碰倒了沈妙头上的草果子。

沈妙的发髻被打散，一头黑发顺势流泻满肩。然而，即便是箭矢险险地擦过脸颊的时候，她都未曾动过一分。

黑的发，紫的衣，少女雪肤花貌，在风中站得笔直。

蔡霖双手一软，长弓和箭矢掉了满地。

全场静寂无声。

纵是傻子都看出来了，怕的人不是沈妙，而是蔡霖。

我就在这里，你敢杀我吗？

你不敢。

我敢。

她微微一笑，那双明眸中显出一点儿残忍来，配着如今尚且还显天真的脸蛋，有种奇异的美丽。

"现在，换我了。"

"换我了"三个字被沈妙说得轻飘飘的，带着莫名的寒意。

蔡霖额上的冷汗顺着脸庞滑落下来，他怔怔地看着面前的沈妙。

沈妙上前几步，弯腰捡起地上的长弓。

短暂的沉默过后，台下众人开始议论纷纷。

"果真是虎父无犬女！这沈家小姐好胆量！"说话的人平日里与沈信交情不错，原先听闻沈妙草包愚蠢的传言还有些怀疑，今日一见，只道那些话都是流言。她有这等胆量和气魄，哪里是草包？那些话分明是有心之人故意为之，抹黑小姑娘的名声。

"的确不错！你瞧她方才眼都未眨，那箭头再偏点儿，可就划伤她的脸颊了啊！这姑娘真是有大将之风，便是换了我等，大约也会吓一跳。"

"你也不瞧瞧她是出自哪家？沈将军的姑娘还能胆小不成？看来原先那些话都是传言，不可信！难怪一些人要故意抹黑她，木秀于林，风必摧之。沈五小姐小小年纪便这般出色，难怪惹人忌妒。"

周王和静王对视一眼。静王摇头叹道："看来你我二人都错了，她还真是个胆大之人！"

"老九现在可是后悔了？"周王笑着看向傅修宜，"这般不同寻常的女子，你怎生会拒绝？"

"人一夜之间不会发生这样的改变，若不是这沈五小姐遇着了什么高人，就是她原先故意装傻。无论哪一种，老九你可都是亏了。"静王道。

傅修宜微笑着道："窈窕淑女，可惜并非我心悦之人。"后悔吗？傅修宜倒也不觉得，只是沈妙沉静的模样落在他眼中，显得有些刺眼。

"果然是个妙人啊！"豫亲王满意地笑了，盯着沈妙，"不知……是何滋味呢？"

裴琅皱了皱眉，听这话，豫亲王大约又是在想什么肮脏的事情了。

"你输了。"楼阁上，谢景行斜斜地靠窗坐着，气定神闲地道。

"竟然是这种结果！"苏明枫的一双眼珠子都快瞪出来。

他看了看谢景行，又看了看远处的台上，问道："你是不是早已知道了？"

"愿赌服输。"谢景行站起身，拍了拍身上的尘土。

"行啊！我认输，要罚什么？"苏明枫答得爽快。

"罚你这场比试后，为我庆祝喝酒，就喝你埋了二十年的女儿红如何？"

"你可真是黑心肠。"苏明枫骂道，随即又意识到了什么，疑惑地问道，"不过，为何而庆祝？有什么值得高兴的事吗？"

"现在没有，马上就有了。"谢景行挑眉，"非常值得高兴的事。"

台上，沈妙将草果子递给蔡霖。

蔡霖接过草果子的手有些发抖，问道："沈妙，你可曾学过步射？"

"不曾。"沈妙微笑着看他，"我今日是第一次摸弓。不过既然能步射三支箭，一支不明白，还有下一支，我总归会学会的。"

蔡霖打了个冷战，不可置信地看着沈妙，道："你莫不是在胡说？"

方才沈妙表现得淡定从容，倒像是经常做这种事情。他侥幸以为沈妙定是熟手，毕竟沈信是威武大将军，亲自教导女儿箭术也有可能，可现在沈妙居然说，她今日是第一次摸弓？她怎么敢？！

他道："你什么都不会，怎么能步射？这草果子分明就射不中，我岂不是白白送死？"

"蔡公子这话也未免太可笑。"沈妙平静地开口道，声音不高不低，说话的时候正好能被全场听到。所有人都瞧着那少女低眉敛目，气势咄咄逼人。

"方才蔡公子挑我上场的时候，可不曾问过我会不会步射，方才朝我射箭的时候，也不曾问过我会不会送死。怎么到我步射的时候，蔡公子就问我会不会、能不能了？"

　　这话抵得蔡霖哑口无言。的确，他是为了给沈玥出气，才故意选了沈妙不会的步射，现在看来，却是他搬起石头砸自己的脚了。

　　"沈姑娘，犬子顽劣，本官替他向你赔个不是，你莫要计较。只是你如今的确不会步射，这样难免会出意外，我们于你也不好追究。"蔡大人终于忍不住开口。话一出口，他便老脸一红，但也实在没办法，虽然丢人，也比自家幼子失了性命好。他甚至用了"本官"，来威胁沈妙。

　　可沈妙的话让众人目瞪口呆。她说："蔡大人，方才我赌上了自己的命，现在轮到蔡霖来赌命了。生死状已立，白帛血字写得清楚明白，就算我今日将他射死了，也不会有半分的责任，蔡霖当愿赌服输。"

　　不等蔡大人说话，她又继续道："人无信不立，这规矩是蔡霖亲自提出的，现在你们却出尔反尔。难道蔡大人在官场上也是如此作风，一旦势头不对，立刻就能改规矩？

　　"之前蔡霖说过，广文堂可没有特意为某人而开的先河，挑战的人说什么规矩就什么规矩。怎么，蔡家的少爷就是这样的无胆鼠辈？"

　　他的话还犹在耳边，如今沈妙就原物奉还，直打得蔡大人脸上清脆作响，直堵得蔡霖哑口无言。

　　"规矩是你们定的，如今也是你们不干的，红口白牙一张嘴，怎样都成？莫非明齐的大人都如此？"她话语锋利，毫不留情地就将事情往大了说。

　　蔡大人头上的冷汗顿时就下来了。官场上那么多同僚，今日在场的，有他的亲故，自然也有他的劲敌。沈妙这番话落在有心之人耳中，谁知道会被他们拿出来做什么文章？更何况，此处还有皇家人，一个不好引来皇室的猜忌，别说是蔡霖了，就是整个蔡家也会跟着遭殃。

　　"沈家小姐说得不错。"说话的却是豫亲王，他古怪地冲沈妙笑了笑，"蔡大人，蔡公子自己立的规矩，自然要自己来完成。"

　　豫亲王何时会好心地替人帮腔解围？他此话一出，众人的目光顿时就朝沈妙投来，其中的各种意味，有了然的，亦有轻视的。

　　周王和静王对视一眼。静王叹道："连王叔都开口了。"

　　豫亲王已经发话，蔡大人就算再有什么不满，此刻也万万不敢反驳了。蔡大人心中虽然惊怒，却也只能硬着头皮道："是……是下官思虑不周。"

　　蔡霖眼睁睁地瞧着父亲离开，心中不是不急。他压低声音对沈妙道："你若伤了我，蔡家必定饶不了你。若你这次识相，日后……日后我便不在广文堂寻你的麻烦。"他只希望沈妙下手知分寸一点儿，轻轻地拉拉弓，做做样子便罢了。

沈妙轻轻地抬眼看着他，半响才笑了笑，道："之前我问过你，我就在这里，你敢杀吗？你方才的箭术已经替你回答了这个问题。现在这个问题到我面前了，你想听听我的回答吗？"

她的小脸光洁如玉，尚且带着幼嫩，仿佛春日生长的幼芽，可怜可爱，话语却凶残得令人心悸。

"我敢。"说完这句话，她转身走到射台上去。

蔡霖怔怔地立在原地，直到校验官叫他的名字，方回过神来，这才发现全场众人都瞧着他，脸上尽是看好戏的神色。他的目光远远地落在女眷席处的粉衣少女身上。沈玥正与身边人说着什么，并未朝台上瞧一眼。他忽地有些失落，觉得自己此刻的举动更加让人厌弃了。

事情本就是他挑起的，现在焉有退缩的道理？蔡霖只得故作平静地走到三丈外的白线处，将草果子放在头顶。

众人瞧瞧他，又瞧瞧沈妙，总觉得有些奇怪。

远处，谢景行开口道："你猜，中是不中？"

"当然不中了。"苏明枫瞪着他，"且不说她有没有这个胆子射伤蔡霖，就算她敢，她有这能耐吗？闺阁女子习武的本就少，再者沈妙之人，你在定京就该知道，她什么都不会。"

谢景行低低地一笑，道："未必。"

"你莫非又要与我赌一局？"

"何必多此一举，我都已经看到了结局。"

苏明枫习惯了好友凡事说一点儿的神秘作风，便道："什么结局？"

谢景行懒洋洋地道："你输。"

沈玥看着台上的沈妙，心都揪紧了，小声问陈若秋："娘，她会射伤蔡公子吗？"

"自然不会。"陈若秋看着自己女儿今日也被沈妙弄得有些魔怔了，不由得心中叹气，想着她到底是年轻了些，还沉不住气，"哪里就有那么容易射中了？我听你大伯说过，那拉弓也是要力气的。你五妹妹平日里在府中何时拉过弓、射过箭？怕是她将那弓拉开就已经费尽了力气。你就不要胡思乱想了，你五妹妹只是闹着玩儿呢！"

沈妙真的是闹着玩吗？自然不是。她提手、搭箭、拉弓，动作一气呵成，流畅得像是早已练习过千百次。她没有娇滴滴地拉不住弓，亦没有犹犹豫豫、不知怎么做，动作规整得不得了，让人毫不怀疑她是熟练的弓箭手。

下一刻，离弦之箭带着杀意朝蔡霖奔去。

全场安静下来。寂静中，掉在地上的箭矢发出清脆的响声，箭头尚且带着一点儿红。

台上台下，所有人都凝固成静止的画面。

打破这画面的是蔡霖。他伸手摸了摸左脸颊，那一处被刚刚的箭矢划擦而过，显出一点儿殷红的血迹来。

所有人都惊呆了。

沈妙竟然真的敢射，不是在半途就让箭矢停下来，也不是故意射偏。她离草果子说近也不近，说远也不远，却偏偏让箭矢擦着蔡霖的脸颊而过。

蔡霖高声喝道："沈妙你做什么？！"

他话音未落，第二支箭矢已经带着劲风扫来，不偏不倚地擦着他的右脸颊而过。蔡霖顿时感到右脸颊一阵火辣辣地疼，伸手一摸，赫然正是一抹血迹。他已经快疯了，不可置信地瞪着沈妙。

蔡大人也很想制止，可是豫亲王还坐在前面，他怎么也不敢动。

任婉云一下子站起身来，道："五姐儿疯了不成？她怎么敢真的伤了蔡家少爷？"

"你们府上的五姑娘也真够厉害的。"易夫人故作吃惊地道，"寻常女子哪有这个胆子啊？她若伤了蔡家小少爷，两位老爷日后在朝中不就会多几个交情不好的同僚了？"

这话却是说到任婉云和陈若秋心里去了。她们之前想的也就是沈妙出出丑的事，谁知道沈妙非但没出丑，还伤了蔡霖。若是蔡家因此对沈府生了嫌隙，蔡家又是走文臣的路子，得罪了他们，沈贵和沈万两兄弟还怎么落着个好？

任婉云正要大声呼喊，制止沈妙的行为，却被陈若秋一把按住了手。

"妹妹，你这是做什么？"任婉云不悦地道，"你要眼睁睁地看五姐儿闯祸不成？"

陈若秋自诩书香世家，瞧不上任婉云难登大雅之堂的想法。她道："二嫂想得不错，可方才你也听到，连豫亲王爷也发话了，否则你以为蔡老爷为何到现在都不发话，只眼睁睁地瞧着自己的儿子受伤？二嫂就算此刻说话，在这里做得了主吗？倒不如静观其变，若是别人问起来，咱们只说是小孩子间的玩闹。"

"难不成咱们就这样看着？"

"怕什么，你没瞧见刚才五姐儿的动作？"陈若秋笑道，"她分明就是会拉弓的，只是故意给蔡家小子下脸子罢了。"

蔡家夫妇此刻心急如焚，也只得看着儿子站在台上成为箭靶子。

"沈妙，你到底要如何？"连着两支箭矢都擦伤脸颊，整个脸火辣辣地疼，除了愤怒，蔡霖还有一丝恐惧。他突然发现，沈妙就是个疯子！她什么都敢做！

两人距离台下有些远，沈妙的声音显得有点儿模糊，传不到台下，却可以传到蔡霖的耳中。她的声音轻飘飘的，仿佛隔着云端传来，让人不敢小觑。

她说："教训你啊。"她忽而扬高声音，"还有最后一支！"

全场众人都紧紧地盯着箭矢。蔡霖的腿都要软了，他狠狠地掐了自己一把，才不至于软倒。因为他瞧见沈妙的箭矢对准了他的头。

"沈家小姐未免太过好强。"

"这才像沈将军的女儿啊！"也有人为沈妙叫好，"若她只知道被人欺负而不还手的话，沈将军知道了也会生气吧？"

"可你瞧瞧现在，她将箭头对准的可是蔡霖的头，这是打算要了蔡霖的性命，也未免太狠毒了。"

蔡霖的两腿一直在发抖，他看着远处的少女仿佛在看恶鬼。她的容貌温和秀丽，眼神清澈，甚至带着几分天真，可那手那动作真是一点儿迟疑都没有。

沈妙轻声道："第三支。"

她的手一松，离弦之箭刹那间便迸射出去。凌厉的杀意冲着蔡霖的额头而来，直吓得蔡霖扑通一声跪了下来，嘴里发出一声惨叫："救命！"

"霖儿！"蔡夫人和蔡大人齐齐发出一声惊呼。

全场人都站了起来，伸长脖子瞧着台上的状况。

蔡霖瘫倒在地，而地上那只圆溜溜的草果子被黑色的箭矢满满当当地穿透了。

寂静无声中，草果子的模样活像个天大的讽刺，映着蔡霖划花的脸、恐惧的眼泪，映着沈妙颔首以立，姿态淡然。

沈妙收回弓，弯腰拾起地上的草果子，瞧了蔡霖一眼，忽而笑盈盈地道："你输了。"

她本就长得有些嫩气，今日从头至尾却显得过分沉静，让人忽略了她的年龄。此刻她浅笑盈盈，就显出几分天真。

蔡霖一句话都说不出来，脸上还有方才划伤未擦干净的血迹，眼泪扑簌簌地掉下来，将血迹晕开，整张脸花一块红一块的，非常狼狈。他此刻也顾不上什么面子了，只是看着沈妙，眼神充满了恐惧。

沈妙挑眉。终于知道害怕了？怕了就好。今日我杀鸡儆猴，日后身边这些魑魅魍魉总归要安分些。

下人们忙把吓得软了腿的蔡霖扶下台去。

负责校验的考官走到沈妙身边，惊讶地问："沈姑娘从前也习过步射？"

习过？沈妙微微侧头，陷入沉思。

那是她去秦国当人质的第一年，秦国皇室中，无论公主还是皇子都喜爱欺辱她，看着她这个皇后受辱，似乎是一件极有趣的事。偏偏她还不能发火，因为那时候秦国正在借兵给明齐。

那些公主、皇子发明了一种新玩法，便是如今日校验场上蔡霖立下的规矩——换着人来顶草果子。那些人在她顶着靶子的时候，故意射乱她的头发，射烂她的衣裳，甚至"偶尔"不小心射伤她的手臂、脖子之类的，而她只能咬牙忍受。

那时候，每到夜里，她都在自己屋里小心翼翼地竖着一个靶子，勤奋练习，她把那些靶子当成伤害过她的人，练得认真，射得努力，终于也能百发百中。

可到了白日，轮到她射箭的时候，她仍旧故意射偏，或是装作无力拉开弓。没办法，人在屋檐下不得不低头，她必须活着回到明齐，才能见到婉瑜和傅明。

那样让人吃力的活法就这么持续了整整一年。今日蔡霖再提起，突然就让她回到了那些屈辱的日子。如今她没有任何把柄在别人手上，自然是想杀就杀、想射就射。她要过不被束缚的生活。谁惹了她，她就要狠狠地还回去。蔡家敢拿沈信说话，她就让他们怕得自己闭上嘴！

这才是她应该做的。

她微微一笑，道："曾见兄长在院中勤练，见得多了，依葫芦画瓢，倒没料到今日歪打正着。"

这番话直把台下的蔡家夫妇气了个人仰马翻。儿子曾是步射一甲，今日非但一个也没射中，还当众出了丑。沈妙说她不过是依葫芦画瓢第一次拉弓，结果就射中了草果子，这可能吗？她分明就是故意的！

啪啪啪！清脆的鼓掌声响了起来。

众人回头，恰见着豫亲王拍手，道："果真不错。"

沈妙瞥了他一眼，并未吭声。

校验官朗声道："步射一门，可还有别人要挑战的？"

这一局，虽然是沈妙胜了，但别的人自然也能上来挑战沈妙。若是无人挑战，沈妙便是当之无愧的一甲。

沈玥听闻这句话，脸色一下子难看起来。第一次校验中，她被沈妙完全盖过了风头。她远远地瞧着与周王、静王说着什么的傅修宜，紧紧握着的手又松开，在心中将那没出息的蔡霖骂了个狗血淋头。

可是下一刻，她便听得场上有人叫道："我想挑战沈妙！"

男眷席上，站起了一位少年。这人十六七岁的模样，生得也算不错，可惜一双眼睛流露出掩饰不了的世故和精明。即使他语气谦和，也有种惺惺作态之感。

沈妙只看了一眼，就知道这人是谁了。她觉得有些好笑。这人正是临安侯谢家的庶子、谢景行的庶弟——二少爷谢长武。

此人别的本事没有，却极为圆滑，在官场上最会作态，马屁拍得炉火纯青。后来谢家整个垮台，这一双庶子和方氏凭借新皇对谢家的抚恤，过得十分滋润，谢长武和他的弟弟谢长朝甚至进了朝堂为官。她当时十分不喜欢这两兄弟，因为他们是站在楣夫人一边的，与傅盛交好，甚至经常帮着傅盛打压傅明。

沈妙之所以提醒谢景行找个机会铲除自己的庶弟，也是因为对曾经的事情耿耿于怀。如今她的仇还未报到这里来，这人倒先主动送上门了。不过他是为了什么？她看了一眼蔡老爷的位子。老爷子沉着一张脸，谢长朝似乎在宽慰他。

对了，最近谢家两兄弟不是准备在朝奉郎蔡大人手下谋个差事，是以一直在主动与蔡霖交好吗？可惜蔡霖想结交的一直是谢景行，对两兄弟并不理睬，如今不就正是一个好机会？

要知道，曾经的今年年底，也就是她逼嫁傅修宜成功的时候。谢长武和谢长朝都是入了蔡大人手下的。然后……两年之后，蔡家就被卷入贪墨案，抄家灭族了。

有许多事情在改变，又有许多事情未曾改变。似乎经过变了，结局还未变。

谢家两兄弟想用这个法子来讨好蔡家，却要让她来扫脸面？

沈妙正要回答，却听斜刺里突然出现一个声音。那声音懒洋洋的，带着说不出的讥嘲，道："平日在家不跟哥哥练，现在反而与小丫头挑战？谢长武，你越活越回去了。"

谢景行出现在台上，抱着胸似笑非笑地看着台下蓦然呆住的两位庶弟，笑了一下，道："我来挑战你们两位如何？也让我管教一下弟弟，别学孬种和女人打架，丢人现眼都到外头来了。"他又看了沈妙一眼，道："你下去吧。"

沈妙一动不动地盯着他。她提醒过谢景行，自然也做好了谢景行会上台的准备，却没想到是现在这种情景，心中倒是有些哭笑不得。这仿佛是谢景行特意为她解围似的，但事实并非如此。

谢长武也没料到谢景行会突然冲出来。他今日本来只是为了讨好蔡家人，想着既然沈妙已经得罪了蔡家人，只要自己让沈妙出丑，替蔡家教训沈妙，蔡家自然会对自己充满好感。虽然看上去沈妙的确步射不错，可女子与男子之间力气本就悬殊，更何况蔡霖之所以失败，也是他轻敌在前。

他打得好算盘，却没想到兄长从半途中杀出来。

不仅是谢家两兄弟呆住，台下的其他众人也惊住。年年校验，谢景行就没参加过。可今年，谢家最玩世不恭的小侯爷和两个出类拔萃的庶兄弟比试，究竟谁会赢？

虽然谢景行名声在外，可人们总是更习惯接受自己眼前的东西。谢景行在定京城中，不曾展示过自己的才华。妇人们只能从自家老爷的只言片语中知道这少年惊才绝艳，可耳听为虚，众人终究是存了几分怀疑。

同龄少年虽然羡慕谢景行这般自在无拘，羡慕之余又有些嫉妒。如今他们眼看着或许能挫挫谢景行的锐气，俱是高兴。加之谢家两兄弟本就会做人，平日里与他二人交好的人多，少年们都是偏帮谢长武和谢长朝的。

倒是少女们早已在谢景行俊俏的容貌面前红了脸，再看他气度不凡，有种与京城纨绔子弟软绵绵的气质截然不同的英武，仿佛带着血气的寒冰，魅力非凡。

台下的谢长武出声道："大哥，这……恐怕不好。"

"有什么不好的？"谢景行看了沈妙一眼，又看了谢长武一眼，忽然笑了，"还是你以为，比起本侯来，沈妙更有挑战性？"

哄的一声，底下人都笑了。

谢景行继续挑剔地打量着沈妙，道："她没内力，不会武功，你却挑她步射？你也是习武之人，挑手无缚鸡之力的女子比试，哥哥我也无法理解。"他忽然扬唇一笑，"不过小丫头长得不错，你若是以容貌来挑，却是名副其实。"

这一下，那些绷着嘴角的少年郎便笑了起来，有的甚至朝沈妙投去暧昧的眼神。谢景行的一句话好似挑开了那层纸，少年们便也毫不犹豫地认同沈妙是个很特别的小美人儿。

女孩子们却不高兴了。谢景行这话，分明就是在夸赞沈妙的容貌嘛！

易佩兰皱了皱眉，嘟囔道："谢小侯爷瞎了不成，怎么会觉得沈妙长得好看？"

"定是被沈妙用什么法子迷惑住了。"白薇咬着唇，死死地盯着台上的少年，"沈妙真是不知羞耻，从前死死地纠缠定王，如今又来纠缠谢小侯爷了。"

她们这样的议论，沈妙并不知道，即使知道了，也不过一笑而过。因为她知道，谢景行说这番话的目的，既不是为了调侃她，亦不是为她解围，而是在用一种谢家两兄弟无法拒绝的方式，逼他们上场。

谢家两兄弟定然不愿意和谢景行对上，胜负先不说，谢鼎自来疼爱嫡子，庶子和嫡子在校验台上挑战，谢鼎会怎么想？向来偏心的谢鼎只会想是兄弟不和，肯定会对他两兄弟不满。

是以，谢长武和谢长朝一定会想法子推辞，可谢景行是妙人，也不逼，就直接激将。

谢长武不愿意挑战谢景行，却要挑战一个手无缚鸡之力的沈妙，未免太过奇怪。

而谢长武为了打消众人的这个念头，为了证明他并不是想要攀上蔡家，只得自己上台，和谢景行比试一场。这是无奈之举，可他答应后，想要再利用沈妙攀上蔡家的算盘也落空了，也就是说，他输了。

谢长武硬着头皮起身，道："既然哥哥发话，小弟岂有不从的道理？"

谢景行哪里会给谢长武埋怨自己的机会。战场上，他谢景行想让谁输，对方绝对会输得毫无悬念。

"一个人不够。"他一挑眉，"三弟，你也上吧。"

随着谢景行的这句话，台下的谢长朝也愣住了。

谢长朝只得看向谢长武，低声问："二哥，这是怎么回事？"

谢长武闻言，心中大怒。谢景行这是在说他兄弟二人联手都不是他的对手，未免太过狂妄了！

被谢景行这番话激怒的谢长武早已失去了平日的冷静，神色也不善起来，语气中带着火气，道："大哥这样说，倒是自信满满，全然不将弟弟们放在眼中了？"

台上，谢景行把玩着从校验官手中拿来的草果子，漂亮的双眸一眯，道：

"不错，的确未将你们放在眼里。"

"你二人自小练武，却不曾与我切磋过，今日也让哥哥开开眼如何？"谢景行继续道。

全场众人似乎都已听出谢家兄弟的不和。要知道，临安侯府的那点儿事，整个明齐都传开了。一直以来，众人对这兄弟三人的关系都是猜测各异，而谢景行对临安侯府一直秉持淡漠的态度，甚至不屑和两个庶弟交谈。三人的关系始终这样冷淡，似乎也没起过什么波澜。

今日还是第一次，谢景行当着众人的面，落了自己两个庶弟的颜面。

谢长武闻言，突然冷笑一声，一字一顿地道："切磋而已，有何不可？"他看着谢景行，精明的眼睛中翻腾着各种异样的情绪，"既然哥哥想要如此，三弟一起上便是。到时候，哥哥也千万莫说做弟弟的欺负人。"

他把话说得这样满，也就是说，如果谢景行输给他们兄弟，也是谢景行先挑起来的事儿，与他二人无关。谢景行甚至还会闹个笑话。

谢长朝还有些犹豫，可是看到谢长武跟他使的眼色后，也立刻回过神来，道："弟弟们定当奉陪。"

校验的"挑"这一轮，最新鲜的便是不论哪一类，也不论有多少人，甚至不分男女，都是自由的，是以谢景行提出的这个要求并没有违反什么规矩。谢景行扬唇一笑，邪气的笑容又吸引了不少少女的目光。

"要不要也立个生死状？"

谢长朝和谢长武闻言，身子一僵，脸色有些难看起来。

谢景行却又懒洋洋地道："说笑而已，兄弟之间切磋，不必你死我活。"

沈妙的嘴角也轻轻地扬起。既然谢家两兄弟已经上台，这里就没她什么事儿了。她便整了整裙裾，自行下台。

沈妙回到女眷席上，沈玥和沈清离她远远的，并没有上前搭话，倒是冯安宁很快跑了过来。

冯安宁道："你的步射竟这样好，莫非要女承父业？"不等沈妙回答，她又问道："可是，台上的三人，你以为谁会赢？谢家小侯爷虽然声名在外，但咱们毕竟没亲眼瞧过，也许是传言，并不可信。那谢长武和谢长朝去年可都是拿了一甲的，两人对一人，怎么都是谢小侯爷吃亏吧？"

谢景行会吃亏？沈妙心中失笑，只是轻轻地摇头。

而台上的谢长武也道："我二人对你一人，实在是不好评判，所以我们挑马枪吧。"

这下子,沈妙是真的笑了出来。

谢景行挑眉,道:"马枪?可以!"

校验的官员很快寻了三匹骏马,三支花枪也被丢到三人手中。高台极为宽大,几乎可以容纳马儿在上头随意奔驰。

"那谢长武和谢长朝可是会双枪的啊!"冯安宁惊呼道。

谢长朝和谢长武两兄弟配合默契,能将两支马枪并成一支,用这个方法,每年的马枪比试,他们都拿一甲。也因此,谢长武会挑这个,就是希望能狠狠地碾压谢景行。

沈妙垂眸。别人不知道,她却知道。谢景行不简单,因为他能一人成阵。

灵蛇阵,一把花枪,一匹骏马,一个人,只有三样而已。利用此阵,谢景行却也打得敌人落花流水。这样的阵法只适合于双方将领作战,而谢景行还从未输过。

谢家两兄弟如何能抗衡?今日只怕要贻笑大方了。

鼓手重重地擂了一下鼓,鼓声响起来的时候,比试开始了。

谢长武和谢长朝对视一眼,两匹马并列而奔。他们经历过严苛的训练,马匹的步子几乎一模一样,而花枪的出枪套路也是如出一辙,远远看去,竟如同一人分身成了两人。

那紫衣少年懒洋洋地抬手,身下的黑色骏马蓦然仰蹄,却是朝相反的方向奔去。众人哗然,但见他横马枪于身前,衣衫如紫色的流云闪电,如疾风迅雨,杀气瞬间四溢,衬着那俊美的五官,令他仿若玉面修罗。

平日里,好看和凶狠总是不能相提并论的。正如那些老人所言,花拳绣腿,好看却不一定有力,而真正有力的招式,必然是很凶狠的。

然而谢景行不同。他俊俏风流,匍匐于马背之上,长枪在前,竟如英武战神。那种自沙场上历练而出的铁血气质,让人完全无法将目光从他身上移开。力与美,俊俏和狠戾,他兼而有之,像是一头捕猎的狼。

他身下的骏马疾驰飞奔,全场众人似乎都随着马蹄声热血沸腾起来。

谢长朝和谢长武的双眸紧紧地跟随着紫衣少年,二人随之分开,竟是要一左一右包抄谢景行,想将谢景行围歼。

场上众人连连惊呼。

傅修宜道:"谢景行,倒是谢家的好苗子。"

"哪里有你说的那么玄乎？"周王一笑，"此人这般顽劣，连谢鼎都收拾不了他，只怕也是个混世魔王。"

傅修宜笑而不语。这谢景行虽然瞧着顽劣，却必然不是省油的灯。在绝对的实力面前，阴谋诡计也无可奈何。谢景行之所以把这般玩世不恭的态度摆在明面上，正是因为他没有什么可畏惧的。是什么令他无所畏惧？只怕是自信吧。

和周王的狂妄自大不同，也异于静王的小心翼翼，傅修宜评价一个人，从来都是看得很全的。是以他的幕僚中什么人都有，有才学渊博的，也有看上去十分不起眼的，有家道中落的高官，也有十恶不赦的罪人。他唯才而用，人品、气度、抑或处事的态度，对他而言都不重要。

谢景行这样耀眼的人，傅修宜倒真是想把他收为己用。可惜了……他偏偏是从临安侯府出来的。而临安侯府，并不会在明齐的历史中存在太久。

放下心中的惋惜，傅修宜继续抬眼看向场上的少年。谢景行在谢家两兄弟的包抄中灵巧地左冲右突，仿佛一尾蛇。无论谢长武和谢长朝的围堵看上去有多么密不透风，他总能轻巧地穿过去。那两兄弟原本配合无间的双枪，在谢景行的三两拨动下，看上去漏洞百出，实在是滑稽得很。

有较量才会分出高下。打斗过程中，场上之人孰高孰低、孰优孰劣，场下众人几乎一眼就能看出。谢家两兄弟在谢景行面前，实在是不堪一击。

"天哪！"白薇捂着嘴惊呼道，"谢小侯爷看起来分明是在耍着谢家两兄弟玩儿。"

"不错，比较起来……"易佩兰也惊叹道，"谢家两兄弟的马枪，看上去似乎只是摆摆模样。"

学生们都能瞧出来的事实，另一头那些人精如何瞧不出来？谢景行能够一击必杀，却故意一点儿一点儿地磨着谢长武和谢长朝，仿佛狮子抓到兔子，却不急着吞吃，反而戏耍折磨。

"谢小侯爷可真是了不起的人。"冯安宁道，"谢家两兄弟的马枪可是他们最引以为傲的东西，如今和兄长的比起来，实在是云泥之别。只怕今日他俩也会败得很惨了。"

沈妙低头看着面前的棋局。

并不，这怎么能算败得很惨呢？这才刚刚开始。

她慢慢地落下白子，两颗黑子瞬间被吞吃。棋盘上出现一小块空白。

台上，谢长武和谢长朝二人终于被激怒了。他们像猴子一样被谢景行戏耍了半天，觉得恼火又耻辱。谢景行今日分明是故意让他们下不了台。知道自己刚刚表现得有多糟糕，谢长武心中陡然生出了一股杀心，恶狠狠地瞪着面前的紫衣少年。

那马背上的少年俊逸非凡，似笑非笑的模样十分惹眼。从出生开始，他便是临安侯府的天之骄子。可即便是这样，他依旧对临安侯府不屑一顾。无论是世子的地位，还是谢鼎的偏心……他就像丛林中的万兽之王，霸道地堵住了所有人的生路，让人怎能不恨？！

万分狼狈之下，谢长武一直以来维持的完美面具濒临破裂。他大吼一声，抓住长枪，直直地朝谢景行冲去，错身的一瞬间，恶狠狠地将长枪刺进了谢景行身下的马屁股！

满座皆惊。

在马枪的比试中，从未有过人去攻击对方马匹的先例，因为马匹是坐骑，这样做极有可能伤到对方。若人从马背上跌下来，轻者休养个把月，重者摔胳膊断腿，甚至折断脖子，一命呜呼。而校验只是考评学生的一种手段，没必要搞得这般血腥。

谢长武这样的做法，实在是有些小人行径。

谢长朝也被谢长武的动作惊了惊，可是很快他就明白了。几乎没有犹豫，他驾着身下的马匹，朝谢景行的方向冲过去。他竟是要生生地将摔落的谢景行践踏而死！

这两兄弟莫非是疯了？全场人只有一个念头。且不提这事在明齐会不会触犯律法，便是在临安侯府，临安侯知道了这件事，谢景行若有个三长两短，谢家两兄弟还能讨得了好？

女眷们一片惊呼。男眷们也是倒吸一口凉气。胆子小的已经捂住了双眼。冯安宁这个娇娇女吓得尖叫起来。

沈妙动作一停，抬头看向台上的少年。谢家两兄弟果然不是什么高明的对手，这一步棋走得太烂太烂了！而谢景行……也注定不会放过这个机会。

但见那黑色骏马长嘶一声，两只前蹄一下子扬高，几乎要直立起来，而后疯狂地挣扎。紫衣少年长枪在手，挽了个漂亮的花，却是一蹬马蹄，把那长枪横着一折，将两只马蹄狠狠一绊。骏马一下子倒地，却是再也没站起来。

众人还未反应过来，谢景行却是脚尖轻点，二话不说便飞身一跃。他身姿出尘，潇洒如同天外飞仙，而长枪一伸一翻，谢长武被他挑翻在地。他的另一只手却是随手捡了枚石子，弹了个花，尽数打进谢长朝身下马的膝盖弯。谢长朝躲闪不及，一下子摔倒。

两兄弟都被挑翻下马，不过是短短一瞬的事情。而谢景行一只脚懒洋洋地踩上谢长朝的肩，另一只手握着长枪指向谢长武的脑袋，似笑非笑地道："连哥哥也敢偷袭，可真是……不自量力。"

那台上的少年风姿天成，一朝一夕便令敌人溃不成军。虽说他年岁不大，但若说有嚣张的本钱，那他的确有。如此一来，高下立见。

台下的少女们早已看得呆住。她们平日里都在后宅行事，哪里有机会看见这样的场面，也无非是趁着每年的校验一饱眼福了。即便是往年的校验，也远远不及今年谢景行所表现出来的精彩。女孩子们大抵都是孺慕英雄的，加之谢景行容貌气度斐然，自然又收揽了一批芳心。

苏明枫远远地在楼阁上瞅着，笑着摇了摇头，道："原来他说的值得庆贺的事是这个。这小子，还是一如既往地嚣张啊！"

"谢家小侯爷果然不凡。"冯安宁的面上也浮现些许崇拜之色，"我看这京城中，或者说整个明齐，年轻一辈中怕都再无与他并肩者。"

谢长朝和谢长武被谢景行的一番话气得几欲吐血。谢景行的动作看起来轻飘飘的，实则只有他二人知道他的力道有多重。

周围的人却全然没有同情谢家兄弟，只因方才谢长武和谢长朝使用了偷袭的卑鄙手段。在校验场上，最重要的便是公平公正。谢家两兄弟的举动，不仅让场下观众看轻，台上的校验官也是不齿。今日过后，他二人先前积累的好名声便要烟消云散了。

"果然好算计。"沈妙看着那场上抱胸而立的紫衣少年，轻声道。

谢景行今日可是牵着谢家两兄弟的鼻子走，谢家两兄弟才会失了平日的分寸，拼了命也要使出下三烂的手段害人。大约两人现在是清醒过来了，可也晚了。

众目睽睽之下耍手段，临安侯府嫡、庶子之间的高下，众人今日便看得一清二楚。

谢景行冲两人懒洋洋地道："胜负已分，还有谁要挑战？"

全场寂静。

谢景行方才对付谢长武和谢长朝的手段，众人有目共睹。他几乎是一枪撂翻二人，而且二人还是佼佼者。一时间，众人都没有说话。

谢景行将手中的马枪随意地一抛，只道："既然没有，告辞了。"

他说罢就走，衣袖拂动间，已然毫无人影，自然又是引来惊呼声一片。

"这家伙武功不弱。"周王道，"不过武艺好也没用，是块硬骨头。"

校验官虽然无奈谢景行这般自行离去，却还是照例宣读了他的一甲成绩。谢家两兄弟的小厮忙把他二人扶了下去。兄弟俩连招呼也羞于打，灰溜溜地乘着马车先退场了。

之后的几场挑战，因着有了谢景行的珠玉在前，看上去都让人觉得十分乏味，哪里还有方才的半分精彩？是以众人都瞧得直打哈欠。

沈玥和沈清不时地抬眼看一下沈妙。今日沈家这一门，除了沈妙，沈清和沈玥的光芒算是被掩盖了。沈清心中因着傅修宜的关系，早已将沈妙恨得咬牙切齿，只觉得沈妙抢了属于她的东西。至于沈玥，却是死死地计较着沈妙将自己比下去的事实，心中万分不甘。

沈妙对她二人的想法浑然未觉，便是知道了也不屑于计较。她轻声嘱咐了身边的谷雨几句话。谷雨闻言，神情凛然，很快便悄悄地退下了。

与此同时，男眷席上的豫亲王也招了招手。一名侍卫随之出现在他身边，躬身倾听了豫亲王的命令，又如影子一般迅速消失在席上。

远处的楼阁上，谢景行重新出现在苏明枫身边。

苏明枫啪啪啪地拍了几个巴掌，斜眼看他，道："今日你在定京可是很出风头。"

"小事。"谢景行道。

"你是准备动手收拾两个弟弟了？"苏明枫道，"突然出手，可不像你的风格啊。"

"受人指点。"谢景行挑眉，"有些事情，越早越好，我等不及了。"

苏明枫皱了皱眉，觉得谢景行分明话里有话。视线突然在下面停留一瞬，他道："不过，你方才救美的那位姑娘，好像有些麻烦。"

谢景行目光一掠，就见女眷席上，有侍卫将一张帖子模样的东西交给了沈家二夫人任婉云，目光却似有若无地瞥过紫衣少女。

任婉云拿着帖子，有些激动，道："亲王殿下这般，实在令臣妇心中惶恐。五姐儿，还不过来谢谢亲王邀约？"

沈妙目光一凝，随即紧紧地盯着任婉云，唇角倏然勾出一抹冷笑。任婉云果真又想故技重施吗？

迎着沈玥和沈清幸灾乐祸的目光，沈妙展颜一笑，目光中突然带了一点儿暗芒。

"好啊。"她扬起唇，"我一定会好好'谢谢'他的。"

谢景行眼中闪过一丝兴味，道："有好戏看了。"

回沈府的路上，沈妙依旧独自乘坐一辆马车，身边的谷雨和惊蛰皆为她担忧。

豫亲王的恶名整个明齐尽人皆知，如今他却给沈妙下了帖子，莫说沈妙一个姑娘家前去有多不合适，明眼人都看得出来豫亲王打的什么主意。

惊蛰忍不住道："姑娘，那豫亲王……今日之事可要怎么办？要不咱们让人写信给老爷，老爷若知道此事，定会赶回来的。"

"是啊！"谷雨也忧心忡忡地道，"那人来意不善，姑娘出了风头，只怕府里又会有不少麻烦。"

沈妙淡淡地道："怕什么？他敢打什么主意，也要看他有没有这个本事。"

谷雨和惊蛰对视一眼，不知道怎么回事，方才的慌张竟然消散了一些，跟着渐渐平静下来。

待回到沈府，沈妙只说今日乏了，需要休息，想要先回西院。任婉云和陈若秋二人笑着与沈妙说了些话，让她好好休息。许是知道沈妙被豫亲王瞧上必然讨不了好，任婉云甚至还摸着沈妙的头，亲切地道："眼看着五姐儿也到了这么大的年纪，出落得楚楚动人。再过不了多久，你就该嫁人了。"

"是啊。"陈若秋也意味深长地附和道，"咱们小五这样的姑娘，只有那身份高贵的人才匹配，寻常人家是怎么也娶不到咱们小五的。"

沈玥面上闪过一丝喜意。沈清已经迫不及待地开口道："那当然了！五妹妹肯定会得到一个十分'尊贵'的郎君。"说罢，她捂着嘴咪咪地笑起来。

"婶婶和姐姐都言过了。"沈妙不咸不淡地开口道，"论起年纪来，大姐姐和二姐姐比我还稍大一些，寻郎君嘛，自然轮不到我先。"

几人面色一顿。任婉云笑着道："你这孩子，还不是父母成日不在京城，婶婶们也是心疼你。至于大姐儿和二姐儿，我和你三婶都在定京，自然不必费心。"

"是吗？"沈妙轻轻地反问，又道，"既然婶婶们为我这般操心，日后我总也要回报一二的。"

她说得轻描淡写，不知为何，任婉云和陈若秋心中闪过一丝不安。

"五姐儿客气什么，都是一家人。"任婉云笑道，"既然你乏了，便先回去休息吧。我与你三婶还有些事要做。谷雨，惊蛰，好好护着五姑娘。"

谷雨和惊蛰应着，随着沈妙离开了。

待她们离开后，任婉云和陈若秋对视一眼，彼此都看出了对方眼中的算计。

半炷香的时间后，荣景堂的沈老夫人皱眉道："你们说豫亲王看上了五丫头？"

沈玥和沈清都被驱逐去了内堂，这些事情她们小姑娘不便参与。虽说如此，两人还是偷偷跑到了屏风后，不顾张妈妈的劝阻，偷听着堂内的谈话。

"不错。"任婉云满脸笑意地道，"五丫头今日在校验场上成绩斐然，让豫亲王也刮目相看。既然豫亲王下了帖子，便是有心要五丫头的意思了。依媳妇儿看，咱们沈府不久也能出位亲王妃了。"

陈若秋闻言，嘴角扯了一下。这任婉云说得冠冕堂皇，可那豫亲王看上沈妙，并未说要明媒正娶。况且他就算真的把沈妙娶过去，以沈妙的性子，不知道她能坚持几天。怕只是王妃还没做几天，人就香消玉殒了。毕竟那豫亲王的恶名，定京可是尽人皆知的。

沈老夫人闻言，神色却沉了几分。她心中自然不希望大房好。凭什么那个死了多年的人生出的儿子就要比她的孩子优秀？从前老将军在世的时候就偏爱大房，如今大房要出个王妃，实在让她不悦极了。她当下便道："五丫头那气性儿，哪里就能当王妃了？大丫头或二丫头还差不多。"

沈老夫人常年待在后宅，只知道享受，对外头的事情真的一概不知。

任婉云急忙开口道："娘，话可不是这样的。五丫头这姑娘，我们自然是希望她好的。虽说豫亲王殿下是个鳏夫，年纪又大了些，名声也不大好，可好在贵为王爷。"她想到了什么，嘴角一扬，"日后七哥儿大了，有豫亲王殿下照拂一二，只会更好。若是五姐儿有什么闪失，亲王殿下为了补偿，也会对七哥儿更加照料的。"

任婉云竟想拿沈妙的性命换沈元柏的前程，陈若秋横了自家二嫂一眼，心道果然好算计。

任婉云都这般说了，沈老夫人倒也不至于蠢到听不出任婉云的言外之意。她听任婉云的语气，那豫亲王是个魔鬼般的人物，沈妙落在他手里，不过是名头好听些，真正得益的，还是沈家。拿沈妙为沈元柏铺路，这主意倒是极合沈老夫人心意。

"既然你们两人都说不错,那豫亲王的确是五丫头的良人。"

沈老夫人脸皮极厚,这般正襟危坐地说出这样的话,让陈若秋眼中闪过一丝鄙夷。

"娘也觉得好?"任婉云睁眼说瞎话的本事也不差,立刻就道,"媳妇儿给小五挑婆家,自然不能挑那身份低微的,嫁去亲王府,那小五可是真正地攀上高枝了啊!"

沈老夫人闻言,点头,随即想起了什么,便道:"那亲王府可遣人来说项了?"

任婉云的面皮抖了抖,饶她不是省油的灯,却也没想到这老妇如此心急,竟是迫不及待就要决定沈妙的亲事。当然,这亲事也是越快定下越好,否则沈信回来便糟糕了。可即便婚事尘埃落定,沈信也不见得会任由沈妙嫁到豫亲王府。是以,她必然要用些不同寻常的手段。

"娘,现在还太早了。"任婉云笑着道,"小五还小,不着急,咱们就这样将婚事定下来,难免会被人说道。不如先让他们两人相处一下,待到两情相悦时,小五自己也愿意,咱们再提亲事。这样的话,就不会有人说是咱们逼小五了。"

沈妙就算是个傻子,都不可能和豫亲王两情相悦。任婉云这番话,也无非把那些丑陋的意愿用漂亮的话掩盖起来,中间会出现什么样的结果,不得而知。

陈若秋静静地微笑着,却不说话。虽然她心中也很想看沈妙倒霉,可她生性谨慎,这种出头的事,还是交给任婉云来做吧。日后,沈信若真追究起来,横竖追究不到她身上。

屏风后,沈玥和沈清心中都有些恐惧。不过看见沈妙倒霉,她们也幸灾乐祸。

沈老夫人笑着道:"哦,如此,那便让五丫头多多亲近豫亲王吧。的确,要真是咱们逼了五丫头,回头惹了老大生气,也是不美。"

她如今的容颜本就刻薄,做出这副慈爱之态,只让人觉得像是挤着笑脸的黄鼠狼,不怀好意得出奇。

沈玥和沈清齐齐打了个冷战,连忙退到离屏风远远的地方。

西院中,油灯下,沈妙静静地坐着,面前摆放着一张雪白的羊皮纸,上头什么都没有。笔、墨都已经放好了,她似乎是想写,片刻后却将那羊皮纸收了起来。

有的事情未雨绸缪固然是好，可如今她只是个闺阁女儿，能仰仗的无非自己掌握的许多情报而已，这些东西在现在的她身上，尚发挥不出最大的效用。果然，路还是要一步步走的。

谷雨和惊蛰以为她是想到了豫亲王的事情。谷雨上前宽慰道："姑娘且宽心，若那边真是有什么歹意，拼着性命，奴婢们也会保护姑娘的。实在不行，在京中，与老爷交好的人家也不是没有，大不了……"

沈妙摇头道："亲王府位高权重，还有皇家护着，父亲与旁人的交情再好，对方也不会拼着与皇家结仇的危险庇佑我。"

"要不，还是给老爷写封信吧？"惊蛰道，"虽然老爷军务在身，可大少爷只是附军，并未有调令，回京的话，不会受上头责罚。大少爷在，总也能护着姑娘的。"

"大哥从西北赶回来，就是快马加鞭也要一个多月，如何赶得及？你以为他们会忍耐那么久？"沈妙淡淡地道。

"那可怎么办？"谷雨和惊蛰面色大变。虽然她们知道此事不妙，却也没想到会严重到这份儿上。以豫亲王的手段，京城中但凡被他看上的姑娘，即便是高官家的，糟蹋了便糟蹋了，最后皇室出来安抚几句，却也无可奈何。

"怎么办？别人都是靠不住的，"沈妙看着跳动的火光，"还是靠自己吧。"

"可是姑娘……"谷雨有些焦急，沈妙如何能自保？别人的话，家人或许能抵挡一二，可二房和三房的人，却说不定和对方都结成同盟了！

"我自有办法。"沈妙把玩着手中的镇纸。

豫亲王府仰仗的不过是皇帝的恩情，倘若皇室不愿意庇佑他，恰好有仇家寻来又如何？啧，失去了皇室庇佑的豫亲王，也不过一捧烂泥罢了。

亲王亲王，到底和皇室有一些血脉，就先从他下手，顺便……她看向外头，窗外隐隐约约有人影攒动。那肥胖的身影，不是桂嬷嬷又是谁？

那她就顺便将这西院不清不楚的渣滓一并清理干净。

今年金菊宴后，京城大街小巷谈论的人终于换了名字。

临安侯府的谢小侯爷，虽然行事狂妄嚣张，但在短短时间里展露出来的风采，让人明白那沙场上玉面修罗的名号不是虚的。

另一人，则是草包沈妙。

仿佛脱胎换骨，褪去了蠢笨懦弱的沈妙，步射上对峙蔡霖亦不动声色，咄咄逼人间流露出的凶狠脾性，也让与她同辈的少年少女颇为忌惮。

如此一来，广文堂里，原先那些嘲笑她的人都收敛了几分。

蔡霖再来广文堂的时候，面对沈妙，破天荒地未曾轻举妄动。想来那一日，沈妙到底给他心里留下了一些阴影。

冯安宁笑道："倒没想到那霸王如今竟有些怕你了。"

沈妙心中失笑。

"不过听闻谢家两兄弟受了重伤，临安侯却并未追究谢小侯爷的过错，虽是请了大夫让两兄弟养伤，实则算是禁足。"冯安宁感叹道，"看来那临安侯偏爱嫡子，果真是事实。"

沈妙问："你从何处得知？"

"偷听我爹娘谈话。"冯安宁有些得意地道，"不过若是换了旁人，大约也是宠爱谢小侯爷的，单是本事不说，那可是有着皇家血脉的玉清公主所出……"

沈妙扬眉。老实说，她总觉得临安侯府玉清公主的死有些蹊跷。以临安侯如今待谢家两兄弟的态度，没理由当初得知玉清公主的死讯后，还让方氏安然活到现在。

她思忖间，却瞧见裴琅走了进来。裴琅脸上挂着温和的笑意，恰好也往沈妙这边看来。对上沈妙的目光，裴琅也忍不住顿了顿。

"你老盯着他干吗？"冯安宁奇怪地道，随即想到什么，大惊失色，"你莫不是又心仪他了？"

沈妙如今绝口不提傅修宜之事，冷冰冰的，像是忘记了这个人，让那些看热闹的人觉出一点儿门道来。他们估摸着，沈妙怕是知道自己配不上皇室，已经渐渐断了念头。而裴琅虽说身份低些，却风度翩翩、才学广博，招少女喜欢也是自然。

沈妙有些头疼，收回目光，道："当然不是。"

她只是在想，裴琅既然在金菊宴上不曾说出那《行律策》，也就没有被傅修宜放在心中，可是此人终究是个心腹大患，日后若为傅修宜所用……沈妙面色一沉，只怕后患无穷。只是她如今没有本事将裴琅神不知鬼不觉地抹杀，只能另辟蹊径了。

定京，百香楼内，此刻歌舞升平。即便是白日，各处安放的纱帘和夜明珠也使整栋楼流光溢彩。丝竹袅袅，外头偶尔有人驻足，只能眼含羡慕地望着。此处纵是小小一壶茶都价值昂贵,是名副其实的销金窟。

此刻,靠窗的一处,正坐着一名衣饰华贵的中年男子。男子的衣料皆是上乘,只是面目狰狞而黑瘦。袍子下面,左腿处空荡荡的,正是豫亲王。

"和沈家说清楚了?"半晌,他问道,语气阴沉沉的。

"回殿下,沈家二夫人已安排好了。三日后,沈家女眷要去卧龙寺上香,到时候……"

"三日?"豫亲王皱了皱眉,眼中闪过一丝不悦,随即挥了挥手,"该准备的东西都准备去吧。本王也许久不曾遇到这般有趣的人儿了。"

这么多年,他脾性残暴,死在他手中的女子不计其数。不过,无论那些女子如何反抗,都激不起一丝风浪。在整个明齐,他早就知道沈信的凶名,那威武大将军的女儿,不知是何等滋味。在金菊宴上,沈妙所展现出来的狠戾,让他兴味十足。一只懂得反抗的野猫,或许比那些木头美人儿要有意思得多。

他舔了舔嘴唇,眼中闪过一丝邪意。

离他最近的这间房对面,琉璃桌前正坐着一名白衣男子。他大约二十岁,生得俊美,更有一种十分温和的气质,侧耳倾听了一会儿,才看好戏一般对面前之人说:"看来你救美的那位姑娘,又有麻烦了。"

在他的对面,紫衣少年懒洋洋地坐着,漫不经心地道:"沈家树大招风,这也是沈信惹的祸。如今那人只是试探,终有一日,沈家谁也保不住。"

白衣男子顿了顿,突然正色看向少年,道:"你先前为何那样做?在校验上打伤庶弟,莫非你的计划要提前开始?"

坐在他对面的不是别人,正是谢景行。他扬唇一笑,道:"提前如何,不提前又如何?"

"若你提前出手……他们可曾知道?"白衣男子迟疑地问道。

"高阳,你是不明白一件事,如今这里我说了算。"谢景行淡淡地道,"拖得越久,越对我不利。山不来就我,我就去就山。"他说到最后一句话时,眸色更沉,竟不像是十七八岁的少年郎了。

名为高阳的男子愣了一愣,随即苦笑一声,道:"罢了,我不过是来看着你。事实上,还真没自信拦得住你。"他话锋一转,"不过三日后,你不也要去卧龙寺调查些东西?或者,她还能让你再救美一次。"他笑得颇为促狭。

"高阳,你的眼光一如既往地差。"谢景行一挑眉,"沈家那丫头,可不是好招惹的。"

下学后,沈玥走到沈妙面前,笑着道:"今日易小姐邀我与大姐姐去府上,便不与你一同回去了。五妹妹,你先回去吧。"

易佩兰与沈玥自然走得近,给她们下帖子却独独忽略沈妙,也是家常便饭的事。闻言,沈妙也无太大反应,只应了一声便罢。

回去的马车要路过京城最繁华的一条街道。谷雨道:"前面是桂花坊,姑娘不是最喜欢其中的酥饼吗?奴婢去买些回来。"

"去吧。"沈妙微笑着道。

谷雨下车后,惊蛰掀开车帘往外瞧,目光经过一处时,口中却咦了一声。

沈妙顺着她的目光看过去,只见马车停着的桂花坊旁边是间当铺,此刻门口围着不少人,似乎在争论什么。

而当铺的伙计似乎有些不耐烦,声音高得连沈妙都听得清:"说了十两银子,爱卖不卖!一把剑而已,公子莫要为难我们这些人了。"

"那人好像是与掌柜的没能做成生意。"惊蛰道。

沈妙也瞧出来了。当铺做生意,自然会将价格压得低一些。许是当铺开的价格对当东西的人来说,是无法接受的价格,而那人又不愿意离去,是以双方这般僵持着。

"倒没什么可瞧的。"见沈妙移开目光,惊蛰便又将车帘放下。

片刻后,谷雨抱着两个大纸包回来。惊蛰拉开帘子让她进来。那个瞬间,沈妙目光落在马车外,只见方才与当铺伙计争论的人转身走出人群,手里还抱着一把剑。大约终究没能做成这笔生意,他的神情显得有些颓然。

谷雨上车后,就要把车帘关上,却被沈妙制止。她仔细地盯着那抱着剑的人,是一名年轻人,看上去穿着也普通,长相更是平平无奇。

见自家姑娘紧紧地盯着陌生男子,谷雨和惊蛰皆是有些莫名其妙。

沈妙皱眉,这人怎这般熟悉?

那年轻人摇了摇头,叹息一声,深深地看了怀中的剑一眼,一咬牙,转过头又朝那当铺走去,似乎终于下定决心,去做那笔并不是太满意的生意。

"谷雨!"在他转身的一刹那,沈妙突然出声喊道,"下去!拦住他,就说他的那把剑我要了!"

"姑娘……"惊蛰和谷雨惊讶地看着她,实在不知道沈妙这般是为何。

"快!"沈妙冷声道。

见她神情严肃,谷雨也不敢多问,立刻跳下车去,朝着那布衣年轻人走去。

布衣年轻人方跨出一步,便听得身后有人说话:"公子留步。"

他转过身,便见一名婢女模样的女子冲着他盈盈一笑,道:"公子可是要去当铺典当手中之剑?"

年轻人一怔,随即也未曾掩饰,道:"不错。"

那女子继续道:"恰好,我家姑娘想要你手中的这把剑,公子可有意愿做这笔交易?"

年轻人瞧了对方一眼,见女子神情不似作假,却还是摇头道:"我这把剑并非样式精美,论起实用倒好些。若是贵府小姐要的话,还是去兵器铺子打造一把吧。"

他心中惊异。寻常女儿家哪里会对这剑感兴趣?无非是瞧着好玩罢了。可惜他的剑太过锋利,若那小姐一不小心伤到自己便不妙了。

谷雨的神情微微缓和,心中也是赞叹一声。眼前这人分明是急需银子,可竟还能为对方着想,看来也是个心性磊落之人。

谷雨思及此,面色更柔和了些,道:"我家姑娘是诚心想与公子做这笔生意的,公子不妨借一步说话。"

对方大约也没料到谷雨这般执拗,看了那当铺一眼,便也无奈地点头,道:"好吧。"

待到了邻近一条无人的小巷,年轻人只见巷中停着一辆马车。

谷雨到了马车前,轻声道:"姑娘,他来了。"

年轻人走到马车前,犹豫了一下,终究还是抱了抱拳,道:"这位小姐,在下的剑的确不适合女子使用,太沉也过于锋利,容易伤及自身,是以……"

"你叫什么名字?"话音未落,他便听得从马车里传来女子的声音。听上去对方似乎年纪不大,可有一种说不出的味道,一时之间倒让人摸不清其人的真实年龄了。

"在下莫擎。"年轻人道。

半晌,里头又传出女子的声音:"你这把剑,我并不感兴趣,破铁于我也没有任何意义。"

莫擎闻言,面上浮现出一抹怒色,道:"小姐莫非在戏耍莫擎不成?这剑虽说品相一般,却也是有名铸剑师锻造,亦陪伴我多年。若是小姐叫在下过来只为了侮辱,恕在下不奉陪了。"

他说完这话，转身要走，刚抬脚便听得马车里传来一声叹息。那叹息轻飘飘的，似乎含着莫名的情绪，让人心里无端地一揪。

"莫擎，你很缺银子吧？"马车里的人道。

莫擎一愣，不知道为什么，脚步已不由自主地停了下来。

"你的剑对我来说确实不值一提，但你的剑术，却足以值百金、千金。"

莫擎一怔，摇头道："小姐过奖，在下只是寻常人。"他心中却是诧异，这人怎会知道他剑术超群的？

"一文钱难倒英雄汉，眼下你连陪伴自己多年的宝剑也要卖掉。这样的日子，实在辜负了你的剑术。"马车帘子突然被掀开，从里头走出一名少女来。她的容貌稚嫩清秀，年纪不大。

"莫擎，你可愿将满身武艺卖与我将门沈家？"她含笑问道，目光中却有遇见故人般的淡淡欣喜。

曾经的侍卫统领莫擎，真是……别来无恙。

"这位姑娘……"莫擎微微一怔，皱眉看向眼前的少女。

他知道有些富贵人家将人命不当人命，买个奴才便如买头牲畜。瞧此刻这少女的意思，大约也是将自己看作那些下人了。他心中自然生出一种不悦，可在看向对方的眼眸时，那不悦又好似雾般瞬间消散了。

对方看他的目光，并非不屑，而是含着欣慰，让他心中不觉泛出猜疑，下意识地脱口而出："姑娘与在下是否在哪里见过？"

沈妙轻轻地叹息一声，道："不曾。"

"那为何……"

"阁下眉目端正，气度不凡，当是有大际遇之人。眼下，阁下却将相伴多年的宝剑卖掉，显然穷途末路。你落魄而急需银子，可即便今日给了你银子，仍旧不能解决后患。我乃威武大将军的嫡女，待我父亲年底回京，我可将你引荐于他。阁下一身好武艺，若是平白埋没了，实在可惜。"

"沈将军？"莫擎陡然一愣。他倒是没想到，面前的少女竟然是沈信的女儿。沈信的威名明齐无人不知，那是战场上的一尊定心石。男儿当建功立业，若是跟着这样的将领……莫擎仿佛感到自己身上的血液都在瞬间变得滚烫了。

只是……在京城众人的传言中，沈妙是个不折不扣的草包，不过前些日子的金菊宴上，她似有所挽回。虽然亲眼瞧见的人并不多，可传言果然不见得是真的。

"若小姐愿意为在下引荐，在下自然不会推辞，日后若有机会，定结草相报。"莫擎也是个坦荡爽快的性子，得此机会，也不推脱。

见此情景，沈妙微微一笑，自袖中摸出一锭银子抛给莫擎，道："我不用你结草衔环相报，只当你将满身武艺卖给我。父亲年关才回，这些日子，你须得随我回沈府，我要假意令你做沈府护卫，你得暗中保我周全。"

莫擎心中惊讶。沈妙是沈信的女儿，为何听着处境还有些艰难？只是他性子沉稳，便也未曾问出口，只道："但凭小姐吩咐。"

"你先拿着这银子去救急吧。"沈妙道，"办好你的事后，三日之内必须来沈府，我自然会安排你的去处。"

莫擎又抱了抱拳。他身上江湖气息颇重，待离开后，谷雨和惊蛰皱了皱眉。惊蛰道："姑娘，这人不清不楚的，若是怀了歹意，进了府恐怕……"

沈妙朝马车走去，道："怕什么！这样的人比如今院里的干净得多。"眼下西院里安插的尽是二房、三房的眼线，自己人实在少得可怜，况且这莫擎自然不是"陌生人"。

沈妙坐在马车上，心中微叹，重生一世，没想到自己和莫擎竟在这里遇上了。

曾经，这莫擎乃是皇家的侍卫统领，当初是由沈信举荐的，武艺超群。沈妙去秦国做人质的那几年，莫擎作为侍卫保护着她。若非他的帮衬，沈妙想从险象环生的秦国完好无缺地回来，恐怕很难。

莫擎忠心于沈信，自然也效忠于沈妙。可惜在沈妙回到明齐后，楣夫人与沈妙斗法，让人算计莫擎，给他安上了一个轻薄宫中女眷的罪名。傅修宜早就想清除沈信的人，沈妙千方百计阻拦，却仍无济于事，只得眼睁睁地看着莫擎死在莫须有的罪名之下。

如今再见莫擎，她倒不知现在的莫擎竟还有如此窘迫的时候，不过也正因为对方囊中羞涩，她才会轻易收服他。沈妙了解莫擎的性子，他最是忠心正直。三日后的卧龙寺之行，她本来还想用其他法子，现在有了莫擎，她做起事情来倒方便得多了。

沈妙回到沈府，因着沈玥和沈清去易府做客了，府中只有她一人。

她刚到西院，桂嬷嬷就迎上前来，谄媚地笑道："姑娘回来了？老奴让厨房做了点儿糖羹，姑娘要不要用一些？"

"好啊。"沈妙道。

见这些日子对她冷眼相待的沈妙突然和颜悦色起来，桂嬷嬷心中一喜，忙道："老奴这就去端来。"

等桂嬷嬷端来糖羹，沈妙已经在屋中歇了一会儿。桂嬷嬷将糖羹小心翼翼地放在桌上，笑着道："姑娘，三日后去卧龙寺要准备的东西，老奴都已准备好了，姑娘可还需要什么？"

沈老夫人之前便安排三日后去卧龙寺上香，祈求沈家家宅安宁。由于任婉云带着三个姑娘一同去，其余的人便不必跟随，是以桂嬷嬷这几日都在忙碌此事。

沈妙扫了她一眼，不轻不重地道："嬷嬷倒是对此事热情得很。"

桂嬷嬷呼吸一室，道："姑娘难得出远门，老奴自然要准备周全。"

"有嬷嬷准备，定是周全的。"

"二夫人安排得妥帖，不会出差错。"桂嬷嬷道。

"那就劳烦桂嬷嬷替我多谢二婶了。"沈妙点点头，"你下去吧。"

桂嬷嬷松了口气，忙说了几句话便退了出去。待出了门，她把腰杆挺直了，不屑地扫了屋中一眼，低声道："三日后，看你还敢不敢在老娘面前张狂！"

屋中，沈妙将那盛着糖羹的碗端在手中，走到窗边，手一扬，半碗糖羹尽数被倒在窗前的叶下花土中。

"姑娘果真要去那卧龙寺？"白露迟疑地问道。

"要去。"沈妙答道。

曾经，就是在这个时候，她无意间听到荣景堂的丫头们的谈话，得知沈老夫人有意将她嫁给豫亲王，便在去卧龙寺的前一晚，逃往定王府自奔为妾了。虽然那决定也是错误的，却让她阴错阳差地避过了另一场灾祸。

如今，她不逃也不躲，就跟着去卧龙寺。谁想看她的好戏，她就让谁变成一出最拙劣的戏。

第六章

寺庙惊魂

比沈妙预料中更早,第二日,莫擎便来到沈府门房做护卫。沈妙之前便让霜降打点好了,只道莫擎是霜降的远房表亲。

很快便到了三日后。

一大早,任婉云就让身边的丫头香兰来嘱咐沈妙一些事宜。此次她们也带了一些随身护卫,一路保护沈府姑娘们的安全。

沈妙站在马车前,迟迟不动。

任婉云见状,便皱眉问:"五姐儿为何不走?"

"觉得护卫少了些,为防意外,二婶不妨多派一些护卫跟随。"沈妙道。

任婉云眉头一皱,随即笑道:"五姐儿,咱们带的人手可真不少了,总不能将沈府的所有护卫全带走。"

沈妙却执意不动,想了想,道:"再多加两个吧。"说罢,她遥遥一指,指向门房边的两个护卫,"就他们好了。"

见沈妙只增加两人,任婉云心中松了口气,不愿在这事上耽误太多时间,便在面上做出一副为难的模样,道:"五姐儿,你可真是……罢了,你说的话二婶什么时候不依过?"她吩咐香兰道:"去将那两个下人叫过来,随我们一起出城。"

"多谢二婶。"沈妙唇边勾起一抹笑。

待上了马车,沈清一直故意不与沈妙说话。沈玥虽与沈妙说话,话语里却带着三分试探。沈妙也懒得应付。

从早晨出发,一直到了傍晚,一行人终于到了目的地——阳泾峰。

卧龙寺位于阳泾峰的半山腰上,山高谷深。若是春日踏青此处,鸟语花香,枝叶繁茂,景色怡人。不过如今已是初秋,草木凋零,便添了几分凄凉。

因着阳泾峰离京城太远,卧龙寺的路也不甚好走,是以平日上香的人,除了那些十分虔诚的夫人太太,一般是不往这里来的。沈妙几人下了马车,到达卧龙寺门口时,见寺庙外头只有一位小沙弥在低头扫地,周围十分冷清。

"这里倒是清净。"沈玥轻笑出声。

任婉云道:"听闻这里的佛祖十分灵验,到时候咱们上香可千万要心诚。"

那小沙弥见来了人,立刻起身相迎。沈家家丁在后头往马车下搬东西,任婉云几人先随着带路的小沙弥往寺庙里走去。

他们越往寺庙里走,越觉得卧龙寺果真是人烟稀少。莫说香客,和尚都不算太多。寺庙又宽敞,这么一来,更显得空荡荡的。

等一行人见了住持,住持便为他们分住的院子。本是姑娘家一人一间的,离得很近。到了沈妙这里,住持身边一个中年和尚却道:"实在对不住,南边的楼阁已经没有了姑娘的房间,姑娘若是不介意,到北边的楼阁如何?"

众人都瞧着她。沈妙一笑,道:"对不住,我介意得很。"

"五姐儿!"任婉云小声斥责,"这是佛门净地,哪里容得你任性?"

"只是有些奇怪,"沈妙不为所动地道,"这里的香火看起来也不很旺盛,怎生偏偏还有楼阁会住满了人?"

"小施主有所不知,庙中虽然香客不多,僧人却多。"老主持为沈妙解释道。

"可我一人住,实在有些害怕,怎么办呢?"她问道。

"这……"任婉云还在宽慰她,"五姐儿,你先将就一晚吧,若是将就过这一晚,佛祖看到你的诚心,明日你上香,必然心想事成。"

"与其这样,倒不如……"沈妙笑盈盈地道,"姊姊与我一道去北阁住好不好?有人陪着,我总归安心些。"

"这……"任婉云有些犹豫。若是和沈妙住在一起,沈妙一旦有了三长两短,她倒难以脱身了。

不等她想出更好的法子,沈妙便继续道:"若是姊姊不肯,大姐姐和二姐姐谁愿意与我挤一挤也是成的。"

沈玥的目光闪了闪,她没发话。

沈清虽然不知道母亲有什么安排,却也隐隐猜到此次是针对沈妙的一次出行,便冷声道:"我习惯一人住。"

"如此……"沈妙微微沉吟,道。

"那我便和五姐儿去北阁住吧。"沈妙的话还没说完,任婉云便主动开口道。她生怕沈妙这时候又出什么变故,想着住在一起离得远一些也行,总归是怨不到她身上去的。

沈妙微微一笑,道:"那便多谢二婶婶相伴了。"

任婉云忍不住眉头一跳,瞬间又是一张笑容满面的脸,道:"都是一家人。"

解决了如何住的问题,接下来就是收拾东西了。沈清和沈玥称乏,斋饭不在一起吃,由下人端到各自房里去。

到了北阁,不等任婉云说话,沈妙道:"我也觉得身子乏得很,就不与二婶一道用斋饭,先回屋里了。"

任婉云笑道:"那便依你吧。若是累了,就早些歇息。"

沈妙点头称是。

待引路的小沙弥带沈妙主仆三人来到那间房时,沈妙也忍不住有些感叹。

在卧龙寺这样冷清简朴的寺庙中,偏偏这间房显得尤其典雅。旁边临着树丛小林,颇为幽静。房间内陈设虽简单,却处处彰显着精致,让人一见便心生欢喜。

"这里的风景可真美。"谷雨有些意外地道。

"回施主,此间房是寺庙的贵客方能住的,府上夫人吩咐,要将贵客房留给施主。"小沙弥低头道。

"替我多谢二婶的美意。"沈妙淡淡地道,随即打量周围。

这是位于北阁最里面的一间,在清幽的风景下,四处几乎是闭塞的,若是有人呼喊,也是无用。难得他们连生路都给她封死了,至于这房间布置得精致,怕也只是为了方便"那人"享用吧。

"这是什么香?"惊蛰捡起桌前小几上的几炷香,放在鼻下闻了闻,"有些像兰花,却比兰花更香。"她的目光落在做成兰花造型的香炉上,"这香炉也真是别致。"

谷雨瞧见,也笑着道:"看来寺庙也特意打听过了,姑娘睡前都要点熏香的,待姑娘夜里乏了,临睡时便将它点上,夜里也睡得安稳。"

"现在倒觉得这卧龙寺不错了。"惊蛰嘻嘻哈哈地打趣,"难怪虽然在深山之中,二夫人还非得过来祈福呢!"

沈妙眉头一皱,走到小几前,接过惊蛰手中的香,放到鼻下闻了闻。待她闻过后,眉头皱得更紧。

两个丫头见状,迟疑地问道:"姑娘,这香可是有什么不妥?"

沈妙自进了卧龙寺后,便不曾放下一分的心。这地方越是妥帖,就越是凶险。她临睡前确有点香的习惯,况且女儿家总是喜爱精巧些的东西,那香炉做得可怜可爱,就是为了把玩,寻常情况,姑娘家都会用来点熏香,附庸这里清幽风雅的环境。

不过于她而言却不然。后宫中活下来的女人们会用各种各样的手段往上爬。沈妙曾经在六宫之主的位子上坐了那么多年,也不是一点儿眼力见儿都没有。阴私的手段和东西,她见过不少,至于在熏香中添加催情药,更是被嫔妃玩烂的手段。

"不是什么好东西。"她手一松,熏香落在小几上。

谷雨和惊蛰一惊,面面相觑。片刻后,惊蛰道:"那我将这东西扔出去?"

"不必。"沈妙的目光落在小几上。

任婉云和那个人费了这么大的心思来为她准备"好礼",这些手段若是她浪费了,倒有些可惜。唇角蓦然绽出一抹冷笑,她道:"留着吧,总归用得上。"

远远的另一间房里,任婉云坐在榻前,面前站着一个佝偻着身子的老妇,正是桂嬷嬷。

"今夜的事情你也知道,成了之后,自然少不了你的好处。若是败了……"任婉云轻哼一声,"是个什么结果,不用我说你也清楚。"

桂嬷嬷谄媚地笑道:"夫人放心,一切都包在老奴身上!老奴做事自然不会出差错,料想今夜定会一切顺利。"

任婉云的神情这才缓和下来,她道:"我自然信得过你,你毕竟是五姐儿身边最亲近的人。咱们这么做,也是为了沈府。五姐儿日后懂事了,晓得了其中利害,自然也会知道你是为她好,亏待不了你。"

桂嬷嬷点头称是,心中却鄙夷,沈妙日后知道了这事,不恨死她才怪。想到今夜要发生的事,桂嬷嬷忍不住有些心惊肉跳。

下一刻,任婉云对身边的彩菊使了个眼色。彩菊笑眯眯地拿了只香囊过来,塞到桂嬷嬷手中，笑道："这次也就劳烦桂嬷嬷照看了。"

桂嬷嬷下手捏了捏，觉出香囊分量不轻，面上立刻笑开了花，道："保准让夫人满意。"又说了几句话，桂嬷嬷才起身离开。

"夫人今夜果真要歇在这里？"香兰问道，"这和五小姐的房毕竟在一处。"

"无事。"任婉云不甚在意地挥了挥手，"明日一早，便是我说什么就是什么了。等大哥回来，世上还有没有沈妙这个人尚未可知，到底不足为惧。"她笑得有些凶狠，"谁叫她要挡了我清儿的路呢。"

傍晚天色渐黑时，下起了淅淅沥沥的小雨。雨水挟着寒气扑面而来。

谷雨把窗掩上，看着沈妙，道："姑娘仔细着凉。"

惊蛰替沈妙披上披风，忧心忡忡地开口道："山路本就不好走，若是雨下一夜，明日一早上过香后，不知能不能启程。说不准咱们还得在这里多歇一天。"

"多歇一天便是一天。"谷雨笑道，"此处风景甚好，环境也清幽。"

沈妙坐在桌前摆弄棋局。如今她越发爱下棋了，总是一个人对弈。

门被推开，桂嬷嬷笑容满面地走进来，手上端着一些吃食，笑道："姑娘，这是寺里的斋饭。老奴特意去要了碗水晶桂花羹，大姑娘和二姑娘已经用过了，都说不错呢！"

"哦，放那儿吧。"沈妙淡淡地道。

"姑娘最好趁热吃，凉了可就不好吃了。"桂嬷嬷热络地端起碗来，就要递给沈妙。

"嬷嬷急什么？"惊蛰不着痕迹地将桂嬷嬷手中的瓷碗接过，笑着道，"姑娘不是说放那儿了吗？"

桂嬷嬷心中有些恼火。不知什么时候起，惊蛰、谷雨这几个丫头得了沈妙的脸，将她也不放在眼里了。

沈妙突然道："嬷嬷陪着我，也已经十四年了吧？"

桂嬷嬷心中一跳，看向沈妙。

"自来嬷嬷就跟我亲近。"沈妙轻声道，"记得有一次夜里我发热，外头也像现在这样下着雨。府里差人拿着帖子去请大夫，可大夫迟迟不来，嬷嬷担忧，自己跑出去寻，路上滑了一跤，摔破了头，却还坚持去寻另一个大夫过来。"

桂嬷嬷一愣，神情不由得柔和下来，道："姑娘还记得这些？"

"自然记得。嬷嬷伴了我十余载，爹娘都不曾有嬷嬷伴我的时日多。我将嬷嬷嬷视作亲人。"

"姑娘折杀老奴了。"桂嬷嬷心中感叹，没料到这阵子一直对她冷淡的沈妙突然这般亲近。她感叹之余，心中倒是生出了一股不忍。人并非一开始就是这样，最初沈信夫妇让她成为沈妙的嬷嬷时，她的儿子还未娶妻，她也未曾有孙子，自是将沈妙看作自己的孙女，也有过真情相待的时候。不过……沈妙毕竟不是她的亲孙女，而二房也许诺，若是事成，她的儿子一家都能受益。

富贵险中求。眸色变了几许，桂嬷嬷笑着道："姑娘，天凉夜重，还是早些用过饭歇息的好。待乏了，姑娘就点一根熏香，美美地睡一觉，明儿早再上炷香，为老爷、夫人祈福，才是好呢。"

"多谢嬷嬷挂怀了。"沈妙也笑了，"嬷嬷先下去吧，我会用饭的。"

桂嬷嬷还想多留一会儿，可见沈妙不由分说逐客的模样，只得讪讪地退下。她退出房后，却没走远，而是走到窗户下，仔细听着里头的动静。

片刻后，屋里响起谷雨的声音："姑娘，饭菜要凉了。"

"摆饭吧。"

紧接着，便是一阵碗筷叮咚的声音，似乎有人坐到桌前吃东西。

惊蛰问："姑娘觉得这桂花羹可还好？"

"不错，"沈妙的声音响起，"很可口。"

"那便多吃点儿。"谷雨笑着道。

桂嬷嬷听了好一阵子。沈妙似乎是吃完了，屋里响起一阵收拾碗筷的声音。谷雨端着食篮走了出去。

惊蛰道："姑娘还要看会儿书？"

"有些乏，再看一刻，你去将熏香点上吧。"沈妙的声音恹恹的。

桂嬷嬷直起身子，深深地松了口气，扭头再看了一眼那窗户，走出了院子，忍不住回头，喃喃低语道："姑娘，莫怪老奴心狠，二夫人要对付你，谁也拦不得。"

桂嬷嬷走后，院中现出一个男子的身影。男子瞧着桂嬷嬷匆匆离去的背影，面上泛起怒色。

屋中，惊蛰看着沈妙，道："姑娘，谷雨已经出去了。奴婢还是不明白，姑娘究竟想做什么？"

不知为何，惊蛰心里总有些不安，仿佛这静谧的深山之中将要发生点儿什么。她问："姑娘方才做那出戏骗过桂嬷嬷，难不成桂嬷嬷有什么把戏？"

沈妙看着燃烧跳动的灯花，火花发出噼里啪啦的声音，同外头淅淅沥沥的雨声交错。

假装吃东西，假装点熏香，不过是权宜之计。至于她为什么要和桂嬷嬷说那段话，倒不是因为心软。复仇这条路，谁也不能回头。不是从前有过施恩，就成为日后犯错的理由。

她轻轻地闭眼。

"姑娘，现在做什么？"见沈妙不回答她的话，惊蛰只好换了个问题。

"等。"

"等什么？"

少女眼睫微动，唇角轻扬，道："月黑风高夜，杀人放火时。"

天色渐渐暗了下来。

寺庙中，和尚撞完最后一次钟，天色浓重如泼墨，雨水击打在树丛中，散发出芬芳的泥土香味。

沈玥坐在桌前，放下手中的书册，揉了揉眼，觉得有些困倦。

她身边的丫头问道："姑娘可要歇着了？"

沈玥不言，打开窗户。隔壁住的是沈清，房里此刻还亮着灯火。

"二姑娘是想和大姑娘一起睡吗？"丫鬟迟疑地问道。

"不了。"沈玥有些厌恶地转身，"去将院子的门掩上吧。"

另一头屋中，沈清摆弄着手中的小玩意儿，懒洋洋地打了个哈欠，瞧了一眼外头，道："都这样晚了……"她站起身来，"还是歇着好了。"

路过桌前，她突然瞧见那里摆着一只造型别致的香炉，还有一支香。沈清捻起来闻了闻，觉得煞是清香，便道："这只熏香也点上。"

又过了小半刻，屋中的灯火也熄了。

一切归于寂静，深山中的古寺到了深夜，除了鸟鸣和虫吱，只有雨水击打在瓦片上，顺着屋檐滴在石板上，发出清脆的响声。

万分沉寂中，北阁最里间的屋子里，灯火也悄无声息地熄灭了。

黑暗中似乎有脚步轻巧地踏过，而若是此刻有人路过，便可见窗前桌边，坐着一名面无表情的少女。

头上的瓦片发出窸窸窣窣的响声，站在沈妙身后的谷雨和惊蛰二人同时抬起头来，一脸紧张地护着桌前的人。

片刻后,窗外传出了一声猫叫。

二人同时松了口气。

可没等她们这口气落下,又听得一阵急促的脚步声,虽然轻,落在毫无睡意的三人耳中却分外清晰。紧接着,窗户被人打开,一个人影跃了进来。

"小姐,是我,莫擎。"那人轻声道。

谷雨和惊蛰这才真正地松了口气。

惊蛰点起一根细蜡烛,生怕光透到外头去。乍看之下,她却惊讶得很,只见莫擎的背上竟还扛着一人。那人不是别人,正是沈清。

此刻的沈清双眼紧闭,一副昏睡不醒的模样。惊蛰和谷雨心中惊惧不已。

沈妙扫了莫擎一眼,赞道:"你做得很好。"

莫擎觉得有些尴尬。他也是第一次做这种事情,并不知道沈妙打算做什么。他原以为沈妙是闹小姐脾气,对她住的屋子不满,才用这种法子半夜偷偷地换屋子。不过她的方式也实在太粗暴了,若是一个不小心被人发现将他当了采花贼,他便浑身是嘴也说不清了。

好在沈清和沈玥的屋外只有两名护卫,扛个小姑娘对他来说轻而易举。在那之前,他也依照沈妙的吩咐,给沈清的熏香里掺了些让她睡得沉沉的东西。

"把她扛到床上去吧。"沈妙道。

莫擎依言照做。

"姑娘,咱们现在……"谷雨试探地问道。

这屋里没人知道沈妙究竟想做什么。莫擎以为沈妙是赌气玩闹,惊蛰和谷雨却能隐隐觉察出不对劲。

"走吧。"沈妙扫了床上的人一眼。

"走?"谷雨一愣,"咱们去哪儿?"

"自然是去我这位姐姐的闺房了。"

莫擎心中叹道,果真是小孩子家的玩闹!他正想着,忽然面色一变,低声道:"谁?"

这下子,谷雨和惊蛰顿时慌乱起来。

"你方才来的时候可被人瞧见了?"沈妙面色一沉,若是那边的人,断没有这样快的道理。以任婉云万事周全的性子,也会让那边等久一些,何以莫擎刚将人送来就有人找上门来?若是……她的神色变了几变,实在不行,也只能用最下等的办法了。

"我先出去看一看。"莫擎抽出腰间佩剑,刚走到门口,就见窗前掠过一个人影。因着不敢闹大动静,莫擎低声喝道:"什么人?"说完,他便抽剑朝对方掠去。

黑衣人轻松地躲过莫擎的剑,也不知用了什么身法,一只脚踏在窗檐,燕子一般飞了进来。在这地方,他行动得如鱼得水,一进房便猛地回身。莫擎还来不及反应,他已侧身一闪,轻巧地夺过莫擎手中的剑,下一刻,长剑横在了莫擎的脖颈之上。

这突如其来的变故让所有人都惊呆了。沈妙心中有些惊异。莫擎能做到侍卫统领的位子,武功自然是不低。如今他竟在这黑衣人手下过不了五招,甚至被人夺了剑?

莫擎也没想到对方的身手竟然比自己的高明许多,惭愧之下更担心沈妙的安危,便道:"在下与兄台无冤无仇,兄台为何下此毒手?"

今夜,卧龙寺除了和尚,就是沈府的护卫。沈府的护卫里没有这等高明身法的,莫擎心中惊异,难道卧龙寺还有其他人不成?

对方却没有松手的意思。只听微微一声响,原来是沈妙寻了个火折子,将方才已经快要熄灭的蜡烛重新点上了。对方没料到会有人突然亮起火折子,没来得及掩饰,下意识地目露杀意,显然打算杀人灭口。

然而,那一小簇昏黄的光亮起后,屋中的一切无所遁形。在沈妙清冷的目光中,对面之人俊美无俦的面容上闪过一丝愕然。随即,那人皱了皱眉,冷声道:"沈妙?"

"可否放了我的护卫?"沈妙的声音比外头的秋雨还凉,"谢小侯爷。"

站在他们对面的不是别人,正是谢景行。

在昏暗的灯火下,他的眉目英俊如画,有着与白日迥然不同的寒意,他仿佛变了一个人。

惊蛰与谷雨忙护在沈妙面前。

谢景行盯着沈妙,思忖片刻后一笑,一松手,将剑抛还给莫擎。他懒洋洋地后退至门口,抱肩道:"沈家丫头,在这里遇见,该说你我是有缘呢,还是有缘呢?"

沈妙不曾理他,只吩咐莫擎和两个丫头:"赶紧离开。"

惊蛰和谷雨看了谢景行一眼,点头称是,正要离开,却听沈妙对她们道:"你们先走,我随后就来。"

黑灯瞎火中，谷雨只瞧见那火折子在微微移动，慌乱地唤道："姑娘……"

"走！"沈妙开口道。

谷雨微微一颤。莫擎摇了摇头，一手拽了一个丫头，跃出窗口，朝外头掠去。

谢景行仍是抱肩颇有兴致地瞧着她的动作。沈妙摸索到桌前，就着火折子终于找到方才那香炉。她捻起桌上的熏香，用火苗点燃，插上，这才要退出房去。

沈妙正要动作时，却见谢景行眉头一皱。他突然屈指一弹，火苗应声熄灭。一片漆黑中，一个身影突然掠到沈妙面前，轻巧地揽住她的腰。沈妙未曾反应过来，便落到一个温暖的怀抱中。那人抱着她就地一滚，堪堪滚到了床下。

"你……"沈妙惊怒不已。

嘘的一声后，谢景行的声音在她耳边响起："有人进来了。"

屋里响起了人的脚步声，沈妙的身子一僵。她万万没想到，那些人的动作居然这样快。令人庆幸的是，屋里的人并未点上灯，不过这也是她预料之中的事。以那人喜爱刺激的性情，必然不会点灯。

外头有人道："王爷，都安排好了。"

"你们退下吧，在外头守着，别扰了本王的兴致。"另一个略显沙哑的声音道。

沈妙的目光微微一动，果然是豫亲王！

"沈信啊沈信……"豫亲王的声音饱含得意，还有些变态的兴奋，"本王倒要尝尝，你的女儿和那些女子又有什么不同。"

脚步声往床前移去，沈妙的拳头渐渐地握紧了。

谢景行微微低头，因为这个姿势，他的下巴抵在了沈妙的头上，可以闻到少女发丝好闻的清香。

床上已经响起了衣服被撕裂的声音，沈清似乎恢复了一些神志，发出轻微的抗拒声。然而那声音软绵绵的，不像是抗拒，倒仿佛是迎合。

空气中弥漫着一股令人心跳的味道。那味道逐渐蔓延开来，带着些兰花的清香，毫无防备地被人吸入腹中。

沈妙也逐渐感觉到一丝不对劲，心中咯噔一下。方才她离开前点上了含着催情药的熏香，如今倒是自作自受了。她从未遇过这样的情况，不由得迁怒不速之客谢景行。若非谢景行突然出现，生了变故，只怕她现在早已离开，哪里还会落入这样的窘状？思及此，她便恶狠狠地瞪了罪魁祸首一眼。

可惜没有光,什么也瞧不见,沈妙犹豫了一下。因着不敢动作,怕惊动了床上的人,她只得就着谢景行的衣裳将口鼻掩住了。

她想到这香不是什么好物,也想到自己千万莫要吸进去,甚至想到用谢景行的衣襟来捂住口鼻,却忘记了谢景行是个男人。

谢景行反应过来熏香有问题的时候,已经吸了太多,偏偏怀里还抱着个姑娘。如今沈妙年纪尚小,虽说是平平的身材,到底也是温香软玉,他的身子有些紧绷。

谢景行深深地吸了口气。出生至今,他还是头一遭如今日这般狼狈。他瞧了瞧头顶,大床吱呀吱呀摇个不停,女人和男人的声音交织在一起,听得人脸红心跳。

他又咬牙听了小半个时辰,床上的动静渐渐小了。豫亲王似乎中途乏了。

沈妙的身子也僵硬得不行,就在这个时候,她感觉谢景行抱着她就地一滚,而后朝着未关的窗飞掠出去。黑灯瞎火的,沈妙也不知道他如何看得那般准,好在没有惊动豫亲王。

待两人出去不远,便见满脸焦急之色的谷雨三人。

看见他们出来,惊蛰激动得差点儿跳起来,又怕被人听见,便小声道:"姑娘,奴婢担心得要命,方才有人进去了,姑娘不曾被人发现?"她的话语戛然而止,因为此时她方看清沈妙的姿势。

沈妙还被谢景行抱着,惊蛰怒道:"你快放下我家姑娘!"

谢景行挑眉,松手,啪的一声,沈妙直接摔倒在地。

"你!"谷雨又气又怒,忙扶起沈妙,宽慰道:"姑娘没事吧?"

莫擎盯着谢景行,心中惊疑。这个看起来出身不凡的高门少爷武功了得,自己在他手中毫无反抗之力。他深更半夜出现在这里,又着实令人怀疑。

方才,莫擎带着谷雨和惊蛰出去后,便见有人进了沈妙的屋,身后还跟着一群身手不凡的侍卫。若不是他躲得快,只怕就麻烦了。莫擎忍不住又看了沈妙一眼。莫非沈妙早已知道今夜会有这么一群人前来?那她之前将沈清换过来究竟有何意义?

沈妙站起身来,拍了拍身上的尘土,看向谢景行,道:"更深露重,我们就不打扰小侯爷办事了,先行一步。"她的态度疏离得很。

此时天上小雨未停,雨丝绵密地打在她身上,将衣裳也沾湿了。就着那点儿灯笼的光,谢景行的目光扫过她的脸。他突然笑了,道:"从此处出去,需经过外院，有大拨的护卫守着，本侯从不拦人送死，请吧。"

谢景行的俊脸上还挂着顽劣的笑。沈妙看了莫擎一眼。莫擎摇头，有些汗颜地道："属下一人并无把握。"

豫亲王虽然无能，他的手下却不是吃素的。

"小侯爷似乎成竹在胸？"沈妙默了默，道。

谢景行扬唇一笑，起身就要离开，看起来不打算搭理他们这群人了。

"可否出手相助？"她问道。

谢景行回头，思忖片刻，点头道："不是不可以，不过……你求我，我就带你们出去。"

谷雨和惊蛰的面色变了变。这谢景行的性子好生顽劣，语气又如此轻佻！

可沈妙闻言，居然很快地道："好，我求你带我们出去。"

她这话说得太快，让谢景行也忍不住噎了一下。他仔细地打量面前的少女，虽说是求人，可她目光坦荡，姿态从容，丝毫没有矮上一截的意思。

不等谢景行说话，沈妙又立刻道："小侯爷想出尔反尔？"

"你可真是小人之心。"谢景行一笑，对着身后轻声道："出来吧。"

不过眨眼间，便从四处掠来一众黑衣人，粗略算下来，竟也有十几人之多，和豫亲王带来的人数不相上下。

惊蛰和谷雨吓了一跳。

莫擎也是一惊。他武功不弱，可竟不知道这里何时藏了这么多人。这少年轻而易举便调动这么多高手，让人不禁猜测他的身份。

谢景行道："动作利落点儿，别打草惊蛇。"

一众黑衣人低头称是，眨眼间便又消失在夜色中。

谢景行又道："要花些时候，从另一边走吧。"说完，他转身便往相反的方向行去，看似对寺庙的格局十分熟悉。

"跟上他。"沈妙道。

不知谢景行的手下是如何安排的，这一路竟也未曾遇到什么人，甚至到了沈清和沈玥住的南阁，外头也一个护卫都没有。

安全抵达后，沈妙便对莫擎道："你回去吧。"

护卫有护卫住的地方，今夜莫擎是偷着出来的，若被人发现，只怕有变。

谷雨和惊蛰陪沈妙进了屋，谢景行却未离开。惊蛰上前一步，拦住谢景行想要去内室的步伐，警惕地瞧着他，道："公子留步。"

谢景行果真留了步,看着沈妙的背影,笑道:"沈妙,浪费了本侯一夜时间,你连解释也省了?"

沈妙脚步一顿,心中微微叹息,看来瞒不过这人。她看了惊蛰和谷雨一眼,道:"你们先去外室睡。小侯爷随我进来。"

"姑娘……"谷雨慌张地道,"这于礼不合……"

"没人知道,有什么不合的?"沈妙又看着谢景行,道:"进来。"

谢景行耸了耸肩,跟着沈妙进了内室。

在两个丫鬟不安的目光中,沈妙平静地关上门。

点上油灯,将窗户掩上,隔绝了外头淅淅沥沥的雨声,沈妙在桌前坐下来。

谢景行饶有兴致地靠墙站着,看着她施施然倒茶,问道:"你为何不怕我?"

"我为何要怕你?"沈妙反问道。

"一个闺阁姑娘和陌生男子共处一室,不怕我对你做点儿什么?"他的笑容越发顽劣。

"方才我都和你一同听过别人的闺房情事了,现在再来说怕,小侯爷不觉得太迟了?"沈妙淡淡地道。

谢景行一愣,俊脸上腾地生出一抹不可思议之色。第一次有女子面不改色地跟他提起"闺房情事"四个字。

"你到底是不是女人?"谢景行抱胸,道。

沈妙不言。

谢景行点头道:"差点儿忘了,你自然不是女人,你只是个小丫头。"

谢景行心道,大约是她如今年纪小,又不懂什么叫闺房情事,是以连害羞都不会。越想越觉得是这个原因,谢景行走过来,居高临下地看着沈妙,道:"刚才那支熏香的账还没跟你算,差点儿连我也栽了跟头。"他一把揪住沈妙的脸蛋,用力捏了两下,"你要怎么说?"

沈妙呆了一瞬,没料到谢景行会突然这般动作。而对方似乎觉得这样很好玩,又捏了两下,毫不怜香惜玉地蹂躏,仿佛真的将她当成不谙世事的小姑娘。

"放肆!"她下意识地低声喝道。

这话一出口,两人都怔住。

灯火中,少年英俊的脸僵了僵,一双锐利的漆黑双眸里瞬间划过复杂之色。他收回手,轻笑一声,反问道:"放肆?"

沈妙恼怒自己的失态。方才情急之下,她竟拿出从前在后宫中当皇后的做派来了。这人聪明得紧，莫要被他发现了什么才好。

谢景行想了想，在沈妙对面坐下来，给自己倒了杯茶，从怀中掏出个纸包，打开，竟是一水儿做工精致的糕点。

他慢条斯理地吃糕点、喝茶，道："来得匆忙，晚饭也不曾用。啧，这茶真难喝。"

"谢侯爷是来喝茶、吃点心的？"沈妙看着他。

"自然不是。"谢景行忽然一笑，拈起一块点心塞到沈妙嘴里。他的动作太快，沈妙反应过来时，嘴里已经是甜甜的滋味了。

谢景行托腮看了她一眼，姿态闲适，话语却锋利得很。

"吃了我的东西，现在该回答我的问题。"

糕点的清香在嘴里化开，带着淡淡的甜和适度的果味，入口唇齿留香，就连沈妙这种不爱吃甜的人都忍不住觉得美味。

"豫亲王和你是什么关系？"

沈妙看着他，道："你倒不如问我今夜为何要这样做。"

"你愿意说，我便洗耳恭听。"

"辱人者，人必辱之，以牙还牙，以眼还眼。"

谢景行的眸色变幻几许，他扬唇一笑，语气莫名地道："你倒心狠，将你姐姐和老瘸子凑成对。"

将豫亲王说成"老瘸子"，也只有谢景行这般无法无天的人才有胆子。

"他们将我送出去的时候，也未曾想过我是妹妹。"沈妙针锋相对地道。她的言语冰冷，丝毫不掩饰对那些人的厌恶和鄙弃。

"真是不知天高地厚的丫头。"谢景行伸了个懒腰，"豫亲王不会饶你。"

"那也要看他有没有这个本事。"沈妙不为所动。

"你与我说这么多……"谢景行沉吟片刻，身子突然往前一倾，堪堪到达沈妙的鼻尖。

他凑得这般近，饶是沈妙也忍不住微微一惊。

少年的一张脸俊美绝伦，嘴角的笑容带着邪气，声音含着刻意的轻佻。他在她耳边低声道："不怕我告诉别人？"

"小侯爷爱做什么便做什么。总归我也很好奇，临安侯府是否有什么动作，大半夜的让嫡长子来卧龙寺散心？"

谢景行今夜出现在这里绝非偶然。而他带着一众身手不凡的黑衣人，身份更令人猜疑。世上没有无缘无故的巧合，谢景行并不是来看她的，大约是在筹谋什么，两人恰好撞上了。

少年的眼睛很漂亮，一双桃花眼，笑的时候直把人的心神都吸引过去，冷下来的时候，却散发着冰冷的危险光芒。

"你的胆子不小。"他微微一笑。

"彼此彼此。"

谢景行站起身来，扫了她一眼，淡淡地道："老瘸子的事，本侯一点儿兴趣也没有。今夜之事，你若敢透露半分，沈家姑娘，杀人灭口，我可不是说说而已。"

话音刚落，他便开窗掠了出去，消失在夜里的雨幕中。

凉丝丝的雨水顺着窗户飘进来，飘到了沈妙的脸颊上。冷意顺着脸颊爬上来，风将头脑吹得清醒了些，沈妙松了口气。

她和谢景行打交道，仿佛在钢丝上行走。这少年年纪轻轻却深不可测，每一句话看似无意，却是拐着弯儿在试探。今夜谢景行应当是来做什么事情的，如此想来，临安侯府的秘密也不简单。

沈妙的目光落在桌上，谢景行未吃完的点心还留在桌上，若非如此，一切仿佛是一场了无痕迹的梦。不过眼下并非思索这些的时候，谢景行于现在的她而言也不甚重要，明日……一切且待明日。

后山上，淅淅沥沥的雨水打湿了整座山峦，树下站着一行人。

为首的少年身材修长，雨丝打湿他的衣裳，也打湿他的头发，然而他站立如雕像，动也不动，看着山下出神。

片刻后，山下某处蓦地绽放出一小朵烟花。那烟花消失得极快，一瞬间便散了。少年转过身，语气平平，听不出起伏："事成。"

"主子受伤了？"身边的中年大汉皱眉道。

少年低下头，瞧着手臂上的新鲜刀痕。方才屋中的熏香本就是针对男子所用，一旦吸入，被欲望所导，人也会理智渐失，一味地陷入疯狂。那熏香对女子的效用倒不那么强，沈妙因此侥幸躲过一劫。而他虽理智超然，到底不是圣人，怕出意外，只得用这样的法子保持清醒。

"回去再说。"

"主子，"中年汉子迟疑地开口道，"那沈家小姐今日见过……"

"铁衣,一个小丫头,我还犯不着出手。"少年漂亮的桃花眼一闪,语气颇有些冷意。

大汉有些惧怕,想了一想,却还是鼓起勇气道:"可沈家也许知道……"

"沈家不知道。"少年冷冷地道,"沈家好容易出了个聪明的。"他似乎想到了什么,微微一笑,"可惜了。"

中年大汉动了动嘴唇,却不说话了。

"走吧。"

与此同时,北阁。

和最里屋毗邻的屋中,任婉云坐在桌前,只点了一小盏油灯。灯火明明灭灭,如同她的心。

香兰道:"夫人,已经三更了,且歇着吧。"

任婉云摇头,面上显出一点儿烦躁来,道:"睡不着。"

她出了院子,听到最里间房里传来的动静,雨夜中模模糊糊不甚真切,隐约有女子哭喊挣扎的声音。任婉云听得脸红心跳,也忍不住心惊肉跳。京城传言豫亲王玩弄女子的手段颇多,如今看来果不其然,想来沈妙定要受一番折磨。

任婉云心里害怕之余又生出一股快慰来,瞧了瞧天色,道:"我歇一会儿算了。"

香兰和彩菊见她终于肯歇着了,不禁面露喜色,忙扶着任婉云到床上躺下,道:"夫人且歇着,明日还得存着精神头呢!"

"是啊。"任婉云喃喃地道,"明日还得存着精神头。"

这场雨下了整整一夜。

静谧的山林中,雨后方歇,万物凋零,更显凄凉。空气中充斥着湿润的芳香,一大早,寺庙的撞钟和尚便开始撞钟。

沉闷的钟声惊醒了熟睡中的人,任婉云睁开眼。这一夜她睡得极不安稳,总是做噩梦,临近天亮才睡着,一觉醒来,额头上全是汗。

"夫人醒了?"香兰上前,道,"擦擦脸吧。"

任婉云梳洗过后,看了看外头,窗外已经恢复了雨后的宁静,鸟儿兀自欢快。

任婉云笑道:"换件亮色的衣裳吧,还要那朵红宝石镶翠珠花。"

彩菊笑道:"夫人想来心情不错,穿这般亮色,人也精神了不少。"

任婉云看着镜中,满意地笑了。她自然心情不错,甚至可以说是雀跃。

待一切准备完毕后,她道:"走吧,该去叫我那'疲乏'的侄女用饭了。"

北阁最里间静悄悄的,院子里连一个丫头也没有。任婉云瞧见,目光颇为满意,想来豫亲王办事也极为妥帖,连丫头也打发了。

"你去敲门。"她对香兰道,眼中闪过一丝嫌恶。

"五姑娘,"香兰走到门前叩门,"夫人来了。"

门里头一点儿动静也没有。

"五姑娘,夫人来了。"香兰继续道。

香兰叩了许久门,她们都未曾听到有人回答。

任婉云叹了口气,笑道:"这五姐儿,真是孩子心性,天都大亮了还怠懒,等下耽误了上香的时间可不行,还是我来吧。"

她走到门前,轻轻地敲了敲门,柔声道:"五姐儿,该起床用饭了,用过饭咱们还得上香呢,莫要任性了。"屋内依旧无人回答她的话。

任婉云转过身,有些无奈,不知是向自己解释还是同别人解释,轻声道:"算了,直接推门进去得了。五姐儿那几个丫头也不知事,这般擅离,回去我定要好好惩治一番。"说着,她就要推门进去。

"二婶。"轻飘飘的声音却在静谧中响起。

任婉云先是一愣,以为那声音是从屋内传来的,却听得香兰和彩菊齐齐道:"五姑娘、二姑娘。"

任婉云诧异地回头,便瞧见沈玥和沈妙站在一处。

今日沈妙穿了一身雪白的素绢裙衫,外头罩着月白绣牡丹的披风,乍一看仿佛在出孝。任婉云被沈妙这般打扮晃了晃眼,皱眉道:"五姐儿怎么穿得这般不吉利?这白啊素啊的,不知道的还以为咱们家办丧事呢!"

"二婶今日倒穿得鲜亮。"沈妙轻笑道。

任婉云瞧着自己的衣裳,忽而想起什么,仔细地打量着沈妙。她不知沈妙怎么会从外头回来,看上去还一副坦然的模样。不过昨夜的事情,骗得了别人却骗不了她。她有心想要确认什么,便走上前去,笑盈盈地拉着沈妙的胳膊,关心地问道:"五姐儿昨日睡得可还好?"

"谢谢二婶费心,睡得还不错。"沈妙微笑道。

任婉云仔细观察沈妙的表情,瞧她神情不似作假,心中惊疑。沈妙何时练就了这般不动声色的本事？何以她这么平静，莫非都是装出来的？昨夜那叫得凄惨的女声，她可是听得真真切切啊！

任婉云心中突然生出一股不安，笑着凑近沈妙，道："五姐儿睡得好，我便安心了。"

细看之下，她却发现沈妙的脖颈洁白如玉。她本就肤色白皙，此刻更是如玉一样，连一丝半点儿污迹也没有，更勿提伤痕了。不可能啊！豫亲王玩弄女子的手段历来残暴，沈妙身上怎么可能不留下痕迹？

沈玥瞧着沈妙，又瞧了瞧任婉云，感到大约发生了什么事情。

任婉云攥住沈妙的手，笑着拉家常般道："这天气可真冷，五姐儿穿这么薄不冷吗？"说着说着，她猛地一拉沈妙的衣袖，那白色的衣袖一下子被拉高，露出一截皓腕。那手臂白皙干净，仿佛上好的羊脂玉，一点儿痕迹也没有。任婉云呆立在当场。

沈妙抽回手，笑了笑，道："二婶怎么像是在找什么东西？"

"没……"任婉云勉强一笑，"我方才……手有些滑。"她心中恍惚，不知该作何表情。沈妙身上怎会一个疤痕也没有？莫说是豫亲王那样的人，就算是寻常男子，多少也会在女子身上留下痕迹的。

目光扫了扫周围，任婉云只看到沈玥身边的黄莺和青鸾，却没瞧见惊蛰和谷雨。眼珠子转了转，她便道："五姐儿身边的两个丫头去哪里了？一大早人也不见。"

"我让她们去给我端点儿粥过来，今早起来，我觉得嗓子有些不舒服。"

"这里离厨房可远了。"任婉云笑道，"你这孩子直接说一句就行了。不过，厨房不是在南阁吗？"

"不错啊！"沈妙看着她，"我就是从南阁过来的。"

"同二婶说什么胡话呢？"任婉云一笑，"你昨夜不是宿在北阁吗？"

话音刚落，她就瞧见对面的沈妙脸上绽出一个笑容。沈妙自从落水醒来后，神情冷清得很，大多数时候也不过微笑，如今这笑容似发自肺腑，十分灿烂，不知为何，让人心口发寒。任婉云的心如灌了铅般沉下去。

"夫人，不好了！姑娘不见了！"随着女子慌乱的喊声，映入众人眼帘的便是两个丫头焦急的神情，正是沈清身边的艳梅和水碧。

"你说什么？！"任婉云尖叫起来。

沈玥微微一愣。沈清竟然不见了？

"清儿怎么会不见的？"任婉云抓住艳梅的衣领，目光凶狠如母兽。

"哦，这个我知道。"沈妙突然开口道。

众人的目光都落在她身上。

一片寂静中，沈妙轻笑一声，道："我方才是从南阁过来的，为什么呢？自然是因为我昨儿个是歇在南阁的。昨日夜里，我实在睡不着，就去寻了大姐姐，希望能同她换间屋子，大姐姐应了，想来是觉得二婶就住隔壁，会安心得多吧。今儿一早我出门，遇见了二姐姐，就和二姐姐一道过来了。我本想着过来同大姐姐道个谢，感谢她那般体贴，同我换了屋子。"

她每说一句话，任婉云的心就沉下一分。到了最后，绝望铺天盖地而来，任婉云脸颊上的肉都在微微抖动。她眼眶发红，像是即将发疯的野兽。

看见任婉云这样，沈玥有些害怕，猜到可能是出大事了。不过，看到一向暗中和自家娘亲不对盘的二房落到如此境地，她自然幸灾乐祸，便顺着沈妙的话道："不错，今儿一早，是我瞧着五妹妹从隔壁房间里走出来的，此刻我们是来寻大姐姐一同用饭的。"

"昨天晚上歇在这里的，不是我，是大姐姐啊。"沈妙的声音轻如羽毛，却重重地锤在任婉云的心上，痛得她几欲吐血。

任婉云捂着心口后退两步，几乎要晕倒在地。昨天晚上宿在这里的不是沈妙，是沈清！那么，豫亲王玩弄的女子，是她的清儿！那些凄厉悲惨的痛哭声，都是她的清儿发出的！她就在隔壁，和女儿一墙之隔，却任由女儿被侮辱！

任婉云的心都要碎了。她看向那紧闭的房门，一瞬间，竟没有勇气去打开它。

在一阵天旋地转中，她还记得万万不能让沈玥和沈妙瞧见里头的模样，若被传了出去，若被传了出去……她脸上勉强挤出一个比哭还难看的笑容，道："你们先回去吧。我方才问过了，清儿还在睡，咱们别等她了。"

沈妙一笑，道："二婶真会开玩笑，方才都不知道大姐姐歇在里头，这会儿又说与大姐姐说过话了，莫不是大姐姐藏了什么私？"

"没有！"任婉云一口否认。

这般动作落在沈玥眼中，她越发觉得奇怪。

沈妙目光一动，却朝另一个走来的人影喊道："桂嬷嬷！劳烦你帮二婶打开一下这扇门。"

桂嬷嬷猫着腰走来。今儿她也是被吩咐要早来的，此刻尚未瞧清楚面前是个什么场景，听得沈妙这般说，还以为沈妙已经同任婉云说好了，心虚加上有些愧疚，桂嬷嬷竟没瞧任婉云的脸色。

她离那扇门近，任婉云想要阻拦也来不及了，便听见吱呀一声，门被缓缓地推开。

万物似乎都寂静了。

门里迅速传出一股耐人寻味的味道。

无一人上前去瞧。

卧龙寺香客住的房间本就空旷，不如自个儿府上的华丽，加之这还是特意挑选过的屋子，更是宽大。大床就横在屋中，连个遮掩的屏风都没有，正因如此，屋中是个什么情形，众人才一览无余。

沈玥首先惊叫起来，但见地上散乱着衣裳碎片，床榻上的毯子随意地抛在一边，桌上的书本全都被扫在地上，茶壶也碎了，仿佛经历了一场浩劫。

最令人惊讶的还不是这些。床榻之上的女子，玉体横陈，半趴在床边，脊背之上尽是斑斑点点的红痕，还有些血痕和瘀青，看得人触目惊心。床下有一根沾了血的皮鞭，已经裂成了两半。再看那女子身上的痕迹，可见皮鞭是被生生打断的。

"天哪！"沈玥捂着嘴步步后退，"那……那是谁……不会是大姐姐吧？"她蓦地转头看向任婉云。

既然沈妙说和沈清换了屋子，此刻那屋中的应当是沈清才对，可是眼前的一切都清晰地昭示着，沈清出事了！就连沈玥一个未出阁的女儿都知道眼前这画面，分明就是女子被人凌辱后的场景！

桂嬷嬷也没料到屋中还有人，方才打开门，瞧见有女子在已是惊讶，这会儿沈玥的一句话几乎让她魂飞魄散。沈清？里头躺着的女人是沈清？

艳梅和水碧见沈清这样，一颗心几乎都凉了。自家姑娘出了这事，她们定然没有活路！两人对视一眼，都从对方眼中看到了绝望，齐齐跪下身来，不住地给任婉云磕头。

任婉云呆立在场。

"二婶不上前看看吗？"一片静寂中，沈妙轻声开口，语气平静，好似并未瞧见面前这一幕惨状。

任婉云扭头，就见那少女静静地看着她。胸中泛起惊涛骇浪，然而被她极快地按捺下去。她只是脸色惨白地走进房里，走到那半趴在床上的女子身边。

女子发丝蓬乱，地上有许多落发，显然是被人扯掉的。任婉云颤抖地伸出手，将那女子翻了个身。轰隆隆一声巨响，仿佛印证她的心情，那原本已经停了的雨幕突然再次降临，堆积的乌云中，炸雷惊起在众人耳边。

任婉云痛苦地闭上眼，怀中的女子，正是沈清！她越是近看，越觉触目惊心。沈清的脸肿得老高，显然被凌虐得不轻。她的身上此刻没有一块完好的肉，一只手软绵绵地折成奇怪的姿势，似乎是被折断了！

豫亲王太狠！

然而任婉云最恨的是沈妙！这一切本该加诸沈妙身上，却是她的清儿受了苦。沈清被折腾成这副模样，下半辈子也就完了。此刻，她恨不得咬断沈妙的脖子，喝沈妙的血，吃沈妙的肉！

任婉云到底是在沈府当家的，哪怕在这个时候，都能按捺住没有发疯，而是抖着嗓子吩咐身边的香兰，道："去寻马车，立刻下山。"

"可是……"香兰害怕地看了她一眼，"夫人，此刻外头大雨，无法出行啊！"

山高谷深的阳泾峰本就路途坎坷，雨水这么一冲刷，更是泥泞无比，无法前行。若是强行下山，只怕会因为路滑出什么意外。

"那清儿怎么办？"任婉云终于抑制不住地尖叫出声，啪地甩了香兰一巴掌，恶狠狠地道，"那我的清儿怎么办？！"

屋外，沈妙静静地看着。她站在屋檐下，瞧着雨幕遮掩了山水，也遮掩了一些肮脏的诡计。原本该受这样侮辱的，是她。如今让沈清受这样侮辱的，也是她。

亲耳听到自己女儿被人凌辱，本来可以救，却袖手旁观了一夜，任婉云每每想起来，会不会觉得锥心刺骨地疼呢？会不会有她知道婉瑜病逝的消息后那么疼呢？

如今任婉云想要带沈清回城医治，却因为大雨而不得不滞留此地，进不能，退不得。春风得意的任婉云会不会感到一丝绝望？

"去寻大夫！不管用什么办法，去寻大夫！若是寻不到大夫，你就死在这里吧！"任婉云冲香兰尖叫道。

香兰跟了任婉云这么多年，还从未被这般斥责过，既委屈又害怕，捂着脸应了，飞快地跑出去，还忍不住看了沈妙一眼。

明明一切都是她们计划好的，昨夜歇在这里的本该是沈妙，怎么会那么巧？沈清从来不是一个好说话的人，如今对沈妙心存芥蒂，更不会答应与她换房间，此事必有蹊跷。香兰瞧见那素衣少女亭亭玉立，分明是清秀讨喜的眉眼，却不知为何，生生看出了一身煞气。

"彩菊，你去叫几个人过来，把门关上！"任婉云咬牙切齿地道。

门被关上了，门里门外仿佛两个世界。

沈玥还未回过神来，看向沈妙，不可置信地道："五妹妹，大姐姐是被歹人凌辱了吗？"

沈妙不置可否。豫亲王果真只是打算玩弄对方，是以天亮前便走了。不过豫亲王也不是傻子，总归不久后他就能发现端倪。毕竟沈妙这出调包计，实在简单得有些粗暴。

沈妙陷入沉思，却不知自己此刻的模样落在沈玥眼中，竟让沈玥的心抖了抖。沈玥一个激灵，道："五妹妹，该不会是你害得大姐姐……"

昨夜明明是沈清宿在南阁，沈妙宿在北阁，可最后两人换了房间，之后就出了这事。若不是她俩换了房间，此刻躺在那里的应当是沈妙。以沈玥对沈清的了解，沈清是绝对不会将房间让给沈妙的。

沈妙轻轻一笑，道："二姐姐，饭可以乱吃，话不可乱说。我哪里有那样大的本事来害大姐姐？你也太高看我了。"

"可是……"沈玥还是有些狐疑地道。

"有心在此操心这些事，倒不如担心担心你自己吧。"沈妙道。

"我？"沈玥紧张起来，"我如何了？"

"你以为看见了大姐姐这等私事，你身边的两个丫头还能活吗？"

"什么？"

"看来二姐姐果真不识世道险恶。"沈妙轻轻一笑，"这知道了主子秘密的下人，你以为还能活多久？"

沈玥身边的黄莺和青鸾顿时面色惨白。

沈玥大惊失色。她培养一个贴身丫头，付出的精力不少。若她们因为看见此事就白白牺牲，她怎么甘心？

"不仅是她们两个。"沈妙微微一笑，目光扫过在场的艳梅、水碧、桂嬷嬷，意味深长地道，"一个都逃不掉的。"

桂嬷嬷和那两个丫鬟几乎晕厥。

沈妙转身要走，沈玥见状，忙喊住她："你去哪儿？"

"咱们来卧龙寺不是为了上香吗？"沈妙答道，"我也有许多困惑，自然要去问一问佛祖，上炷香，才不算白来一遭。"

　　沈妙一袭素衣，就这么走了，冷漠的背影丝毫没有停留，仿佛今日这里根本未曾发生这般惊天动地的大事。

　　"不对！"沈玥突然开口道，"她的两个丫头怎么不在？"

　　桂嬷嬷也是一愣。

　　今日沈妙一早遇到沈玥的时候，便说让惊蛰和谷雨去厨房取吃食，一直到现在那两个丫头都未出现，也正好不知这里沈清出事的情况。如今想想，哪有这么巧？沈清和沈玥的丫头都目睹了丑事，难逃一劫，偏偏沈妙的丫头一个都不在，分明就是沈妙故意将人支开的。

　　沈妙早就知道今日会有这一出，早就知道沈清会出事。沈清现在的下场，就是沈妙一手安排的！沈玥心中不由得生出一股寒意。

　　到了晌午，雨终于停了。

　　香兰跑遍了整座山峰都找不到一个大夫，只得去找僧人要了定心神的药材和外敷的伤药，给沈清用。

　　屋中弥漫着药材和某种异样的味道，床上的女子双目紧闭。任婉云靠窗坐着，不过短短几个时辰仿佛衰老了十岁。

　　屋中的丫鬟连大气也不敢出一下。

　　任婉云瞧着那帘子发呆，忽然床上的沈清动了动。她忙低下头，唤道："清儿？"

　　沈清睁开眼睛，一看到任婉云，便目露惊恐之色，一手朝任婉云的脸上抓去，道："放开我！走开！救命！"

　　"清儿，我是娘啊！我是娘！不怕了，娘在这里！"任婉云心如刀割。

　　沈清却一个劲地挣扎，死死地盯着天花板，嘴里叫嚷着。

　　"夫人！"香兰和彩菊心中又惊又怕。

　　"沈妙在何处？"任婉云气势汹汹地开口道。

　　"五姑娘……在庙堂。"彩菊小心翼翼地道。

　　"照顾好清儿，若她再有什么闪失，你们两个也不用活了。"任婉云转身出了门。

　　佛殿里，巨大的金身佛像巍峨矗立，慈眉善目地俯视着众生信徒。

沈妙跪在地上，手中持香，抬头看着那巨大的金身佛像。

不过是一尊冰冷的雕像，不可能真的拯救众生。苍天若有眼，又怎么会让好人落得凄惨结局，坏人反倒逍遥自在？

"沈妙！"一个气势汹汹的声音突然传来。

沈妙揉了揉发酸的膝盖，站起身来，转过头看着面前的任婉云，笑盈盈地道："二婶。"

任婉云瞧见沈妙的笑容，更觉刺眼。她疾步上前，扬起巴掌就要打在沈妙脸上。惊蛰和谷雨想拦已经来不及。预料之中的清脆响声却并未出现，沈妙抓住任婉云的胳膊，对方的手掌堪堪停在她的面前。

"二婶这般冲动，不知所为何来？虽说你能替爹娘管教我，可不由分说打人，只怕寻常人家也没有这个规矩。"她道。

任婉云万万没料到，沈妙竟然会拦住她的巴掌。她不甘心地放下手，咬牙道："沈妙，别装傻！清儿的事是你做的吧？"

任婉云清楚，这事若说和沈妙没关系，打死她也不信。她不知沈妙是用了什么法子，但是动了沈清，让沈清变成这样，她必然不会轻饶！

"大姐姐被歹人所害，我也十分遗憾。可二婶怎么能怀疑我呢？"沈妙微笑道，"毕竟若非和大姐姐换了屋子，那今日遇害的人，可就是我了。"

那今日遇害的人，可就是我了！

她不说还好，一说此话，任婉云只觉得脑仁生疼。她的眼神如阴毒的蛇："那本就是你该承受的，是你让清儿代你被害了！"

惊蛰和谷雨见任婉云如此，心中又惊又怒。惊的是这一向做和善模样的二夫人撕破了脸皮，竟然如此凶残；怒的是昨夜要不是沈妙机警，今日就是她们主仆三人没有好果子吃了。

"二婶万万不可这么说，还有佛祖在上呢。"沈妙轻笑一声，"这世上，万事万物都有定论，昨夜出事的不是我，而是大姐姐，说不定也是命中注定的。二婶一不去怪歹人，二不去怪天命，倒来怪我，这是个什么道理？"

任婉云几乎被沈妙气了个人仰马翻，冷笑一声，道："你倒是伶牙俐齿，从前是我小看你了！"

"哦，原来二婶是这般看我的？"沈妙不甚在意地一笑。

"沈妙，我不妨老老实实地告诉你。"任婉云突然讽刺地一笑，既然都撕破脸皮了，也不需要做什么慈爱的假面，"你以为这事就这么完了？老夫人不会放过你！你二叔也不会放过你！那个人……也不会放过你！你的下场必然会比清儿悲惨几万倍！你必然会……被千人枕万人骑，永远沦为上不得台面的贱人！"

"二夫人慎言！"惊蛰和谷雨齐齐出声。

任婉云这才注意到惊蛰、谷雨二人，冷笑一声，道："你连两个丫鬟都煞费心机地保了，我倒要看看，你能保得了她们多久！"说罢，她诡异地看了沈妙一眼，转身拂袖而去。

待任婉云走后，惊蛰和谷雨慌张地看向沈妙。

谷雨道："姑娘，就这么和她撕破脸皮，真的好吗？"

"总归是要撕破的，就算面上维持得再好，她也不会有丝毫心软。白费力的事情，我们还做它干什么？"沈妙道。

后宫的生存之道，若是敌人，在明的就让他在明，在暗的要想办法让他在明。她没心思和任婉云玩一出表面和乐的游戏，这场游戏一开始就是暴风骤雨。任婉云如今已经被她气得失了神志，接下来会如何，必然是疯狂地报复。

"可是……待我们回了府，老夫人必然偏袒她们……"惊蛰小声道。

"偏袒就偏袒吧，本来也没指望这些人为我做主。"沈妙笑了笑，道。

她的笑容落在谷雨眼中，谷雨鼻子一酸，突然道："若真是如此，奴婢便拿了此事出去要挟。若姑娘有什么不好，奴婢就算拼了这条性命，也要让这件事传告天下！"

"不错。"惊蛰也道，"到时候，必然不会让他们好过了去！"

沈妙有些愕然，随即笑了，道："不必。这消息，我原本没打算传出去。二婶也不会让传出去的。"

"那这事岂不是要一直被捂着？可终究纸包不住火，大姑娘出嫁，自然会被发现的。"谷雨不解地道。

此事瞒得了一时，瞒不了一世，除非沈清一辈子不嫁人，一旦嫁人，清白之身不保的事情，谁都会知道。

"所以，他们一定会找个瞒天过海的方法。至于他们会如何对付我，不外乎是找那个人帮忙。"

"那个人？"惊蛰追问道，"那个人是谁？"

"自然是那个凌辱了大姐姐的歹人。"沈妙轻笑道，"你们莫非以为昨晚真是一场意外不成？"

惊蛰和谷雨身子一颤。虽然她们已经隐隐猜到了一些苗头，却不愿意相信。

虽然她们知道东院的人心术不正，却没料到会不正到如此境地，这种手段分明是对付仇人的。

"姑娘……此事真的是二夫人命人做的吗？"谷雨艰难地开口道。

"可是，姑娘为什么会说二夫人找那个人帮忙？那个人……不是随意找了个人吗？"惊蛰有些晕。若任婉云随意找了个人污了沈妙的清白，如今阴错阳差，任婉云恨不得杀了那个人，怎么还会让那个人来帮忙？

"因为那个人，是豫亲王。"

惊蛰和谷雨倒吸一口凉气，之前不明白的事情，这会儿好像都明白了。若那人是豫亲王，一切就都说得清了。若是豫亲王私下和任婉云交易了什么，任婉云极有可能做出帮助豫亲王凌辱沈妙的事情。

如今，若任婉云将此事的真相告知豫亲王，以豫亲王喜怒无常的性情，得知自己被人在眼皮子底下欺骗了，他必然不会放过沈妙。

"姑娘，那现在……是否要给老爷写信？"谷雨和惊蛰都慌了。

"无妨。"沈妙的眼睛奇异地亮了亮，"沈清只是个引子，我要对付的本来就是豫亲王。"

说完，她转头看向那佛龛上袅袅升起的青烟。

京城外的某座楼阁，白衣公子把玩着手中的瓷杯，好奇地道："如此说来，那沈家姑娘是和豫亲王有仇了？她的手段倒是高明，就是心狠了些。"

"豫亲王？"他对面的紫衣少年扬唇一笑，懒洋洋地道，"我看她想对付的，可不是豫亲王。"

"不是豫亲王？那是谁？"白衣公子一顿，看向对面的人，"你以为？"

"以豫亲王为入口，杀入明齐皇室，如何？"少年淡淡地答道。

一阵秋雨一阵凉，经过一夜的秋雨，天上的日头也显得萧瑟起来。

沈府中，东院里仍是一派忙碌。年关的时候是老夫人的寿辰，沈老夫人喜爱铺张奢侈，每每提前几月府中便要开始做准备。写帖子、给各府上太太小姐发花笺的事，就落在了三房夫人、才女陈若秋身上。

虽然已过中年，陈若秋仍旧保持着少女的身段。沈万与她成亲多年，即便只有沈玥一个女儿，除了沈老夫人塞给他的两个通房丫头，再无纳妾。

沈府的三个儿子，性情各有不同。沈信正直刚毅，可太过粗犷，不够细心，有些一味重义气。沈贵在官场上左右逢源，却贪财好色，府中除了任婉云，还有几房姬妾。只是任婉云手段厉害，沈贵便也只有一个庶女。相比较而言，三老爷沈万倒有几分真才实学。如果说三个儿子中，沈信遵从老将军的嘱托走武官的路子，沈贵和沈万走文官的路子，那么比起他二哥来，沈万确要略胜一筹。

不过，这并非代表沈万全无缺点。他不好美色，只有陈若秋这个正妻，却将权势看得太重，一心只想往上爬。

此刻，陈若秋正小心翼翼地写帖子。日头透过窗子，斜斜地照在她身上。沈万正在整理衣领，瞧见了不由得一笑，走到她身边，将她从身后环住。

"呀！"陈若秋嗔怪道，"老爷这是做什么？害得我字儿没写好，白白浪费一封帖子。"

"我瞧瞧。"沈万装模作样地拿起帖子一看，评道，"字迹秀婉，如同字儿的主人一般，哪里就没写好了？"

陈若秋俏脸绯红。沈万见了，不由得心神一荡。即便过了这么多年，他这个妻子仍旧有一种吸引人的魔力，让他看不到别的女人。

"二嫂今儿个该回来了吧？"陈若秋依偎在沈万怀中，道，"也不知玥儿吃不吃得惯寺庙里的东西，山路好不好走，有没有颠簸着。"

沈万失笑道："你瞎操什么心，二嫂总归不会让玥儿饿着冻着的。"他道，"你总将玥儿当孩子，过几年她便到了出嫁的年纪，那时你待如何？"

"玥儿出嫁，我自然要为她挑一门十全十美的亲事。对方的门第和人品都得顶顶好的，可不能像小五……"她倏然住口。

那一夜，沈老夫人同任婉云和陈若秋说的话，暗示把沈妙给了豫亲王，如豫亲王的愿，从而扶持沈家二房三房的事，回头陈若秋就与自己的夫君说了。沈万自然答应。他一生醉心权势，若是豫亲王得了沈妙，高兴了，在官场上提携他，对沈万来说简直是意外之喜。

"不知二嫂将此事办妥没有？"沈万的神情严肃起来。

"放心吧。"她轻声道，"二嫂做事一向妥当，此事……也应当是万全之策。"

"但愿如此。"沈万点头，道。

两人正在说话，忽见陈若秋身边的一等丫头诗情跑了进来，面上还带着些慌乱："夫人，二夫人带着三位姑娘回来了。"

瞧见诗情的表情，陈若秋知道事情大约是成了。她微笑着与沈万对视一眼，转而问诗情道："三位姑娘可还好？有没有累着？"

"不……不好。"诗情结结巴巴地道,"大姑娘疯了。"

陈若秋的笑容戛然而止。

不过短短一日,沈府便乱成一团。

沈清疯了。

荣景堂中,沈老夫人坐在高位上,盯着站在中间的沈妙。沈老夫人的一张脸绷得紧紧的,目光阴鸷,仿佛吃人的毒蛇。

好端端的,三个姑娘同去,该出事的没出事,不该出事的倒是出事了。一想到此事,沈老夫人就气得仿若胸口堵了块石头。

陈若秋和沈万立在一边。沈玥委屈地站在陈若秋身边,她的两个贴身丫头无缘无故地就被关了起来。之前她便听沈妙说过,想保住黄莺和青鸾,只怕很难了。

另一边,任婉云跪在沈老夫人面前。今日朝中有事,沈贵还未回府,请他的小厮现在还未回来,他自然不知道自己的嫡女出事了。

"老夫人,你可要给清儿做主啊!"任婉云哭得一把鼻涕一把泪,道:"五姐儿,我待你视如己出,清儿也事事让着你,你们是同血脉的姐妹,不说相互扶持,但你怎么能如此恶毒?清儿这一辈子也算是被你毁了,你好狠的心!"

沈妙正要出言,突然听得身后传来一声怒喝:"孽女!你毒害姐妹,心如蛇蝎,该下大牢行狱,死不足惜!"

沈妙冷冷地一笑,转过身,面对大步而来的男人。那是她的二叔,沈清的父亲——沈贵。

沈贵穿着官服,尚未换下,大步往厅中走来,想来也是得知沈清的消息后匆匆忙忙赶来的。

任婉云见状,立刻哭得更加凄惨,道:"老爷……清儿她……"

任婉云和沈贵之间的感情不见得有那么深,否则沈贵也就不会一房一房小妾往屋里抬了。尽管如此,沈贵还是和任婉云相敬如宾,不为别的,作为贤内助,沈贵对任婉云相当满意,所以该给她的脸子,沈贵绝对不会落下。

"沈妙!"沈贵转头怒视着厅中的少女。任婉云此次带着三个嫡女上卧龙寺的原因,他是知道的,那便是为了防人口舌。谁知道,眼下出事的竟然是他的女儿沈清。

"你残害姐妹,手段恶毒!今日大哥不在,我就要替大哥好好教导你!"他大声喝道:"请家法!"

请家法?陈若秋和沈万互相看了一眼。自从陈若秋嫁进沈家,还从未见过这沈府的家法。听沈万说,那些家法都是用在犯了错的姨娘身上,沈府的子孙倒还未受过。

小厮很快捧了一个长长的木匣子过来,里面是一条长长的马鞭。马鞭不知在什么中浸泡了多年,看上去黑光油亮,有成年男子半个手腕粗。若是姑娘家被打上去,只怕半条命就没了。若打的人下手再狠些,要让姑娘家一命呜呼,也是轻而易举的事。

"不错。"沈老夫人端着架子,见儿子回来,身板更加笔直。

"五丫头犯了错,你这个做弟弟的自然该代替你大哥好好教导她一番。我们沈家,规矩历来齐全,犯了错就要请家法。五丫头,你该庆幸你二叔心善,否则便不是请家法这么简单,开祠堂请族中长老审判,你是要被逐出沈家的。"沈老夫人说到这里,目光突然一动。对啊!若是将沈妙逐出沈家,那不就好了吗?

陈若秋瞧见沈老夫人的表情,心中暗暗骂了一声蠢货。若沈妙被逐出沈府,那么以沈信的性子,他肯定也要带着大房一起离开。虽然他们见不得大房好,如今的许多事情却要借着大房的风。

沈妙轻轻一叹,转头看向沈贵,道:"二叔果然心善!大姐姐卧病在床,二叔不先急着去瞧她的病情,反而忙着替我爹管教我。大约是二叔果真疼爱我,比疼大姐姐还甚。"

沈妙此话一出,屋中众人皆默了默。

陈若秋眼中闪过一丝讽刺。沈万皱了皱眉。沈老夫人面色一变。沈玥张了张嘴。而任婉云低下头,暗自捏紧了自己的掌心。

若说府上的三个老爷,沈信虽对沈妙忽视,却还是真心疼爱的。沈万珍爱陈若秋,对陈若秋所出的沈玥也是爱若珠宝。只有沈贵,本就贪财好色,亦没有一点儿做父亲的样子。他对待儿子还好些,对沈清这个女儿却不怎么管教。大约在沈贵眼中,沈清日后嫁入高门,能为他的权势增添一份助力才最好。这一次,沈清出事,沈贵之所以这么生气,或许并不是因为心疼女儿的凄惨遭遇,而是愤恨计划被人打乱,恐惧豫亲王知道后会发火,也恼怒因为沈妙,自己白白赔上了一个日后可能为自己官途带来助力的女儿罢了。

若是真心疼爱女儿的父亲,知道此事后,必然会先去探望女儿一番,哪能像他一样匆匆而来,不过是为了"管教"凶手?

被沈妙一语道中心思，沈贵不由得恼羞成怒，道："沈妙，你到现在还不知反省！既然如此，今日不好好教导你，我就愧为人父，也愧对你的父亲！"他伸手去取鞭子。

"二叔要如何教导我？用这鞭子杀人灭口？还是将我打个半死，送到庄子上？"沈妙突然开口道。

沈贵一愣。

"孽女！你说的这是什么话？！"沈老夫人第一个怒喝道，"难不成你要说你二叔意欲谋杀你？你简直反了天！"

"是啊，小五，你怎么能这么说呢？"陈若秋也终于开口道，不动声色地往火上浇了一把油，"你害了清儿，怎么还能倒打一耙？你这是从哪里学来的规矩？"

陈若秋想，若是沈妙和二房两败俱伤，那她的沈玥便在这沈府真正如鱼得水了。毕竟沈万的权势不及大房，子嗣也不及二房。

任婉云哭泣着给沈老夫人磕头，道："看吧，五姐儿便是这般恨我们！她害了清儿却不知反悔，甚至还要诬蔑老爷的名声。她这般嚣张，分明是仗着大哥的势在欺负我们！莫非这也是跟着大哥学的？五姐儿一个小姑娘，哪里懂得这么多？定是身后有人教她这么做！我们与大房相互扶持，大房怎么能如此相待……"

沈妙的目光扫过荣景堂的众人。他们虎视眈眈，他们是一家人，他们能将黑的说成白的、死的说成活的。可那又如何？

"二婶口口声声说我害了大姐姐，那么我且来问二婶几个问题。二婶可否为我解惑？"

任婉云一愣，对上沈妙的眼睛，有些心虚，再看到周围的人，便又放下心来。这里的人全是站在她这边的，沈妙又有什么本事颠倒乾坤？

"你问吧。"任婉云抹了抹眼泪，道。

"好。"沈妙唇角一勾，"我且来问一问，那一日二婶就住在大姐姐隔壁，挨得极近，若是大姐姐出了什么事情，二婶怎么会没有听见呢？"

任婉云呆住。

"若是大姐姐反抗，势必会发出声音。那日大姐姐身上伤痕累累，想来是会挣扎呼救的，二婶离得那么近，为何没有听见？莫非二婶是听见了，却因为太疲乏，所以并未出去瞧一瞧？"

"你……"任婉云张口就要反驳，手心顿时出了一层冷汗。

"当然，也许二婶根本就未听到呼救。为什么呢？自然是因为大姐姐也根本没有呼救。大姐姐为何不呼救，莫非和那歹人是认识的吗？"

"你胡说！"这一下，任婉云再也忍不住，声音尖厉地打断了沈妙的话。

沈贵和沈万到底是男子，心思不如女子细腻，这些后宅之事也想得不多。可陈若秋和任婉云几乎立刻便明白过来，看向沈妙的目光中充满惊惧，前者是惊，后者是惧。

是啊，那一日任婉云和沈清住的屋子离得那样近，若沈清呼救，任婉云怎么可能听不见？她若是听见，为何又不前去瞧一瞧？莫非任婉云是故意的？任婉云自然不会故意害自己的女儿，可当时住在那里的原本应是沈妙。任婉云没理由加害亲生女儿，却不是没可能去害侄女。沈妙就这么直接说出来，任婉云心中那些隐秘的计划便不加掩饰地出现在众人面前。

而沈妙设想的另外一种可能是，沈清根本没有呼救。那又是为什么？遭受如此凌辱而没有呼救，莫非沈清是故意的？至于为什么是故意，这种事情，说小了便是被歹人所辱；往大了说，便是沈清故意与人私通！这世道本就对女人不公，不怕一万，就怕万一，流言一旦起来，要想扑灭，就很难了。

沈妙微微一笑，道："二婶，我倒以为此事疑点颇多。二叔既然也是公正明理的，倒不如将我送到衙门巡抚处，开诚布公地审一审。我定会将知道的事情原原本本地告诉大人，由大人定夺，说不准，连那歹人是谁，咱们都能知道呢。"

"不行！"任婉云和沈贵齐齐开口道。

任婉云说不行，是怕横生枝节。若沈妙将方才那番话说出去，明眼人都能瞧出其中的猫腻。

沈贵说不行，是怕此事牵连到豫亲王。如今豫亲王好容易因为沈妙，可能提携于他。本来这件事情就是他们给办砸了，要是再被牵连到什么案子，给豫亲王平白招惹麻烦的话，沈贵怕自己的官途会走得格外艰难。

是以，方才还气势汹汹的夫妻俩异口同声地阻止了沈妙的提议。

"那二叔要怎么办？"沈妙的目光扫过沈贵手上那根粗长的马鞭，她漫不经心地问道，"还要请家法吗？"

屋中人静默了一瞬。沈玥不可思议地盯着沈妙。连沈玥都看出来了，沈妙在威胁他们！

仿佛为了印证众人心中的惊讶，沈妙轻声笑道："二叔要是执意请家法，我也没办法。可我历来就是个倔强的性子，那歹人要我活活背了不属于自己的罪名，待父亲回来，我也定会想法子向衙门上告的。"

她的言外之意就是：今日沈贵打了她，日后等沈信归来，她必然会告上一状，甚至会撺掇着沈信去衙门上告，说是告歹人，谁知道她最后告的会是谁呢？

"二叔，你这家法是请还是不请？若是要请，就请快些。"沈妙眸中笑意点点，话里带着若有若无的嘲讽，"毕竟这么多人，我也是逃不了的。"她简直将荣景堂的一干人说成土匪了，仿佛下一刻，沈贵便要命人将沈妙按住打板子。

沈贵万万没想到，自己在官场朝廷见人说人话、见鬼说鬼话，自认任何情况都能如鱼得水地应付，却没料到今日被自己的侄女威胁了。

"你……"沈贵的脸色有些发红。若非忌惮着沈信，沈贵真的恨不得现在就宰了沈妙。

一直坐在堂上沉默不语的沈老夫人见儿子被逼到如此境地，看着沈妙的目光中闪过一丝怒意，而后她按捺下来，沉声道："够了！"

厅中又是一肃，沈贵松了口气，众人看向沈老夫人。

沈老夫人冷道："五丫头，你二叔说得有理。只是这家法便也算了，念在你年纪尚轻。不过此事也算因你而起，既然大丫头替你受了罪，你便去祠堂跪着，替你大姐赎罪。你从今日起禁足，在祠堂里抄佛经，什么时候大丫头好了，什么时候你再出来。"这竟是要将沈妙一直关下去的意思了。

沈玥闻言，有些失望。她还想看沈妙被鞭子抽得下不了床，或是被驱逐出家族呢！

任婉云也很不满，可沈妙方才那几句话震得她现在都不敢轻举妄动，便憋着没说话。

"哦。"沈妙道，"知道了，我会在佛祖面前好好替姐姐'赎罪'的。"

如今她说的每一句话似乎都有别的含义，任婉云身上不禁起了一层鸡皮疙瘩。任婉云不知道该说什么，便只得捂着脸抽泣起来。

"行了行了！"沈老夫人看着任婉云哭哭啼啼的模样，心中更是烦闷，"老二，将你媳妇儿领出去！你们都出去！五丫头，你现在就去祠堂跪着，今日饭也别吃了！"

众人依次告退。

沈妙倒也没在此事上计较太多，出了荣景堂，便往西院走去。

沈万声音沉沉地道："五娘果真是长大了。"

"是啊。"陈若秋勾起唇角，"五娘这一次，可真的令人大开眼界。"

"娘……"沈玥轻声开口道，"五妹妹有些可怕。"

"玥儿怕什么？"沈万摸了摸沈玥的头，"她不过是个小丫头，不知天高地厚，迟早会付出代价的。"

沈妙果真如同沈老夫人安排的那般，进了沈家祠堂。

沈家是武将世家，祠堂里供奉的都是历代先祖。先祖们在马背上为沈家打下繁盛的家业，可惜到了这一代，沈家也是貌合神离，离败落不远了。

"姑娘的腿可跪麻了？"谷雨问道。

"就算不麻，这地儿的湿气也重。"惊蛰抱怨地看了小窗户一眼，"如今本就落雨，地上积湿，姑娘这么一跪，落下病根可怎么办？这些事情关姑娘什么事？恶人先告状！待老爷回来了，看他们还敢……"

"你少说两句。"谷雨责备道，"要是被人发现，吃亏的是姑娘。"

沈妙笑了笑，不甚在意。她闭上眼睛。先祖的牌位就在面前，沈妙轻声默念道："马背上的先祖，倘若你们英灵仍在，请赐给我最利的箭和最快的马，请保佑我手刃仇敌。"

沈妙念完，睁开眼，瞧见惊蛰正眨巴着眼睛看着她。

惊蛰从怀中掏出一包点心，笑道："姑娘饿了这么久，奴婢这儿还有些点心，姑娘吃了填填肚子也好。"

沈妙接过纸包，打开一看，不由得一愣，道："这是……"

"这是奴婢在卧龙寺姑娘的房间里发现的。"惊蛰挠了挠头，不好意思地道，"姑娘当时将点心赐给奴婢，奴婢尝了一块，觉得从未吃过这么好吃的点心，便舍不得吃完。回府后，奴婢和姑娘到了祠堂，没来得及从外头拿吃的，就只剩下这些了。"

沈妙看着那精致小巧的点心，正是谢景行和她夜谈的时候留下来的。

谢景行……她思索着，究竟是个什么样的人呢？

彩云苑里。

大夫刚走，喝过安神药的沈清已经睡着了。

即便看过好几遍，每当看到沈清身上的伤痕时，任婉云都忍不住心如刀绞。

沈贵看了一眼床上的沈清，似乎极为头痛，转身就要走。

"站住！"任婉云叫住他，"清儿如今都成了这副模样，你还要去那些狐狸精的院子里吗？"平日里任婉云懒得管他，今日却有些反常。

"你不要无理取闹！"沈贵烦躁地开口道，"我留在这里也没用，倒不如让我清净一下，想想接下来该怎么办。"

"想想想！"任婉云尖叫起来，"你就知道想想想！清儿在你眼中究竟是什么？她如今成了这副模样，你这个做爹的却不闻不问，什么也不管！在你心中，怕是根本没有清儿这个女儿！世上怎么会有你这样狠毒的爹？！"

她话一出口，连香兰和彩菊都愣住了。任婉云这样理智圆滑的人，今日竟如泼妇一样和沈贵吵架，实在让人不敢相信。

任婉云也不知道自己为什么会这样，看见沈贵这模样，沈妙之前在荣景堂说的那些话又回响在她耳边。

沈贵得知沈清出事，第一件事不是查看沈清的伤势，而是去管教沈妙，说明他其实根本不在意这个女儿的生死。沈妙的挑拨，此刻终于在这里全面爆发。

"你这泼妇！"沈贵恼怒地道，"清儿是你带去卧龙寺的，本该由你照顾。你在她身边，却让她在你的眼皮子底下出了事！那一夜你不是宿在她隔壁吗？你若是真心疼爱她，那么近的距离，怎么会没有发现出事的是清儿？"

沈贵此话一出，任婉云立刻呆住。她最悔的最痛恨的，就是那一夜在北阁，她明明听到了呼救声，明明有机会救出女儿，却阴错阳差地让沈清出了事。眼下，沈贵就是在她心口上戳刀、伤口上撒盐，令她整个人都呆立在原地。

沈贵见她不说话了，冷哼一声，转身拂袖而去。

任婉云呆呆地立了片刻，突然双腿一软，瘫倒在地，捂着脸，小声地哭泣起来。两个丫头只得上前安慰。也不知哭了多久，任婉云抹了抹眼睛，重新站起身，道："拿纸笔来，我要给垣儿写信。"

沈垣是二房的长子，任婉云的大儿子，如今在柳州赴任，只待年满任期一到，便回京为官了。

三房里，沈玥最值得家里骄傲；二房中，沈元柏年幼，沈清资质不佳，只有沈垣年纪轻轻便考了功名。

"爹靠不住，总归有哥哥。"任婉云看了一眼床上的沈清，咬牙道，"垣儿最疼爱这个妹妹！沈妙你个小贱人，这一次，我定要你为自己的所作所为后悔一辈子！"

香兰连忙小跑着去拿纸笔。任婉云沉了口气，对着身边的彩菊道："那几个丫头都还在吗？"

"四个丫头并桂嬷嬷都在柴房，夫人是想灌了哑药，还是直接……"

这几个丫头，自然是目睹了沈清出事的那几个。沈清的丫头艳梅和水碧，沈玥的丫头青鸾和黄莺，还有一个桂嬷嬷。

"给沈玥的丫头灌了哑药，再还去秋水苑，怎么处理让陈若秋自己看着办。清儿的那两个丫头……"任婉云狠狠地道，"给我卖到九等窑子里去。她们护主不力，罪无可恕！"

彩菊忍不住打了个寒战。

"奴婢晓得了，那桂嬷嬷……"彩菊试探地问道。

"桂嬷嬷……"任婉云低头冷笑了一声，"那夜究竟发生了什么事，我倒是不知，如今想来，还得好好问一问她。"

废弃的柴房，到处弥漫着腐朽的气息，接连几日都在下雨，地上生了碧色的青苔。

柴房中正发出一些诡异的声音。

灯笼被人随手放在一边，昏黄的灯火下，柴房里显得阴气森森。

两名身材高大的婆子正分别卡着两名丫鬟的脖子，将手中的东西拼命往丫鬟嘴里灌。不知过了多久，两个丫鬟终于停止挣扎。

"拖出去！"婆子命令身后的小厮。

两个小厮进来将两个丫头拖了出去。

"这两个……"婆子一指另外两个丫鬟，"也拖出去！夫人特意关照过，好好照顾她们，反正要卖到那等地方，你们随意一些。"

两名小厮闻言，目露垂涎之色，再看那两个丫鬟，面上只剩下绝望了。

两个婆子见收拾得差不多了，便起身往外走去。

"夫人……夫人有没有说老奴怎么办？"黑暗的角落里，突然扑出来一个人影，抱住其中一名婆子的腿，"老奴怎么办？"

那人不是别人，正是桂嬷嬷。

"嬷嬷别心急呀！"那婆子把桂嬷嬷的手从自己腿上扳开，阴阳怪气地道，"夫人如此看重嬷嬷，必然是为嬷嬷做了万全打算，嬷嬷且等着吧。"说完，她头也不回地离开了。

漆黑的柴房中偶尔有老鼠爬过，啃食着木柴，就着夜里的动静，叫人心里发寒。桂嬷嬷一个人缩在角落，心中恐惧得很。

彼时，外头突然传来人的脚步声，在夜里显得格外清晰。

桂嬷嬷肥胖的身子早已瘫成一团烂泥，额上不住地冒出汗水，身体都在打摆子。

吱呀！门被推开了。

来人手里提着一盏碧色的灯笼，如索命恶鬼。桂嬷嬷颤巍巍地抬起头，见门口立着一个罩在白色斗篷中的人。那人走进来，缓缓地关上门。

屋中只有那盏绿莹莹的灯笼散发出鬼火似的光。来人松开斗篷，露出一张清秀的脸，正是沈妙。

少女身材纤细，圆润温和的五官此刻被绿色的灯火一照，平白多了几分诡异，如地狱中走出来的勾魂使者。

桂嬷嬷呆了一刻，突然惊喜地叫了出来："小姐！"

沈妙将灯笼放在地上，不紧不慢地走到桂嬷嬷面前，蹲下身，微微一笑，道："嬷嬷可还好？"

"小姐，您可来了！老奴就知道小姐一定会来救老奴的！小姐一向心善，定不会对老奴坐视不理的！"仿佛抓到一根救命稻草，桂嬷嬷不顾一切地揪住沈妙的裙角，老泪纵横，仿佛受了十二万分的委屈，而沈妙就是她最信任的亲人。

沈妙扫了一眼桂嬷嬷紧紧抓住她裙角的手，道："看来桂嬷嬷在这里吃了不少苦头。"

桂嬷嬷一怔，才道："老奴这辈子侍奉小姐，对小姐忠心耿耿。卧龙寺那一日是老奴无意中撞见的！小姐，老奴可是清清白白的啊！"

"看来嬷嬷是真将我看作希望了。"沈妙发愁地道，"可是我应当怎么救你呢？在府上，我说的话可有人听？东院人的命令，我又有什么本领来回绝呢？"

"不是的！小姐一定会有法子的！"桂嬷嬷一听便急了，道，"小姐可以去求老夫人！小姐可以给老爷写信，让老爷回信给府上！老爷的话，他们不会不听的！"

桂嬷嬷觉得自己找到了一个极好的法子，眼睛一亮，充满希望地看着沈妙。

沈妙轻声一笑，摇了摇头，看向她，缓缓地道："父亲的话的确可以救你，可是，凭什么？"

桂嬷嬷呆住。

"凭什么我要为了一个下人，这般费尽心神地东奔西走？"

桂嬷嬷一下子慌了，道："小姐！老奴跟了小姐这么久，小姐出生后就是老奴奶大的！这么多年了，老爷夫人经常不在，就只有老奴和小姐相依为命……"她哽咽了一下，仿佛极为悲伤，"小姐上次也还说了，当年小姐夜里发热，大夫迟迟不来，老奴冒雨出去为小姐寻大夫……还因此落下了病根……"

她一言一语，都在述说当年的情谊。桂嬷嬷一边说，一边拿眼睛去瞟沈妙。沈家大房的人都极重恩情，如今桂嬷嬷也在挟恩求报，只盼能打动沈妙。

然而灯火中，少女垂头浅笑，并未有一丝感动，好像在听什么有趣的故事。她轻声道："桂嬷嬷原先待我的确不错，那我沈家大房、我这个人，待桂嬷嬷又如何呢？"

桂嬷嬷迟疑了一下，道："夫人、老爷待老奴极好！小姐也待老奴极好……"

"不仅如此，"沈妙接过她的话，"你的儿子、孙子，能帮衬的我都帮衬过。我将你当亲人，信任你、亲近你，凡事想着你，你说是不是？"

"是。"桂嬷嬷道。

"那么，我待你这么好，你为什么要背叛我呢？"

她轻飘飘的一句话，砸得正陷入回忆的桂嬷嬷魂飞魄散。桂嬷嬷抬起头，看着沈妙，惊道："什么？！"

"嬷嬷不必露出如此惊讶的神色。"沈妙笑道，"我当初知道嬷嬷的叛主之心时，比嬷嬷还要惊讶一千倍、一万倍。"

"小姐，定是有人在挑拨！老奴从不曾背叛过小姐！老奴怎么可能背叛小姐啊？！"

"行了！"沈妙挥了挥手，面上显出不耐烦来，"卧龙寺里，斋饭菜中，催情熏香……二婶的手段一向高明，请嬷嬷来做事，还真的将嬷嬷视作心腹了。"

桂嬷嬷愣愣地看向沈妙，目光惊骇莫名。

"你……难道你……"桂嬷嬷艰难地吐出几个字。

"不错，就是我。"沈妙将声音压得很低，低到只有桂嬷嬷能听见，"本来被糟蹋的人该是我，最后为什么会变成大姐姐？不是巧合，都是我干的。"

"小姐……"她张了张口，不知道该说什么。既然沈妙已经知道了此事，万万没可能来救她出去了。

"二婶的手段向来狠戾，她虽然看重嬷嬷，可是经过此事，嬷嬷断无好的前程，真是可惜。"

桂嬷嬷恐惧于任婉云的手段，一下子跪倒在地，不停给沈妙磕头，道："小姐救救老奴这一回吧！老奴不是故意要害小姐的！二夫人拿老奴的儿孙要挟，老奴也是被逼的！小姐看在老爷、夫人的分上，看在老奴伺候了小姐十几年的分上，救救老奴吧！"她将头磕得砰砰作响。

"其实今夜我来这里，也是为了报答嬷嬷于我这么多年的恩情。"沈妙突然道。

桂嬷嬷一听，顿时喜出望外，高声道："老奴就知道小姐是心善之人！小姐这般重情重义，日后菩萨都会保佑小姐一辈子顺顺利利。那些想要害小姐的人，都会不得好死！"

沈妙心中失笑。桂嬷嬷这棵墙头草也是令人叹为观止。

她提高了声音，道："其实不只这些。那日在卧龙寺，嬷嬷不是与我交心了一回吗？从那时候起，我便知道这世上，嬷嬷是真心待我好。"

桂嬷嬷有些茫然，但立刻顺着沈妙的话答道："是的！老奴从头到尾都是站在小姐这边的，只有小姐才是老奴的主子，老奴一定会对小姐忠心一辈子！"

窗外突然传来一声异响，似是被人碰倒了什么东西。桂嬷嬷吓了一跳，随即往外头看去，可外头黑漆漆的，什么都看不到。她又转过头来看沈妙，凄然道："小姐现在能将老奴弄出去吗？这里实在太黑太潮，老奴这老胳膊老腿，怕是支持不了多久……"

"没关系，反正，你都快死了。"

"什么？！"桂嬷嬷猝然抬头，"老奴不明白小姐的意思……"

"方才外头是二婶派过来的人，想来此刻已经发现我来探望嬷嬷了吧？"沈妙笑道，"如此一来，桂嬷嬷还有什么活路？"

"老奴……老奴不明白……"桂嬷嬷下意识地直起身子，心中感到不安。

"不明白吗？"沈妙偏着头思索了一下，"嬷嬷方才大声说的什么话，可还记得？"

桂嬷嬷闻言，想了想，随即脸色惨白。她方才大声说从头到尾自己都是站在沈妙这边的，只有沈妙才是她的主子。诚然，这番话是为了哄骗沈妙，表表忠心，希望沈妙能救她出去。若是任婉云的人听到这话会怎么想？那一日，沈清莫名其妙地和沈妙换了屋子，任婉云本就怀疑沈妙在其中动了手脚，之所以不相信，是因为不清楚沈妙怎能未卜先知。可若是桂嬷嬷将此事告知了沈妙，和沈妙合谋将沈清算计了呢？这一切都是说得通的。

这并不是真相，可是在任婉云耳中，这就是真相！

桂嬷嬷还来不及害怕，沈妙已经再次开口，轻声道："我要回报嬷嬷的，就是这个大礼。嬷嬷觉得可还好？我来这里的目的只有一个，就是送嬷嬷上路。"

桂嬷嬷身子一颤，想反抗想叫骂，可身子不由自主地发抖。

"我沈家不养背信弃义之人，就算嬷嬷到了黄泉路，化为厉鬼，找我复仇，我也无惧。"她的话比笑容更冷，"不是我负了嬷嬷，而是嬷嬷负了我。可惜了嬷嬷的孙子、儿子，二婶做事一向决绝，嬷嬷或许很快就能和他们团聚。"

"不……"桂嬷嬷的眼泪鼻涕早已流成一处，分外可怜，"求求你，救救他们……"

"我早说了，一个背主的下人，犯不着我费心神。"沈妙的话残忍而冷酷，"袖手旁观，就是我最大的仁慈了。"她缓缓地前倾身子，仿佛小时候与桂嬷嬷说悄悄话那般，淡淡地道，"看在十几年主仆情分上，我才来看嬷嬷最后一眼的。"

桂嬷嬷还想说什么，就见沈妙站起身来，重新披上斗篷，斗篷的袍角在黑暗中划出一道惨白的光，仿佛棺木上纷飞的白色纸钱。碧莹莹的灯笼被她提着，门被关上的一瞬间，一切重新陷入黑暗。

"嬷嬷，一路走好啊。"

连日下了几场秋雨，天终于放晴了。

将军府中似乎恢复了往日的平静，但东院中不时传出的药香还提醒着前些日子沈府里发生过怎样的变故。

沈清的神志渐渐恢复，她不像从前一般见人便发狂了。任婉云怕她再受刺激，这些日子一直将她关在彩云苑不许出来，时时刻刻守着她，府中事务全部交由陈若秋打理。

几日后，桂嬷嬷终于被处死了。罪名是暗中勾结歹人，意图谋害沈清。沈府里再也没人拿沈清在沈妙面前说事了，当日沈妙在荣景堂的那番话，到底是让这些人投鼠忌器，不敢轻易动手。

彩云苑中，任婉云问彩菊道："给豫亲王的信带到了吗？"

"带到了。可是夫人，老爷若是知道，会生气的。"彩菊小心翼翼地回道。

沈清这事，沈贵千方百计想多瞒豫亲王一阵子，希望豫亲王最好没有发现。任婉云却恨不得豫亲王立刻发现，因为以豫亲王的性子，若有人胆敢在他眼皮子底下玩手段，必会不得好死。

就算和沈贵争吵，任婉云也要替沈清复仇。沈妙既然敢威胁整个沈家，那么豫亲王，她敢不敢威胁？

"我要她死无葬身之地！"任婉云咬牙道。

快活楼是定京最大的酒楼，地处繁华的城中心。快活楼对面则是一众青楼楚馆。达官贵人在快活楼宴请过后，大抵会去对面的花楼寻美快活。青楼又分几等，越是高明的，越在楼上，最顶层的便是那些卖艺不卖身的清倌名妓，往下则是一些有盛名的姑娘，最下等的便是九等窑子。这样的窑子，是没有资格叫"楼"或者"院"的，只能叫"班"或者"下处"。

三福班就在快活楼对面，每每出入的都是些做苦力的下等人，经常有人将得了病快要死的姑娘丢出来扔到街上。比起快活楼的精致，对面的三福班简直是人间地狱。

快活楼里，靠窗的地方，年轻男子的洁白衣袖纤尘不染。他看向对面的三福班，只见又有人将新来的丫头丢进去。丫头们挣扎着哭喊个不停，想来是哪家主子让下人送过来的。有些年轻的丫头貌美，主母为了防止她们爬上主人的床，便会将她们卖进三福班。

"真是残忍。"白衣公子摇头道。

他对面的少年公子，一身紫衣，风流逼人，径自倒酒，道："人已经进了豫亲王府，找不找得到，尚未可知。"

"找不到又该如何？"白衣公子转头看他，道。

"继续找。"紫衣少年微微一笑，面容分外英俊，看得那旁边演奏丝竹的清倌都忍不住失神，随即弹错了一个音调。

白衣公子见状，促狭地笑道："你的魅力如今越发大了，佳人都垂青于你，要我怎么活？"他一副长吁短叹状。

其实这白衣公子也十分俊秀，只是和紫衣少年比起来，身上少了那份慵懒的贵气。那紫衣少年的神色懒洋洋的，一双眼睛却锐利得很，仿佛天上的烈日，别人站在他身侧，光芒都被掩住了。

"高阳，你喜欢，回头我便……赐你一屋子如何？"谢景行瞥他一眼，道。

"罢了。"叫高阳的白衣公子连忙摆手苦笑，"佳人可远观不可亵玩，我可没那么多精力。倒是你，"他饮了一口酒，"正是少年放荡不羁时，身边怎可没红颜知己？在这明齐，你若是想，定有大群大群的人前赴后继。"

"红颜知己？"谢景行一笑，"焉知不是红粉骷髅？"

"你别说得那般可怕。"高阳一指对面的青楼,"看那些楼上的姑娘多可爱,什么骷髅骷髅的,没意思。"

谢景行顺着他手指的方向一看,目光突然顿住,眼中闪过一丝意外。

"怎么是他?"

三福班每天都要被送进来不少姑娘,这些姑娘有的还很年轻,有的已经人老珠黄,但只要被送进来,就意味着下半辈子几乎再也没有出路。

今日也是一样。

两个水灵灵的丫头被丢了进来。

"我瞧着也不用打整了。"满脸横肉的妈妈挑剔地看了两人一眼,"模样倒俊,就是不知道能坚持多久。罢了,带她们进茶室去。"

这两人不是别人,正是被任婉云关照要卖过来的艳梅和水碧。

三福班外头,正走来一名男子,看起来颇年轻,样子也不像是做苦力的。

在门口迎接的姑娘道:"这位小哥是不是走错了路?这是三福班,上头才是楼和阁。"

年轻人却是压低了声音,道:"你们这里可有些新来的姑娘?"

门口的女子一愣,随即心中了然,大约这人是没来过下等班,想寻个新鲜。她便笑道:"这位小哥可是来对了。今日新来了两个犯了错的丫鬟,以前是跟着官家小姐的,模样俊俏,就是价钱要得高一些。"

"带我去看看。"那人说。

引路的女子带这年轻人进了茶室。

艳梅和水碧被人换了薄薄的纱衣,满心屈辱地来到茶室。

那引路的女子见人到了,谄媚地对年轻人道:"小哥且慢慢吃茶,奴就先退下了。"

待女子离开后,艳梅犹豫了一下,见那年轻人始终没什么动作,小声道:"公子……"话一出口,她便感到深深的屈辱。她们从前在沈府的时候,是二房姑娘的贴身婢子,如今却落得这样的下场。这一切不过是拜任婉云所赐。

"你们想不想离开这里?"年轻人突然开口问道。

艳梅和水碧一愣。水碧有些狐疑,艳梅却激动得立刻跪下身去,道:"若是公子能带我们出去,奴婢愿意侍奉公子左右,结草衔环相报。"

对艳梅来说,留在这里生不如死,倒不如跟了一个男人,至少好过永无出头之日。

水碧被艳梅的话提醒，也跟着跪下身，道："求公子救奴婢们一命！公子……公子让奴婢们做什么都行！"

年轻人闻言，险些被嘴里的茶水呛到，不自在地扭过头去。这人正是莫擎，今日到三福班来，也是奉了沈妙的命令。

"我可以买了你们的卖身契，你们也无须跟着我，我会放你们自由。"他道。

艳梅和水碧闻言，不可思议地盯着莫擎。

艳梅警醒些，问道："公子想让奴婢二人做什么？"

"简单。"莫擎道，"听说你二人原是将军府二房嫡出小姐的贴身丫鬟，如何会落到这般境地？"

水碧咬了咬唇，恨声道："因着犯了错，被逐出沈府，然而我二人并未犯什么错，只是为奴为婢，主子说什么，便是什么了。"

莫擎道："那你们可恨？"

两人沉默。

"艳梅，我听闻你有个妹妹在沈家二房院子里做二等丫鬟。水碧，你在沈府得脸，周围的姐妹也不少。"年轻人道，"世上没有白做的交易，我带你们离开，你们得想法子告诉我沈府二房的消息。"

艳梅失声叫道："你要对付夫人？！"

原来这人早已将她们调查得一清二楚，想在二房中安插眼线。艳梅和水碧如今不可能回二房，但她们的姐妹还在沈府的彩云苑，私下里互相传个消息却是可以的。

"我不想多废话，这交易不成，便罢了。"他站起身，作势要走。

"公子留步！"艳梅道，"奴婢愿意与公子做这笔交易！只要公子能带奴婢离开这里，奴婢做什么都愿意。"

"那这笔交易算是达成了。"莫擎一笑。

"公子什么时候能带我们离开此地？"艳梅急急地道。

"今日就可以。我自会安排你们与你们的姐妹见面。你们须得让她们将二房的消息隔日就告知于我，莫要耍花样。"莫擎淡淡地道，"我能让你们从此地出来，自然也能让你们回到此地，无人可救。"

艳梅和水碧终于连最后那点子侥幸也没有了，跪在地上给莫擎磕头，道："奴婢不敢，定会照公子说的做。"

莫擎将茶壶一蹾，自个儿走出了茶室。

那外头的妈妈见他这么快就出来，忙道："这位小哥可是觉得不爽快了？那两个丫头是今日新来的，还不懂规矩。小哥若是喜欢，我们这里还有别的姑娘……"

"不必。"莫擎道，"就她俩，我买下了。"

妈妈一愣。三福班的姑娘还从来没有被人买下的。

"一百两，"莫擎从袖中摸出一张银票在妈妈面前晃了晃，"两个丫头。"

妈妈眼睛一亮，一下从莫擎手里抢过银票，生怕他反悔似的，脸上笑开了花，道："既然小哥喜欢，也是两个丫头的福气，奴这就去把她们的卖身契拿来。"

对面的快活楼上，黑衣人出现在窗前，道："主子，查清楚了，那人是沈府的外院护卫，买下的两个丫头是沈府二房嫡女的贴身丫鬟，那人似乎是要在二房安插耳目。"

高阳眯起眼睛，道："看来沈府也不怎么太平嘛，背后之人连丫鬟都不放过。"

"主子，要不要查查背后之人？"黑衣人询问少年。

"不用，我知道她是谁。"谢景行挑眉，道。

"你知道？"高阳看向他，"是谁啊？"

"高阳，"谢景行道，"给季羽书传信，让他速回京城。"

"你……"高阳神色一肃，"不是还没找到东西，你让他们回来干吗？"

"先下手为强。"少年淡淡地道。

第七章
火烧祠堂

　　随着时间的流逝，将军府似乎恢复了往日的宁静。

　　沈妙一直被禁足，不能去广文堂。沈清的身子逐渐好转，只是性情尚未完全恢复过来，偶尔也会精神恍惚。

　　这一日，任婉云又在屋中发脾气。

　　"那个没良心的！"任婉云怒道，"整日就知道往狐狸精的院子里跑！清儿成了这模样，他就只来看过几回！"

　　她骂的是沈贵。一屋子的下人大气也不敢出。

　　任婉云怨恨沈贵，倒不是因为如此，而是她给豫亲王写的那封信，指明那一夜沈妙和沈清换了身份，谁想竟被沈贵拦了下来。不知道沈贵用了什么法子，到现在豫亲王似乎都不知道此事。任婉云不甘心，只得将气全都撒在沈妙身上。

　　任婉云正想着，里屋传来一阵惊呼。她忙走进去瞧，只见春桃正端着小碗给沈清喂粥，不知怎的，粥全洒了，沈清半趴在床上作呕。

　　"怎么回事？！"任婉云厉声喝道，瞪着春桃，"让你照顾小姐，你就是这么偷懒的？！"

　　"奴婢该死！"春桃连忙跪下，道，"小姐这几日不知怎的，经常作呕，方才喝粥的时候，又犯了呕症。奴婢斗胆说一句，夫人要不要给小姐请个大夫？莫不是吃坏了肚子？"

听闻春桃这般说，任婉云心中也有些慌。她正要叫彩菊去拿帖子请大夫过来，忽然一愣，意识到什么，看向春桃，缓慢地问道："你说清儿这几日时时呕吐？"

"是。"春桃有些不解，"可吃食都是厨房特意做的，很干净。还有，小姐有时候还会有些犯晕。"

任婉云捂住心口，心中顿时起了一层惊涛骇浪。春桃年纪还小，不知道这件事，可她是过来人。沈清这模样，该不会是有了身子吧？

任婉云眼前一黑，险些晕过去，身边的香兰连忙扶住她："夫人！"

"拿我的帖子，请陈大夫过来。"任婉云缓了片刻，才抚着心口道，看向沈清的目光却带着惊骇。

一边的春桃低下头去，无人瞧见她眼里的笑意。春桃和艳梅是姐妹，可沈府里无人知道她们的关系。作为沈清如今的贴身丫鬟，她并非今日才发现沈清犯了呕症。只是她最先告诉的人不是任婉云，而是为她传递消息的莫擎。莫擎也告诉她，如果任婉云没发现的话，暂时将这件事瞒下来，过段日子再说。

也是春桃时运不错，这么长久的日子，任婉云愣是没发现沈清有什么问题。

直到今日。

陈大夫在香兰的催促下很快赶来了。陈大夫是任婉云的心腹，不必避讳什么。

任婉云眼巴巴地看着陈大夫替沈清把脉。

待陈大夫放回手，才沉重地看了沈清一眼，对着任婉云摇了摇头。

"你们全都出去。"任婉云对屋里的下人道。

香兰、彩菊并春桃都退了出去。

待下人都离开后，陈大夫才叹了口气，对任婉云道："大小姐的脉象滑如走珠，是喜脉啊。"

虽然心中早已猜到，真正听到大夫说出时，任婉云还是感到一阵天旋地转。她的声音不自觉地有些发抖，却还是坚定地道："大夫可否让清儿流掉这个孩子？清儿还小，她不能……不能让人发现。"若是有了孩子，便是私通子，沈清并肚里的孩子都是要被沉塘的！

"大小姐的身子本就娇弱，她如今年纪还小，"陈大夫道，"若是滑了胎儿，只怕会伤了根本，一个不小心，日后都很难再有孩子了……"

一个接一个的打击尽数落在任婉云的头上。如果沈清失去了做母亲的能力，日后沈府就算再给她找一户人家，一个不会生孩子的女人最后会落得一个什么下场，任婉云比谁都清楚。没有孩子傍身的妇人活在后宅中，就如同战场上没有兵器的将士，最后定会一败涂地。

"而且大小姐尚未完全恢复，若是再流掉胎儿，凶险得很啊！"陈大夫道。

"不……不能流掉。"任婉云呆若木鸡，片刻后悲从中来，"我苦命的清儿！"

若是流掉孩子，也许沈清会一命呜呼，就算保下小命，日后也再生不出孩子了。无论如何，沈清都不能流掉胎儿。可不流掉胎儿……沈清日后的路该怎么走？

任婉云的心中只有深深的绝望。

门外，春桃望着门里，小声道："香兰姐姐，大小姐……大小姐是不是……"

"嘘。"香兰警告道，"少说两句，被夫人知道了，没你的好果子吃。"

春桃撇了撇嘴，眼中却闪过得意之色。

陈大夫从彩云苑出来，离开沈府，回到自己住的城北小院。他走进院子里，便瞧见夫人和孩子跑了出来，不由得抹了把汗。

今日他在出诊之前，接到一封不知是谁送来的信函，让他等下给沈清看病时，必须说沈清不能流掉胎儿，想法子让任婉云替沈清保胎，否则便杀了他全家老小，信上还附了他妻子的簪花。陈大夫心中害怕，在替沈清看病的时候，只得照那人说的做。

他本是任婉云娘家花重金买来替任婉云办事的，如今背叛了主子，心中又惊又怕，暗中思量着离开京城的事。

西院中，谷雨走进来，在桌前下棋的沈妙耳边低语几句。

片刻后，沈妙才笑道："做得不错，给陈大夫的银子送去了没有？"

"莫擎已经送去了。"谷雨道，"姑娘为何要他给对方那样丰厚的银子？既然咱们已经以命威胁，便不需要给银子了才是。"

"那可不一样。"沈妙放下手中的棋子，微微一笑，"人是会变的。一味威胁，陈大夫迟早会带着全家逃离京城，咱们日后可就难办了。若是咱们再给予大笔银钱，你猜他会怎么做？"

"奴婢不知。"谷雨摇头。

"他会想，既然都已经背叛了，倒不如背叛到底，多拿些银子方才对得起自己。他会一直维持着整个谎言不被揭穿，直到他的主子发现遭遇背叛。"

"可是……"谷雨疑惑地道,"他坚持这个谎言,究竟是为了什么?"

为了什么?沈妙笑道:"你让莫擎跟春桃说一声,让她一定要好好地帮助大姐姐养胎,这胎养得越好,自然对我们越有利。"

深秋时节已过,今年的将军府分外萧条。沈妙被禁足在祠堂,沈清卧病在床,每日只有沈玥一人去广文堂。

随着时日越来越长,沈清的事情也拖不得了。任婉云让陈大夫开了些药丸,让沈清的孕吐之症减轻了不少,但若是一直下去,终究纸包不住火。

"这样下去不行。"任婉云按着额心,"得想个法子让清儿出去避一避。"待沈清将孩子生下再回来。

"可是如今姑娘这身子,送出去难免吃苦头。"香兰担忧地道,"况且这一来一去,必然要花些时日,姑娘的青春也就被耽误了……"

任婉云眉头一皱,不错,沈清如今已经虚岁十六,再多一年,就是十七,定京城中的女儿家,十六七岁出嫁刚刚好,再等一年,只怕好的勋贵子弟已经被人尽数挑走了。

"垣儿年关才赶得回来,如今清儿的身子却拖不得。"任婉云眉间闪过一丝戾气。

"夫人,"一直未开口的彩菊道,"奴婢听闻,中书侍郎卫家夫人近来与三夫人通过气儿,似是想来咱府上为卫家嫡长子求亲,求的是五小姐。"

"沈妙!"任婉云咬了咬牙,"她倒是好运气!"

中书侍郎是正四品的官职,虽然对沈信这样的正一品武将来说不算什么,可卫家嫡长子卫谦才学容貌都是上乘,而且年纪轻轻已经入仕,日后必然前途无量。

"听说是卫家有意攀附,"彩菊道,"因此才用儿子换同沈府交好的机会。"

"也算她走运。"任婉云面色狰狞地道。

"夫人无须担心。"香兰道,"老夫人铁定不会赞同这门亲事。"

将军府中痛恨大房的,沈老夫人是第一个。奈何不了沈信,沈老夫人却能将沈妙的亲事拿捏在手心。有人上门求亲,以沈老夫人的心机,她定会想法子打消他们的念头。

"她这样的贱命,哪里消受得了这等时运?怕是还没嫁过去,就死在屋里了。"任婉云的话十分恶毒。她看着里屋紧闭的房门,心中掠过一丝怨愤,"老爷居然还希望将清儿嫁给那等人！"

沈贵尚且不知沈清怀了身子，任婉云也不打算告诉他。沈贵这样凉薄的人，若是知道沈清怀胎，必然会不顾沈清的身子强行让她流掉孩子。

可即便这样，沈贵害怕东窗事发，竟也催促着任婉云给沈清寻一门亲事，只需要将沈清早早地嫁出去，对方是高门便好。于是他挑来挑去，就挑中了少府监的小儿子黄德兴。

说起来，黄家的门第其实比卫家还要高一等，可比起卫家来，黄家的老爷、夫人都不是省油的灯，而黄德兴更是一个喜欢男人的断袖。

正因如此，黄家对挑媳妇儿也不甚在意，只要媳妇儿性情温和，对黄德兴的荒淫之事能睁一只眼闭一只眼，其他的他们都不在乎。

沈贵想着，既然沈清已经被污了身子，倒不如嫁入黄家。黄德兴既然对女人没兴趣，不会碰沈清，这个秘密也就不会被人发现。沈清只要担着一个黄家媳妇儿的虚名，享受荣华富贵就好。而他，也可以凭着和黄家的姻亲关系，让仕途更上一层楼。

沈贵打的好主意，任婉云却不依。就算沈清已经被污了身子，任婉云也要为她再寻一门好亲事。沈清嫁给黄德兴，就如守一辈子活寡，任婉云怎么能忍？为了这件事，沈贵和任婉云已经争执许久，夫妻二人本就冰冷的关系更加恶劣。沈贵几乎不到彩云苑里来，日日歇在小妾屋中。

"若是五小姐和大小姐嫁的人换一下就好了。"彩菊气愤地道。

说者无意，听者有心。任婉云闻言，眉心一跳，突然看向彩菊，道："你说什么？"

彩菊吓了一跳，结结巴巴地道："奴婢说要是五小姐和二小姐嫁……嫁的人换一下就好了。"

"你说得对！"任婉云突然站起身来，面上生出一股狂喜之态，"不错，只要清儿和小贱人的亲事换一下就成了……本就该是我清儿的，这一次就让那小贱人自食恶果！"她说着，突然想起了什么，"把我的披风拿来，去荣景堂。"

"夫人去荣景堂干吗？"彩菊和香兰都被任婉云突如其来的动作弄得有些迷糊，却见任婉云狞笑道："自然是要老夫人留下卫家的那门好亲事了。"

冬日，日光照在窗台的花草上，映了一层苍青色。

沈妙穿着锦绣蝶纹立水裙，上头罩着一件青莲色的绣衫，本就白皙的皮肤儿乎显得更加剔透。她眉目干净，似乎是用墨水画出来的一样。

"姑娘好似很喜欢穿青莲色的衣裳。"白露道，"虽说穿着很好看，可是寻常这样的年纪，小姐们不都喜欢粉啊蓝啊的亮色吗？"

青莲色贵在庄重，除了宫中的公主、郡主，深闺小姐是极少穿这样的颜色的。一来容易显得老气，二来很难压住这颜色，一不小心便会成了偷穿大人衣裳的小孩。

白露和霜降虽然压低了声音，还是被沈妙听在耳中。她微微一笑，为什么喜欢穿青莲色？大约是因为这样的颜色能时时刻刻提醒她要冷静，永不心慈手软。

她年少时嫁给傅修宜，经历了许多别人在她这个年纪不能经历的事情。正因如此，她那天真到近乎愚蠢的性情终于被磨砺成一潭死水，波澜不惊。后来，她在后宫与楣夫人争宠夺爱，为了保护傅明和婉瑜，也想要保住那身皇后朝服，可最终什么都没剩下来。

"姑娘，不好了！"惊蛰匆匆地从外面跑回来，道，"姑娘，莫擎从春桃那里得来消息，中书侍郎卫家前来提亲，沈老夫人将卫家的庚帖收下了。"

霜降皱眉，问道："这般急匆匆的，卫家提亲的对象是谁啊？"

"是……是姑娘啊！"惊蛰急得跺脚，"那卫家到底是个什么情形，咱们还不清楚，老夫人怎么能不过问姑娘的意思便收下了庚帖？老爷和夫人都不知道呢！这分明就是强买强卖。"

惊蛰对沈老夫人自来瞧不上眼，知晓沈老夫人做事不会让沈妙讨了好去。卫家若真是什么好人家，沈老夫人怎会轻易给沈妙？

"姑娘，这可怎么办？必须赶紧给老爷写信才行。"白露也面露急色，道。

屋中的丫鬟个个忙得焦头烂额，沈妙却沉默不语。片刻后，她轻声笑了，只道："奇怪，中书侍郎家虽是四品官员，可胜在家境丰厚，嫡子卫谦也是一表人才，这样的好事落在我头上，倒让我受宠若惊。"

"姑娘？"白露一怔，"卫家不错？"

"岂止不错？"沈妙淡淡地道，"怕是父亲回来了，知道有此门亲事，也断没有拒绝的道理。"

"姑娘是怎么知道的？"惊蛰疑惑地道。

对闺阁中的沈妙而言，哪家公子哥儿究竟谁是良人，她自然是不知道的。可作为沈皇后，哪家官门子弟有才有德，她却是知道得一清二楚。卫谦的确是个不错的人才，品行也算端正。

正在此时，谷雨从外头小跑进来，面上有些惊疑不定，道："姑娘，荣景堂的喜儿姑娘来传老夫人的话，叫你赶紧去荣景堂一趟。"

"动作还真快。"沈妙凝眸笑了，"那我们便去瞧瞧吧。"

荣景堂中。

沈元柏依偎在沈老夫人边上。这些日子，任婉云忙着照料沈清，干脆将沈元柏丢在了荣景堂。沈老夫人本就爱怜这个孙子，宝贝得不得了，连带着对任婉云都和颜悦色了不少。陈若秋和沈玥不在。

任婉云站在厅中下侧，目光沉沉，不知道在想些什么。

沈妙被沈老夫人的丫鬟喜儿带到了荣景堂，与沈老夫人道了一声安。距离她上次见沈老夫人，还是在禁足前。

"五丫头，近来在祠堂抄经，心中可曾宁静了？"沈老夫人问道。

沈妙微微一笑，道："如祖母所愿。"

"那就好。"沈老夫人装模作样地轻咳一声。

福儿递上热茶。沈老夫人揭开茶盖，抿了一口茶水，看着沈妙，道："前些日子的事，虽不是你的错，却因你而起。况且，你的性子太过倔强，我才罚你禁足抄经，你可在心里埋怨我？"

"沈妙不敢。"

"我知道你是个懂事的。"沈老夫人满意地看了她一眼，"你如此懂事，又是我沈家的姑娘，我自然疼你。眼看着你也到了该出阁的年纪，今日中书侍郎卫家前来为卫家嫡子提亲，所求的是你，你可觉得不错？"

若非现在不是时候，沈妙真的快要笑出声来了。如沈老夫人这样的人，大约一辈子的见识也就是在那风尘之地。哪有一家长辈如此直白地问孙女"你可觉得不错"，也不知沈老夫人是怎么想的。

"父母之命，媒妁之言。"沈妙笑道，"孙女的亲事，自然有爹娘操心。"

"你这丫头！"沈老夫人见碰了软钉子，险些发怒，听到侧边任婉云轻声咳嗽提醒，缓了缓，才换了一副心平气和的神情，"你这丫头，实在是太过任性。原先你爱慕……便也罢了。如今我看，你这些日子是知道分寸了。中书侍郎家与咱们家门当户对，卫家少爷卫谦也是仪表堂堂、文武双全的俊杰。这门亲事，就是你爹在，都不会说半个不好。"

沈妙不为所动，淡声道："卫少爷的确不错，不过实在非我所愿，还是算了。

我的亲事，自然有父亲和母亲为我做主。"

"你！"三番两次被顶撞，沈老夫人终于怒道，"你这是在嫌我这个祖母插手你的亲事，手伸得太长了吗？"

"孙女可没这么说。"

沈老夫人气得快发狂了，沈妙浑身上下都长满了刺儿，外人动也动她不得。沈老夫人恨大房，却也忌惮沈信。她不能打沈妙，最多斥责几句，是以一直冷眼瞧着任婉云和陈若秋将沈妙往废了养。

结果不知怎么回事，有一天沈妙突然机灵了起来，不仅机灵，还变得油盐不进。想到此，她道："你还有没有个尊卑礼法？！"

沈妙觉得无趣。

"我再问你，"沈老夫人看着沈妙，阴沉沉地问道，"这门亲事，你意欲何为？"

"我不同意。"沈妙答道。

"好！好！好！"一连说了三个"好"字，沈老夫人怒极反笑，"既然如此，看来你并非真心悔过。从今日起，你就从你的院子搬出去，住到沈家祠堂，日日念经，看将你的桀骜性子磨不磨得下来！"

住到祠堂，每日面对的可都是祖先的灵位，一个娇滴滴的小姑娘怕会因此吓破了胆。况且祠堂阴寒，待些日子，说不定她会生病。

沈老夫人说完，便看着沈妙，等待沈妙求饶。

可沈妙眉头都没皱一下，道："是，孙女这就回去收拾东西，即刻赶过去。"

沈老夫人差点儿背过气去。

沈妙说完这句话，便果真同沈老夫人道了个安，直接离开。

"这孽女！"沈老夫人气急，竟然骂了一声，"小贱人！不愧流着那个老贱人的血！"她说的"老贱人"，自然就是沈信的亲娘、沈妙的亲祖母了。

任婉云抬起头，阴恻恻地看向门外，那里早已没有了沈妙的背影。

"你不是说她一定会同意此事吗？"沈老夫人将矛头对准了任婉云，"她那样子，哪里是同意了？接下来我们又该怎么办？"

莫说沈老夫人不解，任婉云心中也很奇怪。卫谦那样的条件，就算是沈清，或许都难以不动摇，沈妙居然会一口回绝。她沉吟道："定是她如今还心系定王。"

"那眼下怎么办？"沈老夫人没好气地道，"她这边不松口，如何给沈信写信？"

原本两人计划，只要哄好了沈妙，让她在给沈信的信中透露自己有了心上人的意思，之后她们便可在沈信回京之前办好亲事，来一出"狸猫换太子"。而后，她们再将所有的失误全推在沈妙一人身上，敲打沈妙几句，而女人一旦嫁了人，脾性就全没了。再则，届时沈妙心中一害怕，绝不会胡乱声张。沈信更不会知道沈妙和沈清换了亲事，以为沈妙爱慕的便是黄家少爷。黄德兴好男风，这事除了和黄家走得近的人，没谁知道。在外头看来，黄德兴还是一个不错的良人。

可如今，沈妙自个儿就显出对卫家亲事的不满，更勿提由她给沈信写信了。

"既然她不吃软的，咱们就硬来。"任婉云恶狠狠地道，"娘不是将她关进了祠堂吗？那外头的事情随我们怎么说便是。我们要尽快将这亲事定下来，尽快让她二人成亲，换了清儿去。"否则沈清的肚子也瞒不住了，趁着现在沈清的肚子还不显，赶紧完事。

沈老夫人看了任婉云一眼，并未说话。虽然她也很想大房倒霉，可她们若真的硬来，一旦被沈信发现，牵扯到她，她也会吃不了兜着走。

任婉云一看便知沈老夫人心中所想是什么，咬牙道："娘放心，事后我自有安排，不会让大哥那边查到娘的头上。"

任婉云话都说到这份上，沈老夫人便也不端着了，道："那便按你说的做吧。"

百花楼上，丝竹声缭绕。高台凉亭内，俊美少年的一袭紫衣随意地铺泻，仿佛九天之上的淡淡光帛。他的睫毛极长，一双桃花眼极美，偏偏看人的时候，透着若有若无的冷漠。

一声轻咳打破了亭中沉寂，华服公子将折扇横于胸前，做了一个讨饶的手势，道："对不住，来迟了。"

"你也会迟，真新鲜。"紫衣少年瞥了他一眼。

苏明枫摸了摸自己的鼻子。这个好友最讨厌的便是不守时，也亏得他与自己交情匪浅。

"实在是今日卫谦一反常态。"苏明枫苦笑道，"中书侍郎家的少爷，你也是认识的。他也挺可怜，本已有了心仪的姑娘，偏偏家中为他提了另一位小姐的亲事，对方连他的庚帖都收了。卫谦心头不爽利，拉了我喝酒，不过……"苏明枫指了指自己，"我如今'重病在身'，喝不得酒，只得劝了半个时辰。"

"无聊。"谢景行道,显然苏明枫花了这么久的时间来做这么一件无聊的事,因此迟了许久,令他心中非常不悦。

"其实卫谦也够倒霉,家里为他挑的妻子是什么人不好,偏偏是个草包,之前追着定王后头跑,明齐尽人皆知,卫谦娶她,自然无奈。"苏明枫连忙寻了个话头,希望能引起谢景行的兴趣,"你应该知道她是谁了吧?沈信的嫡女沈妙能嫁给卫谦,算是她走了大运。"

"你说……"谢景行突然开口,缓缓地反问道,"沈妙?"

"没错。"苏明枫有些诧异谢景行的态度,忽而想起了什么,促狭地笑道,"不就是你上回在校验场上救美的姑娘吗?如此说来,她倒有几分胆量,也并不太丑,卫谦这小子分明就是身在福中不知福。"

他见谢景行陷入沉思,不由得惊道:"喂,你可不会真的看上了那姑娘吧?"

谢景行嗤笑一声,凉凉地扫了苏明枫一眼,道:"你很闲?"

"我当然闲。"苏明枫皱了皱眉,"我如今'重病在身',又不能上朝,整日在府上招猫逗狗。你近来也不常露面,与那叫高阳的大夫走得很近,你是不是瞒着我些事情?"

若说小时候两人的友谊匪浅,可越是长大,谢景行就变得越神秘。

谢景行丢了一个果子给他,道:"吃你的吧。"

沈家接了卫家的庚帖不久后,任婉云也让香兰将沈贵请到了彩云苑。

"你这又怎么了?"沈贵语气生硬地道。

"老爷来了。"任婉云怠懒地瞧了他一眼,脸色十分憔悴。

沈贵见此情景,心肠软了三分,便呵斥香兰、彩菊道:"你们是怎么照料主子的?"

任婉云听出他语气中的缓和之意,心中一喜,道:"不关她们的事,是我自己操心清儿。"

"清儿的事情既然已出,多想无益,你还是早些将自己的身子养好,府中需要你来掌家。"沈贵道。

如今陈若秋暂代掌家之权,二房行事不如往日方便,便宜尽数被三房占了去,沈贵心中也不痛快。

任婉云道:"我也是这般想的,只是清儿如今离不开人,我不放心。"

"所以将她嫁到黄家就好了嘛。"沈贵方才缓和的语气又生硬起来,"黄家家大业大，清儿过去就是正房，你偏偏不答应。"

任婉云心中冷笑，抹了抹眼睛，道："老爷说得不错。老爷挑的人家，自然是顶好的。我原先不愿意清儿嫁过去，现在却觉得，这对清儿来说未尝不是好事。"

沈贵一愣，不可置信地看着她，道："你答应了？"

任婉云将沈清看得比什么都重，怎么会这样轻易答应了这门亲事？要知道黄德兴可是好男风的。

"是。"任婉云面上浮起哀戚之色，"清儿这模样，日后还有哪个好人家肯要她？我思来想去，唯觉得黄家不错，至少嫁过去，清儿不会缺衣少食……"说罢，她扯着袖子掩面低声哭泣起来。

沈贵看到任婉云这样，一颗心放下来，叹了口气，走到任婉云身边，安慰道："你想通了便好。清儿总归是我的女儿，我不会害她的。黄大人与我有些交情，我会让他照顾着清儿，清儿嫁过去，不至于受委屈。"

任婉云心中鄙夷，面上却不显，道："那就烦请老爷与黄大人提上一句，让黄家遣人来交换庚帖。"

"这么快？"沈贵吃惊地道。

"清儿如今这模样，哪里还拖得？"任婉云叹息一声，"拖得越久，越是会被人发现端倪。"任婉云抚了抚胸口，"夜长梦多，自从清儿出事后，我总是很怕。"

沈贵沉吟一下，便道："你说得也有理，清儿的事情不能拖。如此，我今日便给黄大人写信提起此事。"

"一切都仰仗老爷了。"任婉云温顺地道。

沈贵又说了几句话，这才满意地离去。

待沈贵离开彩云苑，香兰将门掩上，惶然道："夫人，这件事瞒着老爷，真的好吗？"

任婉云没有告诉沈贵让沈清和沈妙姐妹易嫁的打算。

"自然要瞒，他想拿我的清儿换前程，也不问问我愿不愿意！"任婉云冷笑一声。

"可这样会不会对大姑娘不利？"彩菊问道，"就算易嫁成了，可知道真相的黄家和卫家如何甘心？"

"放心。"任婉云捏着手里的镇纸，"黄家要的不过是一个名头，哪一个都一样。至于卫家，他们若敢出声，我便告他们卫家奸污清白民女，总有法子让他们说不出话。况且……"她的面目瞬间变得狰狞,"我的清儿哪里不好?难不成还比不过沈妙那个小贱人!能换得我的清儿,是他们卫家的福气!"

香兰和彩菊顿时沉默地低下头,不敢再说话。

过了一会儿,任婉云的声音响起:"不过眼下,最重要的还是让两门亲事赶紧成了才行,要赶在大哥大嫂回京之前。"

"大老爷得年关才回京,还有几个月呢。"香兰提醒道,"如今五姑娘性子大变,若被她知道咱们私自给她定了亲,怕是要大闹几场,说不准还会趁着夜里出逃,那可怎么办?"

"逃?"任婉云恶狠狠地道,"也要看她有没有这个本事!从今日起,你们就将那祠堂门给我锁上!"她竟是要活生生地将沈妙关起来!

香兰和彩菊一惊,双双低下头去。任婉云过去虽然打压沈妙,面上至少一点儿也瞧不出来。这还是她第一次对沈妙用这等雷霆手段,几乎是毫无顾忌地撕破脸了。

"那小贱人花样多得很,只有锁起来,到了时间,一杯酒后送上轿子,她便叫天不灵叫地不应。黄家也不是什么省油的灯,好好调教几日,她也就学乖了。"任婉云话中的恶毒之意不加掩饰,"实在不行,还有豫亲王殿下呢。"

冬日越来越冷,西北大漠频频传来捷报,沈信带领军队退敌有功,只待年底回京,必然又得赏赐无数。

若说京城中近来有什么热闹事,便是沈家要结亲了。这事儿不知为何被传得神神秘秘的,众人只知道有两户人家上门提亲,一户是中书侍郎卫家,一户是少府监黄家。两家俱是高门大户,和沈家称得上是门当户对。

沈玥每日照常去广文堂,于是众人猜测,想必结亲的定是沈家大房嫡女沈妙和二房嫡女沈清了。

有沈信这样手握重权的父亲,沈妙嫁给谁,意味着夫家便能得到一门助力。好在无论是卫家还是黄家,都是文臣出身。

广文堂中,易佩兰问沈玥道:"你那姐姐妹妹果真要嫁人了吗?她们连广文堂也不来了。"

卧龙寺后,沈妙和沈清都未曾出过府门。沈妙是被禁足,沈清则是要好好养身子。

沈玥笑了笑,道:"我也不知,大约是吧。"

"你的姐姐妹妹倒还走运。"江采萱想了想,"尤其是沈妙,这卫公子和黄公子,哪一位都称得上是不错,怎么这样的好事就没落到你头上呢?"

沈玥佯怒,道:"我还想在府中多待几年,嫁人的事儿我可没想。"话虽如此,她的心中却有个疙瘩。

见沈玥脸色不好,易佩兰撇撇嘴,岔开了话头,道:"不过,再过半月便是你们家老夫人的寿辰,我也应当去挑些礼才是。"

沈老夫人每年的寿辰都办得风光无比,会请很多官家人来。沈贵和沈万自然乐见其成,这样一来,也能让他们与各位同僚更加交好。

"对呀。"白薇似乎才记起,"我差点儿将这事儿给忘记了,多亏佩兰提醒我。玥儿,你给沈老夫人准备了什么礼?"

"不过是绣了一幅画像而已。"沈玥谦虚地道。

"这么一说,我开始好奇了。"江采萱道,"你那位五妹妹又会送什么?她不会是忙着绣嫁衣,而将老夫人的寿礼忘得一干二净了吧?"

与此同时,众人谈论的对象沈妙在祠堂中将面前的棋子一字排开。

祠堂的风带着阴冷的寒气,地上是青灰色的石板,跪下去能凉到膝盖的骨头缝里。

"姑娘还顾着下棋呢?"惊蛰跺了跺脚,道。

棋盘上,错落有致的棋子被沈妙排得黑是黑、白是白,看不出有什么章法。

"春桃托莫擎带话过来了。"惊蛰见沈妙不言,道,"二夫人想将您和大小姐的亲事换一换。那黄家少爷可是个断袖,姑娘怎么还有心情在此下棋呢?"

"若是不行,至少让莫擎替姑娘给老爷带话啊!他们想趁着老爷未曾回京的时候让姑娘成亲,这样一来,生米煮成熟饭,什么都改不了了。"谷雨也劝道。

"你以为传话那么简单?这里一天到晚都有人守着,他们本就想将我关起来,会给我留能钻的空子吗?你们也太小看我这位二婶了。"

"可是姑娘,咱们就这么算了?"惊蛰急了。

"你们可看得透这盘棋局?"沈妙指着桌上的棋盘,问道。

棋盘上,白子、黑子排列成两排,泾渭分明。

"奴婢不懂。"半晌,谷雨小心翼翼地答道。

"你看到了什么?"沈妙问道。

惊蛰大着胆子回答道:"白的和黑的列在一起,很分明。"

"是了。"沈妙眸中闪过一丝亮光,"这盘棋,本就是将筹码全摆上来,你知道我的棋子,我也知道你的棋子,只争输赢,各凭本事。"

惊蛰和谷雨面面相觑,不太明白沈妙的意思。

"任婉云以为知道了我所有的棋子,其实并非如此。"沈妙从身后再拿出一颗黑子,放在了白子边上,"我还有最后一步棋。

"老夫人的寿辰,下月便到了吧?"沈妙突然问道。

"正是。"惊蛰答道,"听闻春桃说,二夫人的意思是要在老夫人的寿辰宴上宣布姑娘的亲事。"

"这是要赶在父亲回京之前啊。"沈妙微微一笑。

"是啊,离年关还有几个月,只怕老爷赶不及了。"谷雨忧心忡忡地道。

"是吗?"

沈信班师回朝,的确应当是在年关。可惜,明齐六十八年,因沈信在西北大退敌军,敌军落荒而逃,提前给了降书。沈家军便带着降书早几个月回了京。

说来也巧,沈信提前回来的那一日,正是沈老夫人的七十大寿。

"二婶这一次倒便宜了我。"沈妙含笑道,一双明眸亮得惊人,"正好,我将她们做的事一并撕给天下人看。"

十一月初三,是个艳阳高照的好天气,适逢沈老夫人七十寿辰大宴。

将军府中里里外外都被清扫过了,公中也拿出银子来置办新的东西。

寿宴在东院办。

沈老夫人高坐荣景堂正厅之中,来来往往已聚集了不少夫人和小姐。沈家在明齐是一等武将世家,那些达官贵人多少也要看在人情的分上前来打点。

此刻,任婉云忙着招呼客人。沈元柏依偎着沈老夫人吃着蜂蜜乳糖,底下的夫人们不时地恭维,听得沈老夫人眉开眼笑。

"今日怎生没见着沈家大姑娘和五姑娘?"易夫人笑道。

任婉云负责接待这些夫人,沈玥则去亲近那些贵门小姐,带着她们在园子里吃吃茶用用点心。众人唯独没见着沈妙和沈清。

任婉云和沈老夫人闻言,面色同时一沉。陈若秋嘴角一撇。

沈清的身子还未大好,她虽然恢复了神志,却口口声声一定要将沈妙碎尸万段,这些话断然不能被外人听见。

至于沈妙,她不知从哪里听说沈老夫人私自替她接了卫家的庚帖,从那一日起，便一改之前的沉默，疯了一样反抗，还扬言定会抗婚，甚至逃婚。

任婉云和沈老夫人寻思着，如今沈妙骨子里的桀骜渐渐显现出来，抗婚逃婚的确有可能，便一不做二不休，直接将沈妙关进了祠堂。祠堂在沈府最西南的院子里，外头把守的护卫至少增加了一半。而西院中的各个丫头，包括沈妙的四个贴身丫头，她们的卖身契都被沈老夫人紧紧地捏在手心。

于是，这些日子，沈妙一直被关在沈家祠堂中，日日念经祈祷。今日是沈老夫人的寿辰，沈老夫人怕沈妙当众说些惊世骇俗的话，便没有放她出来。

陈若秋笑着道："清姐儿身子还未大好，现在就不出来了，等会子老夫人寿辰礼上再出来。五姐儿染了病症，脸上起了疹子，怕给各位小姐染上，我们便不敢让她出来。"

江采萱的母亲江夫人笑道："原来如此，我还以为是两个姑娘忙着绣嫁妆，连咱们都不愿见了。"

卫家和黄家的亲事，在定京传得沸沸扬扬，沈家却从未出口证实过，想试探的人不在少数。

任婉云目光一闪，笑道："说哪里的话，她们就算再忙着绣嫁衣，老夫人生辰，自然也要出来尽孝心。若非两个孩子真是不巧病着了，怎么会不出来见见各位夫人？"她这话里连敲带打，竟是承认了有这亲事的意思。

诸位夫人都是人精，听出来任婉云的意思，一时之间恭喜的话不绝于耳。沈老夫人神情慈祥，一副宾主尽欢的模样。

秋水苑的园子里，此刻正围着一群妙龄少女。她们在青石桌上下棋、打叶子牌，吃点心，闲聊说笑。

"玥儿，"江采萱问道，"你那姐姐妹妹，我们到现在还不曾见到，莫非是真的病了？"

"是真的病了。"沈玥面上显出一丝担忧，"大姐姐还好些。五妹妹却病得厉害，脸上出的疹子让身边的几个丫头都染上了。"她垂下头，"你们今日来，怕也连她们身边的丫头都没瞧见吧？"

"难怪，"白薇恍然大悟，"西院外头守着那么多人，都没见人出来。裴先生不是说过，从前有瘟疫的地方，为了防止疫病肆虐，便将那些得了病的人与人群隔开来？"

"正是这个道理。"沈玥道。

易佩兰打了个冷战，道："真是可怕，可别染到我们身上了。"

"放心吧。"沈玥笑道,"只要不去西院那边,咱们自然都是安全的。你瞧,我不也没染上吗?"

"和这样的妹妹待在一起,你可真是心宽。"易佩兰撇了撇嘴,道。

另一边,冯安宁眼中怒色一闪,生生地按捺住,小声骂了一句:"惺惺作态。"

她说的自然是沈玥。

无人瞧见树荫中,某个人影一闪,迅速消失在花丛中。

沈府的西北角落是一处荒芜的院子,地势不好,又长了许多杂草,除了偶尔飞过的鸟儿和栖息的野猫,平时并无人来。

今日,墙下却站着几个人。为首的人背对着园子,不知在沉思什么。他身后有人道:"主子,属下路过沈府东院,听闻西院有人把守。"

另一人却道:"属下已查探过,西院只有外头有人守着,护卫并不在此。倒是沈府祠堂外有许多高手把守,莫非……"

"声东击西。"那人转过头,露出一张英俊的脸,"东西在沈府祠堂。"

将军府东院,宾客来来往往,祝寿的祝寿,送礼的送礼,还未到宴席开场,已是一副其乐融融的模样。

这厢热闹非凡,另一头却不然。沈府西南角的祠堂,此刻冷冷清清。院门外站着一些护卫,之所以如此,是因为这些人要负责看住沈妙,免得她逃跑。

"姑娘!"谷雨怒道,"今日是老夫人寿辰,他们却将姑娘关在此处,实在是太欺负人了!"

"急什么?"沈妙站在窗前,窗外是枝叶凋零的树木。在冬日里,光秃秃的枝杈显得分外萧索。

"姑娘怎么能不急?"谷雨忍不住道,"他们将姑娘关在这里,分明就是逼嫁!等老爷、夫人回来后,姑娘早已嫁到了黄家。即便老爷、夫人护着姑娘,姑娘的一生也已毁了啊!"

惊蛰拨弄着地上的炭火盆,冰冷的祠堂中,只有炭火盆发出些暖和的气息。

沈妙摇了摇头,道:"你拿这屋里的几床被子去外头晒一个时辰。"

"姑娘!"谷雨跺了跺脚,着急沈妙这般若无其事的态度,可被沈妙的目光一扫,便再也说不出话来,只得将屋里的被子抱出去,按照沈妙说的,在外头晒起被子来。

"今日可是难得的好天气。"沈妙看着窗外，道。

惊蛰终于停下拨弄炭块的动作，道："姑娘，老爷和夫人果真会在今日赶回来吗？"

沈妙道："等一会儿，你想法子缠住外头那些护卫，让他们离院子远些，就算他们不会直接离开，远一些也好。"

"奴婢明白。"惊蛰虽然不知道沈妙这样做的目的，却无条件地信任沈妙的每一个决定。

沈妙心中微微地叹了口气。她的四个丫鬟中，谷雨最聪慧，白露最沉稳，霜降最忠义，而惊蛰，却最胆大，所以旁人眼中一些惊世骇俗的事，她更愿意吩咐惊蛰去做。

"其实……"惊蛰轻声道，"如果姑娘想，让莫擎想法子将姑娘带出去，也不是不可以。"

"然后呢？"沈妙反问道，"天大地大，逃出去就天下太平了吗？你们四个的卖身契在老夫人手中，我走了，你们又如何？"

惊蛰一下子跪倒在地，道："奴婢知道姑娘是为了奴婢们的性命才甘心留在这里，可若是姑娘因奴婢们而不幸，奴婢真是万死难辞其咎。"

沈妙的目光闪过一丝动容。半响，她才道："放心吧，你们和我都不会有事。"她微微一笑，"今日老夫人寿辰，我也有一份大礼要送，却不知她有没有这个福气消受了。"

离定京城外十几里地，溪水边正有马匹饮水。凋零的草原枯黄衰败，士兵们在此小憩。

坐在一众士兵中最显眼的是个中年汉子，皮肤呈古铜色，身形魁梧似座小山，浓眉大眼，留着络腮胡子，瞧上去极为豪爽粗犷。

在他身侧坐着一位中年女子，穿着一件青色比甲短袄，下身一条绣金雀马裤，头发扎了个简单的风螺髻，一双妙目极为有神，英姿飒爽，手腕间一对双环银镯子，待女子抚摸马匹的时候，会发出叮叮咚咚的声音。

"夫人，大约还有一个时辰便能到定京。"中年汉子笑道，"成日在西北那地儿待着，回京感觉这气儿都是甜的。"

"西北哪里不好了？"妇人美目一瞪，泼辣地问道，"我就是在西北苦寒之地长大的，你喜欢甜的，娶我做什么？"

汉子忙告饶："夫人说得是。这京城甜丝丝的，不适合咱们这些糙老爷们。还是西北好，入冬了还能去深山打猎，银狐四处跑，猎来还能给夫人做袍子。"

妇人闻言，这才扬起嘴角，笑骂道："说什么鬼话！"

这二人正是威武大将军沈信和他的夫人罗雪雁。

"咱们还未曾有一次瞧过娘的寿辰。"罗雪雁道，"往日都是年关才回来，将陛下的赏赐交给娘，算作寿礼。今日咱们回去得急，倒不知那张锦鼠毛披风能不能入老太太的眼？"

"怎么就不能入老太太的眼了？"沈信一听，立刻反问道，"那可是件好东西，就算是在战场上，也是个宝物。人一旦穿上它，就是刀枪不入。当初为了猎那锦鼠，我可是在山上守了七天七夜，若非你执意要送给娘，我就……给你了。"罗雪雁平日里也在战场打仗，锦鼠毛披风对她比对沈老夫人作用大得多。

"你懂什么？"罗雪雁瞪了他一眼，"我这么做，还不是为了你嘛。你不担心这名声，娇娇可不可以摊上一个不孝的爹。"

罗雪雁此话一出，沈信也沉默了。

罗雪雁又道："你知道我不懂宅门里的弯弯绕绕，我们罗家没这么多规矩。我只晓得，锦鼠毛披风珍贵，若得了老太太的青眼，老太太高兴了，旁人看在眼里，自然明白你孝顺。"

半晌过后，沈信才道："还是夫人想得周到。"

"我可不是为了你，是为了娇娇。"罗雪雁哼了一声，面色突然有些忧郁，"你我常年不在定京，西北之地太过凶险，而娇娇年纪还小，不能被带过去。这么多年，我们不曾亲自教导陪伴，是我们对不住她。"

沈信闻言，也叹息一声。

天下没有狠心的父母，也没有不爱儿女的父母。奈何他和罗雪雁注定要在战场上同敌军厮杀。两军交战，手段眼花缭乱，绑了对方的亲友杀戮的事情不在少数，他们只能忍痛和女儿分隔两地。至少在京城，他们不必担心沈妙的安危。

罗雪雁越想越伤心，继续道："每年年关与娇娇见面，她总是待我们冷冰冰的，究其原因，都是我们的错。"

沈信拍了拍罗雪雁的肩，道："总有一日，娇娇会明白咱们的苦衷。"

两人正说着，便听到身后有人叫道："爹、娘。"

沈信面色一沉，怒道："外头有人的时候，叫我……"

"沈将军！"来人连忙道。

"别理你爹。"罗雪雁白了沈信一眼，"装模作样。"

来人是个二十来岁的青年，仪表堂堂，小麦色的皮肤，笑起来有两个酒窝，为他增添了一份难得的孩子气。这青年长得和罗雪雁颇为相似，正是沈信的嫡子沈丘。

沈丘今年二十有二，早在十岁那年就被沈信带上了战场历练。这么多年来，他也挣了几次功勋，如今是从四品的小将。

"爹、娘，你们将寿礼送了，我该送什么呀？"沈丘挠了挠头，有些茫然。

"你送什么礼，问我们干吗？男子汉大丈夫，连这点儿小事都拿不定主意，还上什么战场？！"沈信抓住机会数落儿子。

"我这不是许久没参加祖母的寿辰嘛。"沈丘道，"我也不知道送什么，总不能将杀了多少个敌军的功勋报上去。寿辰日多不吉利。"

罗雪雁被沈丘的话逗笑了，道："之前陛下不是赏过你一匹天丝锦缎吗？你将那个拿给老夫人。"

"可那是要送给妹妹的！"沈丘急道。

"罢了。"沈信摆了摆手，"你何尝见过你妹妹喜欢那样的锦缎？"

沈丘一听，耷拉着脑袋蹲下来，小声道："这次回来得匆忙，没给妹妹带什么礼，想想也觉得愧疚。"

"罢了。"沈信拍了拍身上的尘土，站起身来，"叫那些兄弟起来，继续赶路，一个时辰后，咱们务必抵达京城！"

时间流逝，沈府的寿辰宴快要开场。

男眷送过寿礼后，都聚在另一边，由沈贵和沈万两兄弟作陪。沈贵和沈万自然不会放弃这个笼络人心的机会，与人说说笑笑，场面好不热闹。

外头女眷席上，江夫人笑着起哄道："说起来，黄夫人和卫夫人，你们是不是也该特意敬老夫人一杯酒啊？毕竟……"毕竟日后就是儿女亲家了。

话没有说出来，筵席上的夫人们却都心知肚明。

黄夫人闻言，只是笑了笑。这桩亲事不过各取所需，算不得什么好姻缘。沈家若真的心疼女儿，根本不会答应。因此，她的目光就有些嘲讽。

倒是卫夫人有些不自在。沈家的确门第不错，可从前的沈妙太过蠢笨，后来自校验场一事过后，听闻像是开了窍，性情沉稳了许多，她这才派人为自家儿子上门提亲。

谁知今日沈妙出疹子了，卫夫人便有些担忧。沈妙若是得了恶疾，岂不是糟蹋了儿子一生？她想着这些，面上又露出些不情愿的表情。

这些神情落在陈若秋眼中，让她心中一阵冷笑。姐妹易嫁一事，沈老夫人和任婉云瞒得了别人，可瞒不了她。任婉云关心则乱，却忘了沈信回来后会如何大发雷霆。到时候大房二房相争，各自伤了元气，她的玥儿就可以脱颖而出了。

另一头的祠堂里，沈妙支开了所有的丫头，跪在祠堂里的牌位前。她瞧着手中的沙漏，沙子已经快漏光了，她安排的时间快要到了。她将手中的三根香插在香氅里，轻轻地拜了拜。

就在这时，她听到一声轻微的响动。沈妙一下子站起身，道："谁？"

"小丫头的感觉倒敏锐。"

熟悉的声音响起，沈妙转过头，瞧见紫衣少年倚着窗口，似笑非笑地看着她。

见她转过来，少年纵身一跃，跳进祠堂中。

饶是沈妙再如何沉静，也忍不住愕然。谢景行竟青天白日就在别人府上乱晃，自然不可能是被请过来的。沈家和谢家的关系如履薄冰，除非沈贵和沈万疯了，才会请他。况且，祠堂外头的院子里都有护卫守着，他是怎么进来的？

沈妙一不小心将心中的疑惑问了出来。

"沈府的护卫不堪大用。"谢景行道，"我走过来的。"

沈妙皱了皱眉，问："你来做什么？"

谢景行一笑，并未搭理她，像是翻找什么东西，不过一炷香的工夫就找完了，但是结果显然不尽如人意，他并未找到什么。

沈妙盯着他的一举一动，心中疑窦渐生。

"你要找什么？说出来，我可以帮你找。"沈妙开口道。

谢景行动作一顿，转头探究般看向她，饶有兴致地道："沈家丫头，我知道沈家人中你最聪明，不过，你还是不要将主意打到我头上。"

"那你青天白日地来我家偷东西，算不算将主意打到沈家头上？"沈妙不为所动。

"偷？"谢景行像是听到了什么好笑的事情，漂亮的桃花眼一眯，"那本就是我的东西，我这只能算是拿。不过……"谢景行瞧了祠堂一眼，"此处这么多人把守，我原以为是护着东西，原来是为看住你。"他瞧向沈妙，"你犯了什么错，这么多人盯着你？祠堂可不是大小姐该住的地方。"

"与你何干？"沈妙瞧着那沙漏，最后一点儿沙子已经从上面流到了下面，时间差不多了。

谢景行还没走，她的耐心已经告罄。她便道："小侯爷既然没找到'你的东西'，那么就请离开。沈家列祖列宗并不愿意见到梁上君子的英姿。"

她话说得讽刺，谢景行也没有生气，只是揶揄道："的确，沈家先祖不愿意见到本侯，却愿意看到自己的后人被逼嫁，也算热闹。你不愿意嫁给卫谦？"

"愿意如何？不愿意又如何？"沈妙反问道。

"卫谦能做良人，你非贤妻，是你赚到了。"他眯起眼睛，轻佻地问道，"你该不会是心仪本侯，所以不愿意嫁给卫谦吧？"

沈妙几乎要被他气笑了，转过头，瞪着谢景行，道："你若这样想，也无可厚非。只是我奉劝小侯爷一句，有些事情莫要掺和进来，否则后悔的时候，便什么都来不及了。"

她的容颜苍白，这些日子，她在祠堂吃不好睡不好，消瘦了些，脸上的轮廓却更加分明。

"姑娘！"惊蛰跑进来，瞧见谢景行吓了一跳，一下子将沈妙护在身后，指着谢景行道："你……你……你怎么进来的？"

谢景行耸了耸肩，并未作答。

"当他不在就是了。"沈妙懒得理他，问惊蛰，"你打点得如何？"

"我让院子里的银杏去买了酒菜，说是寿辰宴那头送过来的，他们此刻吃得正高兴，是懈怠了些，但离开是不可能的。"惊蛰还有些忌惮谢景行，一边说一边瞧着谢景行的脸色。

"好。"沈妙看了惊蛰一眼，"惊蛰，你能让我信任吗？"

惊蛰一听此话，立刻低下头，道："奴婢对姑娘忠心耿耿，姑娘吩咐的事，奴婢万死不辞。"

"那你听着，无论是你，还是谷雨，还是白露、霜降两个，等会儿发生什么事情都不要进来，不许找我，也不许阻拦。"她把沙漏塞到惊蛰手中，"等这个沙团子流到这里的时候……"她指着琉璃上的一个小记号，"你便出去叫人，要趁乱冲出去，直接冲到东院的寿宴上，当着所有宾客的面大声叫人。我想你是有主意又胆大的，无论我吩不吩咐，你都知道应当怎么做。"

"这……"惊蛰有些茫然,不懂沈妙说这番话的意思是什么,可当她瞧见沈妙的神情时,又将所有的疑问咽下,郑重其事地道,"奴婢记住了。"

"好,那你现在出去。"沈妙又面色凝重地吩咐,"记住,无论看到什么,发生什么,都不许进来。"

惊蛰咬了咬牙,看了谢景行一眼,又看了沈妙一眼,才点点头,转身离开了祠堂。

待惊蛰走后,谢景行才看着沈妙,懒洋洋地道:"这么神秘,你想干什么?"

"我想干什么?"沈妙盯着他。

谢景行姿态闲适,一双漂亮的桃花眼却锐利如刀,仿佛被那双眼睛一看,人心中的所思所想都无所遁形。

"小侯爷要是不想被我连累,便先走吧。"她冷声道。

"天下没人可以连累到我。"这话也说得狂妄。

"既然你想陪葬,我也无话可说。"沈妙转过身去,道。

谢景行皱了皱眉,还未明白过来沈妙这话的意思,就瞧见她突然走到香龛前,在沈家列祖列宗的牌位前顿住,下一刻,饶是他也愕然顿在了原地。

沈妙突然抄起那些排列得整整齐齐的牌位,二话不说将它们抱起来扔进地上的炭火盆中。木头是容易引火的,本来有些委顿的火苗轰的一下蹿得老高,火舌吞噬着那些木制的灵牌,上头的名字在火光中若隐若现。

"你疯了?"谢景行看向沈妙,目光中尽是意外。损毁祖先牌位,是大逆不道的行为,百年之后都会被人痛骂。沈妙突如其来的举动,让人实在费解,她这是在发泄被关起来的不满?

沈妙目光冷淡地瞧着火苗中渐渐焦黑的牌位,先人的英灵固然不能随意糟蹋,可最重要的是眼前。

"小侯爷现在走也来得及。"沈妙没有理会谢景行,径自抱了一大把牌位哗的一下丢进了炭火盆。瞬间,火苗蹿得更高了。

而她似乎不满足,想了想又走到里头,抱出方才谷雨拿出去晒好的几床被子,都是棉被,刚被晒过,又干又软。

"沈妙!"谢景行低喝一声,"你不要命了?!"

沈妙将棉被全部展开,铺了一地,拿起一块被火苗燃了一半的灵牌,点燃棉被一角。火光冲天而起,祠堂里渐渐冒出滚滚浓烟。

惊蛰咬着牙站在外面,眼圈都红了大半,直到手中的沙团子流到了沈妙安排的地方，外头院子里的护卫都被火苗惊动，全部跑来救火的时候，惊蛰才趁人不注意猛地跑出去。

她一口气跑到东院的寿辰宴上，正是宾主尽欢时，无人发现她这个形容狼狈的小丫头。惊蛰的嘴角扯出一抹恶狠狠的笑容，她猛地高声叫道："不好啦！不好啦！祠堂走水啦！五姑娘困在火里啦……"

惊蛰此话一出，席上顿时一片哗然。

沈妙不是在自个儿院子里养病，怎么又在祠堂里了？这好端端的，祠堂怎么又会突然走水？

任婉云也惊了一跳，一下子站起身来，不知道祠堂究竟是怎么起的火。她正要吩咐人赶紧去救火，瞧见惊蛰那气喘吁吁的模样，不知道为什么，突然心中一动。如果沈妙死在这场大火里，那她是不是就能名正言顺地让沈清替嫁了？至于黄家那边，只要她登门去赔礼道歉就好了。沈妙的死只能归咎于一个意外，谁让她不好好养病，要自己"跑到"祠堂里，还引起了祠堂大火呢？

于是，任婉云站起身来，装模作样地道："诸位先吃着喝着，想来那火也不太大，大约是小孩子玩火，以至于祠堂不小心走了水。我先去瞧瞧。你们几个，"她斥责香兰，"快去找护卫来救火！"

整个寿辰宴的气氛古怪起来，沈老夫人心中不悦，痛恨沈妙即使在这个时候也要让她扫兴，面上却不得不做慈母状，紧张地嘱咐任婉云："快去瞧瞧五姐儿是个什么情形！"

然而，装出来的和真的毕竟不一样。若是她真的疼爱沈妙，沈妙陷入此等场景，她万万不会如此冷静。陈若秋和沈玥甚至没离开席位，足可见出沈妙在沈府的地位。在座的夫人和小姐都不是傻子，瞧得出沈府众人对沈妙到底是个什么态度，心中倒起了一些同情。

就在这时，外头突然响起嘹亮的笑声："沈将军、沈夫人、沈少爷回府……"

"什么？！"不只是女眷，连另一头的男子们都怔住了。

沈贵和沈万对视一眼。沈信回府，这是闹着玩的吧？如今离年关可还有好些日子呢！

而被火苗包围的祠堂，此刻正围着一圈沈府护卫。说是救火，众人却迟迟都不往里头去。人都爱惜自己的性命，这火势头如此猛烈，谁敢进去送死？

"沈家丫头，你想死？"谢景行瞧着横梁都开始燃烧，皱了皱眉。

"小侯爷还是快走吧。"沈妙岿然不动，"待人越来越多，你就是想走也走不成了。"

"少废话。"谢景行攥住她的手臂,"走!"

"放手。"沈妙挣开他的手,目光坚决得近乎执拗,"你看不出来吗?我在用自己的性命来赌一个前程。"

火光中,沈妙的眼睛比燃烧的火苗更旺,而那其中的坚决如磐石,不可撼动一分。

"人都死了,要前程何用?"谢景行厉声道,"太冒险了。"

沈妙却笑了一声,瞧着他,讽刺地开口道:"我与小侯爷不同。小侯爷手眼通天,想要得到什么,无须费太多力气。我却不同,若不搏命,我的下场就是连死都不如。我连死都不怕,怎么会怕火?"她顿了顿,"你走吧。"

谢景行皱眉瞧着,一双漂亮的桃花眼中闪过深思。他并非什么好人,也并不想做什么出手相救的戏码,方才攥住她,也只是意外之下的顺手,如今回过神来,倒有些嘲笑自己的沉不住气。思及此,他便跃至那还未烧着的横梁之上,饶有兴致地道:"我忘记了,你是沈家的聪明人,当然有本事全身而退。不过,本侯也想看看,你究竟有什么本事。"

他的紫衣在火光中显出些流动的金色,比衣衫更炫目的是他唇边的笑意。少年神情桀骜,眉目俊美如画,这般看来,倒似戏文中的多情公子,然而那目光中透着一股冷漠,令他那玩世不恭的外表也森冷了些。

东院的筵席上,自听到沈信夫妇回府后,任婉云整个人都慌了,心中还抱着一丝侥幸,想着定是哪个恶作剧的下人这般说的。她还未想出什么好法子,便瞧见外头的下人领着一众人风尘仆仆地走进来。为首的人老远就朝着这边大笑道:"母亲,儿子回京给您祝寿来了!来得略迟,还请母亲宽恕!"

众人都朝那行人看去,最前面的络腮胡大汉和泼辣美妇正是沈信和罗雪雁,而他们身后笑容和煦的青年,便是沈丘。

若是从前,此刻定该是欢声笑语,可今日事出突然,祠堂早不走水,晚不走水,偏偏在沈信回府的时候走水,沈妙还被困在里面,任婉云竟一时不知道怎么做才好,只得傻在原地。

沈老夫人就更是了。她本就是个没主意的,只会在后宅中耍些威风。大庭广众之下,她连一个慌乱的表情都装不出来。

沈贵和沈万互相瞧了一眼,彼此都见着对方眼中的凝重。今日若沈妙真有个三长两短,沈信会怎么做,想想他们都会不寒而栗。

他们各自思索间,却见沈信夫妇并沈丘已经走到沈老夫人的筵席面前。瞧见宾客都不出声,气氛古怪,罗雪雁皱了皱眉,敏感地察觉到有什么地方不对劲。

还是沈丘瞧了一眼桌旁的人,目光又认认真真地逡巡了一番,疑惑地开口问道:"祖母,怎么不见妹妹?"

沈信和罗雪雁也注意到了,沈玥和沈清都在,甚至二房的庶女沈冬菱也在,几个小姐中,却没有沈妙的影子。

脸上的笑容顿了顿,沈信问道:"娘,娇娇去哪里了?"

沈老夫人语塞。她要怎么说,任婉云口口声声说喊护卫,可动作慢吞吞的,他们甚至都还在这席位上不曾动身。

"沈大将军!"冯安宁突然站起来,高声道,"您回来得正好,方才祠堂走水,沈五小姐此刻正困在火中呢!"

她故意说得义愤填膺。平日她在冯家受宠,哪怕只是在府中跌了一跤,也是所有人都来嘘寒问暖。如今沈妙身陷险境,沈府众人却一副不慌不忙的模样,冯安宁心中便极同情沈妙。

她此话一出,沈信和罗雪雁都是一愣。祠堂走水,沈妙被困火中,好端端的,为什么沈妙会去祠堂?更重要的是,为何沈妙身处险境,沈家亲人还能在筵席上饮酒作乐?

任婉云回过神,忙解释道:"大哥大嫂,我正要去寻护卫呢!你们就来了……"

她话没说完,沈信二话不说便从她身边掠过,看任婉云的那一眼令她如坠冰窖,那目光实在是太可怕、太凶狠!

罗雪雁和沈丘也倏然回神,二话不说便朝祠堂赶去。

祠堂里,火势越来越猛。沈妙用提前备好的湿帕子捂着口鼻。

谢景行皱眉瞧着她,在呛人的烟尘中,倒显得十分轻松,没有一丝狼狈。他对沈妙道:"再不出去,你真的只有死在这里了。"

"再不出去,你也只能为我陪葬了。"沈妙反唇相讥。

"伶牙俐齿。"谢景行浑不在意地一笑,"你在等什么?"

他话还没说完,突然听到外头传来一声怒吼:"娇娇!"

谢景行掠到窗边,就着火苗中空出的一小块地方能瞧清楚,外头的人不是别人,正是沈信夫妇和沈丘。

沈信和罗雪雁之前只想到走水，却没想到火势如此凶猛，顿时目眦欲裂。

祠堂外头围了一众护卫，却无一人进去救援，只是找些水桶来泼，然而杯水车薪，等他们将水扑灭，沈妙哪里还有性命在？

沈丘咬牙道："我去救妹妹！"

说完，他便要往里冲，然而还没走两步，外头的横梁啪的一下掉在面前，将前路全部阻断。

"娇娇！"

"妹妹！"

屋里，谢景行扬眉，道："原来你的小字是娇娇，可跟人一点儿都不符。"

"我等的人已经到了，小侯爷自己想法子出去吧。"沈妙眉目含着煞气。

她自己安排了这出戏，就是为了让沈信看清楚，这状似和睦友爱的沈府究竟是个什么情形，那些口口声声疼爱她的亲人包藏的又是什么祸心。武将重情忠义，他们不是傻，只是不愿意用最恶毒的心思猜度人心，而她没有太多时间让沈信慢慢明白，只有用最直接刚烈的手段来让他们看得清清楚楚、明明白白。

她捡起地上一根着火的木头，把它往手臂上一碰。谢景行怔了一下。沈妙咬牙，大滴大滴的汗水顺着额头流了下来。她抛下横木，白皙的手臂上赫然出现一道烧伤的痕迹。

谢景行面上难掩震惊，不是没遇到过对自己心狠的女人，死士中的女人们也会这样残酷地对待自己，可沈妙并非死士，她只是一个身在高门的娇滴滴的小姑娘。她应该和京城那些贵门小姐一样，如同她的小字一样，娇娇软软，而不是眉头都不皱地就往自己身上烫火，烙下疤痕。

他见沈妙又扑了些火苗在身上才往外头跑去。她跌跌撞撞，似乎要跌倒，然而动作精准得不得了，跑过的地方竟没有火苗。谢景行眯起眼睛，瞧得清楚，那条路虽然狭窄，在烧得旺旺的祠堂中却似一道小口，想来是有人早已准备好的，浇上了不会起火的东西，为的就是让沈妙顺利脱逃。

这一切都是沈妙安排好的，她果真在用自己的性命赌一个前程，而她也赌赢了。

谢景行扬唇一笑，意味深长地瞧了一眼消失在火光中的背影，掠向另一个出口，那是祠堂的后门。他身姿轻盈，如燕子一般，这危险无比的火色牢笼于他便如平地，眨眼间便被他逃了出去。

另一头接应的人早等在那里，见他出来，皆是松了口气："主子。"

"东西不在祠堂。沈信回来了。走！"他快速道，转身消失在祠堂后山的树丛中。

外头，沈妙跌跌撞撞地跑出来。

瞧见沈妙的身影，沈丘一下子跳了起来，道："妹妹！"

"娇娇！"

沈妙方跑出来，腿一软，一下子晕倒过去。沈丘忙接住她，见沈妙左手臂上赫然是一道触目惊心的烧伤痕迹。

沈丘的眼圈一下子红了，而沈妙缩在他怀中，闭着眼睛喃喃地道："放我出去，我不嫁……"

赶来的沈信和罗雪雁闻言，立刻愣在原地。

西院里屋弥漫着浓浓的药香。

"我将娇娇交给两位弟妹，就是想着让弟妹替我看顾娇娇，如今看来却不尽然。若非今日我回来得正好，只怕娇娇死在这场大火中都无人知道。"罗雪雁冷笑道。

她不是什么好相与的人，在战场上更有罗刹女之称。平日里她待沈府的人客气，也不过是念在他们教养沈妙的分上，今日心中怒极，说话自然毫不留情。

"大嫂，不是这样的。"任婉云赔笑解释，"方才我已经请护卫去救火了。我将娇娇看作自己的亲生女儿，怎么会眼睁睁地看着她陷入险境呢？"

"亲生女儿？"罗雪雁冷笑一声，"我们娇娇可当不起你这样恶毒的母亲。"她一步一步将任婉云逼得后退，语气带着寒意，"我也想问问弟妹，既然是老太太的寿辰，为何娇娇一个人在祠堂中？"

"五姐儿……五姐儿想去祠堂为老祖宗上香……"任婉云心中一慌，寻了个拙劣的借口。

"任婉云！"罗雪雁厉声喝道，"你拿这些借口骗我，当我是傻子不成？！什么关在祠堂，什么逼嫁，这笔账我会一笔一笔算清！这件事不会这么容易就算了！但凡我的娇娇有一丝不好，你看我怎么跟你算账！"

她一口气说完，惊得屋里众人瑟瑟发抖。

外院中的沈信，此刻正和沈丘面对沈贵和沈万。

"大哥，这都是误会。"沈贵感到焦头烂额。

"二叔,这可算不上误会。"沈丘紧紧地握着拳,道,"祖母寿宴,独我妹妹一人被关在祠堂,我想问问她是犯了什么错?为何门口又有那么多护卫守着?这些护卫都不去救人,就在外头看着。二叔三叔,我是不是可以理解为,这些护卫本就不是去救人的,而是要堵住别人的路,想方设法要我妹妹的命呢?"

沈丘年轻气盛,说话不会思前想后,想到什么就说什么。

他此话一出,沈信面色一沉。

沈贵和沈万吓了一跳。沈万忙道:"大侄子,你怎么能这样说?五姐儿是我们的侄女,我们怎么会害她?"他看向沈信:"大哥,今日之事都是一场意外,大哥与我们生活了这么多年应该知道,我们若要害她,怎么会将她好端端地养到这么大?"

沈信大骂道:"放屁!你们当老子好糊弄?我把娇娇交给你们,你们却想害死她!关在祠堂,逼她嫁人?沈贵、沈万,你们莫以为老子不在京城,女儿就能任你们欺负了!今日我沈信就把话撂在这儿,等娇娇醒了,咱们走着瞧!"

沈贵和沈万目瞪口呆。沈信虽然是个粗人武将,可这多年来,在他们面前总是收敛着自己的脾性。如今一看,他们才知道,沈信骨子里便是个流氓!这话说得沈贵和沈万都不知道如何接!

"住口!"身后传来一声怒喝,众人齐齐回头,瞧见福儿、喜儿扶着沈老夫人走了过来。

沈丘回过头,瞧见沈老夫人,道了一声祖母,态度却不甚热络。

沈老夫人横了沈丘一眼,目光又扫过沈信,终究是端出架子,道:"老大,你刚一回府,对你两个弟弟要的是什么威风?怎么,你是要把将军的架子摆到我沈家来吗?"

沈老夫人年轻时,虽是歌女出身,面上却是十足的温婉贤淑,把个老将军制得服服帖帖。老将军临死前告诉过沈信,千万要一家子和和睦睦,所以这些年来,沈信对沈老夫人十分尊敬。

可历来人的感情都是向下的,父母疼爱儿女,儿女疼爱下一辈儿女,况且,在一个没有血缘的娘和自己的骨肉之间,沈信自然是毫不犹豫地选择骨肉。

他对着沈老夫人抱了抱拳,道:"母亲,不是我在府中摆架子,实在是今日事有蹊跷。我身为威武大将军,连自己女儿的安危都护不了,有何面目去见沈家列祖列宗?此事我必查个水落石出!今日本该给母亲祝寿,可儿子不孝,实在无法眼睁睁地看着娇娇陷入困境还若无其事,所以只能日后给母亲赔罪。"

他一番话明里暗里都是讽刺，沈妙陷入困境，沈家众人却还有心情继续大摆筵席，其心可诛。

沈老夫人呆立原地。这还是第一次，沈信这样强硬地反驳她的话，惊得她一时没有吭声。

沈信再转头看向沈贵和沈万，语气阴沉地道："此事究竟是怎么回事，我自会查个一清二楚。"说完，他转身大步离开，沈丘连忙跟上。

沈信对沈丘道："马车上那件锦鼠毛披风，等下拿给你妹妹吧。我看这府中凶险不比战场，你妹妹比老太太需要多了。"

"是。"沈丘喜出望外，随即想到了什么，道："爹，妹妹晕过去前说什么亲事，咱们也得查一查。这些事情，西北可从来都没收到过消息啊。"

"哼！"沈信沉声道，"我看将军府里妖魔鬼怪不少。这次你妹妹差点儿送了命，找出那些个不要命的，老子一个个大刑伺候！"

临安侯府。

谢景行方回到屋里，瞧见桌前已坐了一人。那人白衣翩翩，正微笑地看着他。

"你来做什么？"谢景行问道。

"听说你去沈府找东西了，结果如何？"高阳笑问道。

"没有。"

"我早猜到东西不在沈府。"高阳摇头，面上闪过一丝失望，"接下来，你要怎么做？"

"八仙过海，各显神通。"谢景行在他对面坐下，给自己倒了杯茶，"还能如何？"

"不过沈信这次回京，明齐朝廷可能会有新的动荡。"高阳瞧着他，手中的折扇微微一顿，"傅家这个时候，会不会……"

"沈家功高盖主，烈火烹油，迟早有这一天。"谢景行喝了一口茶，语气平平地道。

高阳耸了耸肩，突然想到什么，从怀中摸出一只碧色的小瓶，道："上次听铁衣说你手受伤了，这是我给你配的药。"

"小伤要什么药？"谢景行皱眉，道。

"我这药可不留疤。"高阳硬是将药瓶塞到谢景行手中，"留疤便不好了。"

"我又不是女人。"谢景行躲瘟疫般将药瓶抛回,"拿回去!"

"你若是女人,早就哭着求着找我讨要了。"高阳道,"拿回去吧,这药金贵得很,一瓶价值千金啊!"

谢景行扫了他一眼,嘴角不屑地勾起,却突然想到火海中少女毫不犹豫地将沾了火的灵牌往自己手上烧的画面。

怕留疤?那可未必。

他沉吟了一下,伸手将药瓶收回怀中。

第八章
沣仙当铺

随着沈信班师回朝，定京掀起了一场轩然大波。

街头巷尾传言，沈信回京当日，恰逢沈老夫人寿辰，偏偏祠堂走水，更不巧的是沈五小姐还被困在祠堂中。当日沈家众人态度凉薄，沈信也是耳闻目睹，只怕日后沈家内里不太平了。

沈府西院闺房中，沈妙披着衣裳站起身来。沈信夫妇应皇帝召见入宫了，临走时特意调动护卫守着西院，防的就是沈家人。

"姑娘可觉得好些了？"惊蛰的目光落在沈妙手臂处缠着的布条上，心头一酸。烧伤痕迹太深，大夫说只能好好养着，想要完全没有疤痕是不可能的。

"无事。"沈妙道。

就在此刻，她突然听到外头传来一声："妹妹！"

沈妙回过头，沈丘自门外走了进来。他脱下战场上的铠甲，只着一件青色劲装，英气逼人。他走近仔细瞧了瞧沈妙，才小心地问道："妹妹可觉得还有什么地方不舒服？"

沈妙猝然闭眼，记忆铺天盖地而来。

平心而论，沈丘这个哥哥对她的确尽心尽力。当初无论她待沈丘多么冷淡，沈丘待她还是一如既往地热情。后来，沈丘污了别人姑娘的清白，被迫娶了那姑娘为妻，于是一切都改变了。他军务时常出错，再后来从马上摔下来折了腿，那姑娘却在此时给沈丘戴了绿帽子，沈丘一怒之下宰了奸夫，谁知道对方却是吏部尚书的唯一嫡子。吏部尚书一纸御状，沈信散尽家财保了沈丘一命，可沈丘最后仍死在了一个冬日的早晨，有人在池塘中发现了他的尸体。

那时，沈妙已经嫁给了傅修宜，闻此噩耗，匆匆赶回府，看到的就是沈丘泡得已经变形的肿胀尸体。

那个冬日冰冷的阳光，池塘外湿漉漉的尸体，沈丘苍白变形的脸和眼前青年有些讨好的笑重合起来，仿佛一把利剑，刺得她无法呼吸。

沈妙一下子弯下腰捂着胸口，大口大口地喘起气来。

"妹妹！"沈丘吓了一跳，扶起她就朝外头吼道："去叫大夫！快！妹妹身子不适！"

一只手攥住了沈丘的胳膊，他回过头，见沈妙抓着他的手站起身，对着身后道："不用了，只是有些乏力。"

"妹妹身子还未好，还是请大夫来看看妥当。"沈丘急切地道。

"我没事。"沈妙对踌躇的惊蛰道，"你们都下去吧。"

她的语气坚定而冷静，让沈丘也愣了片刻。

"妹妹，你这是怎么了？"沈丘问道。

沈妙摇摇头，看着他笑道："一年不见，大哥可还好？"

"啊？"沈丘闻言，挠头笑道，"还行吧，就是那样，立了几次小功劳，等陛下赏赐下来，妹妹再挑你喜欢的。"说完，他又想到了什么，"对了，爹之前猎了一头锦鼠，剥了皮做了披风，回头我让下人给你拿过来。锦鼠毛刀枪不入，水火不侵，你若有了那披风，昨日也就不会被烧伤了……"

话音未落，沈丘就僵住了。沈妙上前，用手环住沈丘的双臂，将头枕在他的胸口处。沈丘先是尴尬，却又喜悦。沈妙已经许久不和他这般亲近，一时间他竟有些受宠若惊。他方有些高兴，随即又心下一沉，想到沈妙这样的脾性，今日破天荒亲近他，莫不是受了委屈？

他急急地问道："妹妹，是不是有人欺负了你？若是有，你只管告诉我，我非将他打个半死……"

沈妙有些想笑，慢慢地松开手，抬起头，对上的就是沈丘关心的目光。

"妹妹……"沈丘仔细地打量面前的少女。一年不见，沈妙瘦了许多，看着他的时候，神情含着淡淡的欣慰和一种不为人知的寂寥。

"妹妹为何这样看着我？"沈丘莫名其妙地道。

"大哥今日怎么不去宫中？"沈妙轻声问道。

"陛下只召见了爹娘。"沈丘笑道，"妹妹，你还没告诉我，昨日究竟是怎么回事，你怎么会被困在祠堂的火中？"他心心念念的都是此事，非要将来龙去脉弄个清楚。

"我说的话，大哥会信？"沈妙微微一笑，"如果说了也不会信，那便不必说了。"

"我怎么会不信？"沈丘一听，急忙抓住沈妙的胳膊，"你是我妹妹，我不信你的话，还会信谁？"

"我可以将此事告诉大哥，但大哥须得答应我，不可将我与你说的告诉爹娘，若是说了，我便再也不理你。"

"为何不能告诉爹娘？"沈丘有些困惑，随即恍然大悟，"难道此事和定王殿下有关？"西北接到的定京的信函曾提到沈妙对傅修宜情有独钟。

"和他没什么关系。"沈妙哭笑不得地道，"在你们回来之前，二婶带着沈家嫡出小姐三人去卧龙寺上香，当日我与大姐姐换了房间，大姐姐被恶人污了清白。二婶一家认为大姐姐是替我受罪，我是始作俑者，我不认错，就罚我禁足抄佛经。"

沈丘听闻，惊出一身冷汗，只道好险，差点儿出事的就是沈妙了。听到后头，他又极为愤怒。这事与沈妙有什么关系，为何沈家人要将她禁足？

"强词夺理！"沈丘怒道。他对沈清并无好感，沈清仗着有沈垣这个哥哥，时常不将沈丘放在眼中，还曾背后讽刺沈丘只是个不通文墨的武夫。

"不仅如此，"沈妙继续道，"那日恰逢中书侍郎卫家来府上提亲，挑的是我。少府监黄家也来提亲，挑的是大姐姐。"

沈丘愕然地道："提亲？"他们收到过沈家寄来的家书，书中从未提过半分沈妙的亲事啊！

"卫家少爷卫谦青年才俊，黄家少爷黄德兴是个断袖，二婶想让我和大姐姐姐妹易嫁。我得知此事，只好说自己不嫁，若定了亲，也会逃婚抗婚。于是他们将我关进祠堂。你昨日瞧见的那些护卫，本就不是为了救火，而是为了守着我，免得我逃跑。"

沈丘的神情随着沈妙的讲述变幻不定，最后他一拳砸在桌上，笑容早已消失不见，怒道："岂有此理！妹妹，你说的可是真的？"

"我不必骗你。"沈妙道，"甚至那场大火，来得莫名其妙，我都怀疑……"

她一笑,"毕竟我死了,大姐姐易嫁,就更名正言顺了。"

"欺人太甚!"沈丘怒喝一声,转身要走,被沈妙一把拉住:"大哥去哪儿?"

"与他们理论!谁动了你,就让谁血债血偿!"沈丘道。

沈妙瞧着他,平静地问道:"你打算如何理论?证据何在?是将他们全部痛骂一通,还是将他们全杀了?"

沈丘回过头,瞧着沈妙,皱眉问道:"妹妹这是什么意思?"

"大哥为什么不想想,此事我为何不愿告诉爹娘?"沈妙淡淡地道,"爹娘性情直率,替我出头很简单,可接下来的事又如何?沈家是明齐大家,多少双眼睛盯着它?今日爹替我讨公道,明日御史就能乱写一通,参爹一本。"她的唇角勾起,"这世道,本就是人多势众,谁的人多,谁就占了理。沈家有三房,大房对阵二房三房,加上一个老夫人。你以为,我们真的能占理?"

沈丘被沈妙的话惊了惊,更让他惊讶的是沈妙说话的神情,哪个闺阁女子会如此凉薄地评价世情?

他犹豫了一下,道:"妹妹……"

沈妙道:"大哥想问为什么我如今变成这样了,"她垂下眸,"因为我就是这么过来的。经历了这么多,没有人能一成不变。大哥,我不是从前的我,你也不是从前的你,如今我只问一句,听完我的话,你恨他们吗?"

沈丘怔了怔,看向沈妙,慢慢地咬紧牙关,道:"恨。"

"为什么恨?"

"因为……他们怎么能如此待你!"

沈妙摇了摇头,道:"你要恨的,不是这个。

"你要恨的,是我们付出了真心赤诚相待,换来的却是比仇敌还不如的虚情。"

沈妙心中叹息。如果可以,她希望自己能将眼前的青年保护得好好的,让他一辈子只知道在战场上驰骋,做一个万民敬仰的英雄。可她实在是害怕。

"妹妹想说什么?"沈丘终于道。

沈妙松了口气。沈丘不是真正的愚笨,一旦他想明白,有些事情就变得容易多了。

"我恨他们,大哥又想为我出气,虽然爹娘可以出手,但总不能将他们全杀了。"沈妙道,"我要亲自对付他们,这需要大哥的帮忙。"

"妹妹想如何？"沈丘问道。

沈妙一笑，道："不急，有的是时间，咱们慢慢来。"

沈丘与沈妙两兄妹已经很久没如今日这般谈心了。一个时辰说长不长，说短也不短，说了些话，沈妙面上泛起些疲色。

沈丘瞧见，便道："妹妹的身子还未好，我也不多打扰。你先歇一会儿。爹娘回府也要等天黑，待爹娘回来，我们一起来瞧妹妹。"

沈妙点头称是。

沈丘起身要走，忽而想到了什么，犹豫了一下，转头看向沈妙，道："妹妹，你说沈清被人污了清白，可曾抓到了那贼人？"

沈妙弯了弯眼睛，道："那贼子狡猾得很，一不小心……就被他给逃了。"

"原来如此。"沈丘若有所思地低下头，"那你歇息，我先走一步。"

他走出屋子，待出了屋门，脸上的笑意忽而隐去，只剩阴霾。沈丘吩咐身边护卫："找两个人去卧龙寺一趟，最近京兆尹那边也给我查查有什么动静。"他瞧了一眼沈妙紧闭的房门，握紧双拳，低声道，"这一年，究竟发生了什么……"

屋里，沈妙对谷雨道："拿些银子给春桃，顺便找个小厮给陈大夫也送些银票过去，可得将大姐姐肚子里的胎养好了。"

"姑娘。"惊蛰问道，"方才为何不将所有的事情告诉大少爷？若是有大少爷出手，至少豫亲王那头也不敢轻举妄动。"

"我不说，大哥也会去查。"沈妙望着窗外，"这时候，他应该已经派人去打听卧龙寺当日的情形了。"

"可大少爷能查到吗？"惊蛰忧心忡忡地道，"若是查到了，他终归会晓得，姑娘瞒着又有什么用？"

"豫亲王做事滴水不漏，我若猜得不错，卧龙寺里里外外的僧人应该都被换了个干净。别说是大哥，就算是爹，也找不出蛛丝马迹。"

惊蛰捂住嘴，道："那此事岂不是一辈子都不能水落石出了？"

"我本就不打算用这样的方法来为自己讨公道。"沈妙淡声道，"世上能达到目的的法子，还有很多……"

公道公正，草芥不如。公道约束的是弱者，真正的强者，自己就是公道。在后宫那些年，她明白了很多道理，既然走的是一条黑暗又血腥的路，那沿途的手段注定也见不得光明。

惊蛰道:"可姑娘毕竟是闺阁女子,要报仇,也有许多不方便的地方。"

"爹和娘心中愤懑,进则直接和豫亲王府对上,退则只能护着我,让豫亲王有所忌惮。"沈妙道,"可沈家对上豫亲王府,要想毫发无损是不可能的。若又只是为了震慑,实在非我所愿。"

惊蛰越发听不明白。

沈妙微微一笑,道:"人若犯我,我必不饶人。"

临安侯府。

肃杀的冬日,整个侯府仍然花团锦簇。先侯夫人玉清公主在世时,最喜爱花儿草儿。谢鼎宠爱玉清公主,将整个侯府愣是修缮成了公主殿,在当时很是轰动了一番。

后来玉清公主故去,临安侯府仍保留着玉清公主生前的所有景色。只是景色虽好,终究物是人非。

谢长武和谢长朝在院子里练枪,自从校验一事过后,二人极少出府。

谢长朝甩了甩手臂,当日被谢景行一脚踩上的肩头,似乎还在隐隐作痛。他道:"二哥,听闻沈信夫妇今日进宫了,此次他们立了军功,陛下怕要赏赐沈丘。"

"怕什么!"谢长武不屑地道,"他不过是个只知道打打杀杀的武夫,对朝堂之事一窍不通。如今沈家也是强弩之末,看着好看,终究……"他没再说下去。

"二哥说得是。"谢长朝笑了,"谁让沈家非要做中立派?这世道,想独善其身只是美梦。"

"说起来,沈家不足为惧,咱们自家还有一个。"谢长朝突然转向另一个方向,正是玉清公主当初养病住的院子,也是如今谢景行居住的院子。他想到校验场上谢景行用花枪指着自己脑袋的模样,一股郁气从胸中腾腾生出,片刻后,才道:"那浑蛋如今越来越嚣张了。"他私下里将谢景行叫作"浑蛋"。

谢长朝顺着谢长武的话道:"这段日子他安分了不少,父亲也更看重他。他是不是有什么阴谋?"

谢景行这么多年性情顽劣,更不入仕,虽令人头疼,却让谢家两兄弟松了口气。可自从上次校验场上一事后,他竟如同转了性子,每日深居简出,也不知在忙活什么。他这样一反常态的安静令谢鼎非常欣慰,甚至觉得谢景行终于收起顽劣,要做正经事了。

正因如此，谢长朝和谢长武才会更紧张。

"阴谋？"谢长武冷笑一声，"终有一日，他会被我踩在脚底！当初那个女人是公主，还不是没落得好下场？"

"总之，还是得在回朝宴同定王殿下攀紧关系才成。"谢长朝道，说罢又提起枪，恶狠狠地刺进了面前的草垛子。

此时二人议论的主角却坐在屋中桌前。

玉清公主养病的院子里长满花草，谢景行住的屋前，树木的枝叶几乎要将整个窗户都遮住，即便是白日，屋里也显得阴沉沉的。

一片阴沉中，端坐的少年却如日光般亮眼。护卫递上一封书函，他仔细地看完，将书信丢进屋中的暖炉里，霎时间有灰飞出来，书函无影无踪。

"怎么说？"身后有声音传来，白衣公子惬意地给自己倒茶，姿态娴雅，仿佛真是来与人品茶。

"情况有变。"谢景行没有回头，似乎在思索着什么。

"哦？"白衣公子动作一顿，皱眉看向他，"不是早就……"

"高阳，"谢景行突然道，"先破后立，死而后已如何？"

"你可不是这样的性子。"高阳有些意外，随即摇头道，"你不是历来喜欢韬光养晦，等一切已成定数时再下手？你是不是遇到什么事了？"

"遇见一个疯子，"谢景行挑眉，"让我突然觉得，赌一赌也不错。"他站起身来，紫色的袍角用金线绣着云纹，暗光中隐隐流动出璀璨的光彩。

"你说的不会是沈家嫡女吧？"高阳道，"那日的事，我听铁衣说过了。她虽大胆，却过于鲁莽。如今沈信回来了，只怕以沈信的性子，又要大闹一场。"

"东西不在沈家。"谢景行道，"我改了主意。"

"不打算利用沈家了？"高阳诧异地道。

"沈家变数太多。"谢景行摇头道。

"你说的变数指什么？"高阳问道。

谢景行勾唇，道："对傅家的态度，我有预感，明齐未来的格局中，沈家会成为最大的变数。"

高阳似乎有些不相信，道："你如何知道？沈家又凭什么成为变数？沈丘？沈信？就算沈家内部出了问题，也并不能代表整个沈家的态度。"

"沈家出了个聪明人，"谢景行懒洋洋地道，"令我也很期待结局。总之，计划有变，换个法子。"

"你不会想……"高阳动容地道。

"这么多年，我忍得太久了。"谢景行洒脱地一笑，仿佛乌云散开，日光倾洒满屋，"高阳，我已厌倦了潜伏，会在最短的时间内动手。"

"可是你舍得吗？"高阳问道。

"没什么舍不得。"

高阳叹息一声，再抬起头时，目光已然变得坚毅，道："既然如此，就照你说的做。咱们先从明齐这头入手，傅家中，你以为从哪一人开始？"

"老规矩，抛个球，谁先接，就从谁开始。"他淡笑，手指却摸到了袖中的一样物事，心中一动，指尖夹出一只精致的小瓶，正是高阳送给他的药瓶。

他将药瓶握在掌中，再松开掌心时，精致的小瓶已经化为齑粉。就如同沈妙所做的，一场大火会烧掉所有虚假的平衡，其中暴露出来的狰狞真相才是可以下手的地方。沈妙用自己的疤痕杜绝了日后复合的可能，那么他呢？

他的目光扫向窗外。临安侯府阴暗的四角天空，这么多年，他看过了太多次。因为一些记忆中的温暖，他也愿意维持着虚假的平衡。如今，是时候打破这平衡了。

他闭了闭眼，长睫如春日蝶翼般美好，待睁开眼时，目光却比最锋利的刀还锐利。

他的桌前，此刻正平平摊开着一张图，正是明齐的疆域图。从幽州十三京到漠北定元城，从江南豫州到定西东海，从临安古城到洛阳古城，在那疆域的最中心，却是最为繁华的定京城。

江山风起云涌，天下英雄辈出，他伸出手，在疆域图的最中心轻轻地用手指一抹，仿佛在决定一个王朝的沉浮。

傍晚的时候，沈信夫妇终于回府了。伴随他们回府的，还有宫中送来的满满一马车赏赐。若是从前，这些赏赐定然是被充入公中的，可是今日，罗雪雁却让下人直接将那些箱子抬进西院。

东院的下人们眼巴巴地瞧着箱子从院子里路过，荣景堂中不时传来器物摔碎的声音，显然，那位占尽便宜的沈老夫人因此事而动了大怒，正在甩脸子给人看。

沈妙正坐在桌前看书，只听门外有爽朗的笑声传来："娇娇！"

沈妙转过头。沈信大步走进来，身后跟着罗雪雁。沈丘走在最后，对她挤眉弄眼地做了个鬼脸。

沈妙站起身来，冲他们颔首行礼，道："爹、娘、大哥。"

她这般模样令沈信夫妇不由得一怔。沈妙和他们不亲，以往他们回来的时候说不了几句就要离开，是以沈妙对他们极为不耐烦，这般和气的态度，他们已经很久不曾见到。然而在那和气中，又有一丝淡淡的疏离，这种疏离很轻微，可身为父母的沈信和罗雪雁还是敏感地察觉到了。

沈妙心中叹气，近亲情怯，说的就是这个道理。

罗雪雁心中顿了一下，对女儿的关心很快就盖过了那点儿疑惑。她上前几步，一把抓住沈妙的手，急切地问道："娇娇身子如何？有没有觉得哪里不妥？"

"没事。"沈妙笑着答道。

"娇娇，爹今日从宫里得了几大箱宝贝，待你身子好些，明日一早去挑喜欢的。"沈信的话有些讨好的意思。

沈妙微微一笑，道："谢谢爹。不过不急，就将那些宝贝锁在咱们院子里的库房，天长日久，哪日想起来有兴趣，我就去挑一挑。"

她此话一出，屋中几人的面色变了变。若是从前，沈妙必不会自己先挑。她会在二房、三房挑完后才开始挑，因为她亲近二房三房。但是今日，沈妙非但没有推辞，还提出要将箱子锁在自己院子的仓库里。沈妙对沈家其他人态度的变化，实在太明显了。

沈丘张了张嘴。罗雪雁握着沈妙的手，轻声道："娇娇，出了什么事？你告诉娘。爹和娘都回来了，以后无人敢欺负你。"

"没有人敢欺负我。"沈妙笑道，"我什么事都没有。"

"那一日祠堂起火究竟是怎么回事？"沈信沉声问，"为何你一人留在祠堂？"他们夫妻二人今日一早进宫面圣，只留了人暗中查探，却来不及细细追究其中的蹊跷。

"我犯了错，被关进祠堂，谁知祠堂突然起了大火……"她为难地道。

身后的沈丘见状，欲言又止。

沈信问沈妙："你犯了什么错？"

"哦。"沈妙轻描淡写地道，"我当着祖母和其他人的面顶撞二叔。"

"什么？！"罗雪雁柳眉倒竖，"老二真是越活越回去了，一个大男人跟小姑娘起争执，要不要脸皮？！"

谷雨和惊蛰都抽了抽嘴角。沈家大房果然护短！

"妹妹，你为何顶撞二叔？"沈丘忍不住问道。

"大约是……我不愿意嫁人吧。"沈妙道。

"嫁人？"罗雪雁和沈信齐齐惊呼。

罗雪雁急切地问道："嫁什么人？！我和你爹怎么不知道？"

沈妙低下头，道："中书侍郎卫家为其嫡子卫谦提亲，庚帖都交换了，不过我不愿意嫁人，便当众顶撞。"

"卫谦……"沈信沉吟了一下，"卫家是大户人家，卫家嫡子似乎也是青年俊杰，说起来，倒还和娇娇……"他竟是认真在思量这桩婚事了。

"想什么呢？！"罗雪雁怒吼一声，"他就是天王老子，哪怕是皇帝，娇娇不愿意也大可不嫁！"罗雪雁语出惊人。她是从西北武将世家生出的悍烈女子，看不惯父母之命、媒妁之言。

"再说了，此事你我二人都不知道，谁知道他们安的是个什么心！"

沈信皱了皱眉，按理说，卫家这么一门好亲事，安排给了沈妙，自家女儿倒也不亏，可既然是这般好的亲事，为何沈家都瞒着他们夫妻？

沈丘撇了撇嘴角。他知道是怎么回事，却只能保持沉默。

"不过娇娇，"沈信轻言细语地道，"卫家长子不错，你如此抗拒，是不是因为已经有了心仪的男儿？你……"他欲言又止。沈家寄来的家书中，频频传来沈妙待定王痴心一片的消息。这世上，沈妙若喜欢哪个男子，他和罗雪雁都不会阻拦。可天家人不同，如今正值皇子夺嫡的时期，沈家卷入其中，难以全身而退。

沈妙道："我并无心上人，之所以不愿意嫁人，不过是因为听人说过卫家少爷已经有了心上人。即便他再好，心中已有月光，我又何必做棒打鸳鸯之人，平白误人一生？"沈妙记得，曾经卫谦娶了自家表妹，对妻子极为宠爱，传为一段佳话。

"娇娇，你不是喜欢……喜欢定王殿下吗？"罗雪雁一咬牙，还是问了出来。

"定王？"沈妙闻言，道，"定王殿下乃天潢贵胄，岂是我能高攀的？当初是我不知天高地厚，如今冷静下来想想，方知自己出格。眼下我再也不敢提起此事。"

罗雪雁一愣。沈信先叫起来："娇娇，爹可不同意你这话！咱们沈家不管配谁，你都攀得起！这明齐的子弟，哪个敢嫌弃你，就算……"

"喀。"罗雪雁轻咳一声，狠狠地瞪了沈信一眼。沈信夸奖女儿不要紧，好容易沈妙打消了对定王的那点子绮思，沈信这话岂不是在给她添乱？

沈信也知道自己说错了话，忙若无其事地看向别处。

罗雪雁打量了沈妙一番，见她神情平静，才放下心来，笑道："娇娇如今年纪还小，倒不急于出嫁。明齐的好男儿多的是，咱们娇娇生得又出色，还怕寻不到好夫婿？"

"爹，"沈妙突然开口道，"过几日，宫中会举行回朝宴吧？"

回朝宴，是因沈家军此次大败敌军，皇帝为了论功行赏而举行的夜宴。文武百官都要携眷参加，算是皇家亲近臣子的宴会。在回朝宴上，皇帝会按功勋赏赐功臣。

曾经，几日后的回朝宴上，皇帝本想提拔沈丘的官位，沈信却为沈妙的事，拼了满身功勋，让皇帝答应了赐婚，给了沈妙一个定王妃的名头。

"是啊。"沈信笑着问道，"娇娇是不是有什么想要的东西？爹可以帮你同陛下讨要。"

"我没有什么想要的。"沈妙微微一笑，"不过，如果陛下想要赏赐爹的话……"她顿了一顿，"爹便向陛下讨要留在京城半年，陪陪我吧。如何？"

她此话一出，罗雪雁、沈信和沈丘皆是一怔。

沈妙在挽留沈信夫妇，让他们晚半年出发，这话听在沈信夫妇耳中，令他们欣喜若狂，这代表沈妙待他们不是全无感情。

"自然没问题！"欣喜于女儿态度的转变，沈信一口答应。虽然对他来说，留在定京城不如放他在西北大漠打仗来得痛快，不过能得到女儿的亲近，也算值了。

几人又说了些话，沈信夫妇并沈丘才离开。待他们走后，沈妙掩上桌上的书卷，走到窗边。

"姑娘……"谷雨小声道，"已经同春桃打过招呼，大小姐的肚子好好的，听说二夫人和二老爷在为大小姐的亲事争吵。"

沈妙冷冷地一笑。任婉云那姐妹易嫁的好筹谋，已经随着沈信的回府付诸东流。若要让沈清嫁给黄德兴，任婉云自然是不肯的。庚帖已经换了，两家都已经说好了，她这个时候想反悔，可不是件容易的事。

搬起石头砸自己的脚，说的就是这个道理。当然了，任婉云如意算盘落空，也不会让沈妙好过。几日后的回朝宴，刚好沈妙也想当着所有人的面抓住任婉云的七寸，打豫亲王一个措手不及。

门外,罗雪雁和沈信沉了脸色。罗雪雁怒道:"老太太和你那几个弟弟是怎么回事?莫名其妙地安排娇娇的亲事,我长这么大,还是第一次听闻这种事情。"

"夫人不必生气。"沈信道,"我立刻找老太太问个清楚,一旦有此事,立刻与卫家说清楚。"

"我猜娇娇这一年吃了不少苦。"罗雪雁没好气地道,"等会儿我把娇娇的几个丫头叫过来问清楚,看到底发生了什么事,还有桂嬷嬷也不见了。咱们留在定京半年也好,这些个牛鬼蛇神不收拾清楚,女儿怕是命都没了!"

沈信摸了摸鼻子,吩咐身边的两个护卫,道:"这几日好好守着小姐,有什么不对,立刻告诉我!"说罢,他又看向沈丘,眉头一皱,道:"臭小子,你发什么呆?"

沈丘回过神来,含糊地道:"方才想事情走神了。"

他一直在想沈妙的事。今日被他派去卧龙寺的人已经回过消息,并未发现有什么不对。沈丘不是傻子,自然知道这是因为知情人都被打发了,能做到这种了无痕迹的程度,似乎并非沈家的手笔。而沈妙隐瞒的真相,也让沈丘更加狐疑。

"都什么时候了?!"沈信把在夫人那里受的气直接撒到倒霉儿子身上,"你去查查府里的事,明日我来问你。"

"啊。"沈丘苦着脸应下。他是知道事情的来龙去脉不假,可是妹妹不让他说啊!

彩云苑内,此刻一片狼藉。

沈贵方离开,临走时还和任婉云大吵了一架。

"畜生!畜生!"任婉云抚着心口,嘴唇都在发抖。

沈贵不顾女儿的幸福,一门心思想攀上黄家,为自己的仕途添砖加瓦。如今沈信回来了,日后自己想对沈妙下手可就难了。

"夫人消消气。"香兰一边给任婉云顺气,一边道,"莫要气坏了身子。隔几日就是回朝宴,若是被气坏了,夫人便不能出门了。"

任婉云目光一动,面上显出一抹狰狞的笑容,道:"你说得对,我不能被气坏了身子,回朝宴……回朝宴,我要那个小贱人生不如死!"她转头看向彩菊,"给豫亲王府送去的信到了没有?"

"已经送到了。"彩菊小心地道。

"我的清儿既然落不了好,那个小贱人也别想逃!"任婉云面上显出一抹冷笑,"我奈何不了她,是因为有沈信保着她,有本事,他们就和豫亲王府对上,总有人收拾得了她!"

豫亲王府。

富丽堂皇的正厅,貌美的波斯舞姬穿着薄薄的衣衫起舞,雪白的赤足踏在柔软的地毯上,细细的脚踝处系着的彩色铃铛随之起舞,发出悦耳的叮咚声。

高座上的中年男子,面目丑陋狰狞,左腿处空空的,正是豫亲王。他身下正跪着一名娇小的少女,生得眉清目秀,眼中充满了恐惧,正为豫亲王轻轻地捶着腿。

豫亲王看着手中的信函,突然一笑,猛地一拍座位上的狮子头。他这么一动作,那少女吓得惊叫一声,身子跌倒在地,忍不住瑟瑟发抖。

"沈信……"豫亲王嘴里慢慢地咀嚼着几个字,"沈妙……竟敢愚弄本王。"

那一夜过后,他找到了别的趣事,便将此事抛之脑后。加之有沈贵瞒着,他竟也没发现什么不对。直到这封信过来,才让他终于忆起那一日似乎有些不对。沈妙如此好手段,反将了任婉云一军的同时,还玩弄了他。

豫亲王在明齐,除了皇帝,就算是皇家子弟,见了他都要礼让三分。沈妙一个小小的女子,竟敢将他的尊严踩在脚下。若说从前他对沈妙只有想玩弄的心思,这一次,沈妙却真的惹怒了他。

只是如今沈信还在京城,他要怎么出手?或者是,将沈信一并解决了?

三日后,皇家举行回朝夜宴,文武百官携眷参加。

沈家手握重权,又有沈信和沈丘这样的猛将,用得好了,沈家就是守护明齐的一把刀,用得不好,他们也能随时威胁坐在那把椅子上的人。对沈家,明齐皇室既依赖又防备,不过只要沈家不胡乱蹚夺嫡这浑水,十年之内,皇室也不会对沈家出手。

一大早,罗雪雁就过来瞧沈妙。

"姑娘匣子里的簪子太少了。"白露给沈妙梳了个长乐髻,如今沈妙瘦削了,渐渐有了少女的风致,如从前一样的稚嫩打扮便有些不伦不类。何况今日进宫,大抵她还是要打扮得尊贵得体一些。不过,从前沈妙的首饰都是金银的,另一些又从三福班买下艳梅、水碧,以及扶持莫擎打点陈大夫的过程中,被当成银票花光了,是以如今的首饰匣子空空如也。

213

沈妙想了想，打开匣子的夹层，从里面挑出一支簪子来。

"咦，这簪子好生漂亮！"白露惊喜地道，"姑娘何时有了这支簪子？是夫人送的吗？"

沈妙捡起那支簪子，凑到面前仔细地打量。校验当日，在梅林中，谢景行用它换了她头上的真海棠。若非今日白露说起无首饰，她几乎要将这东西抛之脑后了。

簪子通体都是玉做的，由浅到深，到了花朵的部分，整块玉石都是晶莹的紫红色，海棠花瓣舒卷盛放，摸上去冰凉温润。曾经，沈妙在宫中也见过不少好东西，自然能看出这簪子的不凡。

白露见沈妙出神，提醒道："姑娘，这簪子好看，奴婢替你簪上。"

沈妙这才回神，依着白露的意思。待霜降为她在脸颊上点了胭脂，这才算完。

谷雨抱着件青莲色镶兔毛的斗篷走来，为她披上，才笑道："姑娘真好看，夫人见了定会喜欢。"

罗雪雁和沈信正等在门外。

沈丘小声道："要是妹妹这次又穿得金光闪闪……"

他话音未落，吱呀一声，门被推开了。

"妹……妹妹……"沈丘张了张嘴，盯着沈妙不说话。

少女穿着紫绡翠纹裙，外罩镶兔毛的青莲斗篷，绒绒的兔毛堆在她脖颈下，衬得那张小脸只有巴掌大。她本就肤白，穿青莲色这般暗色也毫不晦暗。她的明眸间是云淡风轻之态。

罗雪雁和沈信呆呆地看着，一瞬间，只觉得自家女儿比京城任何一家贵女都俊俏出色，让人怎能不惊喜？！

"哈哈哈哈！"还是沈信最先打破沉默，仰头大笑几声，看向沈妙的目光中皆是自豪，"沈家有女初长成，我的娇娇如今也是大美人儿一个！"

他话说得极为粗糙，惹得罗雪雁狠狠地瞪了他一眼。

门口早已停了两辆马车。

沈贵和沈万站在外头，瞧见沈妙一行人走来的时候，目光有些不自然。这些日子，沈信对他兄弟二人可没什么好脸色，任他们如何解释都不听。甚至每日给沈老夫人的请安，罗雪雁都是马马虎虎，例行公事一般，差点儿把沈老夫人气晕过去。

"大哥。"沈万笑着和沈信打了个招呼。

沈信从鼻子里嗯了一声,走到自己的马车旁,对沈妙道:"夫人、娇娇,你们先进去。"

沈信和沈丘没有乘马车的习惯,随着马车在外头骑马。

沈贵和沈万被如此冷落,面子上不好过。沈贵眼中闪过一丝愠怒。

这时,一辆车里的人掀开帘子,是沈玥和陈若秋。

沈玥柔声道:"五妹妹要与我们同坐一辆车吗?这马车够大,加上伯母也够用。"

"不必。"罗雪雁冷着脸,道,"自己的马车,坐着安心。"

另一辆马车上,沈清和任婉云也在听外头的动静。沈清面色苍白,紧紧地抓着任婉云的手,不自觉用了力气。任婉云低叫了一声,待沈清松开手,任婉云的手腕上显出了指甲的抓痕。

任婉云却没心思顾及自己的手,一把将沈清搂入怀中,感觉沈清的身子在微微颤抖。

"清儿……"任婉云低声安慰道。

"我一定要杀了她……"沈清咬着牙,道。她已渐渐恢复了神志,也回忆起卧龙寺那一夜可怕的遭遇。这一切都是拜沈妙所赐,更恐怖的是如今她已有了身孕,肚中的孩子还不能流掉。想到自己受过的这些苦,沈清就恨不得让沈妙遭受十倍的痛苦!

"娘会替你报仇的……"任婉云心如刀绞。

马车里,罗雪雁一直瞧着沈妙笑得开怀。

"娇娇如今可真好看。"罗雪雁感叹道,"一年不见,便长成了个大姑娘。"

沈妙微微笑了笑。

"昨儿夜里,我与你爹商量过了。"罗雪雁转了话头,"你之前说让你爹在定京多留半年,这主意不错。今日陛下问起的时候,你爹会同陛下请求。"

闻言,沈妙一愣。她还未来得及反应,罗雪雁已经搂住她,笑道:"正好这半年,我也能瞧着娇娇长大。"

罗雪雁在敌人面前凶名赫赫,在沈妙面前却慈爱得很。

"谢谢娘。"沈妙依偎着罗雪雁,轻声道。

今日这场夜宴,可不是什么所谓的庆功宴,其中必然凶险万分。能者对弈,谁都想将对方的军。布好了局,埋好了子,等的就是对方落入圈套的那一刻。

当然对她来说，更重要的是……曾经禁锢了她一生、埋葬了她的儿女和亲人，充满了仇敌和杀戮的地方，九重宫殿，她终于要再次返回了！

文惠帝、傅家人，以及深宫中那些老友，再次相见，鹿死谁手，尚未可知。她的唇角微微勾起，双眼深处，一点儿暗芒如同旋涡，渐渐掀起黑色的风暴。

九重宫阙，巍峨堂皇。琉璃瓦，雕朱漆，金龙盘踞，彩凤旋舞，金灿灿，明晃晃，也冷清清，惨戚戚。

光亮只是外表，同花团锦簇下肥沃的泥土一样，红颜无数，最后也不过艳骨一枯。这宫殿看着有多美丽，其中就有多险恶。

花园中，一名宫女和太监正在浇花。这些枯燥乏味的活计都是派给新来的太监宫女做的。

那小宫女道："今日前殿来了不少人，若非这次我犯了错被贬，就能去前殿伺候那些贵人了。要知道每年的回朝宴，光是打赏的银子，咱们都能用一年。"

"回朝宴……"小太监脸上露出向往的神情，"有那么多打赏，很厉害吗？"

"瞧你这个没见识的，"宫女撇了撇嘴角，"真是孤陋寡闻！回朝宴是陛下为了威武大将军特意设的宴，来的都是大官儿和女眷，出手自然大方。若你再等几年，运气好的话，兴许能见到一次。到时候你就知道，那些贵人打赏的银子，都是一锭一锭给的。"

"一锭银子？"小太监惊呼一声，随即羡慕道，"威武大将军好大的脸面，陛下都为他特意设了夜宴，想必是风头无限。"

"风光有什么用？"宫女的语气颇为不屑，"有那么一个草包女儿，没把脸丢光了就是了。"

"草包女儿？"小太监问道，"威武大将军的女儿吗？"

"这你就不知道了吧？"宫女神秘兮兮地道，"沈将军英明神武，沈夫人也算巾帼英雄，小沈副将也是骁勇善战，但威武大将军的女儿是个不折不扣的草包。她琴棋书画全然不通，还喜欢穿金戴银，俗气得很，每次回朝宴上都会出丑。去年回朝宴我伺候着，亲眼见她连基本的礼数都不知道，还踩空了裙裾从台阶上滚了下来。"

"竟然如此……"小太监觉得十分唏嘘，"倒是白白辜负了沈家的名声。"

"可不是嘛。"宫女继续道，"她可算是沈家的败笔了。之前这沈家小姐还痴恋定王殿下，闹得沸沸扬扬，举朝皆知呢！"

"实在是粗鄙的女子。"小太监目露厌恶之色。

那宫女日日待在宫中,知道的东西也都是宫中发生的,是以校验场上沈妙洗脱粗野之名一事,她竟一点儿也不晓得。

二人正说着,瞧见对面来了人,忙埋头干活。那人走到面前,尖着嗓子道:"新来的?"

"回高公公,正是。"有人在一边回答。

小太监大着胆子抬头瞧了一眼,见面前站着三人,一人是太监总管的打扮,其余人是二等太监的打扮,叫高公公的正是做总管打扮模样的人。

高公公扫了两人一眼,目光落在小太监身上,问道:"什么名字?"

"奴才小李子。"小太监机灵,毕恭毕敬地答道。

"就他吧!"高公公对身边的人道,"前宴少一个端壶的,他模样乖巧,大约能顺贵人们的眼,换他顶上吧。"

"是。"

小李子心中激动。如此一来,他岂不是就能照方才宫女所说的,得到大把大把的赏赐?若是自己得了哪位主子的眼,日后说不定也有一番造化。

在这九重宫阙,谁都是费尽心机地往上爬,哪怕是最低微的奴才,也会做时来运转的美梦。

前厅里,已经有许多夫人和小姐到了。除了同嫔妃有点儿关系的会被请到后头与娘娘们说话,大多数女眷还是坐在外头攀谈。

"沈夫人和沈将军怎么还不来?"一位颧骨高高的夫人笑道,"今日的主角儿本就是他们,是不是故意姗姗来迟呀?"

"沈夫人是想揣着自己的女儿不给别人看,故意藏着掖着吧?"另一名圆脸夫人也笑道,语气充满揶揄。

"不知道今年沈五小姐又会穿什么衣裳。"易佩兰嘲讽道,"去年她那件贴了金叶子的衣裳可是好看得紧,配着她的金首饰也算是'贵气'。今年莫非是银叶子?"

此话立刻引起周围小姐们的附和,讽刺之言不绝于耳。

正在此时,突然响起了一道清脆的女声:"大伙儿可莫要这么说,如今沈五小姐算是得了沈将军的真传,要知道,当日校验场上步射,连蔡家少爷都毫无办法,要是沈五小姐一个不高兴,改日同你们切磋步射,又该如何?"

此话一出，人群顿时寂静下来。这里的许多夫人、小姐当日都在场，目睹了沈妙的凶悍。这话让她们心中不由自主地打了个寒战，连那蔡霖，沈妙都不放在眼中，若是惹怒了她，一箭射来怎么办？

　　说这话的正是冯安宁。她这话刚说出来，就被冯夫人不赞同地瞪了一眼。冯安宁不悦地皱了皱鼻子。她就是看不惯这些人背后说人坏话。当着沈信的面，她们怕是屁都不敢放一个，还上赶着逢迎，背地里说人家女儿算什么光明正大？

　　这边尴尬的气氛还未消散，便听到外头有太监喊唱："威武大将军到……"

　　众人忙朝门口看去。

　　走在最前面的正是沈信和沈丘。沈信龙行虎步，不怒自威，一股军人的铁血气息令厅中妇人忍不住悚然。沈丘身姿挺拔，笑容和煦，两个浅浅的酒窝看上去十分亲切，一些少女忍不住俏脸微红。

　　二人未在前厅停留，侧了身子就抬脚往男子所在的正殿走去。众人的目光自然而然地落在他们身后。罗雪雁穿着天青色束腰软甲长袍，头发梳成刀髻，美目流转，自有泼辣爽快的英气，紧随其后的青莲色纤细身影，款款而来。

　　原本吵吵嚷嚷的前厅一瞬间安静下来，所有人的目光都落在罗雪雁身后的少女身上。少女的斗篷已经被拿下，紫绡翠纹裙花纹繁复迤逦，勾勒出她窈窕的身段。她微抬下巴，平视着前方。皮肤白皙，越发显得眉清目秀。一双晶亮的黑瞳最是吸引人，既清澈，又沉静得仿佛看遍了数十年的岁月。

　　她随着罗雪雁一步一步往厅中走去。不同于罗雪雁有些利落的动作，少女姿态自然，并不让人觉得生硬，仿佛早已做了千遍万遍，烂熟于心。

　　少女神情无波，姿态从容，仿佛这路就是自家后院一般。她没有慌张、谨慎、冲动和胆怯，只是淡淡地走着，好看极了，直将满厅的女儿家都比了下去。

　　众人忍不住大惊失色。这少女若是别人便罢了，偏偏是那个草包沈妙！

　　沈妙跟在罗雪雁身后，迎着众人各色的眼光，心中微凛。

　　这里的每一砖每一瓦都深深地铭刻在她的心中，她闭着眼睛也能找着路。至于那些烦琐的宫规礼仪，她日复一日地做过，早已刻入骨髓。这厅中，她闭上眼似乎就能看到当初婉瑜笑着朝她讨糕点吃，傅明摇头晃脑地背国策。爱和恨并重，苦和甜交杂，再次踏入，她百感交集，而心中熊熊燃烧的却是复仇的火焰！

　　她终于再次回到这里，曾经厮杀拼搏、与命运抗争的牢笼。她倒要看看，这辈子，这地方能否困住她！

　　小李子呆呆地瞧着跟在妇人身后行走的少女，心中震惊。这怎么会是宫女嘴里所说的草包呢？

他正想着，却见那少女的目光扫过他身上，微微一凝。小李子顿时紧张起来。他与沈家小姐从未见过，莫非这就是宫中老人所说的眼缘？那沈家小姐是不是看中他了？他正惶恐又激动着。沈妙的目光又转开了，似乎方才只是个意外。小李子心中霎时又有些失落。不知道为什么，他总觉得，好似自己攀上了这个沈家小姐，就有一番等待他的大造化，而眼下，自己与那大造化失之交臂了。

来不及等小李子想清楚，前厅坐在最前面的一位高个子夫人已经笑道："沈夫人，你可让人好等！"

罗雪雁脸上绽开一个爽快的笑容，道："路上耽误了。"

"五姑娘真是一日比一日水灵。"高个子夫人的目光又落在沈妙身上，她半真半假地道，"果真是要定亲的人了，想当初，还是个小不点儿。"

罗雪雁闻言，笑容立即沉了下去，开口道："这说的叫什么话？我们娇娇方及笄不久，还用不着这么早嫁人。我可想要多留娇娇在身边些日子。"

她此话一出，诸位夫人、小姐都愣了愣，毕竟前些日子，沈妙定亲的事情可是传得沸沸扬扬。后来在沈老夫人的寿辰宴上，沈家人也几乎默认，怎么现在到了罗雪雁这里，却好似亲事要做空的意思？

高个子夫人眯了眯眼睛，觉察出什么不对，笑容越发意味深长，道："哦？原来沈夫人还想多留五姑娘一些日子？可是前些天，不是都说要定亲了？"

"夫人真会说笑。"罗雪雁一扬眉，高声道，"哪有女儿定亲，爹娘却半点儿也不知道的道理？我和老爷可是全然不晓得夫人所说的，这定亲又是从何说起？"

罗雪雁话一说完，周围顿时响起窃窃私语之声。那高个子夫人也没想到罗雪雁会这么说，一时间有些愣怔。

世上断没有女儿定亲父母却不知道的。沈妙定亲，罗雪雁和沈信不知道，便只有一个可能——沈家人瞒着他们。至于沈家人为什么要这么做，其中的文章可就多多了。

众人各自思索间，任婉云和陈若秋等人也到了。

沈贵和沈万自然也是先去了男子所在的正殿。任婉云带着沈清、陈若秋和沈玥慢慢行来。

沈清自卧病在床后第一次出门，这些日子憔悴消瘦许多，本是少女最好的年纪，竟已有了苍老疲态。为了掩饰憔悴，她抹了极厚的胭脂和香粉，加之腹中还有孩子,虽竭力掩饰,步子看起来终究有些蹒跚。

沈玥倒是一如既往地着粉色烟轻长锦裙,轻拢慢捻,薄施脂粉,是个柔柔弱弱又书卷气息颇浓的小美人儿。只是今日有了沈妙珠玉在前,沈玥的步子瞧着便觉得生涩了些,动作僵硬了些,神情紧张了些,甚至交握的双手也太过用力了些。

白薇的母亲白夫人招呼陈若秋来自己身边坐下,白薇也拉着沈玥到自己身边。任婉云则挨着易夫人坐下。

易佩兰瞧着沈清,埋怨道:"你都许久不出现啦,听说是病了,今日看着是瘦了些,怎么脸蛋却有些肿?"

沈清慌乱地低下头,含糊地道:"许是在床上躺久了。"

易佩兰不疑有他,拍了拍沈清的手,道:"你呀,可得把身子养好了,都是要定亲的人了,莫要把身子弄坏了。"

沈清身子一颤,低下头未说话。她知道任婉云给她说了门黄家的亲事,知道那黄德兴也算是个青年才俊,可不知为何,她心中却对这门亲事十分抗拒,仿佛这门瞧着光鲜亮丽的亲事底下,还有什么不为人知的危险。

易佩兰声音不小,恰好被坐在一边的黄家夫人听到。黄夫人闻言,挑剔地瞧了沈清一眼。她不过是想为自己儿子寻个名义上的夫人罢了,沈清还算配得上她儿子,可今日这病恹恹的模样……可莫要是个病秧子才好。毕竟沈清还要给黄家传宗接代,只要生个儿子出来,其他的便让她爱怎么着怎么着。

那头,白夫人正悄悄地与陈若秋耳语:"若秋,我瞧着你们府上那个五小姐可不简单。"

"哦?"陈若秋好奇地问道,"为何这样说?"

"沈五小姐身后怕是有人指点着吧?方才她进来的时候,各位夫人都瞧见了,那身形礼仪,做得比宫中还要规矩。"

陈若秋怔住,道:"你说什么?谁不知道小五最不懂规矩。"

白夫人是陈若秋的手帕交,也是出自书香门第,对礼仪要求极为严苛,今日如此高看沈妙,让陈若秋觉得不可思议。陈若秋觉得荒谬的同时,忍不住朝罗雪雁坐着的地方看去。

罗雪雁自个儿坐在一边,沈妙挨着她。一个小姑娘,却也坐得端正,脊背笔直。

陈若秋的指尖有些发抖。

女眷们这厢各怀心思。正殿中，沈信的一句话也在殿中掀起了轩然大波。

"沈爱卿此话当真？"文惠帝问道。

文惠帝年近花甲，却丝毫不显老态，面上挂着笑容，一双眼睛却精明锐利，隐隐可见年轻时候的凌厉锋芒。

方才当着群臣的面，文惠帝嘉奖沈信，沈信却提出求文惠帝赐下一道恩典，恩准他在京城多停留半年，并说他是想在府上陪伴妻女。

这么多年，威武大将军沈信征战沙场，勇猛无敌，可从未提出这样的要求。一时间，沈信的话惹人深思，群臣神色变幻。这个节骨眼儿上，沈信要留京半年，真的只是为了陪伴亲人？

文惠帝打量着沈信。沈信皮肤黝黑，目光坚毅，身形笔直，站着如小山，瞧着文惠帝的眼神也恭恭敬敬，是个忠诚勇敢的铁汉子。可是帝王驭臣，从来看的不是表面，而是价值。对文惠帝来说，若对他的江山有威胁，哪怕此人是有天大的功劳，也要除得干脆利落。

片刻后，文惠帝哈哈大笑，道："这么多年，沈爱卿镇守西北，如今破敌，朕深感欣慰，有此大将，是明齐之福。沈爱卿的要求，朕准了！"

沈信立刻谢恩："谢陛下！"

二人的这般动作，让殿中其他人纷纷侧目。

文惠帝恩准完便自行走出正殿，徒留一众人。

沈信方才的举动可谓出人意料。最先开口的是临安侯谢鼎，这个和沈家打了一辈子交道的人对沈信的举动也颇不了解，嘲讽道："沈将军莫不是打仗打怕了，留在京城半年是想享受享受？"

沈信闻言，非但不恼，还笑得露出一口白牙，道："谢侯爷是不是羡慕本将军？唉，也难怪，毕竟谢侯爷没有妻女……"

"你！"谢鼎面色铁青地道。

傅修宜瞧着沈信，面色也是颇为精彩。他有种莫名的感觉，这个看上去最好把握的沈家，好似突然变成了一个摇摆不定的石头，似乎在未来会生出无数变数，从而影响整个大局……

沈信不按常理出招，让群臣莫名，但今日获得的嘉奖也着实令人眼红。其余的人纷纷上前，或真心或假意地祝贺攀谈。沈信与他们说起西北趣事，没留意身后有一道阴鸷的目光。那目光仿佛吃人的毒蛇，盘踞在草丛中，等待时机一到便冲上去将其咬死。而那瞧着沈信的人，袍角一边空荡荡的，把玩着手里的扳指，不是别人，正是豫亲王。

这头气氛热烈，外面沈丘也将那卫谦堵在廊中。

卫谦一表人才，形容谦逊，可是和健康朝气的沈丘比起来，便显得太过文弱了。他看着沈丘，皱眉问道："沈副将拦住在下，有何贵干？"

沈丘上上下下将卫谦打量了一番。他性情开朗，若是从前遇着卫谦，说不定还会结交，可自从听到沈妙说卫谦早已有了心上人，再看这人，便觉得气不打一处来。在沈丘看来，自己的妹妹千好万好，只有看不上别人的份，哪里容得下被别人嫌弃？

"你便是卫谦？"沈丘思及此，语气也不怎么愉快。

卫谦一怔，察觉到来者不善，道："正是。"

"我来也没什么事。"沈丘拍了拍卫谦的肩，"就是同你说一声，之前有流言说我妹妹与你们卫家定了亲，既是流言，我沈家也没放在心上，你们卫家就更不必放在心上了。"沈丘退后一步，又语气森森地道，"我妹妹挑的夫婿，自然要先过我的眼！"说罢，他也不看卫谦是什么脸色，掉头大步走了。

卫谦独自愣在原地。沈丘这话分明就是要与他卫家划清界限，不过……他是有心上人不错，沈丘就算再为自己妹妹打抱不平，也不必说得他像个一无是处的傻瓜吧？

走廊外头，高阳乐不可支地瞧着站着发呆的卫谦，摇了摇头，道："这沈家人也实在太霸道了，这般狂妄，也不将卫家放在眼里。"

"看够了？"他身边的紫衣少年眉目间隐有不耐烦，语气也不甚愉悦，"有完没完？"

"卫谦可是你的人。"高阳道，"他这样被人欺负，你不为他出头？"

"你喜欢，你去。"谢景行瞥了他一眼。

"我可不敢。"高阳看好戏一般，道，"沈家丫头有那么多人护着，我一个不小心，麻烦就上门。不过……"他笑容温和，语气却有几分幸灾乐祸，"今日豫亲王在场，只怕事情不能善了。我可是听说，豫亲王打算娶王妃了。你猜，他要娶的是沈家哪位姑娘？"

"我猜，他娶不了。"谢景行挑眉，目光落在前方。

花园中，一个熟悉的身影走过，同另一边的小太监说了些什么，将一只香囊塞进了小太监的手中。那身影正是沈妙的贴身丫鬟——惊蛰。

"他娶不了？"

高阳顺着谢景行的目光看去，只见花丛中，沈妙的贴身丫鬟正嘱咐着小太监什么话，说了一会儿才离开。

待小太监离开后，惊蛰站在原地，面上也浮起一丝狐疑之色。沈妙特意吩咐她将东西交到这名小太监手上，可这小太监分明是新入宫的，和沈妙并没有什么交集，为何沈妙还要特意嘱咐呢？惊蛰想不清楚其中的原因，摇了摇头，总之目的已经达到，便转头离开了。

"沈家这位小姐，胆子很大。"高阳评价道，"她在宫中也敢耍手段，看起来沈信都不知情。"

谢景行不置可否。一个连自家祠堂都敢一把火烧个精光的人，他从来不认为胆小。至于在什么地点行什么事，大约在沈妙眼中，也并无不同。

"走吧。"他的唇角浮起一丝奇怪的笑容，"我们也该去看看戏。"

"我还是不去了。"高阳眨了眨眼，"如今行事最好小心为上，何况计划有变，更要谨慎。"

"随你。"谢景行懒洋洋地道，忽而想起什么，随口道，"若是有时间，你也去太医院那些老家伙那里打听打听有没有东西。"

"遵命。"高阳拱了拱手，这才不紧不慢地朝另一头走去。

时间不紧不慢地过去，回朝宴要开始了。

女眷坐在大殿下首，男子们坐在大殿上首。最左侧靠近正中高座的则是皇子，周王、静王、定王三人已经先到，随后而来的则是离王、襄王和成王。

周王和静王是一母同胞的亲兄弟。襄王和成王以离王为首，自成一派。至于还未到来的太子殿下，则有轩王、楚王支持。至于九皇子，定王殿下傅修宜，则是不占帮派的。他看着实力最弱，也是最中立的一派。

随着三王的出现，厅中渐渐静了下来。

文惠帝有九个儿子，如今九子长成，虽然太子已立，可各方势力并未收敛。文惠帝如今健在，还维持着其中的平衡，但终有一日盘踞的巨龙也会老去。那时候，早就蠢蠢欲动的明齐皇室，怕又有一场腥风血雨。

而周王兄弟一派、离王一派、太子一派中，太子表面瞧着实力最盛，可太子的身子孱弱。离王一派，因着人数多，势力也大，百官之中，不少人都暗中投靠在他的名下。周王、静王兄弟虽地位及不上太子，势力及不上离王，却有一个备受皇帝宠爱的母亲——徐贤妃。徐家也算强有力的支持。

剩下的那个定王，并未被人放在眼中。论起势力，他一个人单打独斗像是个笑话；论起背景，他的生母董淑妃也极为低调，若非生了傅修宜，也轮不到她坐四妃的位子之一。傅修宜固然优秀谦逊，然而一个人的力量始终有限，是以众人并不看好他。

女眷们看人，没有男眷那般深刻，在座的少女偷偷打量着傅修宜俊逸的容貌，微红着脸低声议论。平心而论，傅家人都长了副好皮囊。在九个皇子中，傅修宜又是最出色的。

"定王殿下也确实生得太俊了。"少女们低声议论。

沈妙转过头。冯安宁不知什么时候凑到了她身边，对她嘿嘿一笑，道："你既然到了，怎么不来找我？还摆出大小姐架子，让我找你不成？"

沈妙被她的话弄得有些莫名，只得摇了摇头，找了个借口，道："我没看见你。"

"哼。"冯安宁撇了撇嘴，忽然又捉弄般悄声道，"不过定王殿下也来了，好歹也是你曾心悦之人，怎么都不见你看他一眼？"

冯安宁话音刚落，就听得江采萱笑着高声道："沈五小姐，定王殿下到了！"

她本就是为了令沈妙出丑。众目睽睽之下，当着皇家人的面，沈妙也不敢动怒，哪怕是罗雪雁也得忍着。

罗雪雁咬牙，心中恼怒，沈信这时候偏偏不在，她扭头看向沈妙，轻声道："娇娇……"

男子席上，众人的目光也是十分精彩。苏明枫和苏明朗并坐着。苏明朗拉了拉苏明枫的袖子，惊喜地道："大哥，沈家姐姐也到了吗？"

男子席上的角落，还有一名青衫男子，比起其他锦衣华服的贵人，他的穿着极为朴素，然而并未显得狼狈，反而多了几分名士的风流。

这人正是裴琅。这样的场合，本来他是没有资格参加的，可今日广文堂的监正家中有人殁了，监正便让裴琅代替自己来参加。谁知道他来了后，便瞧见这一幕。

周王和静王站在傅修宜身边。周王笑了一声，拍了拍傅修宜的肩，意味深长地道："我们九弟可真是了不得啊……"

傅修宜眉心微皱，面上浮起一抹淡笑，道："四哥说笑了。"

话虽如此，他却不自觉地瞟向了座位中的少女。

"呵。"一声轻笑从少女的口中逸出，周围顿时安静下来。

沈妙抬起头，目光没有停顿，仿佛当日在校验场上对着蔡霖射过去的箭矢，猛地射向了那负手而立的身影，傅修宜。

傅修宜微微一怔。

少女的目光中没有痴迷、爱恋、崇拜和惊喜，有的只是深不见底的平静。仿佛轮回百年的老人，隔着长久的沧桑岁月看他，无悲无喜，让人心中不安。

那双清澈的眸子有极为好看的形状，若是弯一弯，应当会让人想起蜜糖的滋味。但她只是静静地看着，傅修宜心中突然涌出了不安，好似在丛林中踽踽独行，却被掩映在草丛深处的一头巨兽给盯住了。

"呵。"沈妙又轻笑了一声。

这一次，众人看得清楚，她红润的唇角微微一弯，眼角却未动，那分明是一个冷笑。

大约是对自己爱而不得的心上人因爱生恨，凝聚成的一声冷笑吧。众人这般想着，却又惊异沈妙竟然敢在宫中对皇子冷笑。谁有这个胆子？

傅修宜没有动。他分明看到了一层淡淡的杀机。

待他再凝神看向沈妙的时候，后者已经转过头与冯安宁说话了。

江采萱挑衅的话，就在沈妙两声莫名其妙的轻笑中过去了。她第一声轻笑复杂，第二声轻笑微冷，傻子都能看出来，那其中没有一丝对傅修宜的情意！

只是气氛，终究是被她弄得冷了下来。

周王笑着凑近傅修宜，道："九弟，看来你也不那么所向无敌嘛。"

傅修宜苦笑一声，心中却有些疑惑起来。

"看来那沈五小姐，倒有几分气魄。"苏明枫饶有兴致地道。如今他的"重病"已经好了不少，却仍旧不能辛劳，因此他仍旧没有复职。

"沈姐姐本来就很好。"苏明朗白了他一眼。

座位上的裴琅低下头抿了一口茶，眼中闪过深思。他正沉默着，听得一声爽朗洪亮的笑声响起："哈哈！诸位，来得迟了！"

那小山似的身影，正是沈信。紧跟在沈信身后的，就是沈丘。见这重头人物都来了，各位同僚纷纷与他打招呼。沈信同周王几个行过礼，便入席就座。

沈信过后，离王三人、太子三人也相继到了。太子身子羸弱，太子妃倒是大气端庄。沈妙瞧了太子妃一眼，目光动容。

太子妃身后有丞相娘家，本是太子借着太子妃娘家的势力稳固地位，后来太子妃有孕，文惠帝怕太子病重，便宜了太子妃一家外戚专权，竟生生使了手段让

· 225 ·

太子妃小产。太子妃对太子情深义重，哪知道皇上对自己的孙子都能痛下杀手，又怕告诉娘家为娘家惹来灾祸，后来郁郁而终。太子妃死后三年，丞相府得知真相，想为女儿报仇，便投靠了傅修宜。

沈妙看着自己面前的杯盏。傅家人个个心狠手辣，傅家男儿皆是负心薄幸。她和太子妃，想来并无不同，都是江山权谋下的牺牲品，一颗无辜的弃子。

如今，她要做执棋的人，谁想要来下棋，就要做好牺牲的准备！

太子妃落座后，她出嫁前的那些好友便纷纷与她说笑。

男子那边，豫亲王也到了。

豫亲王一到，女眷席上的人渐渐沉默，尤其是那些少女，更是吓得面色苍白。

往年的回朝宴，豫亲王都不会参加。这么多年，朝中事务他也完全不放在眼中，也因此，生性多疑的文惠帝才会对这个弟弟格外宽容。

历来不参与回朝宴的豫亲王突然出现，让女眷们不安，也让男子们疑惑。几位皇子却心知肚明。

席上，与太子妃交好的妇人便道："也不知亲王殿下怎么会出现？"话中都是试探之意。

太子妃知道其中原因，扬起唇角，笑道："亲王这么多年鳏居，也该找个人伺候他的生活了。"

闻言，女眷们惊疑不定。难不成豫亲王要选王妃？可成为豫亲王妃并不是什么好事。

"敢问太子妃……"那夫人笑着问，"不知是哪位小姐有此福气呢？"

太子妃却不肯说了，只是摇头笑道："待会儿便知道了。"

因着太子妃的这番话，现场陷入了一片僵局。众人都有些害怕。豫亲王妃的名头就像是催命符，谁得了，无非是死得更快些，哪里算得上什么好事呢？

冯安宁凑近沈妙，问："你猜，那豫亲王妃究竟是谁？"

沈妙道："我猜不着。"

"你真没意思。"冯安宁撇了撇嘴。

另一边的沈清紧紧地抓着衣角，若非任婉云死死地掐着她，只怕她要大声尖叫。

"莫怕，清儿。"任婉云凑到沈清耳边，低声道，"今日豫亲王来，是替你收拾那个女人的，等她进了豫亲王府，自然有让她求生不得求死不能的日子……"

豫亲王过后，本以为除了帝后，所有人都已经到得差不多了，突然，众人听得阵阵惊呼。冯安宁正拉着沈妙说话，听见动静也抬头看去。

深宫之中，大殿门外，自远而近走来一人。来人身着紫金袍，脚踩青丝靴，眉目明丽，英俊得不像话。那人脚步不紧不慢，懒洋洋地行来。

临安侯谢鼎先是惊喜地叫出声来："景行！"随即，他想到了什么，眉头一皱，看着那人说不出话来。

众人又是一阵惊诧。今日的回朝宴究竟是个什么来头？不仅从不出席宫宴的豫亲王出现，现在连谢家小侯爷谢景行也到了。

众女眷脸上激动痴迷的神色一点儿也不比方才傅修宜出现时少。

少年身姿笔挺，步履闲散，一步一步却自有威压。他本就容貌出色，这么一瞧，在紫金长袍的衬托下，更与人不可逼视之感。颜如雪，眼如漆，眉如剑，微微勾着的唇如冰雪中欺霜盛开的红梅，有种夺目的色彩。这比女子还要精致的眉目间，却无一丝阴柔之气，反如天上旭日，满满都是灼目的亮眼。他一个人走来，文武百官好似成了陪衬，仿佛这明齐的真龙皇室，金灿灿的宫殿，终于将他刻入骨髓的高贵和傲气激发了出来。他实在是英俊得让天地都失色。

而这如烈日一般灼目的少年郎，却有着森然锐利的目光，那玩世不恭的笑容，细细看去，也尽是冷漠和残酷。

"谢家小侯爷什么时候如此出色了……"冯安宁喃喃地道。

沈妙抬眼看向谢景行。

紫衣少年行至席前，迎着众人诧异的目光，挑眉一笑，道："今日我也来凑凑热闹。"说着，他就走到席间坐下，却并非挨着临安侯谢鼎，而是挨着苏明枫。

苏明枫撇了撇嘴，不情愿地挪了一小块地方。

谢鼎见状，脸色立刻沉了下来。

周围的人瞧见，虽是议论，却未阻挠。谢景行自来就是这么个玩世不恭的性子，今日怕也是兴之所至。

"谢家出了个了不得的人物。"罗雪雁神情凝重地道。

"谢家这小子倒是不错。"沈信十分满意地道，对于能给自己的老对头添堵的谢景行，他的欣赏之情溢于言表，若非对方是谢家人，说不定还能和对方拜个把子。

傅家的几名皇子，目光却同时有些阴沉。

正在这时，众人听得太监拖长声音喊道："皇上到——皇后娘娘到——"

帝后终于在众人的等待中到来。文惠帝看上去心情不错。皇后显得有些凌厉。作为一个女子，她长得也算秀丽，大约可以瞧出年轻时的风姿，然而年华老去，她的脸颊凹陷，看起来稍显严肃刻薄。

　　因着太子有病，这位皇后的手段向来十分凌厉。从前沈妙站在傅修宜这边，嫁给傅修宜后，没少被这位皇后刁难，在她手中吃过的苦头数不胜数。

　　前尘种种，皆是虚妄。她为复仇而来，可最后的目的，却是要与整个皇室为敌。蚍蜉撼大树，杯水救车薪，就如同她现在和傅修宜的距离。

　　沈妙垂下眸子，轻轻地端起面前的茶盏，喝了一口茶。

　　帝后就座，宴席开始。所谓的君臣同乐，也不过是做做样子。君仍然是君，臣仍然是臣。大家开着无伤大雅的玩笑，仿佛真的就是君臣同乐了。

　　苏明枫碰了碰谢景行，问："你怎么来了？"

　　"来看热闹。"谢景行唇角一勾。

　　"这么无聊，有什么热闹可看？"苏明枫头疼地道。

　　两人正说着，却听见豫亲王开口道："皇兄……"

　　他的声音不高不低，厅中立刻安静下来，显然，众人都极为忌惮这位煞神。

　　"前些日子，皇兄答应臣弟的选妃一事，臣弟已经想清楚了。"豫亲王笑容古怪地道，"既然今日是喜事，不如双喜临门，臣弟中意……沈家姑娘。"他说得极为缓慢，眼中毒蛇一般的光芒缠缠绕绕，如跗骨之疽，紧紧地攀上了端坐的紫衣少女。

　　殿中顿时一片哗然。众人看得清清楚楚，豫亲王注视的人，正是沈妙。

　　一时间，所有人看向沈妙的目光都极为古怪，有幸灾乐祸，也有同情怜悯。

　　沈信在豫亲王说完这番话后，面色沉下来，额上甚至暴出了青筋。

　　臣是忠臣，但若连自己的女儿都庇护不了，拼了这身性命和功勋，沈信也无惧和豫亲王对上。

　　沈丘也绷紧嘴角，狠狠地盯着豫亲王，好似只要豫亲王说出沈妙的名字，他便会扑出去和豫亲王拼个鱼死网破。

　　至于罗雪雁，紧紧地拉着沈妙的手，面色发狠，仿佛护着幼崽的母狼，丝毫不退让。

　　空气中都是剑拔弩张的气息。文惠帝多疑，沈家这样无惧，就不怕日后文惠帝心中留个疙瘩吗？

　　"看来沈五小姐果真是沈将军的心头宝。"苏明枫低声对谢景行道，"沈家竟然能为她做到这种地步。"

对上豫亲王,就是与皇室为敌。不管如何,沈家此刻的举动,都已经明明白白地表示了绝不屈服的态度。

谢景行懒洋洋地一笑,不置可否。

角落中,裴琅握着茶盏的手微微一紧。那个在校验场上眼也不眨地将箭射向同窗的少女,她会怎么做?

文惠帝的笑容有些高深莫测,他道:"王弟看中的,是沈家哪位姑娘?"

所有人都在等待着豫亲王的回答。沈清面上浮起畅快的笑容,然而那笑容还未扬得更高,便猛地感觉腹中传来一股剧痛。她忍不住啊的一声惨呼出声,捂着肚子跌倒在地。

"怎么回事?"

"清儿!"

沈清突如其来的举动让人吓了一跳。

任婉云马上将她搂在怀中。沈清的面色迅速苍白。

沈玥拉了一把陈若秋的衣角,后者心中一跳。不知为何,陈若秋径自向沈妙看去,却见少女端坐于桌前,神情未曾动摇一分。对上陈若秋的目光,她微微一笑,转头看向罗雪雁,忧虑地问:"大姐姐这是怎么了?莫非是中毒了吗?"

"中毒?!"沈妙此话一出,周围顿时混乱起来。

沈妙犹自不依不饶,继续看着罗雪雁道:"莫非有刺客混了进来?"

这下子,不仅是女眷,就连男子席上几个皇子和文惠帝都变了脸色。回朝宴,文武百官皆在,要是混进个刺客,实在是危险。当即,守在外头的护卫全都涌了进来,手按在腰间的佩剑之上,注意着周围的动静。

一是宴会上可能混进的刺客,二是倒在地上痛苦呻吟的沈清,这样一来,豫亲王方才说的要娶沈家哪位姑娘的话,竟是无人在意了。毕竟比起这些流言话头,小命更重要。

苏明枫张了张嘴,半晌才佩服地低声道:"声东击西,好手段。"

沈妙只用了一句话,就将众人注意的重点转移了。眼下的混乱和紧张,倒衬得豫亲王像个傻瓜。

谢景行扫了一眼那一脸"忧虑"的少女,轻哼一声。

沈妙目光微动。和傅家人相处了这么多年,没人比她更明白傅家人的多疑。沈清这副模样,沈妙再稍稍提个刺客,对曾经被刺杀无数次的文惠帝来说,足以让他变成惊弓之鸟。

"娘,还是为大姐姐寻个太医来吧。"沈妙道,"这么下去可不行。"

罗雪雁这才回神,看着任婉云皱了皱眉。沈清疼成那副模样,身为母亲的任婉云却没想到为女儿寻个大夫,也不知道这娘是怎么当的。

当即,罗雪雁便冲着文惠帝行礼道:"臣妇恳请陛下宣太医为清儿瞧病,解其危机。"

闻言,沈清还未说话,任婉云便尖声叫道:"不可!"

众人的目光全都落到了任婉云身上。

话说出口,任婉云便心道不好,迎着那么多探究的目光,勉强笑了笑,咬牙道:"臣妇……臣妇是说清儿怎么好劳动太医……也别扫了大伙儿的兴致,臣妇带清儿下去就得了……"

"这是说哪里的话?"罗雪雁正色道,"什么都没有性命重要!难道你这个做母亲的觉得清儿的性命不比参加宴厅的兴致?"

众人的神情十分古怪。如今这样子,瞧着是身为生母的任婉云不愿意找太医,而罗雪雁这伯母却热心地关注沈清的死活。

男子席上,沈贵面沉如水地盯着任婉云,心中只恨不得这碍事的母女二人跟他没有半分关系才好。

"沈大夫人说得没错。"皇后淡淡地开口,扫了任婉云一眼,"沈大小姐的身体要紧,回朝宴什么的,都不及性命重要。"

任婉云心中惊慌,若是沈清被大夫瞧了,腹中胎儿的事情也会暴露于人前。她道:"娘娘,还是……"

"我没事……"沈清额上渗出大滴大滴的汗水,脸色苍白如纸,显然已经痛得出奇。

"大姐姐,这可不仅关系到你的安危,还关系到此刻殿中所有人的安危。若你真是被下了毒,意味着有刺客混了进来,所有人都有危险。就算你不为自己想想,也该为陛下想想。"沈妙平静的声音响起。

她说完这话,文惠帝的目光便有些凝重起来。

沈清差点儿没被沈妙的话气得吐血。沈妙一句话就扯到皇帝身上,沈清能说什么,难道敢不为皇帝着想吗?

傅家的几位皇子也听出了沈妙的意思。离王一顿,随即道:"沈家小姐真是生了一张好利的嘴!"

"来人。"没有丝毫犹豫,文惠帝道,"去请太医!沈家小姐在宫中出事,朕自然要查个一清二楚!"

"大姐姐也莫要乱动。"沈妙淡淡地开口道,"指不定凶手此刻就混迹在人群中。太医来了后,就在此处为大姐姐把脉,否则动了气血,怕会出问题。"

任婉云还没来得及说话,文惠帝就点头道:"不错。"

文惠帝一句话直接封死了所有可能。

在大庭广众之下,让太医给沈清看病,也就是说,沈清怀孕的事会当着文武百官的面被揭发。任婉云一想到这里,身子就止不住颤抖起来,而她的恐惧,终于也蔓延到了沈清身上。

沈清忍着剧痛,心中涌起更多的惊恐,道:"娘,别……"

可任婉云又能如何?文惠帝已经发话,她总不能抗旨不遵。她只是一个妇道人家,在后宅中可以耍横,可当着帝后百官的面,任婉云也是不知所措。她抬头往沈贵的方向看去,巴望着沈贵能帮她一把,可沈贵的眼中只有满满的责备和愤怒。

一时间,任婉云手脚冰凉,心中涌上深深的绝望。

"你那婶婶是怎么了?"冯安宁同沈妙咬耳朵,"怎么瞧着好似很怕?"

沈妙笑了笑。罗雪雁也皱起眉。任婉云这般反常,让罗雪雁觉得古怪。可罗雪雁又想不出所以然,看向了一边的陈若秋和沈玥。

沈玥被沈清的模样吓到,抓着陈若秋的衣角有些慌张。陈若秋一动不动地盯着任婉云。同任婉云做妯娌这么多年,陈若秋自然知道自己的二嫂从来游刃有余,能应付各种场面。今日任婉云失态,只能是一个原因——她自己着了道。

沈玥低声道:"大姐姐该不会真的被下了毒?娘,是不是五妹妹……"

"玥儿!"陈若秋严厉地制止她。

豫亲王也被突如其来的变故弄得沉了脸色。他虽行事荒唐,却也分得清轻重缓急,此刻断然不是提起方才事情的好时候。他的嘴角浮起一抹讽刺的笑容。今日被沈妙逃过一劫,不管是不是沈妙给沈清下毒,若是以为这样就能拖住他,沈妙想得未免也太简单了。事后,他照样能同文惠帝提起此事。

太医很快赶来。出人意料的是,宫中太医皆是上了年纪的人,这太医却不过二十出头,生得也十分俊秀,倒是让一些官家小姐看直了眼。

沈妙在瞧见这太医的一瞬间,心中咯噔一下,仔细地打量着那太医。年轻太医背着医箱,同帝后行过礼便走到了任婉云身边。任婉云还想挡,只听得那太医道:"请夫人放开沈小姐,在下好为沈小姐把脉。"

众目睽睽之下,上头还有帝后锐利的眼光,任婉云不敢与之抗衡。沈清已经疼得昏厥过去。任婉云退后一步,眼睁睁地看着那太医两指搭上沈清的手腕。

正在沈妙看着那太医出神的时候,身边突然传来冯安宁戏谑的声音:"你不会也看上那太医了吧?若是你看上他,倒也不算眼光不好。"

沈妙微微一怔,问:"你知道他?"

"咦?"冯安宁惊讶地道,"你不知道吗?这位太医是太医院新来的大夫,医术可了不得了,连德妃娘娘的心痛顽疾都给治好了。陛下很看重他,破例让他进入了太医院。"

"他叫什么名字?"沈妙问。

"你该不会真喜欢上他了吧?"冯安宁狐疑地看了沈妙一眼,"他叫高阳。可是定京城的官家里,除了京典史高家,没听说过什么姓高的官户。"也就是说,这高阳肯定不是出自大家。

沈妙注视着年轻的太医。这高阳竟然给她一种熟悉的感觉,仿佛在哪里见过。但前生在太医院中,她并未见过高阳这么一号人物。可不是在太医院,她又是在哪里见过他?

思索间,高阳已经诊脉完毕,一回头,对上的就是沈妙打量的目光。他也微微一怔,不过很快就回过神来,冲着任婉云拱了拱手。

"高太医,"皇后开口道,"沈家小姐究竟是否中毒了?"

高阳看了一眼昏厥过去的沈清,又看了一眼面色惨白的任婉云,拱了拱手,道:"回娘娘的话,沈家小姐并未中毒,只是饮用了清荷茶。"顿了顿,他又道,"沈小姐饮下的清荷茶中并未有毒,沈小姐也并未中毒。"

"哦?"文惠帝看向沈清,"既然未中毒,又怎么会这样?"

"回陛下,"高阳叹了口气,"清荷茶性寒,寻常人饮用的确无碍,可是有孕的人饮用了却会动胎气……沈家小姐,已有身孕。"

沈家小姐,已有身孕。

此话一出,周围顿时一片哗然。

沈贵张了张嘴,面色一瞬间涨得紫红。他猛地看向任婉云,后者只是失神地瘫倒在地。

"好啊!"出声的是那黄家夫人。她一下子站起身,竟不顾是什么地点,指着任婉云骂道,"你与我黄家定亲,竟然想要我黄家娶个破鞋,替别人养儿子!

任婉云，你还要不要脸？！"

周围人因为黄夫人的一席话吵得更厉害了。前段时间，沈清和黄家定亲之事才传得沸沸扬扬，今日就当着文武百官诊出有了身孕，这是什么道理？一个黄花大闺女竟然有了身孕，这是私通，而她竟然还想带着身子嫁入黄家？

"沈夫人，本宫也想知道这是怎么回事。"高座上，皇后冷冷地道。

未婚先孕，与人私通，一旦被发现，那女子是要被沉塘的。皇后掌管六宫，看不惯这些腌臜事，声音里的冷意几乎所有人都能感受到。

任婉云只觉得嘴里苦涩，一句话也说不出来。她能怎么说，说沈清不是与人私通，而是被人奸污的？可无论是哪一种，她的清白被毁了都是事实。至于豫亲王，自己更不能说一个字。豫亲王这人锱铢必较，若攀咬上他，只怕自己也没有好果子吃。

"沈夫人不说，那就沈小姐来说。"皇后的目光陡然凌厉，她吩咐身边的宫女，"去将沈小姐叫醒！本宫有话要问。"

任婉云一惊，可皇后身边的宫女已经走上前来，动作十分迅速。任婉云来不及阻拦，两个宫女已经十分粗暴地将沈清掐醒。

沈清方醒，腹中仍是绞痛，听得高座上的皇后冷声问："沈清，本宫问你，你腹中骨肉的父亲是谁？"

沈清一听此话，身子僵住，求助般地看向任婉云。情急之下，任婉云只同沈清微微摇了摇头，让她千万莫要乱说。至于以后，任婉云总会想法子将她救出来的。

沈清见任婉云摇头，有些不明白她的意思，却也不敢胡乱说话，便支吾着道："臣女……臣女……"她却怎么也说不出来。

沈妙轻轻地叹息一声，道："大姐姐还是说出来吧，如今犯了重罪，既然都是这样的结局，总不能只让你一人担着这条性命。"

任婉云狠狠地看向沈妙，恨不得撕碎了沈妙的嘴。

沈清身子一颤，目光中尽是惊恐。按沈妙话中的意思，沈清竟是难逃一死了。生死之间，沈清什么都顾不得，突然高声道："不……不……我的孩子，是豫亲王殿下的！我腹中是豫亲王殿下的骨肉！"

今日真是一波未平一波又起，好好的回朝宴，竟是牵扯出许多事情。

众人朝豫亲王看去，后者眯了眯眼睛，瞧着沈清的神色却是十分阴沉。

"清儿，别胡说！"任婉云扑将过去，一把捂住沈清的嘴。可说出去的话泼出去的水，怎么也收不回来了。

沈清瞪大眼睛，死死地盯着豫亲王。她想得也很简单，既然私通外人，未婚先孕是一个必死的结局，只要肚子里怀的是豫亲王的骨肉，那就是和皇室血脉有关联的，这样一来就等于拥有一道保命符。无论如何，皇帝也不会下令处死自己的侄子！

沈妙心中觉得好笑。沈清忘记了，世上有个词叫去母留子。后宫之中，这手段百用不厌。沈清真的以为，凭借着那点子骨肉，就能安然无恙吗？不过是死得更快罢了。

帝后的神情阴晴不定。此时牵扯上了豫亲王，的确就不那么简单了。

男子席上，沈丘和沈信对视一眼。沈信还好，只是对此事有些愕然。沈丘却暗中握紧双拳。原来如此！原来如此！难怪沈妙不肯说，那奸人竟是豫亲王！

豫亲王没有承认，可也没有否认，这么一来，几乎就能确定了。

一片沉默中，沈妙的声音轻轻地响起："难怪之前亲王殿下提出要娶沈家姑娘，原来是想给大姐姐一个名分啊！"

这话轻飘飘的，却令在场的人恍然大悟。难怪如此，方才豫亲王说想娶王妃，中意沈家姑娘，原来是指沈清。这不，两人连孩子都有了。一时间，众人原先看向沈清的同情目光又变了变。如此一来，倒不像是豫亲王强迫于她，而是沈清自愿当王妃了。

"这沈五小姐好厉害，"苏明枫惊讶地道，"颠倒黑白的本事极高。"

眼下大多数人被沈妙的话牵着鼻子走，却不代表所有人都是，头脑清楚的可还是记得，当时豫亲王说要娶沈家姑娘的时候，看的是沈妙。

谢景行抱着胸，似笑非笑地看着对面的少女。

皇帝的眉头几不可见地皱了一下，要知道从前豫亲王虽然也胡闹，却不会将这些事情闹到台面上来，私下里再如何，总有法子解决。如今事情摆在大庭广众之下，难道要他惩治这个王弟？只怕会让豫亲王心中生怨。可若就此揭过，当皇帝的如此包庇，上行下效，也不能震慑百官。沈妙的话等于提出了一个法子，如果说这二人在情投意合之下做出此事，倒也无可厚非。

文惠帝看了皇后一眼。皇后心领神会，道："原来之前王弟所说的心仪的姑娘是沈家小姐！不过你二人实在是太乱来了，惹出这样大的祸事，日后该当如何？"

沈清心中松了一口气，不顾腹中疼痛，半爬起来跪在地上磕头，恳求道：

"都是臣女的错！可臣女舍不得腹中骨肉。恳求陛下、娘娘看在臣女腹中孩子的分上，饶过臣女一回。"

嘘声四起。沈清这一跪，毫无尊严，将里子和面子都丢尽了。

皇后厌恶地瞧了她一眼，淡淡地道："你确实罪责难逃，不过今日既是回朝宴，只论喜事。王弟这么多年鳏居一人，本宫今日权当做个好事，送你二人一桩赐婚，也是金玉良缘。"

沈清捡了条命，连忙欣喜地道："谢陛下、娘娘成全。"殊不知她这番举动，落在别人眼中有多难看。

豫亲王阴恻恻地看着沈清，目光一转，又落在沈妙的身上。

高座上，皇帝警告地盯着他。豫亲王便只得拱了拱手，缓缓地道："谢皇兄、皇嫂成全。"

沈妙唇角一扬。今日只是开头小菜，好戏还在后头。豫亲王的算盘落空，想必此刻已是暴怒万分。人在怒急攻心的时候，最容易犯错。

沈妙歪了歪头，眼睛异常明亮，然而细细看来，唇角噙着的笑容却有一种让人不寒而栗的恐怖。

一场好好的回朝宴，就在突如其来的变故中结束了。

文惠帝被扰了兴致，没过多久就拂袖而去。

帝后离开后，臣子也纷纷找借口离去。今日此事表面看是寻得一个完美结局，明眼人都知道，这不过是一桩骇人听闻的丑事。

沈清早已被任婉云匆匆带着离开，沈贵的脸色十分精彩。众人瞧着他的目光意味深长。有些同僚甚至落井下石，对他拱手笑道："恭喜沈大人，能和亲王殿下成亲家，可是天大的福分。"

若是从前，沈清嫁给豫亲王，对沈贵来说也没什么大碍。可沈清今日的表现明显给豫亲王带来麻烦，豫亲王会不会迁怒于他？想着想着，沈贵就无比烦躁和恐惧。

回朝宴散去后，罗雪雁和沈妙往宫外走去，行走间，却见两个侍卫拖着一个小太监走过。小太监嘴里堵着帕子，正拼命地挣扎。跟在他们三人后面的，是太监总管高公公。

"沈夫人、沈小姐。"高公公停下来与他们行礼。

"高公公，这是……"罗雪雁看着小太监，问道。

"新来的不懂规矩,犯了错,咱家这是带他去受罚呢!"高公公道。

小太监看见沈妙,目光又落在她身后的惊蛰身上,忽然疯了般挣扎起来,想往惊蛰身边冲。

"老实点儿!"高公公一脚踢在小太监的膝盖弯上,后者闷哼一声,跪倒下去。高公公从鼻子里哼了一声,"不知天高地厚的东西,差点儿冲撞了贵人。"

罗雪雁皱了皱眉。她不太喜欢这样的场面,便冲高公公道:"既然如此,也就不打扰高公公做事了。"

高公公连忙笑着应了。

沈妙却忽然开口,轻声道:"既然犯了错,自然该受刑罚。"

众人诧异地看着她。小太监身子一抖,看向沈妙的目光中多了一丝怨恨。

沈妙理也不理,挽着罗雪雁径自离开,临走时淡淡地扔下一句:"不懂规矩就要教,宫中不比宫外,今时,也不同往日。"

沈妙一行人的身影渐渐远了,高公公对两个护卫道:"等什么?走吧。"

小李子满心不甘,更充满恐惧。他不知道自己做错了什么,在回朝宴的小花园中,沈妙的丫鬟惊蛰给了他一锭银子,对她说沈大小姐身子不适,不喝宫宴准备的酒酿,需要一杯清荷茶,烦请等会儿在宴上的时候通融一下。他觉得简简单单就能得一锭银子,何乐而不为?而且若是讨好了这位沈家小姐,说不定日后他也会有贵人相助。

但小李子没想到,沈清竟是怀了身子的,那清荷茶更是成了引发所有事情的罪魁祸首。而这杯茶的源头,查来查去,就查到了他的头上。

外头,沈妙静静地走着。当初傅修宜刚登基,小李子是高公公身边呼之即来挥之即去的一条狗。她看小李子可怜,愿意在宫中给他个面子。后来小李子成了李公公,她从皇后变成了废后,这个自己亲手提拔的宦官还送了她最后一程,给了她一句忠告:今时不同往日。

如今,她也算把这句话原物奉还。

她和罗雪雁在前面走着,不知曲曲折折的走廊后,有人看着她的背影发出喟叹:"这沈家小姐是不是和那小太监有仇?好端端的,平白误人一条性命。"

他的身边,谢景行冷笑着看他:"你什么时候变慈悲了?"

"为人医者当父母心。"高阳摇了摇扇子,忽然想到了什么,神情变得凝重起来,道,"方才殿中,她看了我许久,莫非……她发现了我的身份?"

"不可能。"

"那她看我的眼神也着实可怕。"高阳摸了摸下巴，认真思索了一番才开口，"莫非，她是心悦我？"

谢景行面无表情地盯着他，吐出一个字："滚。"

"你这人真没意思。"高阳摇头，神情颇为遗憾，"虽说如今大事迫在眉睫，但你这性子也是越来越凶了，还是要放松放松。"

谢景行看着远处，道："羽书来了。"

"啥？"高阳一惊，"什么时候？"

"昨日。"

高阳的神情渐渐肃然，他道："难道你想……"

"不错。"

定京，沈府，彩云苑。

啪的一巴掌，沈清脸上出现清晰的指印，唇边也起了点点鲜红。

"沈贵，你干什么！"任婉云厉声喝道，一把将沈清护在怀里。

"我干什么？"沈贵笑容狰狞，道，"你们今天做了什么？"

"怎么？"任婉云不甘示弱，"这事难道能怪清儿吗？你是清儿的爹，你不帮着自己闺女还打她，沈贵，你没有良心！"

"闺女？"沈贵怒极反笑，"我沈贵没有这样的闺女！不知廉耻，勾三搭四，还怀着个孽种！真是比青楼下三烂的妓子都不如！"

沈清身子剧烈颤抖起来，任婉云见状，心如刀绞。

任婉云将沈清交给春桃，冷笑着站起身道："沈贵，你摸着良心问问，清儿到了这副模样，究竟是谁害的？是我吗？是沈妙那个小贱人！你为什么不去找沈妙的麻烦，你怕是吧，你怕大哥大嫂回来，你动不了那个小贱人。你对清儿发火，可也别忘了，当初卧龙寺那件事，你也有份。你现在想独善其身，把所有的事推到清儿和我身上，老娘不吃你那套！若是惹急了，我将事情告诉大房，咱们谁也讨不了好！"

"你！"沈贵怒道，"你这泼妇，好不讲道理，我与你说也说不清！走了！"说罢落荒而逃。

看着沈贵匆匆离去的背影，任婉云面色嘲讽，沈贵这个人骨子里欺软怕硬，如今连女儿都保护不了。

沈妙给了任婉云致命一击，眼下这个地步，皇后赐婚，任婉云纵是有通天的本事，也改变不了什么了。

"沈妙，这笔账我任婉云不同你讨回来，誓不为人。"她磨着牙，把嘴唇都咬出了血来。

西院中，沈信夫妇回到自己屋里后，沈丘仍坐着不动。

他木着一张脸坐在沈妙桌前，年轻的将军平时看上去春风和煦，一旦黑着脸，就有几分沙场男儿的血腥气，白露和霜降都有些畏惧。

"大哥。"沈妙在他对面坐了下来。

"妹妹，我想了又想，"沈丘道，"此事还是不能就这么算了，我心里堵得慌。"他说的"此事"是指沈清和豫亲王的事情。虽然沈妙之前隐瞒了一部分，但经过回朝宴这一出，沈丘自己也将来龙去脉猜得七七八八了。他们家中最小的妹妹这一年竟被人如此算计，沈丘怒不可遏。

"大哥，"沈妙叹息一声，"我已经说过了，此事没有证据。况且其中牵扯到一个豫亲王，你若是跳出来，就是站到皇家的对立面，你想害死爹娘吗？"

沈丘一愣："总不能就这样算了。"

"大哥，与我下一盘棋吧。"沈妙道。

"都什么时候了！"沈丘挠了挠头，"而且你不是不爱下棋吗？"

沈妙不接他的话，摆好棋盘，自己拿起黑子，白子给了沈丘，道："两军对垒，这是你的兵，这是我的兵。我们以子为卒，将帅各分，逐鹿天下如何？"

沈丘对战事一向热衷，闻言也来了兴趣，道："好。"

白子黑子落在棋盘上，沟壑纵横，黑黑白白仿佛真是战场。沈妙下得慢，和沈丘步步铿锵的风格不同，让他有种钝刀子磨肉的无力感。任沈丘的白子怎么威逼，她都岿然不动，不紧不慢地落下黑子。虽看上去是落了下风，可沈妙手中的黑子一个不少，偶尔眼看着沈丘就要吞吃她的黑子，却又被她狡黠地逃走。

一炷香的时间过去，桌上的白子黑子一个不少，谁也没有讨到便宜，谁也不曾吃掉对方一个子儿。

沈丘道："妹妹，你逃脱的法子挺好，不过难道要这样跟我下一夜不成？我可要进攻了。"

"正好。"沈妙微微一笑，"我也打算如此。"

话音未落，她手中黑子忽而落到了一个刁钻的位置，只一下，棋局都被改变了。

接下来，沈妙一改之前只守不攻的作风，下手凌厉，风卷残云般大口大口吃了沈丘的白子，不到一刻工夫，沈丘的白子竟然只剩下最后一颗。

"我输了。"沈丘苦笑一声，看向沈妙，"妹妹，你的棋艺什么时候进步了？"

"我并非想与大哥下棋。"沈妙摇了摇头，"先前大哥问我难道就这么算了，下了一盘棋，大哥如何想？"

沈丘吓了一跳，道："你……"

黑子前面姿态柔和，只守不攻，到了后头扭转全局，将对方吞吃干净。意思是，沈妙之前对待沈清之事并不凌厉，是在等待一个时机。她要等着那些人作茧自缚，然后才出手，满载而归？

"达成目的的法子有很多种。"灯火下，少女的手指夹着一枚黑子，她轻描淡写地道，"这条路走不通，那就换条路。明的不行，就来暗的。他们已经把自己的出路堵死，接下来，就该我们下棋了。"

沈丘觉得心中涩涩的，道："妹妹，我不明白。"

"大哥若是信我，就将此事交给我吧。"沈妙道，"斩草要除根。"

"妹妹方才不是说，豫亲王府背后有皇室撑腰，不能直接去找他麻烦？妹妹你又如何做？"沈丘担忧地道。

"我早说了，白的路走不通，就走黑的路。世上的路千千万，总有一条走得通。"沈妙道，"他豫亲王仗着皇室狐假虎威，不过是有壳的乌龟，剥了他的壳，看他如何嚣张！"

沈妙朝他微微一笑，道："不过大哥，我需要些银子，所以……陛下赏赐的那些东西，真金白银的给我，我有用。"

"好。"沈丘想也没想便答应下来。

"豫亲王府的事情也不必担心，不要告诉爹娘，我会看着办的。"

"好。"

沈丘挠着头离开了，出了沈妙的屋，忽然一拍额头。娘的，怎么有种被妹妹保护的感觉？！

屋中，谷雨小心翼翼地问："姑娘，明日果真要用那么多银子吗？"

沈妙叹道："我只怕拿不下来。"

第二日，沈丘挑了好几箱真金白银来到沈妙的院子，还从怀中掏了一千两银票给沈妙，笑道："有想买的东西便买下来，不够再找大哥要。"

外头扫地的丫鬟们都羡慕地看着沈妙,从前觉得自家这个五姑娘在府中地位尴尬,如今看来,沈妙才是最有福气的。

沈妙点了点头,也没推辞,收下那张银票,道:"多谢了。"

沈丘又招了招手,身后两个护卫立即上前。沈丘道:"我这两个护卫都是军中好手,暂且借出保护你。"

沈妙应了。莫擎也跟了出来。

沈丘笑道:"你这个护卫选得不错。"

莫擎已经脱离了沈府护院的身份,沈妙将他的底细告诉了沈丘,沈丘把卖身契还给莫擎,让他来沈家军中。不过这些日子,他就是沈妙的护卫,护着她的安全。

沈妙带着三个护卫和两个丫鬟,出了沈府大门。

就连赶路的马车夫都是沈丘寻来的有武功傍身的人。

沈丘的小厮道:"少爷真是护着小姐。"

沈丘叹了口气。可惜无论怎么护着,做妹妹的太老成,他都没有当哥哥的成就感。

"走走走。"他摆了摆手,"回去练剑!"

沣仙当铺是定京城中最大的当铺。

这里只当珍贵之物,若是当普通物品,会被当铺的伙计"客气"地请出去。当铺的主子应该是个不缺钱财之人,若是客人给出的物品足够珍贵,当铺的当价也绝不会低。不过,沣仙当铺还有个规矩,只做死当,东西一旦当出去,断没有赎回的道理。

一般珍贵之物,若非穷途末路,谁也不会当出去,何况是死当。因此沣仙当铺虽然财大气粗,可来往的客人寥寥无几。这样的情况下,这沣仙当铺竟多年不倒,也不知是怎么维持生计的。

今日,沣仙当铺的门前停了一辆马车。

路过的百姓忍不住往这头瞧了一眼。来沣仙当铺当东西的人,大抵都是走投无路急需用银子的。而这马车做工颇为精巧,看起来来人不像是穷人。富人会来此典当珍贵之物,实在有些稀奇。

马车在门前停下,从里面走出几个女子。为首的少女大约是哪户人家的小姐,穿着件斗篷,眉清目秀,看过来的时候,目光清澈如水。

当铺的伙计是个年轻小子，生得机灵能干。见几个护卫并丫鬟簇拥着少女前来，小伙计迎上去，笑道："客人是想当东西？"

"有个东西要典当。"少女道。

"这位客人要典当的是什么？能否先看看货？"小伙计笑容可掬地道。

谁知对方摇了摇头，道："我要见你们这里管事的。"

"这……这不合规矩，客人。"小伙计摇头道。

"我要当的东西，你看不了。"少女并没有恼。

小伙计还未说话，就听一个娇媚的声音响起来："是谁要见我啊？"

从后头走出一名妙龄女子，不算美丽，浑身上下却透着一股子勾魂夺魄的妩媚。沈妙身后的几个护卫皆是有些脸红。

"这位客人想见我吗？"那女子扭腰款款而来，笑着问。

沈妙摇头道："我要见你们管事的，百晓生。"

女子的笑容霎时间僵硬下来。

百晓生是一个人。

人生在世，千姿百态，有王朝皇宫，也有江湖百姓。三十六行七十二业，有这么一种人，三教九流，听起来不大正经尊贵，然而却又必不可少。

譬如百晓生。

顾名思义，百晓生就是包打听，数百年的传承中，这个代称出现的次数并不多，寻常人家或许听也没听过。至于在哪里，有什么人，更无人可知。不过，不知不代表不存在，定京城中的沣仙当铺掌柜的，就是如今明齐的百晓生。

红衣女子看着沈妙的目光渐渐肃然。

莫擎几人有些莫名。他们虽在军中，也曾混迹江湖，可还真不知道百晓生是谁。

"姑娘是……？"红衣女子试探地问。

"我来做一笔买卖。"

红衣女子闻言，神情又是一动，随即微笑着对沈妙道："这位姑娘身上的东西想必价值昂贵，既然如此，请随我去后面谈。"

莫擎几人也要跟上去，被红衣女子拦住："这几位便不必了。"

"姑娘……"惊蛰担忧地道。

"你们留下吧。"沈妙道，"做完这笔买卖，我就回来。"

红衣女子带着沈妙穿过走廊，走廊尽头是一座四四方方的木质楼阁，共有六层，上头笼着轻纱，看不清楚里面的模样，修缮得极其精美。

外人皆传言，沣仙当铺家主家财万贯，否则当铺生意萧条，不可能维持那么多年，入不敷出可不是每个人都能消受的。

不过，沈妙却知道，沣仙当铺之所以财大气粗，是因为他们赚银子的法子根本就不是典当东西，既然做的是无本生意，自然一本万利。

红衣女子将她迎进楼阁最底层，寻了一间屋子让她坐下。这是一间茶室，里头的红木桌椅上雕刻着山水画，栩栩如生。

"我叫红菱。"女子笑了笑，眼角几乎媚得滴出水来，"姑娘如何称呼？"

"我姓沈。"沈妙道。

"原来是沈姑娘。"红菱笑道，"不知道沈姑娘来咱们沣仙当铺，是做买呢，还是做卖？"

沈妙道："做买，也做卖。"

买卖同时做，红菱忍不住一愣。红菱收起心中的狐疑，继续笑道："那不知道沈姑娘做的这笔买卖，价值又是多少？"

沈妙摇了摇头。

红菱有些不明白她的意思，道："沈姑娘……"

沈妙的声音十足平静："方才我在前面就已经说过了，我要做的这笔生意太大，他看不了，你也看不了。想谈的话，找你们主子来吧。"

红菱的嗓子有些发涩。这么多年，她还是第一次被人这般不客气地招呼。

"沈姑娘，我是这里管事的，有买卖要做，自然是与我做。"她道，"再多的银子，我也不是没有见过。"

"和银子无关。"沈妙微微一笑，"我说过了，这笔买卖，你做不了主。"她瞧了一眼四周，"我带着诚意而来，你们却无诚意，百晓生也不过如此。"

面上的笑容冷了三分，红菱道："我倒是觉得，沈姑娘不像是诚心来做生意的。既然沈姑娘信不过我，我也没有办法。"

沈妙盯着她，半晌后，道："如此，我便先卖给你一个消息。"

红菱一顿，只听对面的少女神情平静地吐出了一句话："当初江南豫州陈家姊妹失踪下落不明，这个故事卖给你如何？若是你觉得这故事价值不错，就请让掌柜的与我见一面，再谈买的生意吧。"

红菱震惊地看向她，片刻后，换了脸色，笑道："烦请沈姑娘稍等一刻，红菱先退下了。"

红菱匆匆离开，剩下几个青衣女童好奇地看着沈妙，显然不知道为何听了她的话，红菱会突然离开。

沈妙看着手中的茶盏。沣仙当铺，表面是当铺，其实是买卖消息、打听秘密的地点。有人要买消息，有人要卖消息，沣仙当铺，就如同战场上烽火传递的交接点，目的就是将买方和卖方接上。

而沈妙要卖的这个消息，则是当年轰动明齐的一桩血债。江南豫州首富陈家有两姝，生得绝色倾城，这样的容色，若是进宫，定能挣个妃嫔当当。

陈家家大业大，有这么两个女儿，却并非好事。女子容貌太盛，又没有能与容貌相匹配的保护能力，只会给家族带来祸事。好在陈家不仅是江南首富，更在江湖中有一席之地。陈家广结人脉，绿林朋友众多，陈家老爷更与一派掌门有恩，于是陈家也算背后有靠山。

谁知道就算这样，陈家姊妹在十六岁那年，花灯节当日，还是在人眼皮子底下不见了。陈家搜了许久都未果，如今距离陈家姊妹失踪已有三年。陈家一直花费人力财力去寻找两个女儿，虽知凶多吉少，却从未放弃，甚至辗转找到了百晓生，花重金要买女儿的线索。

然而，这一切都没有消息。

今日，这个存了三年的生意突然有人知晓，红菱怎么能不惊讶？陈家付的酬金想必不菲，掌柜的只要做成这笔生意，就算分成，也能分到不少银子。

生意人按银子说话，沈妙就不相信找不到那个背后的主子。

沣仙当铺里头这座楼阁，叫临江仙，做买卖的在第一层，往上的第二层到第六层，都由家主自己享用。

第六层的茶室中，桌前正坐着三人。

"羽书，你怎么这么快就到了？"高阳看向对面的人，"连个招呼都不打。"

在他对面，坐着一名十七八岁的少年，生得很可爱，和谢景行的英俊不同，也不同于高阳的秀气，少年如邻家小子般，有种莫名的亲和力。

少年穿一件湖绿色长袍，笑起来颇为讨喜，道："听说定京计划有变，知晓你二人肯定需要我这样神通广大的得力干将相助，我特意回来出手。"

"呵呵。"回答他的是高阳的一声冷笑。

"不过三哥！"叫羽书的少年忽而又转向他道，"倚翠楼的芍药姑娘最近对我又是爱搭不理，我深感惶恐，三哥历来招姑娘喜欢，不如教一教我如何？"

这看上去亲切无害的少年郎，却是个游戏花丛的老手。

谢景行看也不看他一眼，道："看相貌。"

"啊，难道三哥认为我这样的人相貌不英俊吗？"少年的脸涨红了，"想当年，我在……也是一枝花，万人追捧，三哥莫非是嫉妒我？"

高阳看不下去了，把羽书的脑袋往另一边一扳，道："季羽书，再这么说话，你就回去吧。"

"喀。"季羽书立刻坐直身子，正色道，"三哥，我们还是来说说此行的计划吧。"

他的话还未说完，楼下就上来一名红衣女子。女子隔着纱帘远远地叫了一声："家主。"

"红菱啊，"羽书循循善诱道，"跟你说多少次了，我兄弟几人说话的时候，还是不要上来了。"

"家主，是……是有一笔大生意，客人非要见您。"红菱道。

"不见！"羽书摆了摆手，"谁家小子这么嚣张？我沣仙当铺又不缺银子，谁还少不了他那笔生意来着？不做就不做吧，让他走走走！"

"可是家主，那笔买卖不是一般的……"

"说了不做了，沣仙当铺不伺候那些人。"羽书伸手取面前的点心吃。

红菱有些犯难，却也无可奈何，正要退下，却听见紫衣少年开口问道："是什么买卖？"

红菱一怔，看了看季羽书。季羽书看到她犹豫的目光，一拍大腿，道："叫你说你就说嘛，这二位都是自己人。"

红菱见状，放下心来，笑道："是来卖情报的，就是三年前江南豫州陈家姊妹的那桩案子。"

她话音刚落，高阳首先惊异地道："陈家案子，隔了三年竟有消息？"

谢景行也开口道："陈家在江南一带势力众广，你接下这笔生意，除了银子，好处更多。"

"说来说去就是要做喽。"季羽书抓了抓头，道，"你们都这么说，那我去看一看吧。我倒要看是哪位小子，竟敢这么消遣小爷！"

红菱忍不住笑了，道："不是小子，是位姑娘。"

"姑娘？"季羽书顿时喜笑颜开，"长得俊吗？"

"很俊呢，看着就是个知书达理的。"

季羽书猛地站起身来，掸了掸袍子，冲谢景行二人拱了拱手，笑道："二位哥哥，小弟先告辞一步。"说罢，他转头就冲红菱急切地道："在哪儿呢？走走走，红菱你怎么不早说……"

待他二人离开后，高阳才叹了口气，一脸恨铁不成钢地对谢景行道："我以为他来定京也没什么用处，你还是让他回去吧。"

"当个靶子也好。"谢景行轻描淡写地道。

沈妙坐在茶室中，低头看着茶杯里沉浮的茶叶。

门口传来脚步声，紧接着纱帘被掀起。红菱走进来，恭敬地弯腰，将身后的人迎进来。

沈妙抬起头。

来人不过十七八岁的少年，穿着件绣鹿样花纹的湖绿色长袍，看起来性子欢快。不过他能将沣仙当铺打理得当，手中还握着这门行当的命脉，实在不容小觑。这少年也绝非表面看上去那般纯良。

"在下季羽书。"他在沈妙对面坐下，笑着对沈妙拱了拱手。

"季掌柜。"

"不知沈姑娘芳龄几何？"他先抛出一个风马牛不相及的问题。

沈妙微微一愣，道："十四。"

"哦，那正是芳华好年纪。"他搓了搓手，眼中现出一抹热情，"不知可有婚配？家中还有姐妹否？"他一副调戏良家少女的登徒子模样。

沈妙轻笑道："看来季掌柜不是来做生意的。"说完，她作势要走。

"哎！"季羽书吓了一跳，"有话好好说，沈姑娘莫急，咱们现在就谈生意。"

沈妙这才停下来。

季羽书小声嘟囔道："看着温柔，怎么这么凶……"一转眼，他瞧见沈妙清冷的目光，又坐直身子，道，"沈姑娘知道江南陈家那桩旧案，容我多说一句，三年前姑娘方十一，这事是怎么知道的？"

"横竖作不得假，做生意的双方终是要见面，是真是假，得由那边决定，季掌柜担心什么？"

闻言，红菱和季羽书同时一顿，看向沈妙的目光充满深意。听沈妙的语气，她对其中各个环节仿佛烂熟于心，可红菱和季羽书可以确定，沈妙从未来过此处，她是一个陌生客人。

"喀，话虽如此……不过沈姑娘是怎么得知沣仙当铺这里的生意？"季羽书再次问道。

"偶有耳闻，故来一试。"沈妙回了他八个字。

季羽书的眼珠子转了转，他换了个话头，道："那么，沈姑娘这个消息想卖多少银子呢？"

买方的人会给付银子，一部分给卖方的人，一部分给沣仙当铺，这其中多少银子也要在之前谈妥。

"在这之后，我还要买一个消息。如果季掌柜能卖出我想买的东西，江南豫州陈家的银子，我一分不收，还倒给你拿。"

季羽书倒吸一口凉气。沣仙当铺开张这么多年，许多事情都交给红菱打理，他不过是个甩手掌柜。这是一本万利的生意，也非常简单，凭的就是各处的人脉和交情。今日和沈妙的一番话，只觉得对方话里连弯带拐，让他有些应接不暇。

不过他还记得自己是个生意人，就问道："沈姑娘想知道什么？看这势头，来头不小。若是找不见你要的东西，银子也要耽搁多年，我不觉得是好法子。"

"如果季掌柜愿意的话，不需要多年，当下便可。"沈妙道。

"这和我愿意有什么关系？"季羽书瞪大眼睛，"我并非卖方。"

"我想知道的，是豫亲王府图谋造反这件事，但是这个秘密，并非买给我自己的，而是买给明齐帝王家，季掌柜明白了吗？"

季羽书被她的话惊了一跳。红菱也瞪大眼睛，觉得脑子有些发晕。

茶室中安静了半晌，直到那熏香燃烧了小半段，季羽书才道："红菱，你带她们出去吧。"

红菱忙将几个女童带出去，临走时看了沈妙一眼，后者端起茶杯，眼神平静得如一汪潭水。

"沈姑娘，"季羽书道，"你这是在作假。"

沈妙这笔买卖，与其说是做给外人，倒不如说是奔着沣仙当铺来的。她要借着沣仙当铺的这个势，传出一些流言，然后让这些流言"偶然"传到皇室中去。

沣仙当铺在市井深处有不少人脉，如同滑不溜秋的泥鳅，到时候往人群中一钻，干干净净，皇室怎么也查不到源头。

放出流言这回事，对寻常人家，哪怕是官家，沈妙也无惧，但牵扯到皇家，她就不能拿沈家冒险，这就是她的筹谋。

"无论是买卖，还是作假，富贵险中求。"沈妙微微一笑，"季掌柜不敢做这笔生意？"

季羽书挠了挠头，为难地道："沈姑娘的条件，我很动心，可沣仙当铺不是摆设，也不是用来博弈的工具，若因为在下一人贪婪而让沣仙当铺惹来祸事，实在是愧对祖师爷。"他双手合十，"对不住了，沈姑娘。"他又站起身来，冲沈妙行了一礼，"沈姑娘要做的消息，沣仙当铺不接，先前的生意，姑娘若是没改变主意，我便命人记下一笔，等江南陈家来了消息，便命人知会姑娘一声。至于在哪里知会，姑娘十日后来当铺就是。"

季羽书说完这句话，便充满歉意地对她笑了笑，转身要走。

在他即将跨出茶室的时候，身后传来沈妙的声音："季掌柜，生意的筹码不够，再加个威武大将军沈家，做不做？"

季羽书一愣，转过身。

少女垂着头看着面前的茶盏，好似能在里头看出朵花儿。她的声音平静无波，却让整个茶室都异常逼仄起来。

"若是你能答应做这笔生意，定京城威武大将军府从此就成为你沣仙当铺的人脉。"

楼上，高阳和谢景行还在喝茶，忽然听见紧张的声音："哥哥们，不好了！"

二人抬头一看，季羽书冒冒失失地跑进来。他一把掀开珠帘，往桌前一坐，将方才留下的杯子抓起来，给自己倒了满满一杯茶灌下肚，才喘了口气，道："吓死我了！"

"你怎么了？"高阳打趣道，"怎么？美人儿不美？"

"美得很，美得很。"

"那就奇怪了。"高阳摸着下巴，想了想，"莫非美人儿很凶，你惹得人家动怒了？"

"岂止是很凶！"季羽书心有余悸地道，"她简直是个妖怪！喀，我在明齐待了这么多年，还是第一次遇见这样做买卖的。"

"不就是江南陈家那桩事？她狮子大开口，银子要得很多？"高阳问。

"她岂止是狮子大开口！简直是无底洞！"

"到底是什么？"谢景行瞧了他一眼，"再不好好说话，我就把你从这里扔出去。"

"这位客人，卖江南陈家的情报不要银子，说是要用来抵买情报的银子。你们知道她要买的情报是什么吗？她要为皇家买情报，而那情报是豫亲王府图谋造反！娘的！"季羽书忍不住骂道，"这是要拿咱们沣仙当铺作筏子，要咱们给她造个假啊！"

高阳和谢景行闻言，神情渐渐严肃起来。

季羽书还在不甘心地嚷嚷："凭什么啊？！凭什么我做得好好的沣仙当铺就要给别人当筏子？以后出了事，她一溜烟跑了，遭殃的是我这当铺！当我傻呀？！"

"既然如此，你不应就是了。"高阳道。

"嘿嘿。"季羽书突然一改愤然，笑了两声，"亏我会讨价还价，逼得她松口，出了个大价钱，你们猜是什么？"

"什么？"谢景行懒洋洋地问。

"是定京威武大将军沈家啊！做成这笔生意，沈家就是沣仙当铺的人脉之一。看我刚回来就帮了你们这么大一个忙，快感谢我！"季羽书道。

沈家？谢景行盯着他，缓慢地问："来人是谁？"

"一个小姑娘，长得挺好看的，姓沈，估计也是沈家人。"季羽书挠了挠头，"就是凶得很，对我的绝世风华视若无睹。"

他话音刚落，茶室中便陷入诡异的寂静。

片刻后，高阳才看向谢景行，道："我大约知道是谁了。这沈家的小姑娘，有些厉害。"他笑容温和，语气中却透出几分凌厉。

"其实我也觉得奇怪。"季羽书挠头道，"方才她过来的时候，我仔细瞧过了，她不像是第一次来当铺做买卖。我问过红菱，红菱说从前未曾见过她。咱们这行当本就隐秘，定京城中的官家，除了那几家也无人知道，怎么……她就知道了呢？"

"这姑娘本就不简单。"高阳思索片刻，道，"我原先以为沈家是无脑肥肉，迟早被人吞了，如今看来，倒比想象中的水深。"他扫了谢景行一眼，发现后者低头沉思，便问："你如何想？"

谢景行抬起头，看向季羽书，道："她的条件，你应了没有？"

"这么大的事，我想跟你们商量商量。"季羽书一口一个糕点，"我估摸着，沈家家大业大，手上兵力也不弱，如果那沈家小姑娘说的是真的，日后谢三哥谋事，应当简单许多。她不晓得，咱们这沣仙当铺，私下里是三哥的产业。"

鹬蚌相争，渔翁得利，姓沈的小姑娘大约不知道自己许下的这个承诺，最后会便宜了谢景行。然而也勿怪她，因为这其中的利害关系，连在沣仙当铺做了多年管事的红菱也不晓得。

"话虽如此……"高阳沉吟道，"这一把赌得也太大了！她要造的流言一不小心就会招来皇室的注意，咱们眼下行事务必小心，若是出了差错便得不偿失。至于多一个沈家少一个沈家又何妨，最初的计划里本也没有沈家的力量，咱们倒不必那么上心。"

"你的话也有道理。"季羽书点头，看向谢景行："不过说到底，还是得三哥拿主意。"

"她的条件，你应了。"

谢景行话一出口，高阳就皱眉道："为何如此草率决定？"

"沈家既然已成变数，不见得就在日后没用，用来对付某些人，尚可一战。至于她要造假也好，总归是冲着豫亲王府去的。"谢景行挑眉，"正好，不必我们出手收拾，也省了事情。"

他这么一说，几人也才想起。季羽书一拍巴掌，道："对呀，我差点儿忘了，她是要造豫亲王府谋反的消息，这是冲着豫亲王府去的嘛！豫亲王府和沈家有仇吗？"

季羽书方回定京城，平日不留意官家小姐之间的风流事，对这些尚且不清楚，还有些茫然。

高阳心中了然。他知道沈妙和豫亲王之间的恩怨，暗自惊心。寻常女儿遇着这种事，无不惧怕于豫亲王府的权势，沈妙非但不怕，还在伺机反扑。她倒聪明，豫亲王府背后有皇室撑腰，她就先离间皇室。

"接了这笔生意，"谢景行道，"尽快通知江南陈家。"

"放心吧，我已经让红菱捎信给豫州那边了。陈家的案子拖了三年，不过我可不知道沈家小姑娘的消息是真是假。毕竟当初陈家千方百计地查都毫无音信，如果她的消息是假，陈家人也不会让她好过。"季羽书嘴里塞着点心，含混不清地道。

"她既然敢来，就是真的。"谢景行皱眉道，"只是此事还有不通之处。"

"你是饭桶吗？"高阳看着季羽书狼吞虎咽的模样，忍不住摇头道，"难道你一个掌柜的从来没吃饱饭？"

"哼！"季羽书伸出一根手指摇了摇，"别的地方的点心，哪有三哥带的厨子做的好。"

高阳懒得说他。季羽书面色一凝，想到了什么，从怀中掏出一张银票，道："说起来，那位沈家姑娘最后扔给我一千两银子，要我打听一个人的下落。"

"什么人？"谢景行和高阳同时看向他。

"一个叫流萤的姑娘，说是……大约是青楼楚馆的姑娘，就在这定京城中，让我务必要找到她。"他好奇地问道，"她找青楼姑娘做什么？莫非也和我一样爱好美人儿？"

高阳和谢景行对视一眼，前者迷惑不解，后者只是微微摇头。

被红菱送出来时，莫擎几人见沈妙安然无恙才松了口气。沈妙在里头时间太长，要再多待一刻，只怕几人就要冲进去抢人了。

红菱客气地对沈妙笑道："沈姑娘十日后再来此处就可。"

待回到沈府，天色还不算晚，沈妙打算去给沈丘送些点心。她方走到大堂，恰好遇见任婉云扶着沈清走出来。

任婉云看着沈妙的目光像是含着刀子。沈清的眼神更是怨毒无比。

谷雨和惊蛰双双将沈妙护在身后。

"五姐儿，这些日子倒是不曾去给老夫人请过安。"任婉云提起了另一茬，"莫非打算做不肖子孙？"

沈妙扫了她一眼。任婉云如今就像是一条疯狗，逮着谁咬谁。

沈妙看了看沈清，道："二婶如今还有心力来管我的事，也不怕大姐姐伤了心？皇后娘娘的赐婚来得急，大姐姐下个月便要入王府，二婶也得教教大姐姐一些事情才是，毕竟嫁的不是寻常门户，可是亲王府啊。"说罢，她头也不回地带着惊蛰、谷雨走远了。

任婉云气得浑身发抖。

"娘。"身边的沈清拉了拉她的手，咬着牙道，"别担心，忍一忍，等我进了亲王府，就算是拼了这条命，我也要让豫亲王对沈妙出手，一定不会让她好过。"

"清儿莫怕。"任婉云道，"你哥哥很快就会回来了。垣儿最聪明，等他回来后，必然能想法子让那小贱人身败名裂。"

沈垣会赶回来参加沈清的婚礼，如今她是孤立无援，若非还有沈元柏照着她的话讨好老夫人，只怕那个老妇也不会帮她。

沈妙回到西院，看到沈丘正在院子里等她。瞧她回来，沈丘才松了口气，道："怎么去了这么久？我还以为出什么事了。"

"天子脚下，朗朗乾坤，谁要是动手，谁就是傻。"沈妙把点心递给他，"回来的时候买的，给你。"

"爹和娘怎么不在？"沈妙问。

"刚回京，同僚应酬。"沈丘上下左右地看了一眼，道，"妹妹你今日不在，这几日爹和二叔三叔有些冲突，刚老夫人还将爹狠狠地训斥了一通。"

"爹和二叔、三叔起冲突？"

沈丘看了看沈妙的神色，想了想，才道："妹妹你也知道，之前因为祠堂的事，爹娘对二叔、三叔不满，不怎么搭理他们。老夫人急了，才训斥了爹。"沈丘说到此处，面露不平之色，"老夫人这心也长得太偏了。"

"亲疏有别，到底流的不是自己的血，"沈妙淡漠地道，"她自然有所偏袒。"

沈丘似是为自己找到一个同盟而高兴，道："没错，爹是看在祖父的面子上孝敬她，这么多年，爹做得也实在够多了……"

"爹性子过于孤直，有些事情，咱们面上还是要忍让。时机一到，自然有出气的机会。"

沈丘笑道："一年不见，妹妹的性子强势了许多。"

沈妙不置可否，见沈丘已经打开纸包，拣了一块个头大的点心扔进嘴里，嚼了几下，道："京城的点心就是好吃，我们在西北大漠，哪有这么精细的东西？"

沈妙安静地看着他吃东西，片刻后，轻轻地开口问道："大哥对忠义怎么看？"

"忠义？"沈丘头也不抬地道，"自然是忠君报国，铁血杀外敌，扬威天下，报效家国。"他又问沈妙，"妹妹问这个做什么？"

"没什么。"沈妙轻声道，"你吃吧。"她的目光深处却有黯然之色闪过。

定京下了一夜的雪，日光照来，房檐下冻着的冰晶亮闪闪的，煞是好看。大街上有调皮的孩童蹲下身子抓一把雪，团了团做成雪球，互相扔着玩闹。

沣仙当铺的外檐整整齐齐地挂着一排红灯笼，灯笼混了金色纱线，在日光下闪闪发光。灯笼底下坠着亮晶晶的琉璃珠子。还好外头有守着的护卫，否则光是来偷灯笼的人怕也是络绎不绝。

长长的走廊后，另一片天地中，临江仙第一层茶室里，红衣女子笑容妩媚。她端着点心送到里头，笑着道："厨子做的点心，几位先尝尝。"说罢，她又款款地退了出去。

茶室里坐着三人，一人穿湖绿长衫，笑容亲切又和气。他对面的二人，约莫二十岁,生得有七八分相似,是一对兄弟。二人皆浓眉大眼,腰中佩剑,颇有几分江湖豪气。

此刻,这对兄弟中年纪大些的道:"季掌柜,那人莫不是诳我兄弟二人,怎么迟迟未出现?"

季羽书笑道:"陈兄不必心急。当日我与她说好,今日在此碰面,却未提时辰,总归是在今日,不会太晚,还望二位多担待些。"他说罢,心里又将对面两人骂了个狗血淋头。哪有天刚亮就来做生意的?

"实不相瞒,"陈大少爷陈岳山道,"我兄弟二人得知消息,本该大半月才到定京,却愣是马不停蹄地赶路,马都累死了几匹,无非就是得知了两位妹妹的消息。季掌柜也知道,这三年为了找到妹妹,我们费了多大的精力,好容易有些苗头,自然心急,还望季掌柜不要看笑话。"陈大少爷大约看出了季羽书对他二人来得太早有些不悦,半是解释半是赔罪地道。

季羽书心中舒坦,笑容也就坦诚了几分,道:"这几年,我也一直帮你们留意线索,如今有了眉目,心中也甚感安慰。"

"要我们在这里等他其实也没什么,"陈二少爷陈岳海要年轻点儿,说起话来更加年轻气盛,"只要那消息是真的,等上大半个月又何妨?可若是假的……这般戏弄我们江南陈家,可别怪我们兄弟不客气。"

季羽书方才和缓的心情顿时又不悦起来。陈家兄弟要横他不管,可是在他的地盘上耍横,实在让他不爽。他当下笑容不变,语气却冷了些,道:"我沣仙当铺只管做买卖,这生意做得成就是换银子的事,做不成就一拍两散。陈兄想要如何我不管,沣仙当铺却是个清清白白做生意的地方,当不起麻烦。"

陈岳山狠狠地瞪了自家弟弟一眼。

陈岳海瞧见兄长的神情,知道自己说错了话,一时也没有继续。

气氛尴尬起来。

又过了半晌,门口有脚步声响起,红菱笑盈盈地上前掀开珠帘,冲季羽书笑道:"掌柜的,客人来了。"

陈家两兄弟下意识地朝门口看去,自红菱身后走出一名紫衣少女,模样清秀可爱,十三四岁的年纪。

她掀开帘子,在空着的椅子上坐下来,冲季羽书点了点头,道:"季掌柜。"

"这位……姑娘……"陈岳山艰难地开口询问道,"可是知道线索的人?"

红菱退了下去,茶室里只剩下陈家兄弟、沈妙和季羽书。

沈妙道："不错。"

陈岳海的面色变了变，他冷笑道："姑娘，三年前你才多大？莫不是故意戏耍我二人？"

"得到线索的渠道有很多，也许不是我亲眼见到，也许并非三年前就知。做买卖讲究结果，况且区区一个陈家，倒还真没什么值得我戏耍的。"

闻言，季羽书忍不住笑出声来，瞧见陈岳海难看的表情，忙又正色道："沈姑娘说得不错，做生意讲究的是结果，至于过程如何，不重要。"

"是吗？"陈岳海看着沈妙，不冷不热地道，"那不知这位沈姑娘，就这么保证消息是真的？做生意讲究结果不假，所以结果若是真的，我兄弟二人自然重金酬谢。可若是不成……你可知后果如何？"他说到最后，语气陡然阴森。

混江湖的人都有几分凶狠，一瞬间爆发出的凶厉足以恐吓常人，至少恐吓小姑娘绰绰有余。

静默中，沈妙的眼睛一眨不眨地盯着他，神情一丝波动也无，这样倒显得陈岳海是个无理取闹的恶霸了。

季羽书想笑又不能笑，只得憋着。

一直沉默的陈岳山终于开口道："沈姑娘，我弟弟莽撞，我替他向你道歉。我二人是诚心诚意来买这个消息的，如若姑娘的消息是真，我们定奉上万金酬谢。"

"万金倒不必，"沈妙道，"你们瞧着给点儿就是了。只是江南陈家门路众广，我也不过想结个善缘，说不定日后蒙难，有什么需要陈家帮忙的地方，还望二位看在这个消息的情分上，给予照拂。"

她面对两位年纪比她大得多的男子，说话丝毫不落下风，有条有理，令陈岳山对她高看了几分。

"你还是说说我妹妹的下落吧。"陈岳海着急地道。

沈妙看了他一眼，道："陈家姊妹当初在江南豫州失踪，实则是被人掳走。而掳走姐妹二人的主使，乃当今陛下同胞兄弟——豫亲王。"

闻言，茶室的三人皆静默下来。

紧紧挨着茶室的另一处密室，房中二人也皆是一怔。白衣公子甚至失声喊道："豫亲王？！"

紫衣少年摩挲着手中的玉盏，忽而扬唇一笑，一字一顿地道："有意思。"

茶室中，季羽书心中有一瞬间恍然，之前沈妙说要造假，针对豫亲王府，此刻卖给陈家的消息也同豫亲王府有关。看来高阳说得没错，沈家和豫亲王府有深仇大恨，在这儿冲豫亲王府布了个局，等着豫亲王府栽跟头呢！

不过，季羽书想了想，又有些郁闷，来沣仙当铺做生意的，从来都是诚心做买卖之人，哪像沈妙，直接将他们当成了可以利用的工具，要沣仙当铺拉拢陈家，又利用沣仙当铺对付豫亲王府。

"沈姑娘说的可是事实？"陈岳山声音艰涩地道。豫亲王凶淫之名举朝皆知，若是陈家姊妹落到他的手上，下场可想而知。

"我没有必要骗你。"

"可你如何证明是真的？"陈岳海激动起来。

"陈家姊妹容色双姝，却被陈家保护得滴水不漏，豫亲王向来爱美色，掳走陈家姊妹，也是费了一番心思，之后将她二人连夜带往京城。陈家还在豫州搜寻姐妹下落时，陈家姊妹已经到了豫亲王府中。"沈妙说到此处，声音顿了顿，继续道，"豫亲王折磨女子的手段向来可怕，陈家姊妹几欲自尽，皆被豫亲王拦下，姐姐曲意逢迎，希望妹妹逃出生天。豫亲王知晓她二人计划，却故作不知。事发后，姐姐被豫亲王赐给手下，几经折磨，被活活打死；妹妹在逃亡路上被人凌辱，瞎了一双眼睛，寻了个地方做了倒夜香的活计，希望能活下来，因为这是姐姐为她争取来的命。只是……"沈妙轻轻地叹息一声，"她其实从未走出豫亲王府那扇大门，所谓的倒夜香活计、周围的邻人，都是豫亲王安排的，为的就是戏耍陈家妹妹，看她充满希望地活在沼泽之中。"

她的声音平静，只在末尾带了一点儿惋惜，却让人听得全身发凉。

陈家兄弟沉默下来。陈岳海慢慢地伸出手，捂着脸，突然痛苦地号叫起来。季羽书也忍不住投去同情的目光。

沈妙心中微叹。陈家姐妹前半生也是锦衣玉食的掌上明珠，下半生却如此凄惨，难道容貌太盛是罪？陈家姊妹有何罪？

"沈姑娘……"陈岳山的声音也在发抖，"怎么证明沈姑娘说的是真话？这一切，到底只是沈姑娘的一面之词。"

"很简单，陈家妹妹如今还活着，豫亲王府铜墙铁壁，你这样贸然进去，只会打草惊蛇。你想知道我的话是不是真的，便去豫亲王府里头掳一个采买的小厮，问一问有没有一位倒夜香的女子在其府上。你自己的妹妹，问一问便知道了。"

她此话一出，陈家二兄弟的身子同时晃了晃。

季羽书心中叹气，沈妙说得这般详细，这消息十有八九是真的。

"你……"陈岳海盯着沈妙，突然道，"你既然知道这件事，为何不救她？你眼睁睁地看着她陷入火坑，却不肯出手相助，还不慌不忙地来这里做买卖，你……"他猛地一拍桌子，"你好无情！"

"岳海！"陈岳山低声斥责了他一声，看向沈妙，抱了抱拳，道："对不住沈姑娘，我二弟也是太伤心了，还望沈姑娘不要计较。"

沈妙静了一瞬，不怒反笑，看着陈岳海，道："陈公子以为我应当如何出手相助？我一个手无寸铁的姑娘，又有什么本事救她出火坑？是也不顾自身安危潜入亲王府，还是像她姐姐一样付出性命为她争取机会？今日我就说了，若那人是我的亲姐姐，我倒可以救一救，可她对我来说只是一个陌生人。敢问陈公子，你可会为了一个陌生人以命相搏？若是你敢，我也敬你是条汉子。可惜我就是这般胆小怕事、心胸狭隘的女子，要我做好人，凭什么？"

她这番话说得又快又急，陈家兄弟被她说得哑口无言。

沈妙冷冷地看着对面的两兄弟。她最恨的就是别人以大义要挟。当初，她为了明齐百姓，为了傅修宜自愿到秦国做人质，回宫后等待她的就是帝王的冷漠；她沈家为了江山大义辅佐君王，得来的就是满门抄斩。陈家姊妹固然可怜，当初她被打入冷宫走投无路，连儿女都保不住的时候，又何尝不可怜？可又有谁伸出援手帮帮她？

这个世道，再艰难的人生也得自己走下去，没有谁该去拯救谁。

陈岳海沉默半晌，冲沈妙道："方才是我言重了，沈姑娘，对不住。"

沈妙平复了一下心情，道："我知道的就只有这些了。"

"我兄弟二人相信沈姑娘的说辞。"陈岳山道，"不过当务之急，是先查探一下我妹妹的下落。若是找到妹妹，陈家必然万金酬谢。"

"我早已说过，不需要万金，只需要结个善缘。"沈妙道，"不过……我有几句话，不知二位愿不愿意听？"

"愿闻其详。"陈岳山拱了拱手。

"豫亲王锱铢必较，心胸狭隘，若有人招惹他，他必定会报复回来。陈家家大业大，可是与皇亲国戚较量，终究矮了一头。想必二位不仅是想救出陈家妹妹，还想为陈家姊妹报仇。"

两兄弟对视一眼。陈岳海也没有隐瞒，道："血海深仇，不共戴天，我们陈家与亲王府势不两立，这笔血债势必要讨回来。"

"就算你们不讨这笔债，掳走陈家妹妹，豫亲王也定会知道是你们陈家所为。所以，无论如何，你们陈家都会与亲王府对上。我以为，斩草须除根，要想后顾无忧，你们还得将亲王府一网打尽。"

"沈姑娘的意思是？"陈岳山迟疑地问道。

"江湖门派，人脉众广，各路英雄皆是朋友。豫亲王府虽然权势显赫，可若论起实力来，想要灭门，也不是什么难事。"

灭门！季羽书本在一边闲闲地听着，听到此处，忍不住将一口茶水喷了出来。

陈家兄弟也怔住。陈岳山打量着对面的沈妙，心中不由得涌起一股寒气。他以为行走江湖，自己已然见过不少心狠手辣之人，面前这小姑娘可谓其中的佼佼者。她随口一句话，便要一个活口不留，狠辣至极。

然而他们也觉得，沈妙说得有几分道理。但凡有一个活口，皇室最后难免不会查到江南陈家的头上。

"灭口之事，的确不难。"陈岳山苦笑一声，"可是和当今圣上作对……"家中有妇孺老弱，皇室怪罪下来，恐怕会害得整个陈家都出事。

"我有法子让陛下不追究此事，只要你们有胆子抄了豫亲王的老巢。"沈妙道。

"你？"陈岳海道，"沈姑娘，我们知道你厉害，否则我们找了三年的线索也不会落在你手中。可是皇家之事不是那么简单，一不小心你就会引火烧身。"

"想来待我走后，你们也会查到我的身份。我是定京将军府威武大将军的嫡女，这样的身份，在朝堂之上，你们以为可否说得上话？"

陈家兄弟一愣，面露讶然，大约没想到沈妙竟是这个身份，随即又沉默了。他们出自江湖草莽起家，虽家财万贯，可官商之间，永远商在下，对朝堂之事，也只能远远地望着，不知其中深浅。眼下，两人被沈妙这么随意一哄，竟然也就动摇了。

"你为何要帮我们？"陈岳海警惕地问道，"这般不遗余力地帮我们，对你有什么好处？"

"你这人好生奇怪，方才怪我不肯出手相助，现在我出手相助了，你又怀疑。"

沈妙嘲讽的话让陈岳海有些恼火。

陈岳山摆了摆手，看向沈妙，道："沈姑娘性情中人，不过此事事关重大，若是连累了沈姑娘……"

"不单单是为了你们。"沈妙淡淡地道,"我与豫亲王府也有血海深仇。我的堂姐如今即将嫁给豫亲王府,也是被折磨的人之一。若是改日你们灭了亲王府上下,烦请留我堂姐一命。"

陈家兄弟闻言,心中疑惑倒散了大半,又冲沈妙拱了拱手,道:"如此,多谢了。"

"二位大可以先去打听陈家妹妹的消息,打听出来后,切勿轻举妄动。三日后在此地,我再与你们细谈。"

陈家兄弟点头,听出了沈妙话中的逐客之意,当下也没含糊,爽快地起身。

陈岳山道:"找到妹妹后,沈姑娘就于我们陈家有恩,日后有用得着陈家的地方,陈家义不容辞。"说罢,他便提剑匆匆离开,想来是去寻陈家姊妹的下落了。

季羽书盯着沈妙。一场银货两讫的交易,沈妙三言两语间竟成了陈家的恩人?

"季掌柜,现在可以谈你我之间的买卖了。"沈妙看着他。

"你那日的条件,我已经想过了。"季羽书装模作样地摸了摸下巴,做出一副为难样,"你要做的事实在太危险,做得成自然皆大欢喜,可若有一日被发现,我这沣仙当铺也不用开了,我这掌柜也一并会掉脑袋,至于上上下下的仆人,也就跟着送了命。这笔买卖,你要赔的是沈家和银子,我要赔的却是实实在在的无辜性命,说起来,还是我亏。"

沈妙轻飘飘地看了他一眼,道:"如此,生意是做不成了,我知道了。这么久,叨扰了季掌柜,告辞。"

季羽书见沈妙突然变脸就要走,吓得装都不愿装了,忙道:"哎哎哎,我话还没说完呢!沈姑娘,我虽然觉得这很凶险,可是看见你的第一面,就觉得你我十分有缘,像你这么美丽的姑娘,想必提出任何要求,男子断没有不答应的道理。若我不做这笔生意,想来你也会不开心。为了让你开心,我搭上性命又何妨……所以,这笔生意我做了。"

另一头的密室里,听见季羽书这般肉麻至极的话,高阳忍不住看向谢景行,道:"他没事吧?这样的毒妇都敢招惹?这不是芍药姑娘,这是食人花姑娘啊!"

谢景行扯了扯嘴角,道:"不知死活。"

沈妙在季羽书殷切而热烈的眼神中,冷静地道:"既然如此,那就与季掌柜说说我的计划吧。"

季羽书立刻正襟危坐,道:"好的,沈姑娘请讲。"

"如今明齐人都知道,十年前陛下遇刺,豫亲王以身相救,从刺客手里救下陛下,折了一条腿,那刺客却逃了。"

"不错。"

沈妙微微一笑,道:"我要你传出的这个消息很简单,那就是最近豫亲王处死了身边一个贴身侍卫。很巧的是,那个贴身侍卫除了稍微老了些,同十年前的刺客生得一模一样。"

"这……"季羽书猛地顿住,手里的茶杯差点儿翻倒下来。

"这个消息,请季掌柜务必上达天听。"沈妙微微一笑。

"这是真的?"季羽书试探地问道。

"真的假的并不重要,季掌柜想办法让它变成真的不就得了?"沈妙笑道。

"你……"季羽书盯着沈妙,半晌说不出话来。

"买卖做好,我也该走了。"沈妙站起身来,"季掌柜动作可要快些,至少,要赶在亲王府灭门案之前。"她说完这句话,再也不看季羽书一眼,转身离开了。

密室中,高阳沉默了一会儿,道:"沈家这么厉害,我觉得并非好事。如今粥多僧少,我以为,沈家不可久留。"

"留不留,我说了算。"谢景行懒洋洋地道,"借沈家之手对付豫亲王老狗,也不错。"

"也许有一天沈家会这么对付你。"

"如果他们敢,我也不介意斩草除根。"谢景行漂亮的黑眸明明灭灭,"东西还没下落?"

高阳摇了摇头。

"灭门当日,我亲自走一趟。"谢景行坐直身子,把玩着手里的玉杯,"我就不信,还能飞了!"

"你真的认为豫亲王府能被灭门?沈妙主意打得妙,可实行起来,总会有意外发生。"

"意外?"谢景行轻笑一声,半垂的桃花眼像酒酿一般醉人,然而长长的睫毛下,眼神锐利如刀,"自打我遇见她,她就没有过'意外'。"

时日总是过得特别快。

距离沈妙同陈家兄弟见面已经过了两日，明日她就该去一趟沣仙当铺，也不知陈岳山和陈岳海打听到陈家妹妹的下落没有。

陈家姊妹的身世无疑很可怜。沈妙得知这个消息，是上一世的事了。她嫁给傅修宜后，傅修宜刚刚登基，对豫亲王很是不耐烦。傅修宜不是文惠帝，豫亲王对他也没有救命之恩，作为一个刚刚登基的帝王，有个只会给自己找麻烦的王叔，实在不算值得高兴的事。

江南豫州陈家，在三年后得知了陈家姊妹的遭遇，当时也刺杀了豫亲王。这兄弟二人倒也血性，直接把豫亲王的另一条腿也废了，可惜还是让豫亲王捡了一命。豫亲王大怒，要追查究竟是谁，把这个难题抛给了傅修宜。

要查清楚刺客，天南海北何其艰难？不过傅修宜的幕僚遍天下，其中也有江湖客，有人就给傅修宜提了沣仙当铺私下里的营生。

傅修宜自己并未出面，找人花重金去买刺杀豫亲王的刺客消息。说来也怪，那沣仙当铺接了这笔生意，可一直都没做成，说是没收到消息。沣仙当铺没收到，傅修宜自己后来却查到了，于是江南陈家也的确迎来了灭顶之灾。

如今，沈妙老早就想到此事。早在豫亲王对她起了别的心思，同任婉云开始交易的时候，沈妙就布了这么一出局，一切都在照着沈妙的棋路走。

豫亲王会把所有的精力都用在她身上，于是陈家人可以趁这个机会暗中筹谋。至于皇室中，就更好做了。

其实沈妙一直猜测，以沣仙当铺的本事，未必曾经就没查出是陈家人刺杀的豫亲王。可傅修宜的人一直都没回消息，或许是沣仙当铺故意为之。莫非沣仙当铺的人和豫亲王也有什么龃龉？

所以之前在临江仙的那座阁楼中，沈妙故意试探季羽书，说出灭门二字。季羽书神情愕然，却并未有畅快，显然，季羽书和豫亲王府之间没什么恩怨。

不过死过一次的人，有时候直觉却准得可怕。季羽书的反应，非但没有打消沈妙的猜测，还让她心中有了另一个怀疑。若是如此，一切也并不是不能解释。

也许……沣仙当铺背后的主子，还不是季羽书。

背后之人是谁呢？

不过无论如何，豫亲王府的门要灭，豫亲王的命也要收。

霜降抱着花盆走进来，笑道："昨儿个太阳大，奴婢便将花盆拿出去晒晒太阳。姑娘说这几日恐会下雪，要奴婢拿布伞遮着，奴婢还不信，谁知道今儿一早就下雪了。多亏了姑娘做准备，否则啊，这几盆花可惨了，奴婢也闯祸了。"

"说起来，姑娘好似很喜欢做这些准备。"白露笑道，"早早地准备东西，早早地想好可能出现的问题，每次到了关键时候，咱们都是轻轻松松就过去了。姑娘性子稳妥，好得很呢！"

沈妙微微一笑，明亮的双眸映着外头的小雪，磐石一般坚定，道："我只是不喜欢'意外'。"

第三日，沈妙再来到沣仙当铺时，陈家兄弟已经等她许久了。

比起之前，二人变了不少。尤其是陈岳山，脸上豪爽的气息已然不见，取而代之的是深刻的阴霾。

"沈姑娘，"陈岳海先开口，"先前姑娘所说，能让皇室中人不追查到陈家的办法，可否告知我兄弟二人？"

沈妙道："我可以帮忙。不过就如同之前所说，我所冒的风险也极大，从某种方面来说，沈家与你们陈家也绑在了一条船上，若有什么不对，沈家也会遭殃。"

陈岳山顿了顿，道："我自知此行强人所难，所以……若姑娘愿意相助，我陈家一半家业，尽数分与沈家。"

闻言，季羽书也忍不住抬头看了陈岳山一眼。

陈家是江南首富，主动分出半数家业，对沈家来说，无异于如虎添翼。

沈妙闻言，心中也微诧，笑道："半数家业便罢了，这个忙我帮，只当结个善缘，日后有需要你陈家的地方，还望不要推辞。何况我与豫亲王府也有仇，豫亲王府不灭，终有一日麻烦会上头。"她看向陈岳山，"我们如今，共乘一条船。"

陈岳山道："那么，沈姑娘的办法是什么？"

"皇室那边，你暂且不必过问，过段日子就好些了。另外，你若要动手，最好是在下个月。下月豫亲王要娶我堂姐过门，成亲第二日，王府的守卫必然松懈，到时候你在清晨下手，当万无一失。"

"你……"陈岳山想说什么，最后摇了摇头，道，"一月之内，皇室那边你怎能结束？"

沈妙似笑非笑地看了喝茶的季羽书一眼："这你便不必操心。当务之急，是要尽快召集人马。"顿了顿，她才继续开口，"豫亲王府不小，你们须得先摸清格局，下手当日，除了我堂姐，救到人后，你们须将人斩草除根。"

"放心，我兄弟二人晓得。"陈岳海道。

"不知你们江湖灭门是什么规矩,我所说的斩草除根,就是让整个豫亲王府,彻底成为坟墓。"

陈岳山和陈岳海皆是一愣,陈岳海皱了皱眉:"整个豫亲王府?"

沈妙冷笑:"陈公子想发慈悲,只会害死陈家人,而我沈家人也会被牵连。"

她说得冷酷,片刻后,陈岳山点了点头:"我们必不会留下活口拖累姑娘。"

"如此甚好。"沈妙道,"那就祝二位大仇得报,血洗王府。"

又与沈妙说了一会儿话,陈家兄弟才起身告辞。待他们离开后,季羽书终于开口道:"沈姑娘,你年纪轻轻的,倒像懂得很多事情。如你这样聪明美丽的女子,我还是第一次遇见,不知日后有没有机会,与你春日踏青郊外,夏夜赏湖扁舟,深秋……"

"季掌柜,"沈妙问,"你不会就是要与我说这些?"

"喀。"季羽书清了清嗓子,"事实上,我只想告诉沈姑娘,一切都准备好了,消息也传到了宫中,想来过不了多久,沈姑娘想要的结果,就能达到了。"

沈妙心中一惊,虽知沣仙当铺有本事,却也没料到对方动作如此之快,想必在宫中也有接应的人。

"有劳季掌柜。"沈妙垂眸,"事情达成之后,之前与掌柜的承诺,我也会说话算话。"

季羽书沉默了一会儿,难得严肃地道:"沈姑娘,在下有一事不解。"

"请说。"

"沈姑娘以沈家为代价与我做买卖,就不怕有朝一日,我要沈家做危险之事,将沈家推到风口浪尖,这笔买卖可就不划算了?"

沈妙眼也未眨,淡声道:"与其忧心日后,不如担心眼前。若真到了那一日,也只能说是我沈家的命。"

季羽书有些困惑地道:"真的?"

"假的。"密室中,谢景行听着从一边传来的动静,懒洋洋地道。

"也只有季羽书才会相信她的话。"高阳道。

"不用担心。"谢景行慢悠悠地道,"上了我的船,想下去,可没那么简单。"

沈妙起身时,季羽书突然道:"对了,沈姑娘,之前你要我打听的那位流萤姑娘,似乎有下落了,这几日也许就有结果。"

沈妙道:"不急,季掌柜慢慢找吧。我也……慢慢等。"

待她离开后,季羽书才摇了摇头,一边往屋里走一边道:"真是比芍药姑娘还让人摸不清的女人。"

宫中。

书房内，案头的奏折已经摞成高高的一沓。文惠帝坐在桌前，面前折子摊开，却看也不看一眼。他已是天命之年，即将步入花甲，虽精神矍铄，两鬓却也生出星点斑白。世上之事，大抵不过一个轮回。他也有过少年意气，即便如今壮心不减，可众人瞧他的目光却像在瞧一头渐渐老去的猛虎。

总会有新的猛虎来继承他的位子。

文惠帝面色发沉，嘶哑着嗓音开口，依稀能听出其中的怒意。

"豫亲王真的杀了个一模一样的刺客？"

面前立着的人道："禀陛下，是的！抓到的人已受刑拷打。另外，亲王府抓到的亲王殿下亲信也承认了，亲王前些日子处死了一个侍卫。"

文惠帝闭了闭眼，猛地一扬手，桌子上的镇纸飞了出去。片刻后，他才冷笑一声，道："朕还是小看了他！"

宫中耳目众多，皇帝也不例外，到处是他的眼睛，这样龙椅坐起来才会更安稳。

起初得知豫亲王斩杀了一名与当初一模一样的刺客，文惠帝心中还不信。皇家感情多凉薄，他这个皇位，也是踩着众兄弟的尸体才坐上去的。留下豫亲王，是因为文惠帝始终记得，在那个凶险的夜晚，豫亲王以身挡险，鲜血淋漓地救了他一命。

如今却像是个天大的笑话，当初那一幕是这个"至亲手足"安排的一场戏！文惠帝甚至怀疑，豫亲王废掉的一条腿也是假的。

"派人守着豫亲王府，朕要看看，他想玩什么花样！"

高公公低着头，沉默地看着脚尖，好像根本未曾听见帝王的震怒之言。

日子一天天过去，随着年关逼近，百姓忙着置办年货，纵是贫苦人家，也似乎充满了浓浓的喜意。

宫中，离王与襄王正在花园中走着。

离王一派中，襄王和成王势力薄弱，对离王俯首称臣。比起太子的稳重，周王、静王兄弟的锋芒，离王则走中庸之道。他的母妃并非最得宠的，他也不是才学最出众的，却上上下下打点得极为妥帖，是只不折不扣的笑面虎。

"六哥，这段日子，听闻父皇对王叔很是冷淡。"襄王开口道。

"你也听到了？"离王笑笑，笑起来的时候，眼角生出细小的皱纹，看起来性格非常随和，"父皇自来看重王叔，这几次王叔有事相求，进宫几次，父皇竟以事务繁忙推辞，明眼人都看得出，父皇是故意晾着王叔的。"

"可这是为何？"襄王疑惑地道，"王叔做了什么事惹怒了父皇？这么多年，王叔就算再出格，父皇也不曾怪罪他。这些日子也没听过王叔出什么事啊！"

"你知不知道王叔进宫所求父皇是何事？"

襄王摇了摇头。

"七弟啊！"离王拍了拍他的肩，仿佛兄长在告诫不懂事的弟弟，"在宫中，凡事还是要多留心眼。你这般老实，六哥我也不是事事都能替你操心。"

襄王赧然地笑了笑，道："我跟着六哥，六哥比我聪明，六哥说是什么就是什么。"

"我听闻王叔进宫所求是沈家之事。"

"沈家？"襄王恍然大悟，"莫非王叔是因为沈家之事惹怒父皇？"他想了想，"可王叔娶的是沈家二房嫡女，父皇……倒不至于因为沈家二房生气吧？"

沈家二房沈贵一介三品文臣，手中没什么实权，也不至于影响大局，文惠帝犯不着因为这个和豫亲王生气。

"这就对了。"离王意味深长地道，"可是王叔所求的，却是沈家大房嫡女，沈妙。"

"原来如此。"襄王这才想清楚，"沈信手握兵权，王叔想娶沈家嫡女，是犯了父皇的大忌。可王叔怎么会突然想娶沈妙？之前要娶的不是沈清吗？"

"我也不知。"离王摇了摇头，"王叔这些年做事虽然出格，但也谨守臣子本分。这一次，却是离谱……"

"父皇肯定不会让王叔娶沈妙。不过这一次，父皇没有直接与王叔说明，反是避而不见，好像在警告什么。"

"大概是耐心被消磨干净了吧。"离王苦笑，"你我二人还是不要说这些的好，总归与我们无关。"

"六哥说得是。"襄王点头道。

二人走后，花园深处才慢慢走出一人，青靴玉带，正是定王傅修宜。他站在花园中，看向二人离去的背影，若有所思地喃喃道："沈妙……"

临江仙楼阁最顶层，季羽书给高阳看完手中的信，将信放到燃烧的炭堆中烧毁。

"消息已经传出去，皇帝也对老狗起了疑心。老狗这回是搬起石头砸自己的脚。"季羽书有些幸灾乐祸地道。

高阳摇头道："还是小心点儿，现在一点儿也错不得。"

"我知道。"季羽书摸了摸鼻子，"谢三哥最近忙什么呢？人都看不到。"

"他哪天不忙？"高阳突然叹息一声，"也不知道由着他的性子来，是对还是错。"

"我信谢三哥。"季羽书道，"你瞎操什么心？他布置了这么久，就算成不了，全身而退也没问题。高阳，你这人就是心思太重。你看咱们谢三哥，就算心里有再多事，照样过得潇潇洒洒。这才是男人！"

高阳白了他一眼，道："马屁精。"

"谁拍马屁了？"季羽书道，"你跪下求我拍，我都不拍。"

高阳温和地一笑，道："是吗？那你以后有什么事不要来我这里抓药，跪下求我，我也不给你抓。"

季羽书马上转开话头，道："以前我觉得定京城中只有谢三哥是个男人，如今我倒佩服起另一个人。"

"真新鲜。"高阳不冷不热地道，"谁啊？入得了您的法眼。"

"沈家小姐沈妙啊！"季羽书一拍大腿，"我就没见过胆子这么大的女人！她连皇家都敢算计，而且对豫亲王府，那是亲王府啊，下手就是一锅端。"

"那是你没瞧见之前。"高阳冷哼一声。

之前沈妙一把大火烧了自家祠堂，连自己的命都敢拿来做赌注，那时候高阳就觉得沈妙真是个疯子。

"她之前还有这么勇猛的事迹？"季羽书惊讶地道，随即点头，"威武大将军的女儿，悍勇一些也是正常。"

见高阳出神，季羽书继续道："说起来，这一次皇家之事虽由我来造假，但所有的事都是按照沈妙的计划来办。现在想想，豫亲王这段日子好像被气昏了头，居然直接跟皇帝说想娶沈妙，皇帝果然怀疑了，再加点火，只怕豫亲王便是死了，那老皇帝都不会眨眼睛，这么一来，正好便宜了陈家行事。沈妙这计划环环相扣，算计得一点儿差错也没有。"

"因为她是没有'意外'的人。"高阳有些感慨。

"总之，我以为这个沈妙是值得结交之人。"季羽书正色道，"加上我观其容貌，几年之后她必会出落成美人。"他露出一个自认风流的笑容，"我决定了，就将她在我心中与芍药姑娘齐名，从此后，除了芍药姑娘，她也算得上我的红粉知己。"

高阳干脆别过头去，直接不看这傻货了。

季羽书嘴里的"红粉知己"，正在屋中挑挑拣拣。

在库房挑了许久，沈妙最后挑出了一只玉枕，摸上去光滑冰凉，莹莹玉光，煞是好看，叫玉蚕枕，可以宁心静气。

"妹妹挑这个，是要送给沈清做添妆？"

"这个？"沈妙摇头，"不是。这是我用来送人的。大姐姐的添妆，大哥要是有时间，便帮我随意挑一挑吧。大哥若没时间，我让谷雨买也是一样。"

"哦。"沈丘讷讷地答，直到沈妙走出屋子后，他才一拍脑袋，"傻，我忘了问妹妹那枕头要送给谁！"

屋外，惊蛰也问："姑娘挑的枕头是要送给谁呀？"

"一个朋友。"

既然日后用得上陈家，那她如今便不能没有表示。安神凝气，对那心神紊乱的陈家妹妹来说，无疑是好东西。

第九章
灭门惨案

　　时日飞快地过去，转眼就是腊月初八。

　　腊月初八，黄道吉日，宜婚丧嫁娶，也是沉寂多年的豫亲王府迎娶王妃的日子。豫亲王鳏居多年后，豫亲王府终于迎来了新的女主人。然而众人心知肚明，这并非什么值得高兴的事，谁知道喜事什么时候会变成丧事呢？

　　"那沈贵也是疯了吧？"看热闹的人群中有人小声道，"这不是眼睁睁地看着女儿往火坑里跳吗？真是作孽啊！"

　　"你知道什么？"另一人不以为然地道，"我听当官儿的表兄说，这沈大小姐早已经和豫亲王暗度陈仓，孩子都有了。若不是因为怀着皇家骨肉，沈大小姐就该被沉塘了。"

　　"啊？你说的可是真的？"周围的人听见，俱是惊讶。

　　那人得意地摇头道："可不是嘛，听说当日宫中的回朝宴，文武百官都亲眼瞧见啦！所以说这沈家大小姐一点儿也不可怜，完全是咎由自取。"

　　"的确如此，未婚先孕，伤风败俗！"

　　"真是不知廉耻！"

　　"沈家二房怎么会教出这样的女儿？沈将军光风霁月，那沈大小姐可真是有辱门楣啊！"

　　"这关沈将军何事？沈将军常年不在定京城，还不是其他两房自个儿养出来的女儿。"

众人七嘴八舌地议论,从最初的同情到之后的唾骂,似乎只是短短一瞬间的事。

沈府内,喜婆正在为沈清梳妆打扮。

任婉云站在沈清身后,紧紧地绞着手中的帕子。被她好好养大的女儿,如今却要往火坑中跳。

与任婉云不同,沈清安静地坐在位子上,任由喜婆摆弄。

喜婆笑盈盈地道:"大小姐,老身要给您绞面了。这绞面有些疼,大小姐先忍一忍,等过了这阵子,就能做个漂漂亮亮的新娘子了!"

喜婆不说这话还好,一说,任婉云只觉得痛彻心扉。

沈清木然地看着铜镜中的自己,若非眼珠子时不时地还眨巴一下,只怕别人会以为这是一个毫无生气的死人。

喜婆瞧着沈清这模样,心里也有些胆怯。她从盒子中拿出一根细细的棉线,开始给沈清绞面。

"清儿……"任婉云忍不住掉下泪来。

喜婆见此情景,心中也明白几分,飞快地将妆面上好,寻了个由头离开。

屋中只剩下任婉云和沈清,还有几个丫鬟。

"娘,不必担心。"沈清先开了口,声音涩涩的,听上去有一种古怪的腔调,似乎是哭,又好像在笑,"今日我所遭受的一切,必然不会白白遭受,我会报仇的。"

"清儿,娘对不起你。"任婉云上前搂住她。

沈清任她搂着,声音沙哑地道:"爹娘都帮不了我,我自己报仇。"她语气阴沉,然而话中的冲天怨气谁都能感到。

沈贵冷眼旁观,任婉云有所顾忌,沈清终于还是恨上了自己的父母。

任婉云被自己的女儿怨恨,心中如遭雷击,然而事情走到如今这一步,未必就没有她的原因。当初她若是不去算计沈妙,当初在卧龙寺,夜里她出门看一眼,抑或是当初她不给豫亲王写信说明女儿被调包的事情,是否现在沈清也不至于落到这么个走投无路的境地?

她勉强笑道:"清儿莫怕。娘发誓,一定会为你报仇。还有你哥,也一定会让那个小贱货身败名裂……"

沈府外头的大厅中，沈老夫人沉着一张脸坐在正中间的椅子上。沈元柏半趴在她的怀中，不敢动弹。

"添什么妆？！"沈老夫人道，"做出这么不知廉耻的事情，她还有脸要添妆？！老二，你养出来的好女儿！"

沈贵连忙应了，恨不得现在就将任婉云休掉。

沈丘闻言，却是神情有些古怪，似乎想笑。大约沈老夫人自己忘记了，她原本就是歌女出身。

沈万没有作声，陈若秋也不会主动往沈老夫人气头上扑。至于沈信和罗雪雁，更是毫无反应地站在原地，仿佛根本未曾听见沈老夫人的话。

沈老夫人发完脾气，又道："嫁妆也不要太多，这样的丫头，犯不着花我沈家的银子！"

罗雪雁闻言，眼中的鄙夷更上一层。沈清是在沈老夫人跟前长大的，沈老夫人明知道沈清嫁到豫亲王府，是悲惨生活的开始，多给沈清些银子或许能让她活得舒坦些，不想沈老夫人吝啬至此，也无情至此。

沈贵又应了。沈老夫人见他顺从，神情缓和了些，又看向沈信，正要开口说些什么，突然听得沈玥惊叫道："二哥？！"

众人顺着沈玥的目光看去，只见自门口走来一名年轻男子。男子身着石青色长袍，生得算端正，细细看来，和沈贵有六七分相似，只是眉宇之间有股傲色。

这人正是沈家二房沈贵的嫡长子——沈垣。

沈垣自来聪明伶俐，年少科考中第，后来得了贵人赏识，走上仕途。之前他在外头做小官历练三年，今年是最后一年，本是年关回来后就留在定京做官的，谁知道沈清出了此事，想来他也是匆匆忙忙赶回来，恰好能送妹妹出嫁。

沈玥忍不住往沈万身后躲了躲。沈万的目光落在沈垣身上。

对沈垣，沈府中人多多少少有些忌惮。也许是沈垣年纪轻轻就有了功名，又或者是他年少老成，让人觉得他心机深沉，总之沈玥和从前的沈妙十分惧怕他。

最高兴的莫过于沈老夫人，她惊喜地冲沈垣招了招手："垣儿！"

沈老夫人怀中的沈元柏也脆生生地喊了一句："二哥！"

沈垣笑着上前冲沈老夫人行礼，叫了一声祖母，又摸了摸沈元柏的头，道："元柏又长高了。"

"垣哥儿只怕是赶路回来的吧？"陈若秋笑着开口道，"路上可有累着？要不要先歇一歇？"

沈垣转过头看了陈若秋一眼，道："不必了。我此次回来，就是为了送妹妹出嫁。再歇息，我只怕时间来不及。"

他说到沈清，屋中的气氛有些尴尬。沈老夫人没有搭腔。沈垣也丝毫不为所动，目光没有任何犹豫地投向沈丘身边的沈妙。

"许久不见，五妹妹也变了不少，"他眯起眼睛，"变得……我都有些不认识了。"

沈妙平静地与他对视。沈垣的目光带着阴森的探究之意，仿佛爬行的毒蛇，不紧不慢地缠上来，有着令人毛骨悚然的湿冷之气。

沈妙微微一笑，道："二哥倒是一成不变。"

沈信和罗雪雁不约而同地皱了皱眉。沈丘笑着接口道："不错，二弟看着倒没什么变化。"

他将话头引到自己身上，惹得沈垣也多看了他一眼。沈垣意味深长地道："没想到现在五妹妹和大哥的感情竟然这样好了。"

"亲手足，感情自然好。"沈妙笑得温和，"二哥现在不去看看大姐姐？想必还能赶上添妆。"

沈垣深深地看了沈妙一眼，笑道："不错，我现在就去。"他又径自朝沈老夫人行了一礼，道："祖母，我先去瞧瞧妹妹，先行一步。"说罢，他也不看众人一眼，快步离去了。

从始至终，沈垣没有和沈贵说过一句话。

沈贵铁青着脸。沈老夫人埋怨地瞧了他一眼，心中烦闷，挥了挥手，道："扶我回房去！"

今日的喜宴，沈老夫人不打算去，当下就让张妈妈扶自己回房了。

沈老夫人离开后，厅中的气氛有些尴尬。

沈玥瞧了沈妙一眼，道："五妹妹，给大姐姐的添妆，你送的是什么？"

"一点儿珠宝首饰罢了。"沈妙淡声道。

沈万看向沈信，问："大哥，如今垣儿回来了，又该如何？"

"垣哥儿回来与我有何关系？"沈信疑惑地道，"我自己的娇娇和丘哥儿都管不过来，还管老二的儿子？老三，你们三房人丁稀薄，要是没什么事，也就帮衬帮衬老二吧，都是自家兄弟。"他语重心长地道。

沈信这个人，看着老实敦厚，实则最是毒舌，这一点从和他打了几十年交道都没在嘴头上讨过好的临安侯谢鼎那儿就能看出来。

沈信说完这番话，陈若秋气得指甲都嵌进了掌心。谁都知道三房人丁稀薄，沈信偏要在陈若秋心上插刀子。

"是啊，弟妹，"罗雪雁也笑着开口道，"别老是操心着人家的事。玥姐儿都这么大了，日后嫁了人没个兄弟帮衬，也未免单薄了些。"

"妹妹，咱们也去看看大妹妹。"沈丘拍了拍沈妙的肩，"你那添妆还放在我那儿呢！"

沈妙知道沈丘是有话跟她说，便点头称是，与几人行了礼后，和沈丘往西院走去。

"妹妹，沈垣对你有敌意。"沈丘道。

"我知道。"

"他可能是知道事情的原因了。"沈丘着急地道，"他这个人最喜欢暗中作怪，又颇有心计，只怕会给沈清报仇，总会想法子害你。你这些日子都待在府中，不要出门了。"

"大哥，若他真有心害我，就算我藏得再严实，他也能想到法子。再说了，他又能如何？放心吧，即便他真是那般谨慎小心之人，也断然不会随便找个人将我杀了，总归是用计。"

"妹妹，你还小，不懂事情的凶险。"沈丘更急了，"沈垣不是什么好人，你这样大意，会吃亏的！"

"大哥放心吧。"沈妙看向沈丘，"兵来将挡，水来土掩，若真有什么事，不是还有大哥吗？"她一笑，心中有句话却是没对沈丘说。

前生，沈丘的死，绝不会是一个意外，二房或三房，她不知道到底是谁做的，但这些人一个都逃不了。就算沈垣不对她出手，她也不会让沈垣好过，就当是让他还前生的债了。

彩云苑中，任婉云见到沈垣，上前抱住他泣不成声。

沈垣安慰了任婉云一会儿，又上前摸了摸沈清的头。

沈清忍了忍，终于哇的一声大哭起来，一边哭一边道："二哥，你为什么不早点儿回来……"

沈垣的眼底闪过一丝阴霾。他自幼在将军府长大，虽然府中最有权势的是沈信夫妇，不过在他看来，那二人不过是只会打仗的武夫，生的女儿也是个蠢货。而如今，那蠢货竟将任婉云和沈清逼到这种地步，对沈垣来说，无疑是挑衅。

"母亲别哭了。"沈垣道,"哭也无济于事。"

"垣哥儿,"任婉云抓着他的手,"你最有主意,一定能救你妹妹对不对?"

闻言,沈清也期盼地看向沈垣,道:"二哥,求你帮我!我不想嫁给那个人……本来不该我嫁给他……二哥,你帮帮我,你帮帮我……"

"不能。"沈垣冷静得近乎残酷,"事情到这个地步,没有转圜的可能,不能因为妹妹的任性害了所有人。这个亲,妹妹必须结。"

闻言,沈清便瘫软在地,顿了顿,终于绝望地哭出声来。

"真的……没有办法了吗?"任婉云喃喃地道。

"虽然咱们没办法毁了这桩亲事,但是我沈垣的妹妹,也断然没有被人这般算计就完事的道理。"沈垣冷声道,"沈妙一夜之间变聪明,要么是背后有人指点,要么就是她从前都在装。若有人指点倒好办,可她一装就是十几年,未免太过可怕。"

"那个小贱货就像是犯了邪。垣儿,那个贱货不能留!"任婉云咬牙道,"想到如今一切都是拜她所赐,我就恨不得吃她的肉、喝她的血!"

"听说大伯父如今要在定京城多留半年,这样一来,沈妙的靠山就更稳了。"沈垣看了沈清一眼。

任婉云的身子一抖,她道:"可咱们也不能就这么白白算了!"

"自然不能算了。"沈垣道,"这世上,靠山再大,也有倒的那一天。沈妙既然有靠山,我就让她的靠山倒了!大伯一家留在定京城也好……"沈垣唇边浮起一抹笑容,"省得我一个个找过去。"

任婉云心中有些惊怕,可看着瘫倒在地的沈清,一股火气立刻冒了出来,道:"垣儿,一定不能放过那个小贱人!"

"放心吧。"沈垣目光阴沉地道,"她在我的眼皮子底下玩手段,我就原物奉还。既然沈妙害了母亲和妹妹,我就让他们沈家大房最后只剩沈妙一个人,留一个人慢慢玩,那才叫有趣。"他慢腾腾地笑起来。

沈清这个新娘妆,到底还是要重上了。喜婆惊讶地发现,这一次上妆时,沈清的表情比起之前来要灵动一些。沈玥和沈妙过来添妆的时候,沈清甚至还对她二人笑了一下。

"大姐姐,一定要照顾好自己。"沈玥眼睛红红地道。

"一定。"沈清应了,又看向沈妙,哑着嗓子道:"五妹妹于我的恩德,我一定会报的。"

她虽是笑着，话中的阴狠让沈玥也忍不住打了个冷战。

"我等着。"沈妙也微微一笑。

之后的事情便顺其自然了。沈老夫人避而不见，沈清只能和任婉云说话。因为沈清这次出嫁到底不甚光彩，沈府众人都显得有些尴尬。

待终于起轿后，沈垣回到沈府门口，走到沈妙身边站住，看着轿子远去，道："五妹妹看起来很平静。"

"嫁人的不是我，我为何不平静？"沈妙答。

"五妹妹可知，清儿这一去，未来又会如何？"

"未来如何，并非你我二人说了算。"

沈垣好似没有听到沈妙的话，自顾道："世上之事，千变万化，有时候人只觉眼前进退维谷，却不知日后也许柳暗花明。有时候虽然瞧着面前道路豁达，说不准……"他的声音猛然一沉，"是将自己逼入了死胡同。"

"没错。"沈妙一笑，"世上之事，谁也说不准。人有旦夕祸福，指不定，前面就没路了。"说完，她福了福，转身走了。

沈垣看着沈妙离开的背影，目光中闪过一丝狠色。

沈家的喜轿要游历大半个定京城，最繁华的路段上，快活楼靠窗的位子，白衣公子如往常一般轻摇折扇，看热闹一般地看着窗外浩浩荡荡的迎亲队伍。

"沈家这亲事的排场也挺大的。"季羽书把玩着手中的银块，道，"不知日后我迎娶芍药姑娘，有没有如此盛况？"

"还惦记着你那芍药姑娘？"高阳看了他一眼，"我记得你还有个未婚妻。你这样对芍药姑娘献殷勤，你那未婚妻知道吗？"

"都说了那是娃娃亲的戏言，谁知道她长什么样啊？！我不娶！我就爱芍药姑娘。要是芍药姑娘不行，那沈家五姑娘也不错。"他嘿嘿一笑，看向对面的人，"谢三哥，是不是？"

谢景行瞥了他一眼，懒得说话。

高阳嗤笑一声，道："沈妙？就怕你没命娶。"

"别说得人家姑娘跟个罗刹一样。我还就看中她聪慧灵敏、胆大心细了。"季羽书不服气地道。

高阳看着季羽书，道："你真行。不过你的这位沈姑娘，好像快有麻烦了。"

"什么麻烦？"季羽书问。

"沈清的哥哥沈垣回来了。"高阳幸灾乐祸地道，"沈妙把沈清坑到亲王府，沈垣定不会放过沈妙。沈垣可不是什么省油的灯，下起手来，绝不会手软。"

"沈垣好像不是普通人啊！"季羽书突然想起了什么，"他不是傅修宜的人吗？"

"一个小喽啰而已。"谢景行突然开口，懒懒地扫了下方一眼，"跳梁小丑，你们也看得上眼。"

"哈，你还是这般狂妄。"高阳问，"接下来如何？"

"等。"

等人开局，然后……捡漏。

喜轿穿越了大半个定京后，终于进了豫亲王府。

豫亲王府门口来了不少宾客。虽然豫亲王平日里为人凶狠残暴，但到底是皇室中人，他娶亲，大臣们还是要到的。宫中也派人送来了贺礼。

如今本就到了年关，天气渐晴，谁知道这天夜里，竟罕见地下了一场暴风雪。

定京城街上几乎一个行人也没有，商户大门紧闭，只看得到北风席卷着粗糙的雪粒在空中呼啸乱舞。

豫亲王府门前挂着的红灯笼被吹得东倒西歪，门口燃放的焰火彩布早已被雪粒掩盖，至于张贴的两张红彤彤的囍字，被风撕了一半走，剩下的另一半坑坑洼洼，显得很有几分诡异。

外头守着的两名护卫今日得了喜酒，喝得醉醺醺的。一人提着手中的酒葫芦，笑道："没想到咱们王府还会再来一位王妃。当年我可没想到，还会有人将女儿嫁进来。"

"你这不是胡说嘛，那叫什么嫁进来，分明就是卖进来。王妃又如何？"说话的人往里头瞧了一眼，摇了摇头，"也不知活得了多久。"

"也许还能便宜咱俩呢！"前者嘿嘿笑道，言语颇为恶意。

"她可是怀了亲王殿下的孩子，你若是不要命，就去吧。"另一人道。

嗤的一声传来，在风雪中显得有些模糊，拿着酒葫芦的人问："方才好像有什么声音，你听到没有？"

"什么声音啊？"后者酒意蒙眬地挥了挥手，"风声！你别一惊一乍的。"

"今日亲王大喜，还是莫要出什么差池才好。"那人的酒意稍稍醒了些，站直了身子，扭头往身边看了看，却并未看到什么。

"瞎操心！"另一个护卫笑他，"咱们这是什么地方？豫亲王府！谁敢到这里来撒野？活腻歪了？别想太多。咦？"他察觉到什么东西滴到了自己脸上，抹了一把，道，"这雪怎么是热的？"待摊开手，他就着旁边的火折子看清楚，哪是什么雪，分明是血！

温热的血！

那人吓得一个激灵，赶忙抬头看，却见房檐上一具护卫的尸体正瞪大眼睛瞧着他，喉间的血滴滴答答地往下淌。

"来……"他才方开口，便见面前一道银光闪过。喉间有热热的东西喷洒出来，他浑身失去力气，软绵绵地倒了下去。

当他栽倒在地时，瞧见方才还和自己说话的同伴倒在雪地上，当胸一片嫣红，在雪地中蜿蜒出一道触目惊心的痕迹。

自房檐上又跳下来数十人，皆是黑衣蒙面，与夜色融为一体。接着，又从另一头跳出两人，将门前的两具尸体拖走。片刻后，新的"护卫"又好端端地立在门前。

领头的黑衣人做了个手势，一行人悄无声息地潜入王府之中。

亲王殿下的寝屋之中，沈清坐在床边，身子瑟瑟发抖。

豫亲王躺在软榻上，身边两个美貌的侍女正娇娇怯怯地给他按腿、喂食，不时说些让人耳红心跳的话。沈清死死地咬着下唇，心中涌出一股无法言喻的耻辱。

"你该庆幸怀了本王的子嗣。"豫亲王注意到她的神情，面色一沉，"否则，今日你就不会如此轻松地度过。"他欣赏着沈清有些害怕的目光，脑中想起了另一双清澈的眼睛，心中突然涌出一股暴怒，慢慢地道："不过，等你生下本王的子嗣，本王也不会亏待你。本王府上有许多护卫，为本王出生入死过，你既然是本王的妻子，也该替本王慰劳他们……"

沈清脑中嗡的一声，几乎昏厥过去。

"本王一定会好好待你的。"

豫亲王的语气越是温柔，眼神就越是狂热，吓得身边的两个侍女都忍不住瑟瑟发抖。

"抖什么？"

豫亲王不悦地皱眉，正要说话，左边的侍女突然一个踉跄，摔倒在豫亲王身上，一双玉臂恰好将豫亲王的脑袋抱在怀中。豫亲王还未来得及动作，另一个侍女却突然从头上拔下簪子，刺进了豫亲王的喉间。

豫亲王惨叫一声，也不是吃素的，轰的一声，两名侍女被他尽数掀翻在地。他也有武艺在身，这一下手十分狠辣，两名侍女在地上挣扎了几下，便没气了。

一边的沈清早已吓得目瞪口呆，慌乱之中躲在桌子底下。

豫亲王拔出喉间的簪子，簪子虽然插得不深，到底是流了不少血。豫亲王骂了一声，高声道："护卫！护卫！"

一名护卫应声进来。豫亲王踢了一下地上的两具尸体，道："查查是谁。"

"是！"那名护卫俯首称是。

豫亲王刚一回头，只听嗤的一声。他低头，胸中一把银色刀尖犹带血迹，堪堪从他胸口穿过。护卫一把抽出刀。豫亲王身子一个不稳，似乎想叫人，走了几步，咚的一声倒了下去。

刀尖锃亮发光，映着大块血迹。那护卫的手法极为娴熟，仿佛宰杀猪羊一样，一刀毙命，连多余的动作都没有。

护卫看了豫亲王的尸体一眼，又看向躲在桌子下瑟瑟发抖的沈清，问："你是沈清？"

"是……壮士……你是二哥派来救我的吗？"沈清目光一亮，看向对方。

那护卫却什么都没说，转身走了出去。

沈清心中疑惑，想了想，终于害怕和屋中豫亲王的尸体相对，从桌前收拾了些金银细软，用布包起来就要出门。

她方一打开门，就差点儿绊了一跤。在灯笼的微光照耀下，门前横着的一众护卫尸体尤为惊心。沈清啊地惊叫一声，往外头看去。

黑暗中，似乎有身影快速地穿过。沉重的倒地声响起，每响起一声，便让人心中胆怯一分。豫亲王府仿佛阴森的地狱，暴风雪让人看不清外头的情景，然而浓重的血腥味却像一张大网，牢牢实实地向人兜头盖来。

沈府西园。

白露把窗户又关了一遍，道："外头的风雪可真大，窗户都被吹开好几回了，怪吓人的。"

"可不是嘛。"霜降笑道。

"姑娘看什么呢？"惊蛰问，"可是还在想白日的喜宴？"

沈妙摇头，道："再看看。"

看？谷雨和惊蛰面面相觑。外头漆黑漆黑的，什么都看不清，沈妙能看什么？

沈妙垂眸。

屋中灯火宁静，外头风雪厮杀，一夜之间，世上又有多少人命丧黄泉？

沈垣说得对，沈妙从不给自己留退路，所以也从不给别人留退路。

沈妙纤细的手指不紧不慢地敲打着桌沿，仿佛悦耳的音节，令人想起冷宫中罪妇唱的古怪歌谣。她唱的什么歌谣呢？唱的是善恶终有报，天道好轮回。

定京城几十年难得一遇的暴风雪，在第二日清晨戛然而止。

打更的小老儿错过了时辰，带着锣匆匆忙忙地起身。日头还未升起，天光亦未大亮，小老儿紧了紧身上的破棉袄，深一脚浅一脚地在雪地中走着。

豫亲王府的大门微微敞开一条缝，打更老儿瞅着连个护卫都没有，心中犯起了嘀咕。待他看到那半残的囍字时，又恍然大悟。昨日是豫亲王府迎王妃的日子，想来这些护卫、下人也得了酒菜同乐，喝得酩酊，这才见不到人。

打更老儿摇了摇头，就要从豫亲王府门前走过。恰逢一丝冷风吹过，将沉重的大门吱呀一声吹开了些。不知为何，他心中突然涌出一股奇怪的感觉，在门口站了半晌，直到陆陆续续有出摊的小贩瞧见他，打招呼道："李老四，你站门口干啥呢？"

打更老儿心中一跳，突然明白过来那奇怪的感觉是怎么回事了。青天白日的，就算昨日闹腾得再凶，怎么这府中竟一点儿声响也没有？就算人都醉倒了，睡着了，总还有狗吧？有养着的鸟雀吧？可是里面什么都没有，死气沉沉的，仿佛坟墓。

他的手有些颤抖，忍不住上前两步，一股浓重的腥味扑面而来，几乎将他熏了个趔趄。打更老儿推了推门，推不开，低头一看，漆黑的门缝之中正卡着一块方方的冰块。大约是昨夜的风雪积成了块，刚好卡在门口。

他瞪大眼睛，退后两步，突然惨叫一声。

借着第一缕晨光，那块晶莹剔透的冰雪分外清晰，浓重的血水凝成厚实的血块，在门那边蜿蜒出一道冰河，却在即将冲出府门之时戛然而止，仿佛被追杀到末路的人挣扎着想要求生，却因一门之隔被斩断了生路。

豫亲王府在迎娶王妃当日被人灭了满门，府中上上下下，奴仆、姬妾、猫狗鸡鸭一个不留。对方的手段干净利落，府中众人皆是被一刀毙命。屋中的金银珠宝一点儿不少，那些人显然不是求财。

只是这一次，出乎所有人的意料，文惠帝竟未下什么殊死逮捕凶手的命令，连悬赏也没有，只是吩咐官差好好查探此事，就将此事彻底交给了京兆尹。

在豫亲王府灭门惨案中，仅有一人生还，正是昨日嫁入豫亲王府的豫亲王妃沈清。

清晨，打更老儿是第一个发现豫亲王府不对劲的，当时街上还有行人，胆子大点儿的便结伴冲进豫亲王府。里面的景象，旁人即使只是听进去之人描述，也觉得毛骨悚然。据看到的人说，硕大的府邸中，密密麻麻都是冰尸和血块。

豫亲王的尸体就在他的寝屋之内。他胸口有刀伤，身边亦有两名侍女。沈清倒在寝屋门口，身边金银细软撒了一地。起初人们以为她也遇害了，一动之下却将她惊醒，于是沈清成了整个豫亲王府唯一生还的人。

对沈清来说，或许是一件好事，却又好像比死了还要糟糕。整个王府被灭门，独独留了沈清一人。沈清能活着，若说是因为她无辜，与王府没有关系，可下手之人连奴仆、姬妾都没放过，显然不是心慈手软之辈。况且沈清晕倒后，旁边散落一地的金银首饰，倒像她之前要逃跑。

最重要的是，豫亲王身上除了当胸而过的刀伤，脖颈间还有被女人的簪子刺伤的痕迹。刚刚嫁入亲王府的沈清便最引人怀疑。

诸多疑点，让沈清顿时成了众矢之的，即便她有九张嘴也说不清。没办法，谁让整个豫亲王府的人都死了，而她却还活着呢？

京兆尹的人要抓沈清回去审问，哪怕是做做样子给天下人看，沈清也断然不可能轻易脱身。

任婉云得知此事后，当时就晕了过去。倒是沈贵和沈垣急急忙忙地就要往外头走。

"垣儿，咱们现在去哪儿？"沈贵面对自己儿子的时候，有些拿不定主意。

沈垣冷冰冰地道："去找京兆尹。咱们现在再去亲王府已经来不及了。妹妹被抓走，京兆尹定知道许多内情。"他顿了顿，扫了沈贵一眼，"父亲不必担心，总归不会怪到父亲头上。"

沈贵听出了沈垣的讽刺之意，心中微恼，却又不好说什么，只道："既然如此，赶紧走吧。"

另一头，罗雪雁和沈信也准备出发。

"丘儿，你去亲王府一趟。如今老二去巡捕司，老三进宫打听消息，亲王府那边还得人去留意一下。我与你爹先去宫中。此事事关重大，若有奸细混入城中就坏了。"罗雪雁吩咐沈丘，"你同亲王府那边交涉，查一查我沈家死了的人，回头还得让人送银子抚恤。"

"放心吧，娘，这里交给我。"沈丘爽快地应了。

待沈信夫妇走后，沈丘也打算出门，却听得身后传来沈妙的声音："大哥。"

"妹妹？"沈丘一愣，转过身来，问，"妹妹不待在屋里，出来做什么？"

"大哥要去亲王府？"沈妙问。

"不错。"沈信答，"还有些事情要处理，处理完便很快回来。"

沈妙看向他，道："大哥，带我一同去吧。"

沈丘怔了怔，随即摇了摇头，认真地道："妹妹，你若想要看他们的下场，大哥替你看就是了，犯不着亲自跑一趟。"

沈妙笑道："我只是想去看一看。"

"那可真没什么好看的。"沈丘故意吓她，"听说昨夜里那些人都死得极为凄惨，皆被人开膛破肚，血都积了几尺。"

沈丘说得这般恐怖，也是想吓吓沈妙，他是真不希望沈妙见到那些血腥的场面。然而，他说完这番话，沈妙笑了。她道："难道大哥在战场上也惧怕见到死人的场面吗？"

"自然不是！"沈丘立刻道，话一出口便知道自己说错了。

沈妙平静地看着他，道："既然如此，这些就不足为惧，大哥带我一同去吧。"

"不是，妹妹，你去豫亲王府做什么？"沈丘为难地道，"那里真的没什么。"

"我就是过去看看，大哥不必管我。如大哥所说，那里外头都守着官差，也不会有什么危险。"

兄妹二人僵持了片刻，沈丘败下阵来。他道："好吧。到了王府，你便不要乱走。我让莫擎跟着你，有什么不对，要立刻喊我。"

沈妙笑道："好。"

不过一夜间，豫亲王府里里外外变了两样。朱色的大门上贴满了白色封条，门口守着的护卫面色凝重。

沈丘一行人赶到豫亲王府的时候，看到的就是这幅景象。

沈丘的小兵同豫亲王府门口的官差说明了来意，后者放行。一行人随着沈丘进去，方一进去，皆被眼前的景象震慑得说不出话来。

府中的尸体已经被拖走，然而血迹仍在，一眼看上去十分可怕。

小兵们皆是悚然。沈丘紧紧地皱着眉头，想起身边还有沈妙，忙看向她，打算安慰一番。哪知一瞧，沈妙目光平静，倒比他身边的一众小兵还要坦然。

"妹妹……"沈丘迟疑问，"我要去查探一下，你要进屋休息吗？"

沈妙往豫亲王府的西南角看去，微微一笑，道："之前听亲王府的婢女说过，那头有个供休息的茶室，我去那里坐一坐。大哥做完事情便来茶室寻我，如何？"

"那边吗？"沈丘顺着沈妙的目光看去。西南角的地方树木郁郁葱葱，修剪得极为精致，想来是豫亲王为了赏花作乐特意修缮的。

沈丘点头，道："让莫擎跟着你一道进去，别乱跑。"

沈妙应了，同莫擎一道往西南角走去。今日沈妙怕身边的几个丫头被豫亲王府的血色吓到，是以一个贴身丫鬟也没带。莫擎是护卫，自然不会惧怕这些。

莫擎跟在沈妙身后，有些惊讶地发现沈妙对这里仿佛很熟悉。哪里有拐角，哪里有走廊，哪里该上阶梯，她知道得一清二楚，好像来过。

他心中怀揣着这个疑问，跟随沈妙来到茶室门前。

"你在外头等我。"沈妙对莫擎道，"我一人进去就好。"

莫擎有些犹豫。沈妙看了他一眼，道："不过是一间茶室，你若不放心，先随我进去一趟，查探一番吧。"

莫擎立刻拱手，道："是。"他率先抱着剑走进去。

茶室很大，被屏风隔为三层，每一层都极为奢靡。莫擎仔仔细细地检查了一番，确认里头没有藏着刺客，才冲沈妙拱手，道："姑娘有什么事，叫莫擎就是，莫擎在外头守着。"说罢，他便走了出去。

待莫擎走后，沈妙走到茶室跟前的桌子前。桌上摆着青花蓝底茶具。沈妙扫了一眼便直接走过第一道屏风、第二道屏风，来到了茶室的第三层。

茶室第三层里，墙上挂着字画，仔细看去，题字不乏名家。沈妙一幅一幅看过去，仿佛在欣赏，待走到一幅字画面前时，停住了脚步。

那是一幅《夜宴图》，出自前朝书画大家柳元之手，记载了前朝官员府中夜宴的盛况。婢女美艳，美酒佳肴，宾客尽欢。人物栩栩如生，笔墨勾勒处无不精致风流，色彩更是鲜艳。沈妙出神地看着，仿佛被画中的场景吸引。

她盯着《夜宴图》看了许久，伸出手，顺着纸面慢慢地摸索，极为仔细，一直摸到画纸上夜宴的主角大腹便便的官员衣襟处。那衣襟画得也十分精致，她摸索上去的时候，仿佛能感觉到衣襟处的扣子。

事实上，沈妙也的确摸到了。指尖处微微凸起的触感同纸张粗糙的触感不同，沈妙按了下去。伴随着轻微的响声，墙面突然裂成两半，竟是一个密室模样的屋子，从外头看去，只看得到长长的走廊。

沈妙轻轻地松了口气，没有犹豫，提起裙角，迈步走了进去。

密室最里头放着一口棺材，棺材板已经被掀开，里头空空如也。站在棺材前的两人，一人紫衣飒飒，一人白衣胜雪，正是谢景行和高阳二人。

谢景行手中掂着一个明黄色的布包，看着沉沉的。

高阳笑道："豫亲王老狗竟将东西藏在此处，若非昨夜陈家这场屠杀，咱们要找到这东西，只怕还要费一番周折。"

"所以等着捡漏就行。"谢景行道，"再看看周围还有没有别的。"

高阳应声，一边四处查看一边道："说起来，豫老狗在这里连个守卫也不留，这地方想来也十分秘密，怕是除他之外，无人知道。"

"傅家人多疑。"谢景行懒懒地道，"换了是你，你不藏？"

"我自然要藏。"高阳轻摇折扇，笑得极为温文尔雅，然而嘴里吐出的话却十分可怕，"若我是豫老狗，要有人发现此处，不论那是谁，哪怕不知道其中的秘密，只要他撞破有这么个密室，我都要杀人灭口。死人才能保守秘密，豫老狗这一点做得倒是不错。"

谢景行懒得理他，四处翻找其他的东西。

与此同时，沈妙手持火把在阴森的密道中安静地走着。比起她向来缓慢的脚步，这一次倒急迫得多。原因无他，她不知道沈丘什么时候会过来。在沈丘找过来之前，她得拿到那个东西。

豫亲王府这个密室，当初是傅修宜发现的。傅修宜和裴琅之间的谈话被她无意间偷听到。当时裴琅临摹了一幅柳元的《夜宴图》，还告诉傅修宜豫亲王府密室的机关就在夜宴图主角的衣襟之上。当时裴琅也说："东西就在密室中，陛下可以一探。"

"东西"究竟是什么，沈妙并不知道，不过听裴琅和傅修宜的语气，那个"东西"应当对傅修宜十分重要。沈妙在同陈家兄弟说起灭门之事时，除了不想留下后患，便是因为此事。

若是不灭门，留着豫亲王府的人，也许有人知道密室的秘密，若是发现她的动作，只怕会惹出祸事。如今豫亲王府的人都死绝了，想必这一处秘密暂未被人发现。毕竟前生傅修宜知道此事的时候，都已经登基了。

只要那个"东西"对傅修宜十分重要，或者是对他有利，便万万不能被他得到。要么她将东西销毁，要么她将之送到傅修宜的仇敌手中。至少有了这个"东西"，将来对付傅修宜的时候，她才会多一枚筹码。

这才是她今日跟着沈丘来亲王府的目的。

沈妙摸着密室的洞壁往里走，道路蜿蜒不绝，竟比想象中要长很多。待沈妙再拐过一个弯儿，眼前豁然开朗，仿佛从狭窄的走廊猛地进入了宽大的正厅，石壁之上悬挂着一排排火把，将整个洞室照得熠熠生辉。而在那洞室之中，一口棺材横卧，棺材前竟站着两个人。

沈妙还未动作，便听得其中一人厉声喝道："什么人？！"

那声音十分熟悉，她甚至没来得及分辨，便瞧见明亮的火光中两个背影猛地转过头来，瞬间露出两张熟悉的脸。正是谢景行和高阳。

谢景行怎么会来到此处？高阳不是宫中太医院的人吗，又怎么会和谢景行搅到一起？

沈妙心中愕然，紧随而来的，便是脑中一瞬间的混乱。早前的那些疑点在心中盘旋生根，仿佛突然有了一个出口，电光石火间，似乎有什么东西要破空而出。

"沈妙！"高阳的目光也是惊异，随即，他却看向谢景行，道："动手！"

沈妙明眸一瞪，只觉得天旋地转中，尚未看清眼前晃过的身影，身子便被人重重地一搡。脊背猛地撞向身后的石壁，疼得她倒抽一口凉气。紧随其后，一只修长的手扼住了她的喉咙，谢景行英俊的脸近在咫尺。

谢景行几乎将沈妙整个人压在石壁上，冰冷的衣襟碰到沈妙的脸，手也冰凉，分明是烈日一般灼目耀眼的眉眼，唇角挑起的弧度令人迷醉，然而目光却清醒得近乎冷酷。

"沈妙不能留。"高阳道，"事关重大，今日她死在这里是她倒霉。将尸体丢在这里，咱们出去，没人发现！谢三，别心软，动手！"

沈妙看向谢景行，握着她脖颈的手修长又好看，却带着悍然与凶狠，牢牢地扣紧不松。

紫衣少年的眉眼在灯火之下更是深艳，如同画中走出的精魅，他越是姿容动人，笑容越是残酷，目光中透露出绝对的淡漠与杀意。他是真的想杀了她。

沈妙一动不动地看着他，一双清澈的眸子比初雪融化后的溪水还要明亮，其中无悲无喜，似乎可以倒映出人的一生。

谢景行目光微动，忽而扬唇一笑，另一只手温柔地盖住沈妙的眼睛。他微微俯头，凑到沈妙耳边，道："别看我，我会不忍心杀你。"

时光在一瞬间奇异地停止，天地万物好像失去了声音。满满一室的灯火摇曳，依旧比不上那人的眉眼动人。那分明是亲密的模样，如情人耳语般暧昧，却在转瞬间化为浓浓的杀意。

谢景行垂眸，掌心下覆着的地方带着微微的暖意，可以感觉到睫毛眨了眨，仿佛蝴蝶扇动翅膀。

"高阳，你出去。"

高阳皱了皱眉，问："什么意思？"

"你先出去。"谢景行平静地道。

高阳看了他一眼，没说什么，拿起布包卷好的东西，转身走了出去。

待他消失后，谢景行慢慢地松开手。他摊开手，掌心似乎有晶莹的东西一闪。

方才，沈妙好似哭了。

谢景行懒洋洋地道："不就是死，你哭什么？"

他还想说什么，却在看清少女的神色时猝然住口。沈妙的眼眸清澈如水，面上却是一点儿流泪伤心的模样也没有。

谢景行心念闪动间，却见沈妙突然抬起手肘朝他胸前撞来。这一下又狠又准，若换了旁人，怕要被她撞个仰倒。可谢景行只是微微晃了晃，就一把攥住沈妙的左臂。沈妙被他这么一拉，几乎撞到谢景行怀中。却见她飞快地从袖中摸出一物，毫不犹豫地刺向谢景行的手臂。

那簪子细小，不注意根本瞧不见。沈妙下手毫不留情，簪子刺入谢景行的手臂之中。谢景行目光一沉，手一扬，沈妙再次被扔到石壁上。

谢景行的手卡着沈妙脆弱的脖颈，似乎只要微微使力，便能轻松地折断它。他的声音微沉，带着微不可察的怒意。他道："不愧是将军府的人，偷袭的本事倒是学得十成十。"

沈妙的目光落在谢景行的手臂上，只见半根簪子露在外头，鲜血渐渐地流出来，将他的衣袖染红了大半。

谢景行顺着沈妙的目光看去，不甚在意地一笑，道："就算有毒也没关系，在那之前我一定杀了你。"

他的眼睛极美，漫不经心地看人时最令人迷醉。那似笑非笑的模样若是落在定京城姑娘眼中，大抵又要引得她们争论一番。然而，沈妙在其中只看到了淡漠与凉薄。

谢景行欺身逼近，盯着她，道："沈妙，今日我杀了你，沈家日后可就无人来护了。"

沈妙目光一动，见面前的谢景行笑得恶劣。他道："沈垣已经归京，沈家二房、三房联手，沈信的胜算又有几成？"他的手掌缓缓地收紧，一句一句皆是冲着沈妙的致命弱点，"傅家对沈家虎视眈眈，沈信日后举步维艰，你所求之事、所谋之事，今日就断送在我掌中。想报仇，你就得等下辈子。"

他越是狠辣，面容就越发英俊得不可思议。谢景行的目光没有一丝同情和怜悯，他是真的冷漠无情。

眼前忽然掠过婉瑜和傅明的笑脸，沈妙瞪大眼睛，自己都未曾察觉，两行眼泪顺着脸颊流了下来。太不甘心了！若是死在这里，她实在是太不甘心了。

谢景行瞧见她的眼泪，眯了眯眼睛，探究地看向她。他可没忘记方才沈妙的那一记狠手。她想用眼泪来博取同情，在他这里行不通。

然而沈妙只是瞪着他，默默地流泪，仿佛穷途末路，生出巨大的悲凉，大悲无声，眼泪却忠诚于身体，率先流下来。

谢景行皱眉看着她，卡着沈妙喉咙的手渐渐地放松了一点儿。沈妙毫无察觉。终于，谢景行放下手，神情里显出无奈。他身材高大，将个小丫头抵在角落，竟让他生出了一点儿古怪的感觉，仿佛是他在欺负小孩子。

片刻后，他终于拔下手臂上的簪子，拿在手中把玩。他看沈妙盯着他，心中有些莫名的尴尬，道："别哭了，我不杀你。"顿了顿，他又补充道，"吓你的。"

沈妙心中微松口气。

谢景行道："你是怎么发现这里的？"

"我曾在家中见过三叔临摹柳元的《夜宴图》，摸索时无意间发现了这间密室，心中好奇，没想到进来遇到了你们。"

谢景行似笑非笑地看着她，问："沈万？"

沈妙面不改色地撒谎道："是。"

"小丫头，我不是陈家兄弟，借刀杀人的事情别用在我身上。"谢景行道。

"今日我什么也未看到，什么也未听到，你不为难我，我自然也不会为难你。"沈妙看着他，"咱们井水不犯河水。"

"你也为难不了我。"谢景行桀骜的语气让人恨得牙根痒痒，"今日我饶你一命，如果此事你泄露一星半点儿，你们沈家倒霉也怨不得我。"

沈妙飞快地回答："我不会泄露出去。"

她这样见好就收的性子让谢景行极为满意。他沉默了一下，突然问："沈妙，你和傅家人有仇吗？"他说的是"傅家人"，而不是"天家人"，话中的意思倒有些耐人寻味。

沈妙转头瞧着他，心中微微一动，却道："小侯爷觉得怎样便是怎样吧。"

谢景行挑眉，道："果然如此。"他看了沈妙一眼，"既然此事已了，你先走，留在这里太久，引别的人来，我也救不了你。"

沈妙一言不发，转身就走。今日和谢景行这个照面，让她明白了一些东西。临安侯府的这个小侯爷，绝非表面上看到的这样简单。这样的人她利用不起，也得罪不起。如果谢景行的敌人也是明齐皇室，她自然落得个好。若不是，她也千万莫打他的主意。

沈妙走了两步，谢景行便跟了上来。他腿长，很快追上沈妙，抛给她一个小药瓶，道："别说我欺负了你。"接着，他便大步向前，先沈妙一步离开。

昏暗的火折子灯光下，沈妙面上忽然生出一点儿赧然。方才她是兵行险着。前生她从秦国归来后，同楣夫人争宠时，性子极端强硬，曾听闻别的美人儿献策道："娘娘整日端庄肃容，虽母仪天下，陛下却不喜欢。瞧那楣夫人，温柔小意，更会撒娇卖痴。都说会哭的孩子有奶吃，这世间情爱也是一个道理，男人都怜香惜玉，女儿家，就是要娇软似水。"

当初她对此说法嗤之以鼻，堂堂皇后怎么能和那些谄媚的女人混为一谈？不过方才在谢景行的杀意之下，她却突然想起了那位美人儿所说的，会哭的孩子有奶吃。

如今她还是豆蔻少女，更没有皇后的凤袍加身，若做些撒娇卖痴的动作，想来也应当能看。沈妙做梦也没想到，性子强硬的她也会对着男人哭得梨花带雨，而谢景行那般凶悍桀骜，竟会真的放过她。

不过这次交锋，总归是她用了很不光彩的手段。

待出了密室，沈妙也不知谢景行和高阳从哪里离开的，茶室里一个人也没有。她走出茶室，莫擎还在外头守着。沈妙问他："方才可有什么人从里面出来？"

"人？"莫擎一愣，"不是只有小姐一人？小姐在里头遇见了别人？"

"没有，"沈妙一笑，道，"随便问问罢了。"她心中对谢景行的本事又高看了一层。

"待了许久，先去找大哥吧。"沈妙道。

莫擎有些摸不着头脑，不晓得沈妙为何一会儿便改了主意，方才说得好好的，在茶室里等沈丘，现在却不然。不过他不会反驳沈妙，便默默地应了，跟着沈妙往外头走。

沈妙走的时候，又回头瞧了一眼茶室紧闭的大门，不知道谢景行和高阳还在不在此处。今日她本是为了那个"东西"而来，谁知道竟落在了谢景行手中。沈妙一时间也理不出头绪。按照前生的痕迹来看，这时候谢景行不应该发现密室才对。莫非今生有些东西改变，连谢景行的命运也改变了？抑或是，前生她那短暂而悲惨的一生，还有一些被忽略的真相？

另一头，也有人在为谢景行打抱不平。

"那丫头下手也太狠了。"高阳目瞪口呆地看着面前的伤痕。

谢景行脱下外袍，只着了中衣，袖子挽到一半，露出的手臂上，半个簪子戳进去的伤痕深可见骨。谢景行一边任高阳给他上药，一边把玩着手中的簪子。簪子是普通的素银簪，然而尖头磨得锋利无比，简直可以媲美暗器。

"沈信一家光风霁月，那丫头下手怎么这么狠毒？"高阳很惊异，"你看她也不手软，簪子都戳进肉里边了。"

他将药粉洒在伤口上，谢景行眉头一皱，倒吸一口冷气。

"疼也忍着。"高阳没好气地道，"我跟了你这么多年，从没见过你有怜香惜玉的时候。今日你犯什么昏？她撞破了这么大的事，还伤了你，你就这么让她走了。我说……"高阳摸了摸下巴，"你莫不是真的看上她了？你疯了吧？"

谢景行不耐烦地道："行了，欺负个小姑娘，我没那么无耻。"

"说得跟你从前没欺负过小姑娘似的。"高阳冷笑道，"我真是越来越不懂你在想什么了。"他把绷带仔细地缠到谢景行的手臂上，包扎好后才叹了口气，"如今东西已经到手，接下来如何？"

"再找。"谢景行道。

"傅家人迟早会知道。"高阳皱眉，"其实我觉得最奇怪的是，沈妙是怎么知道密室的？她若是傅家的人，你可就暴露了。"

"她和傅家有仇，"谢景行懒洋洋地道，"恨不得借我的手杀人。至于她是怎么找到的，巧合吧。"他眼中闪过一丝锐利的光芒。

"总之小心为上。"高阳站起身，将包扎剩下的药和绷带拿起来，起身往屋外走，"况且如今她发现了我的身份，也不知未来会生出什么样的变故。"

谢景行一人留在房中，将手中的簪子对准灯火中跳动的火苗，若有所思地端详着。片刻后，他脑中浮现起密室之中，少女瞪大双眼，无声流泪的模样。

他并非怜香惜玉之人，更不是对沈妙起了别的心思，只是在那一瞬间，他心中莫名生出了一丝不忍。

其实沈妙流眼泪，或许只是一种手段。谢景行心知肚明，那少女狡黠无比，突然示弱，大约只是想要求生。

谢景行摊开手，银色的簪子在掌中闪着细小的清辉，却让人想起这只手覆上一双眼睛的时候，掌心毛茸茸的触感。她的睫毛若翩飞的蝴蝶，即将在他掌心起舞，也就是那一瞬间的脆弱，让他的心中生出一些异样——不该属于他的同情。

"小毒妇。"谢景行突然一笑，灯火之下，少年英俊的眉目逼人得夺目，唇角的笑容带着玩味，喃喃地道，"不该心软的。"

沈府东院，此刻闹开了花。

荣景堂内，沈老夫人面色阴沉，看向沈贵，道："这么说来，清丫头是没法子出来了？"

沈贵摇头道："豫亲王府一夜间被人灭门，独独剩了清儿一个。清儿怎么说都逃不了干系，案子也还得再审。"

"出了这么大的事，也不知陛下会不会怪到咱们头上。"沈老夫人忧心忡忡地道，"清儿那丫头到底是怎么回事？此事真的和她无关？"

任婉云闻言，一下子扑到沈老夫人面前跪下，哭着道："老夫人，清儿是您看着长大的，她是个什么性子您还不知道？她怎么会做出这样的事情！分明是豫亲王府自己结了仇家，清儿不过是走运，捡了一条性命。咱们已经对不起她了，万万不可放着她不管啊！"

沈老夫人听完任婉云一席话后，越发震怒，道："老二媳妇，你这话奇怪。咱们哪里对不起清丫头了？是我逼着她和豫亲王私通的？是我逼着她怀下孩子的？这些个规矩，我可是一点儿也没教她！"

任婉云被沈老夫人毫不留情的话气得人仰马翻，道："娘！您怎么能这样说清儿？她可是您的孙女啊！"

陈若秋开口劝道："二嫂，少说两句吧。娘也是担心清姐儿才被气着了。谁都知道三个嫡出姑娘里，娘最喜欢的就是清姐儿了。"

原是最喜欢的姑娘，到了如今却可以毫不犹豫地弃若敝屣，沈老夫人自私自利的性格，实在为人不齿。

沈信和罗雪雁面露鄙夷之色，却一言未发，权当是看热闹。

沈垣看了陈若秋一眼，走到任婉云身边将她扶起，看向沈老夫人，道："祖母不必心急，事情还不到如此糟糕的地步，如今妹妹只是被怀疑，尚未定罪。我会认真调查此事，不会让妹妹平白被冤枉的。"

沈老夫人闻言，目光缓和了些。她的一众儿孙中，最讨她喜欢的是小孙子沈元柏，最被她看重的却是沈垣。闻言，她便点了点头，道："既然如此，你就好好去查吧。若是清丫头真无辜，我自然也不希望她被冤枉。"她顿了顿，又看向任婉云，冷笑道，"不过我看你娘倒是魔怔了，要是真的头脑不清醒，便不要出门，好好待在府中，少给我找些麻烦。"

任婉云又怒又恨，面色通红。

直到被沈垣扶回彩云苑，任婉云才缓过气。她一把拉住沈垣的胳膊，道："垣儿，你想办法救救你妹妹。清儿哪里有这么大的本事，她怎么会是凶手呢？"

"娘，别担心。"沈垣安慰她，"妹妹既然是被冤枉的，就不怕人调查。如今她被怀疑，不过是因为真正的凶手尚未水落石出，既然如此，咱们把真正的凶手找出来，妹妹的冤屈自然就解了。"

任婉云闻言，犹如抓到救命稻草，眼中顿时又有了神采。她欢喜地问："那凶手什么时候能找到？你妹妹还要被关多久？你什么时候能找到凶手？"

沈垣有些头疼，他自诩沉着聪明，没想到这次回京就捡了一个这么大的烂摊子。任婉云在府中的地位一落千丈，沈清未婚先孕便罢了，如今还卷入了豫亲王府的灭门惨案。

沈垣突然想起沈清出嫁那日，他同沈妙说话，沈妙当时道："世上之事，谁也说不准，人有旦夕祸福，指不定，前面就没路了。"

如今，沈清的面前是真的没路了。沈垣清楚，下手之人留下沈清一条性命，绝非是因为心软或同情。留下一条性命，对沈清来说却是催命符。

至少，被灭门惨案连累而死，和怀着杀人的罪名而死，得到的东西可是千差万别。

下手之人故意让沈清陷入艰难境地，可沈清不过是一个小姑娘，谁会对一个小姑娘下这样的狠手？沈妙吗？可她又是如何驱使那么多的杀手，替她杀了豫亲王府的人？

　　沈垣目光沉沉，无论背后之人是不是沈妙，此事他都要查到底。那人针对沈清，未必就不是冲着沈家二房而来。沈清虽然如今前景艰难，却还不到走投无路的地步，他势必要揪出背后之人，然后千倍奉还。

　　沈垣是这般想的，但他没想到的是，正如沈妙的那句话，世上之事，没有人说得准。人有旦夕祸福，指不定前面就没路了。

　　他的路，在第二日的时候，便成了死路。

　　整个京城，眼下谈论的都是豫亲王府的灭门惨案。谣言如同滚雪球，越滚越大，越传越离谱。有人甚至说灭了豫亲王府满门的，是刚刚过门的豫亲王妃的姘头，冲冠一怒为红颜，为了美人让整个王府陪葬。这么一个流言显得香艳了许多，凶残的真相中忽而多了一丝旖旎的色彩。

　　而流言大河中，有那么一条，却显得极为触目惊心。

　　这个流言传出的意思是，豫亲王府被一夜之间灭门，其实是沈家的意思。至于将军府为何要这么做，其中的水太深，容看官自个儿想去吧。

　　如果说前面那些流言只是给沈清及其家人带来了讥笑与嘲讽，这个带着阴谋色彩的猜想，却是真正将沈府推到了众人面前。

　　豫亲王府被灭门，府上连个牲畜都没留下，偏留下一个刚过门的新娘子，这新娘何德何能，让凶残的对方饶她一命？除非对方与她有渊源。若是沈家人，一切自然说得通了。不过沈家为何要与豫亲王府对着干，表面上看或许是对这桩婚事不满，可往深里探究，如今正值朝中暗流汹涌的时候，谁知道沈家这么做，是不是受了别人的授意，又或是在表明什么。这些东西平头百姓看不出来，官场中的老油子可不会放过。

　　一时间，沈家被推上了风口浪尖。

　　一大早，沈妙用过饭，打开房门走出去，恰好瞧见沈丘站在院中的树底下，对着身边的小兵吩咐什么。沈丘瞧见沈妙，转过身，笑道："妹妹。"

　　"出什么事了？"沈妙问。

　　沈丘嘿嘿笑了两声，道："没什么，妹妹怎么这么早就出来了，不多睡一些时候？"

沈妙眼皮都不眨一下，道："是为了大姐姐和沈家的事吧？"

沈丘忙咳嗽一声，拉起沈妙就往屋里走。待进了屋，把下人们都撵出去，关上门，他才看向沈妙，道："妹妹，这话可别在外面说。"

"到底出什么事了？"

沈丘挠挠头，道："也没什么大事，交给爹娘和我就行了。你这些日子别出门，也别管这件事儿。"

他含含糊糊的，大约是想将沈妙糊弄过去。沈妙目不转睛地盯着他，道："行了，大哥，你不必瞒我，是豫亲王府灭门一事，别人怀疑大姐姐，现在又怀疑到沈家头上了吧？"

沈丘一愣，看向沈妙，没说话。

沈妙继续道："大哥就是在为这事忧心？"

"妹妹，"沈丘正色道，"你还小，不懂朝堂中事。此事虽然看着简单，背后造谣之人却意不在此，一个不小心，沈家都会被牵连。"他欲言又止了片刻，才迟疑地问，"妹妹，豫亲王府一案，你可知道？"话一出口，他便又自己回答，"妹妹肯定不知道。妹妹一个闺阁姑娘家，哪有这么大本事？"

沈妙看了沈丘一眼，叹了口气，道："大哥怀疑是我干的？"

"不不不！妹妹，我怎么会怀疑你？"沈丘忙反驳道。

沈妙清楚，沈家大房光风霁月，都是良善忠诚之人，要是知道这种毒辣的事出自她手，心中必然十分痛苦。她只能对沈丘说谎，微微一笑，道："我没有这样的本事，大哥也不必怀疑我，只是大哥如今也不必太过担心。"

沈丘看向沈妙，问："妹妹为何如此以为？"

"天下人又不是傻子，单凭几句流言如何定罪？再说了，大姐姐与我们大房有何关系？爹娘常年不在府中，脏水再怎么也泼不到咱们这里来。眼下局面就算有一百个混乱，也轮不到咱们操心，自然有'精明能干'的人将这些问题一并解决。"

"精明能干的人？"沈丘疑惑地道，"那是谁？"

话音未落，他便听得外头白露大声道："二少爷，您怎么来了？"

"你看……"沈妙回头，眼中的笑意一闪而逝，"精明能干的人来了。"

眼珠子转了转，沈丘三步并作两步走到门前，打开门，果然见沈垣立在门口。比起前些日子的装模作样，如今沈垣看向沈妙兄妹的目光是不加掩饰的阴沉。沈垣道："五妹妹，我有话想单独跟你说。"

"我妹妹没话与你说。"沈丘挡在沈妙面前。

"无妨，大哥。"沈妙道，"刚好，我也有几句话想跟二哥说。"

"妹妹。"沈丘还想拦，沈妙拍了拍沈丘的胳膊，道："放心吧，你若不放心，就在门口守着。"

"那我就在门口守着。"沈丘忙道。

他兄妹二人这番做派，更是令沈垣的面色青了几分。沈垣道："五妹妹跟我进来吧，大哥也请在门口守着。"说完这话，他率先踏入屋中。

沈妙也走进去。

门被缓缓地关上，沈妙一回头，对上的就是沈垣阴沉的神情。

沈垣道："是你干的。"他的语气十分肯定，连试探都没有。

沈妙微微一笑，道："二哥说的是哪件事？是亲王府被灭门一事？还是流言甚嚣尘上之事？"

"哪一样不是你干的？"沈垣冷笑一声，"我小看了你。"

"恐怕二哥是高看了我。"沈妙浑不在意，"我还没有那么大的本事，做了这等祸事还能全身而退。"

"哦？"沈垣上下打量了她一番，才道，"你如今过得不是很快活？"

"嘴长在别人身上，别人如何说我管不着。二哥既然执意认为如此，我也懒得解释，总归你是不信的。二哥过来，不会就是兴师问罪吧？"

沈垣忍了又忍，才道："你这么做，不怕把沈家牵连进去？这样一来，你们一家也讨不了好！"

沈妙闻言，像是听到了什么好笑的事，笑眯眯地看了沈垣片刻，才道："我什么也没做。另外，二哥的话实在太奇怪。这件事情就算和沈家有关，可和我们大房有什么关系？"她轻描淡写地道，"我爹娘、哥哥一年到头都在西北，你总不能说，我一个小姑娘就能做了大房的主？就算沈家真的被牵连进去，至少大房，可以清清白白地择出来。"

沈垣倒抽一口凉气。

"原来你早有后招。"他的面色变了变，"看来你们大房是不准备出手了？"

"我们没这个闲心去操心别人家的事。"沈妙看着他，"倒是二叔、三叔，眼下可要好好解释。不过最让人担心的，应该是二哥你吧？"她摇了摇头，颇为惋惜地道，"二哥刚回到定京上任就遇到这种事，这可是活生生在堵二哥的前

· 290 ·

程啊！"

她故意说得抑扬顿挫，直把沈垣气得拳头又捏紧了些。

沈妙笑道："不过看在大家都姓沈的面子上，我倒有一个主意，可以解二哥的燃眉之急。"

"五妹妹的主意，我可不敢用。"沈垣盯着她，"一不小心，送了命都不自知。"

"二哥说笑，我哪有那样可怕？其实这个主意，以二哥的聪慧，想来早已想到了。既然沈家已经被牵连上，只要让沈家从其中脱离出来就好。二哥也知道，流言作不得真，只是传久了，难免会让人心中多疑。在流言刚起的时候，将它当一个'流言'就好了，但要如何让它变成'流言'，就须得让大姐姐澄清一下。"

沈妙看向窗外，沈丘正紧张地抱着马枪蹲在树下，远远地朝屋里张望。她淡淡一笑，道："我想，这世间最有力的澄清，就是以生命为代价吧。"

"你！"沈垣盯着沈妙道，"在你这样的年纪，有这样的蛇蝎心肠，五妹妹，你是我平生见过的第一人。"

"彼此彼此。"沈妙问，"你猜大姐姐会不会愿意为了二哥你的前程，自愿澄清一下？"她笑得温和，"想来是愿意的，毕竟你们是血亲手足。"顿了顿，沈妙又摇了摇头，"不对，想来大姐姐也是不愿意的。大姐姐最珍爱自己，二哥只要赔上前程就好了，大姐姐却要付出生命的代价啊。"

"沈妙，你不会次次好运。"沈垣咬牙切齿地道，似乎恨不得将沈妙生吞活剥。

"会不会次次好运我不知道。"沈妙看向他，"不过，二哥，眼下你却没路走了。"

轰的一声，沈垣将大门一脚踢开，头也不回地拂袖而去。

沈丘心中一紧，二话没说冲进屋中，见沈妙安然无恙才放下心来，好奇地道："你和他说了什么？怎么他被气成那样？"

"哦，大约是看着妹妹在牢中受苦，自己却无能为力，感到自责。"沈妙头也不回地从一边拿起披风。

沈丘见状，问："妹妹要出门？"

"大姐姐在牢中，身为姐妹，总归要去看一看。"沈妙微微一笑，"毕竟是手足。"

彩云苑内，沈垣拖着沉重的步伐回到屋中。

任婉云一见他就扑上来，充满希望地问："垣儿，怎么样了？"

沈垣摇了摇头，道："难办。"

"垣儿，你一定要救救清儿！"任婉云的眼泪顿时流下来，"她是你妹妹，你一定要救她！清儿是无辜的，只有你这个哥哥能够救她了！"

沈垣本来就烦闷，见任婉云这般姿态，心中的郁躁越发深了，道："我知道了。"说完，他转身要回屋。

任婉云一看急了，一把拉住沈垣，道："垣儿，你怎么就回屋了？你不是该去衙门打点吗？再不济，你去求求皇上？你那么聪明，在朝中认识不少人，定然能帮你妹妹说说话的！你是不是需要银子？娘这就去给你拿。"

"母亲，"沈垣强忍着心中的烦躁，"眼下衙门那边我帮不上忙，你别瞎搅和。"

"我瞎搅和？"任婉云一愣，随即高声尖叫道，"我在救你妹妹！这个府里没一个好人！你爹是个没良心的，整日只知道和狐媚子厮混，哪里还管我们母女的死活？如今你也要不管你妹妹了吗？你也要学你爹吗？我含辛茹苦将你养大，你就是这样回报我的？！沈垣，你爹是个没良心的，你是个小没良心的！"任婉云越说声音越大。沈垣的一番话，也不知是哪里刺激了她，让她疯子般地闹起来。

任婉云骂骂咧咧的，沈垣突然觉得有些疲惫，沈妙的话又回荡在他耳边。

他本有大好前程，可如今他的母亲成了一个泼妇，父亲唯唯诺诺当不得大用，就连从前可能为他的仕途锦上添花的小妹都成了阶下囚。这些全都成了他的绊脚石。骨血至亲固然重要，但是他的大好前程又何尝不重要？他暗中成了傅修宜的人，在外头赴任，不过就是为了回京做好打算。难道要就此前功尽弃？

沈妙在他面前摆了两条路，一边是血亲，一边是前程。从某种意义上来说，他真的是无路可走。

沈垣看向任婉云，平静地开口道："娘就算不在意我，难道连弟弟的性命也罔顾吗？"

任婉云顿时停止责骂，呆呆地看向沈垣，问："你说什么？"

"如今整个沈府都被牵连进去，最先遭殃的就是二房。妹妹这件事牵连甚广，爹和我丢了官职，母亲不在意就罢了，但若是连累弟弟，难道母亲也不在意？"沈垣道。

任婉云的神情有些慌乱，她道："这关柏儿什么事？柏儿那么小，哪里就能与这些事情扯上关系？他是无辜的。"

"母亲，这件事谁都无辜。"沈垣冷笑一声，"难道我就不无辜吗？"他忍了忍，继续道，"母亲，流言传得越来越烈，这时候再去惹事，只怕整个府中都会遭殃。"他看着任婉云，语气沉沉地道，"就算母亲怀着跟别人同归于尽也无所谓的心思，难道要将弟弟也搭进去？"

任婉云的身子一颤。她的确是怀了这个心思。她对沈妙恨得出奇，也恨整个沈府的凉薄。她甚至想，就算牵连了整个沈府也没关系，能拉上大房一起死，也算是报仇了。

可沈垣偏偏点出一件事，就是一旦沈府真的遭殃，连沈元柏也无法幸免。任婉云疼沈元柏疼在心尖儿上，若是沈元柏也跟着丧命，她无论如何都不愿意看到。

"那……垣儿，我们该怎么办？"任婉云看向沈垣，仿佛沈垣才是她的救命稻草，是她的主心骨。

"母亲，人不能贪心。"沈垣看着她，目光带着残酷的狠意，"妹妹和弟弟，你只能保下一个。"

京城衙门处的牢狱外头站着守卫的狱卒。

文惠帝对豫亲王府一案的态度耐人寻味，说要人立刻彻查，却将此事直接抛给了京兆尹和衙门，连询问也不曾询问一句。以文惠帝对豫亲王的手足之情，断然不可能如此轻松地揭过。天子的心思，向来难猜，底下的官员也猜不透文惠帝到底想如何，只能先将沈清押进大牢待审。

沈妙来到牢门口时，狱卒头子瞧见她，上前道："什么人？"

"我家小姐是将军府沈五姑娘。"惊蛰上前一步，将装着碎银的荷包塞到狱卒头子手里，"小姐今日是特意过来瞧大姑娘的。"

沈妙将沈丘给的令牌在狱卒头子面前一晃。那人一瞧，忙恭敬地行礼道："原是沈五小姐。"

"我想去瞧瞧大姐姐，烦请大人带个路。"沈妙道。

狱卒头子笑道："本来这几日是不可让人探望的，不过既然沈五小姐发话，便随小人来吧。"说罢，他吩咐了在外头守着的狱卒几句。

惊蛰和谷雨留在外头，他带着沈妙走了进去。

待走到石阶前，狱卒头子停下脚步，道："沈大小姐就关押在下面，五小姐下去同她说说话。我与手下在外头等着，别说太久就是。"

沈妙冲他道了谢。等狱卒头子和几个狱卒刻意避开，她才走下台阶。

293

台阶尽头是一间牢房，外头有铁栅栏，房中只有一个拳头大小的窗户。石壁上点着一排火把，衬着人影，显出几分诡异。

牢房里铺着稻草，上头有一床脏兮兮的棉被，围着棉被的人坐在稻草上，将头埋入膝盖中，不知道是不是睡着了。

沈妙静静地看了半响，走过去，伸手在铁栅栏上叩了几声。

里面的人猛地抬起头，露出一张惊恐的脸。待她看清是沈妙时，惊恐的神色便化作了愤怒，她咬牙喊道："沈妙！"

"是我。"沈妙隔着铁栅栏道。

沈清恶狠狠地盯着她，突然放声大笑，道："沈妙，你过来是向我示威的吗？你是来看我有多惨？我告诉你，总有一天，你会比我还要凄惨一百倍！"

"真可惜，"沈妙怜悯地看着她，"就算真的有那一日，你也看不到了。"

沈清一愣，眼中涌上一抹恐惧。她被关在牢中已有几日，连她自己都不清楚是怎么回事。她强忍心中的不安，嘴硬地道："你别想骗我，此事和我一点儿关系也无，难道还会牵连上我吗？"

"你怎么就不明白呢？"沈妙蹲下来，与牢中的沈清对视，像是大人在看不懂事的小孩，轻轻地摇了摇头，"整个豫亲王府被灭门，独你一人活了下来，不管是不是阴谋，不管你和凶手有没有关系，只要你活着，就成为罪孽。"

"我能和凶手有什么关系？！"沈清反驳道，"我为什么要灭豫亲王府满门？我与他无冤无仇，就算有，也是你……"她的话戛然而止，看向沈妙，不可置信地道，"是你干的？"

沈妙的唇角微微一翘。

"是你干的？"沈清一下子抓住铁栅栏的栏杆，看着沈妙，"是你，你和豫亲王有深仇大恨，是你让人灭了他满门。你故意留我一条性命，就是为了让我给你背黑锅，沈妙，你打得好算盘！"

她看着沈妙，心中又惊又怒，惊的是沈妙竟然阴毒至此，怒的是自己如今落到这个地步，全是拜沈妙所赐！

"大姐姐，凡事都要拿出证据。"沈妙微笑着道。

沈清大怒道："你想干什么？沈妙，你得逞不了！我爹和哥哥一定会救我！等他们找到证据，在这牢中的就会是你，不是我！"

"你还指望二叔和沈垣？"沈妙嘲讽地道，"二叔怕被牵连，连来看你都不曾。至于沈垣……"沈妙一笑，"他本可以有好仕途，前程无限，却因为你麻烦不断。

你真的以为，他会想来救你？"

"沈妙，你少胡说八道！"尽管心中不安，沈清还是硬撑着道，"我娘也不会对我袖手旁观！我娘一定能想法子救出我。只要我娘出面，凭二哥的本事，找出真相不难！到时候，倒霉的就是你们！"

"二婶？"沈妙叹息一声，"我知道二婶对你很好，你是二婶的眼珠子，若是你有什么不好，二婶一定拼了命也要保护你，就像当初对我一样……"沈清笑容还未扬起，就听见沈妙的声音响起，"可是大姐姐，你猜，你和七弟比起来，在二婶心中，谁更胜一筹？"

沈清一怔，死死地盯着沈妙。

沈妙温柔地看着她，道："二婶有多疼七弟，咱们府中尽人皆知。若因为你而要赔上七弟，你猜二婶愿不愿意冒这个险？其实，我也十分盼着能知道这个答案，不知道大姐姐能不能为我解答？"

沈清的身子剧烈地颤抖起来。她比谁都清楚沈元柏在任婉云心中的地位，以任婉云现在的年纪，得来沈元柏自然十分珍贵。最重要的是，沈元柏是个儿子。

沈清看着沈妙冷笑，道："你想说什么？你要说无论如何我都是死路一条！沈妙，你别忘了，我肚子里还有皇家骨肉！就是因为他，我也断然不会有什么差池！"说完这句话，沈清摸着自己的肚皮，面上显出一分慈爱来。

"你真的以为他是你的保命符吗？"沈妙的目光落到沈清微微鼓起的小腹上，"若是从前，以陛下对豫亲王的看重，自然要保住这个孩子。可如今……只怕这孩子会成为你的催命符。"

"什么意思？"沈清听不懂沈妙在说什么。

沈清自然不晓得，有些流言传到了帝王耳中，于是有些事情就悄悄地改变了。

见沈妙笑而不语，沈清心中更慌，厉声道："沈妙，我与你无冤无仇，你为何如此害我？"

"无冤无仇？"沈妙看向沈清，"你们母女算计我的时候，是否也想过无冤无仇？"

"你……"沈清道，"你害了我，你一定会不得好死！风水轮流转，总有一日，你们大房也会变成丧家之犬，被人践踏！"她说到最后，语声陡然尖厉，似乎只能用这样的方式来掩藏心中的恐惧。

沈妙神情未变，低声道："风水轮流转这句话不假，不过等老天来转，实在太难。世上之事，谋事到底在人。"

　　沈清已经有些错乱，尖叫道："沈妙，你不是人！你会不得好死！"

　　沈妙静静地看着她，问："沈清，看着自己的希望一个个被击碎，感觉如何？"

　　沈清充满仇恨地盯着沈妙。

　　"我穷途末路的时候，你曾送我一程，所以这一次，我来送你最后一程。"她微笑着道。

　　前生她临死时，看到的是沈清和沈玥站在楣夫人身后巧笑倩兮的脸。沈家大房最后落得一个凄惨的结局，二房、三房功不可没。沈妙重走这艰辛的人生路，为的就是要将还未长成的毒蛇獠牙一颗颗拔掉。

　　沈清听不懂她的话，只是恨恨地咬着牙，道："沈妙，你会不得好死……"

　　沈妙站起身来，居高临下地看着沈清，清秀的眉眼在阴森牢笼中显出一种不可逼视的冷漠和狠绝。

　　紫色裙角在牢笼前翩然欲飞，那道身影渐渐消失，沈清听到了最后一句话："沈清，你是第一个。"

　　沈府东院，这一日出奇地沉默。

　　沈贵脸上显出沉沉郁色，今日在宫中，他从太监嘴里旁敲侧击地打听到，沈清这回，还真是不好办。

　　文惠帝和豫亲王之间约莫是出了什么问题，眼下他是进退两难，管了沈清的事情，只怕会让文惠帝不喜；不管沈清，流言越传越烈，到时候出了麻烦，第一个被找上的就是他。

　　他在这边长吁短叹，万姨娘走到他身边，轻轻为他按着肩膀。

　　沈贵好色，府中姬妾众多，不过任婉云管得严，那些姬妾到底没能为他生下一儿半女，就算侥幸生下的孩子，也很快便夭折了。倒是这个万姨娘，在任婉云的眼皮底下愣是生了个女儿沈冬菱，还好端端地养到这么大，足见她的本事。当初府中下人都传，若是万姨娘生的不是个女儿而是儿子，只怕地位能与任婉云分庭抗礼。

　　万姨娘和沈老夫人都是歌女出身，任婉云很是看不上她。万姨娘当初还是戏班里的台柱，妩媚多情，扮起花旦别提有多美了。

　　自从生下了沈冬菱，万姨娘便一直待在自己的小院内，仿佛从众人眼中消失了，连带着那体弱多病的沈冬菱也常年不出院子，只在逢年过节的时候出来见见人，平常几乎被人抛之脑后。如今沈清出事，沈老夫人不喜，任婉云和沈贵只要见面便争吵，这万姨娘又卷土重来。这些日子，沈贵被她伺候得舒舒坦坦，再看任婉云母女，更是说不出地厌恶。

"老爷还在为大小姐的事情犯愁呢。"万姨娘一边为沈贵按着肩膀，一边劝道，"老爷也别太过忧心了，既然大小姐未曾做下那事，总有一日真相会水落石出。"

"唉。"沈贵叹了口气，"无论她做还是没做，这事都没那么简单。清姐儿这一次，弄不好会连累所有人。"

万姨娘闻言，忧心忡忡地道："虽说如此，可世间总有个黑白道理的呀。妾身和三小姐倒没什么，只要跟着老爷，是生是死都不在乎。二少爷如今仕途正好，七少爷还那么小，若是被连累了，可怎么办。"

沈贵心中也有些烦躁，他虽自私又贪财好色，可对于两个儿子，还是寄予了厚望。沈府到了他们这一代，子嗣并不兴旺。女儿在沈贵眼中不过是可以交换利益的物品，可儿子却能传宗接代。

要为沈清赔上一双儿子的前途，沈贵想到就气闷。

"妾身听闻夫人如今正为大小姐四处奔走，真是可怜天下父母心。若非妾身人小力微，真希望也能帮上什么忙。"万姨娘继续道。

"你帮什么忙！"沈贵一听万姨娘提起任婉云，更觉不胜其烦，"都是那个疯妇教出的不知廉耻的好女儿，眼下还搭上所有人，不知所谓！"

万姨娘好似吓到了，顿了顿才轻声道："老爷莫要责怪夫人，出了这么大的事，夫人心里也不好受。若是大小姐在狱中一个不察岔了，做出不理智的事，夫人该有多伤心。"

沈贵不耐烦地道："她能做出什么事……"话音一顿，他缓缓地咀嚼道，"不理智的事？"

万姨娘目光一闪，声音却担忧得很："一个小姑娘，刚嫁过去就出了这样的事，又被关在牢中，大小姐从小没吃过苦，若是想不通也极有可能。老爷还得让人去劝劝，莫要大小姐干傻事。"

沈贵一下子站起身，看了看外头，日头快要西沉，冬日的天黑得特别早。

他道："我出去一下。"

"这么晚了，老爷去哪里？"万姨娘问。

"有事要办，你自己吃饭吧。"沈贵大踏步走了出去。

待沈贵的身影再也看不到时，万姨娘才掩上门，走到桌前坐下。桌上摆着的菜色琳琅满目，在东院到处愁云惨雾时，她的吃食却精致无比。有谁知道，前几年她吃着发霉馒头、馊掉的粥时，被任婉云害得连沈冬菱看病的银子都凑不出来时，心里又是如何想的？

风水轮流转，从前是她倒霉，如今就轮到任婉云母女了。

"去，把三小姐叫来用饭。"她吩咐身边的婢女。

"姨娘，老爷真的会对大小姐下手吗？"另一个婢子小心翼翼地问。

"当然。"万姨娘笑得风情万种。

与此同时，彩云苑中的沈垣也披上了斗篷，未曾跟任何人打招呼，走出了沈府的大门。

夜色渐渐暗沉下来，冬日的夜分外冷，北风似乎吹到人的骨头缝儿里去，叫人动一动也觉得疼。

阴森的牢中，风呼呼地灌进来，牢中人瑟缩成一团，似乎在睡觉。

沈清迷迷糊糊地睡了也不知多久，直到耳边传来叩击铁栅栏的声音，才有些茫然地抬起头。

灯火摇曳中，映出一张熟悉的脸。若是从前，这张脸定会让她欢喜万分，可在沈妙那番话后，沈清再看这张脸，竟吓得跌倒在地。

沈垣道："妹妹过得可还好？"

"二哥，你怎么来了？"沈清问，身子不动声色地往后退了一步。

沈垣瞧见她的动作，微微皱了皱眉，没说什么，从袖中摸出一把钥匙，将牢门打开。沈清一愣，随即面露欣喜，站起身来："二哥，你是来救我出去的吗？"

沈垣摇了摇头："暂时不行。"他从怀中掏出一包点心递给沈清，"过来看看你，给你拿些吃的。"

沈清有些失望，沈垣已经走了进来，她下意识地接过沈垣手里的油纸包打开。油纸包中，糕点香喷喷的还带着热气，是她从前爱吃的栗子糕。

"这些日子，你受苦了。"沈垣难得温柔地道，"我知道你最爱吃这个，带给你解解馋。"

沈清鼻子一酸，险些掉下泪来。这些日子，她在牢中吃的都是馊掉的饭菜，还吃不饱，如今乍见旧时爱物，恰好沈垣也在身边，心中的委屈便都涌了出来。

"别哭，你吃完以后，再等几日，我便将你救出来。"沈垣劝道。

沈清拿出一块糕点就要往嘴里送，一眼瞧见沈垣温柔的笑意，手突然一抖，犹如被一盆冷水当头浇下。莫名其妙的，沈妙下午的话语又回响在她耳边。

"他本可以有好的仕途，前程无限，却因为你麻烦不断，你真的以为，他会想来救你？"

糕点就近在嘴边，可这一口，沈清却怎么也咬不下去。

自从豫亲王一事后，沈清耳闻目睹了沈家人的凉薄。这个二哥真的愿意为了自己，放弃大好仕途，甘愿冒这么大的险将她救出来吗？

沈清突然发现，牢狱之中巡逻的狱卒竟然一个也没出现。关押她的这座牢房，里头没有其他囚犯，也就是说，此刻这里只有她和沈垣二人。原本最亲密的手足，却让她瞬间脊背发凉。

"怎么不吃？"沈垣问她。

沈清勉强笑了笑，急中生智道："我……我舍不得，留着等下再吃。"

"凉了便不好吃了。"沈垣笑道，"过几日我再给你送来。"

"不……"沈清推辞道，"我……我现在不想吃。"

"你方才不是很饿？"沈垣看向她，"怎么又突然不想吃了？"

沈清慌乱地摆手，道："我就是不想吃了，突然觉得有些不舒服，大约是有了身子的缘故。"她把点心用纸包好，放在一边，"等会儿我舒服了，一定吃掉它。"

沈垣默然地看着她的动作，眼中明明暗暗，终是哂笑一声，道："妹妹在牢中住了几日，变聪明了。"他不复方才温柔，反而有种莫名的残忍，"看来你已经知道了，真可惜，本来是想让妹妹轻松些走的。"

沈清的身子一下子发起抖来，她看向沈垣："二哥，你这话是什么意思？"

"妹妹如此防备我，我以为你已经懂了我的意思，不愿意吃那糕点就算了吧，虽然妹妹辜负了兄长的一片苦心。不过看在你如今怀了身子的分上，二哥也不会与你计较。"

沈垣的声音平静得很，配着那张儒雅的脸，却让人恐惧。沈清意识到了什么，突然就要大喊，可还没发出声，就被人扼住了喉咙。

沈垣手下是自己的同胞妹妹，动作却一点儿犹豫和怜悯都没有，仿佛对待一个路人。

沈清被勒得瞪大眼睛，死死地盯着面前的人。

沈垣轻声一笑，道："妹妹也莫怪二哥心狠，如今你惹出这么大的祸事，一不小心就会连累整个沈家。难道要因为妹妹一人，让爹娘、元柏也赔命？妹妹，做人不能太自私。"

　　沈清奋力挣扎，然而她是女子，还是个怀了身子的女子，这些日子被折磨得奄奄一息，力气哪里比得过一个正当壮年的男人？她只能徒劳地奋力蹬腿，地上的稻草也被蹬得到处乱飞。

　　"我知道妹妹不甘心。"沈垣道，"妹妹本和这件事情毫无关系，却要因此赔命。我是你的二哥，必然会为你报仇。二哥向你保证，沈家大房，还有沈妙，最后的下场一定比你惨烈千倍万倍。所以妹妹别怨恨二哥，只有你死了，二房不被连累，二哥仕途得意，才能帮你报仇，懂了吗？"

　　沈清的身子渐渐瘫软下来，眼睛逐渐失去神采，她仿佛濒临死亡的鱼，在干涸的岸边逐渐风干。

　　沈垣松开手，手下的人便扑通一声软倒在地。短短时间里，沈清这条命便交待在牢中了。

　　沈垣看着沈清的尸体，片刻后，用针将沈清的指尖点破，抓着沈清的手在牢房的石壁上写了一行血字。紧接着，他又将沈清的腰带抽出来，在栅栏上挽了个结，将沈清的头套进去。

　　一切完毕后，他才站起身，将沈清放在地上的油纸包捡起，看了一眼铁栅栏上微微晃动的人影。

　　"妹妹，二哥一定为你报仇。"他轻声道。

第十章
意外迭生

定京城的这年冬日，风波接二连三。豫亲王府灭门惨案一事弄得尽人皆知。这一日，外头又突然传出消息，沈家大小姐在牢中用腰带悬梁自尽，临死留下血书，道她与此事的确无关，加之夫家皆亡，不愿苟活于世，唯有以死明志。

人们对待死去的人总是宽容许多。之前沈清因为未婚先孕嫁给豫亲王，被称德行有失，如今她这一死，倒引来诸多唏嘘。众人皆称赞她有气节有风骨，只是被豫亲王害了一生。

之前的流言仿佛一夜之间不攻自破。随着沈清的死，沈府以及沈清身上的疑点就此洗清，连宫中文惠帝那头都没说什么。只是京兆尹仍查不出灭门的凶手是谁，案子大约要成为悬案。

沈府的一切和往日比似乎没什么不一样。

沈清已经嫁到了豫亲王府，尸首要随着豫亲王一同入殓，以豫亲王妃的名义。

任婉云得知沈清自尽于牢中的消息后，当即晕了过去，醒来后便有些神志不清，拉着香兰的手说要看沈清回门。这样的她自然无法做二房的主人，沈贵让万姨娘暂时管着二房。彩云苑的人都暗自嘀咕，只怕沈家二房里，万姨娘要熬出头了，连带着那常年病弱不见人的沈冬菱也要一举翻身。好在沈老夫人心疼沈元柏，没让万姨娘来带她的嫡孙，而是把沈元柏接到荣景堂，自个儿亲自教养。

沈家二房、三房乱作一团，和大房一点儿干系也没有。沈信和罗雪雁每日在府中练练剑，或是出去寻访老友，过得算是惬意。

沈家的这些流言蜚语、大事小事，沣仙当铺自然是全知道了。

季羽书埋头打着算盘，一边冲对面的两人道："江南陈家这笔买卖实在划算，这么一大笔银子，我看当铺三年都不用开张了。"

"你就把这么多的银子全吃了，一点儿也不给沈五小姐留？"高阳戏谑地道，"好歹人家才是做买卖的人。"

季羽书一撇嘴，道："她自个儿说了，银子都归我。我冒着这么大的险给她造假，要不然豫亲王府这事儿能处理得这么干净吗？再说了，要不是她跟陈岳山说不要银子，这笔买卖做完，我能三十年不开张。托她的福，我少赚了这么多！要不是她长得漂亮，我铁定要她好看。"

"你若是真给她好看，我定为你送上一副棺材。"高阳的笑容温文尔雅，他说出的话却让人牙根痒痒，"豫亲王想害她，被她灭了满门。自家姐妹算计她，她就要了人家一条命。这样心狠手辣的姑娘，我赌你在她的手中不过三招就死了。"

"你少来！"季羽书不满地道，"我有那么弱吗？再说了，再如何厉害，她总有弱点。"说完，他看向一边漠然喝茶的谢景行，"这么说吧，倘若有朝一日沈五小姐爱上了咱们谢三哥，那肯定叫一个痴缠娇嗔，任她这个百炼钢也抵不过咱们三哥的绕指柔。到那时，谢三哥就算拿剑指着她，想必她连眉头也不会皱一下。"

"呵呵。"高阳冷眼看他，"到那时，她一定先将谢三大卸八块，再剁成肉泥喂狗。"

"谢三哥，高阳骂你是狗。"季羽书立刻告状。

谢景行把玩着手中的簪子，白了他二人一眼，面上少见地带了一丝肃然。

"他们来了。"

随着谢景行的一句话，高阳戏谑的神情收起。

高阳看向谢景行，问："你说，他们来定京了？"

"这几日，你们留意些。"谢景行皱眉，道，"为免暴露你的身份，这些日子都不要出去。"

"可你一个人怎么行？"不等高阳开口，季羽书便急道，"你本就引起了他们的注意，这下他们入了京城，肯定会先来找你，你又不能惊动城中别的人。"

"不用担心。"谢景行伸了个懒腰，笑容蓦地绽放出一丝狠意，"我等他们来也很久了。"

"谢三哥，你又要教训人了吗？"季羽书双眼亮晶晶地看着他，"这次能不能带我一个？"

"行啊。"谢景行漫不经心地道，"你就当个靶子吧。"

高阳："……"

京城关于豫亲王和沈家的这点儿事情，很快就淹没在年关将近的喜悦中了。既是新年，四处都洋溢着热闹的氛围。那个暴风雪夜里的惨烈屠杀，以及阴森牢狱中的绝望自尽，似乎都被人抛之脑后。

没有什么比迎接新的一年更加重要。新雪覆盖旧雪，谈笑覆盖议论，希望永远比过去更令人欢喜。

宫中的帝王也未因此事显出什么郁色，甚至还花了大量银子在宫中铺设宫宴，邀请众位妃嫔同乐，显然胞弟的死亡并未让文惠帝感到忧伤。

百姓感叹皇家无情，只有聪明人才知道，文惠帝了了一个后患。处理得这样干净利落，文惠帝自然心中高兴。

沈府西院中，白露和霜降正将沈妙屋子里的书拿出去晒。

沈信和罗雪雁一大早就去校场操练新兵，沈丘也跟着去凑热闹，西院中只剩沈妙一人。

白露一边翻动书页一边道："明日就是玉兔节，听人说今年万礼湖边有万人灯火盛况，姑娘明日去不去啊？"

玉兔节是明齐的节日。新年前一日夜里，人们走出屋中，来到大街小巷看花灯、猜灯谜，好不热闹。花灯中会有一只特别大的玉兔，保佑整个明齐来年风调雨顺。与往年不同，今年的玉兔在水上，百姓也能在水上放自己做的花灯，祈祷实现内心的愿望。

"胡说什么呢？"谷雨嗔道，"到时候街上肯定会拥挤得很，姑娘要是出了意外怎么办？"

"可往年不都去了嘛。"白露不服气地道。

"往年是往年，今年是今年！"谷雨道。

往年这个时候，沈信夫妇已经回了京城，整个沈府的人一起出门看热闹。可今年沈府和豫亲王府出了这么大的事，背后的凶手还未找出，若有人伺机报复，沈妙的处境实在危险。

"无妨。"沈妙微微一笑,"我本来也想去瞧瞧热闹,有爹娘、大哥在身边,不会出什么危险。"

"可是……"谷雨还想劝。

"就这样吧。"沈妙打断了她的话,走回屋中。

谷雨只得按捺下心中的担忧。

沈妙走到桌前坐下,目光落在外头的梅树枝上。枝头上缀满点点红色,让她想起了之前收到的那封信。

陈家兄弟已经回了江南,沈妙谨慎,同陈家之后的所有交流,都是通过莫擎向沣仙当铺递信来做的。莫擎的卖身契不在沈家,别人也怀疑不到沈妙的头上。

这一次,莫擎带回来的消息还有一个,之前托季羽书打听的那位流萤姑娘,终于有了下落。流萤姑娘就在京城最大的销金窟宝香楼中。流萤姑娘是宝香楼数一数二的美人儿,听闻玉兔节那一日,她要扮演玉兔仙子在万礼湖边起舞。

沈妙很想去看一看,恰好能趁这个机会。

沈妙突然听见惊蛰的声音响起,只见惊蛰自外头走进来,道:"姑娘,东院的万姨娘想来看看你呢!"

万氏?谷雨皱了皱眉,低声道:"怎么又是她?"

"这万姨娘怎么老往咱们院子里跑?"霜降和白露也小声道,"也太赶着巴结了。"

前几日,万姨娘要来看沈妙,都被沈妙以各种借口拒绝了。今日,沈妙却道:"让她进来吧。"

惊蛰应声出去了。谷雨几人面上浮起担忧之色,生怕万姨娘在打什么坏主意。

片刻后,万姨娘随着惊蛰走进来。

沈妙抬起头来看她。万姨娘穿着深蓝色的布夹袄,下着一条淡青马面裙,腕间有一只银镯子,看上去极为朴素。然而细细看去,她的夹袄上绣着精致的小花,裙边改成波浪的模样,一双白皙的手涂了艳色蔻丹,晃晃悠悠的,夺人眼目。往上看,瓜子脸,大眼睛,白皮肤,红嘴唇。

万姨娘看过来时,虽极力收敛,骨子里的媚气还是展露无遗。

这是个懂得隐藏的女人,从她为了沈冬菱这么多年都不露面就能看出来。她却又是个沉不住气的女人,沈清一死,任婉云一疯,万姨娘就迫不及待地出来招摇过市了。

304

万姨娘冲着沈妙福了一福，在沈妙对面的小儿前坐下来。

沈妙平静地看着她，一句废话也没有多说，单刀直入地道："万姨娘来找我，为了何事？"

万姨娘噎了一噎。听说如今沈府中沈信夫妇的权势最大，原先那个最草包的五小姐眼下也是个厉害的，万姨娘本想过来套套近乎，不想沈妙开口连句客套的话都没有，倒让万姨娘有些摸不准。沈妙究竟是不懂人情世故还是故弄玄虚？

万姨娘赔笑道："临近年关了，妾身过来瞧瞧五小姐，同五小姐拜个年。"她道，"之前因为大小姐的事和五小姐闹了不愉快，妾身代老爷、夫人同五小姐赔罪。"

沈妙似笑非笑地看着她，问："万姨娘，你这么'代人赔罪'，不知二叔、二婶可知？"

万姨娘微微一哽，继续笑道："妾身自然人微言轻，是听老爷曾与妾身说过当日有些冲动，妾身就自作主张来同五小姐赔个罪。"

沈妙瞧着她，一双眼睛眨也不眨。

万姨娘有些坐立不安，随即又被她压了下去，笑道："其实三小姐也想来瞧五小姐，毕竟都是姐妹，不过三小姐最近有些畏寒，怕见风头。三小姐说身子好些了，再来同五小姐说说话。"

沈冬菱？沈妙挑了挑眉。

除了三个嫡女，沈府还有一个庶女，就是二房的沈冬菱，万姨娘所生。

沈冬菱排行第三，称为三小姐。任婉云性子善妒，万姨娘生了沈冬菱后便待在院子里不出来。沈冬菱也体弱多病。前生今世，沈妙竟对沈冬菱一点儿印象也没有。

这样的人，若非是真的弱小到可以忽略不计，便是强得能忍受常人所不能忍。前生，沈冬菱最后似乎被任婉云当作沈贵仕途上的筹码送给了别人。今生，任婉云已经失势，万姨娘重新飞上高枝，沈冬菱的命运会不会因此改变，不得而知。

"三姐身子不好，就不要出来了吧。"沈妙不咸不淡地道，"若是因此又染了风寒，我可担待不起。"

万姨娘闻言不悦，面上还是带了笑，道："这是三小姐对五小姐的一片亲近之心。说来都是妾身不好，三小姐生来便带了病，这么多年来，她只能在院子里瞧着别的孩子玩乐，都是妾身的错……"说罢，她便侧过头，以手中的帕子掩住嘴，极为伤感的模样。

沈妙看不得万姨娘的这般作态，淡淡地道："谁也不能做主自己的出生，再者三姐姐待在院子里未必就不好。大姐姐倒是享尽了该享受的，谁知却是红颜薄命。"她的唇角微微一勾，"人的福气，不是表面上能看出来的。"

闻言，万姨娘有些惊疑不定地看着沈妙，片刻后才勉强笑道："五小姐说得是。"她又站起身来，"五小姐，妾身突然想起还有些事，就先告辞了。"说罢，她便冲沈妙福了福，转身离开。

惊蛰瞧着万姨娘匆匆离去的背影，疑惑地道："万姨娘是什么意思？过来示好的吗？还有三姑娘，这么多年都未曾出院子，和姑娘统共也没见几面，怎么说得好似很有几分交情？"

"是啊。"谷雨一边收拾桌上万姨娘用过的茶杯，一边道，"现在想来，奴婢也有些记不清三姑娘长什么样了。她好歹也是府中的姑娘，这么多年都被藏着，大约是为了躲二夫人，真可怜。"

"可怜什么？"沈妙端起桌上的茶，浅酌一口，"只怕在她眼里，你们还可怜得很。"

"她？"惊蛰不解地问，"姑娘说的可是三姑娘？"

沈妙一笑，道："是我看走眼了，咱们这府里，可还有个聪明人。"

神龙见首不见尾，那位未曾露面的沈冬菱比沈清要聪明多了。不过……不管她是哪一边的，沈妙都不会将她视为朋友，更不用提姐妹。

"都防着点儿。"她放下手中的茶杯，提醒道。

另一头，万姨娘回到自己的院子，将门一关，三步并作两步上前，对着坐在屏风后面的人影道："菱儿。"

屏风后的人影一顿，看向万姨娘。万姨娘松了口气，在木椅上坐下来，将今日同沈妙说的一番话原原本本地说了一遍。她本就是扮花旦唱戏的，记性好得很，一人将二人的对话说出来，好似正在面前发生。

万姨娘又道："菱儿，五小姐这话究竟是什么意思？我听着心里有些发寒。你说……大小姐的事情会不会和五小姐有关？"

"姨娘慎言。"屏风后的人道，"大姐姐的事已经过去了，外头怎么说就是什么，姨娘千万莫要再提起此事了。"

"我就是觉得心里有些不踏实。"万姨娘道。

· 306 ·

屏风后传来一声叹息，坐着的人将手中的刺绣放下来，站起身，走到万姨娘身边。这也是一个模样姣美的少女，穿一件洗得发旧的鹅黄色袄裙。比起沈清的大方，沈玥的娟秀，沈妙的端庄，这个少女看起来柔柔弱弱，五官随了万姨娘，瓜子脸，大眼睛，不过神色苍白，嘴唇也毫无血色，这样一来，媚态就减弱了几分，显得无害起来。这正是沈家二房所出的庶女——沈冬菱。

"如今一切都比从前好多了。"沈冬菱安慰道，"至少姨娘与我能大大方方地出门，也不必受夫人的要挟。"

"在沈府可不好过啊！"万姨娘看着女儿，心中一酸，"当初是我贪慕富贵，以为进了沈府便可高枕无忧，哪知高门中人亦是辛苦。我还连累了你，这么多年，不得不这样活着。这府中人又厉害，就连原先那个不声不响的五小姐，如今看着也着实可怕……"

"姨娘，"沈冬菱摇了摇头，"不管大姐姐的事情和五妹妹有没有关系，总归背后的人也算帮了我们一把。夫人如今想再翻身也很难，就算二哥厉害，夫人占着名头，可她没了盼头，总归争不过咱们。"

"说得也是。"万姨娘欣慰地看着沈冬菱，"我们总算是熬出头了。不过菱儿，今日你让我去试探五小姐，五小姐对我颇为冷淡，怕是不想接受咱们示好，如今可怎么办？"

"不接受便不接受吧。"沈冬菱笑了笑，"五妹妹看来也是个聪明人。既然如此，以后我们还是莫要去招惹她的好。若是可以，让她去对付二哥也好。"

"二少爷？"万姨娘一愣，"二少爷都已经入仕了，五小姐只是个小姑娘，怎么对付得了二少爷？"

"姨娘放宽心吧。"沈冬菱道，"五妹妹可不是个简单的人物，她可是沈府中一把最利的刀。"

沈府外头练兵的院子里，莫擎正在同沈丘的亲兵阿智交手。

一个回合后，两人俱累得大汗淋漓。阿智猛地灌下一大碗水，道："和莫兄交手，实在爽快极了！莫兄这身剑术出神入化，让人看得眼热。"

莫擎拱手，道："阿智兄弟过奖。我这剑法可称不上出神入化，人外有人天外有天，世上高人多的是。"

"莫非还有人比莫兄的剑术高明？"阿智笑道，"那我可真要见识见识！"

莫擎不语，脑中浮现的却是卧龙寺那一夜，他背起沈清同沈妙换屋子，有个黑衣人从窗口掠了进来，五招之内便轻松夺了他的剑。在那人手中，他如孩童般无力，只听得沈妙唤他谢小侯爷。

那个年轻人的剑术才是真正的出神入化。

阿智感叹了一番，这才道："不知与莫兄一道在战场杀敌，是何等痛快之事，我竟有些迫不及待了！可惜将军为了小姐，要在定京多停留半年，你我想联手退敌，也得等半年之后。"他看向莫擎，"说起来咱们家小姐也是慧眼识英雄，能发现莫兄你这样的人，可真难得。"

"小姐是个了不起的人。"莫擎道。

阿智捶了他一拳，道："知道了！你是小姐挑的人，自然看她好。明日玉兔节，你好好护着她就是。"

"嗯？"莫擎突然抬起头往上一看。

"怎么？"阿智也顺着他的目光看去，莫名其妙地道，"什么都没有啊！"

"大概是我感觉错了。"莫擎摇了摇头，忽略了方才心头一抹异样的感觉。

墙的另一头，此刻正有两人蹲着，皆身着麻衣，戴着斗笠，将脸遮得严严实实，一眼无法看到相貌。

一人道："沈府中果然人才辈出，连个护卫都有如此本事，差点儿就发现你我二人了。"

"不错。"另一人压着嗓子道，"沈府外头护卫众多，又有沈信的士兵把守，从里面下手实在太过冒险，而且恐怕不大容易成事，还会打草惊蛇。日后他们将沈妙保护得滴水不漏，我们想动手只怕更难。"

"上头下了指令，好容易才有了点儿消息。"那人的同伴道，"你我二人抓住她问出结果，这一趟就不算白来，只等加官晋爵，怎么能中途放弃？"

"自然不能放弃。"斗笠人嘿嘿一笑，"方才两个护卫不是说了，明日玉兔节沈妙要出行，到时候人潮涌动，我们要做点儿什么还不容易？到时一拨人引开沈家人，一拨人将她带走。"

"做得干净利落点儿。"另一人的话语中带着森然的狠意，"为了永除后患，咱们问到了消息就把她绑了，扔进湖里，别打其他主意。"

"自然。"

玉兔节当日，果然分外热闹。

沈妙用过晚饭，白露和霜降跑进来，对她道："姑娘，听闻今儿个夜里要不停地放烟花，可好看了。"话中的殷殷期盼不加掩饰。

"慌什么！"谷雨一边给沈妙梳头一边斥责道，"总归要去看的，不急在一时。"

她话音未落，便听得外头沈丘带着笑意的声音传来："妹妹可收拾好了？爹娘在前厅等我们。"

"回大少爷，"惊蛰在外头答道，"姑娘的头发还未梳好，烦请大少爷再等一等。"

"小姑娘的头发哪能梳那么久？"沈丘嘟囔道，"都赶得上小兵穿甲衣了。"说罢，他又冲屋里吼道："妹妹，我先去前厅等你，你自个儿过来啊！"

沈妙隔着窗应了。谷雨恰好将沈妙的头梳完，在匣子里挑挑拣拣，寻了一根玉簪子插到沈妙的头上。

沈妙扫了铜镜一眼，不由得一怔，问："怎么是这根？"

"奴婢瞧着这根簪子和姑娘身上的衣裳很是相称。"谷雨笑道，"这簪子也精巧不繁琐，配着今日的单螺髻恰恰好。"

沈妙不由得伸手抚上头上的簪子。那是谢景行给她的玉海棠簪子。沈妙本想将它还给谢景行的，后来却作罢，想着也许有一日捉襟见肘，自己大约还能用它换点儿银子花花。

"姑娘可是觉得这簪子不好？"谷雨见沈妙迟疑，道，"要不再换一根？大少爷送来的宫中赏赐中有不少珠宝首饰，大约能找出些好看的簪子。"

"不必了。"沈妙打断她，"再找只会更耽误时间，就这样吧。"

谷雨又替她整了整衣领，为她披上斗篷，笑道："这下好了。"

"别忘了小暖炉。"惊蛰塞了个手炉给她。

待沈妙一行人到正厅时，沈府的人已经到齐了。往年都是沈府众人一同出游，今年也一样。

陈若秋和沈万正在说话。

沈玥穿着淡粉色流仙长裙，裙摆逶迤多姿，外罩一件粉桃色的刺绣披风。见沈妙来了，沈玥微笑着唤她："五妹妹。"

沈妙冲她点点头，转头去看沈贵那边。若说今年和往年有什么不一样，便是任婉云不在，沈元柏也不在。从前是任婉云带着沈元柏，如今她得了失心疯不能出门。沈元柏年纪太小，街上拐子多，沈老夫人便让沈元柏陪她留在府上。

沈垣站在沈贵身边，而沈贵身后，万姨娘牵着一个少女的手，那少女正往这边看来。那是二房的庶女沈冬菱。

沈冬菱穿着一件杏色的长身夹袄，夹袄极为厚重肥大，反而显得她整个人很是瘦削。她没有招呼沈妙，只是沉默地看着，不知是害羞还是冷淡。

沈妙收回目光，听得一边的沈丘咋咋呼呼地道："妹妹，你现在可真是越来越好看了！"

"臭小子！"沈信闻言，踢了沈丘一脚，"你妹妹什么时候不好看了？"

罗雪雁也笑着走到沈妙身边，牵着她的手，道："咱们娇娇也是个大姑娘了。"

厅中众人将目光投向沈妙，俱是有些意味不明。

一年前的沈妙还是个穿金戴银、脂粉抹得比白墙还要厚的傻大姐，如今的她穿着紫绀色彩绣棉衣裙，斗篷也是牡丹色的，梳一个单螺髻，发间斜斜地插着一支玉簪，没有环佩叮当，眉眼清秀，竟也有一种冷淡的华丽感，皎皎如明月，婉约又端庄。

沈玥眼中闪过一丝忌妒。

万姨娘心中叹息，握着沈冬菱的手不自觉地紧了些。

沈垣盯着沈妙，目光沉沉的，不知道在想什么。

陈若秋将话头岔开，道："既然人都到齐了，咱们现在就出发吧。"

沈府中，留了沈老夫人、沈元柏和任婉云，以及二房的一众姬妾。其他人一同去街头看玉兔节的热闹。若是往年，众人一路都是谈笑风生，不过今年因着沈妙在祠堂烧的一把大火，大房几乎是故意与其他人保持距离。

沈府的侍卫都在后头跟着。每年为了维护百姓的安全，防止匪徒趁人群拥挤时闹事，京城守备也会增派人手，在街道两边巡逻。

沈信不和沈贵、沈万说话，沈贵、沈万也就不自讨没趣，两兄弟兀自聊着。

一行人在街上逛着，气氛有些诡异尴尬。说是不睦，的确是一整个府中的人同行，说是其乐融融，分明又各怀心思。

沈妙一边走一边认真地看街道上的花灯和灯谜。大房都是武将家的粗人，哪能沉下心来猜文绉绉的东西？用沈丘的话说："妹妹要是喜欢当彩头的花灯，明儿个大哥就去京城找师傅给你雕个一模一样的，费那么大劲儿干吗？"

沈丘不能体会陈若秋一行人的"风雅"。

好容易等陈若秋她们猜完灯谜，再往前走时，万姨娘突然对沈贵道："老爷，听闻万礼湖今晚有玉兔仙子跳舞，咱们去那头看看吧？"

陈若秋闻言，皱了皱眉，轻声道："玉兔仙子可是出自宝香楼，咱们今日还带着姑娘们，只怕有些不好。"

"二夫人，"万姨娘软声道，"虽说如此，到底只是扮演的，咱们不过是看个热闹而已，不必那么认真。"

陈若秋今日打压宝香楼，无疑也是瞧不上万姨娘的戏班子做派。

她二人的针锋相对都被众人听在耳中，一时间气氛又有些精彩起来。

"谁说去万礼湖就是看玉兔仙子了？"一片静默中，沈妙轻轻地开口道，"万人放灯的盛况可不是天天能看见的。"

陈若秋的脸顿时青了。

万姨娘以为沈妙这话是在帮自己，面上便浮起一丝喜色。

沈冬菱见了，微微地摇了摇头。

"那就去万礼湖吧。"罗雪雁一声令下。她本就是做惯了女将军的，发号施令也自然。沈家人就算再不情愿，因着背后的沈家军护卫，也只得跟上。

万礼湖位于定京城中心偏西，整个湖春日里仿佛一块碧玉翡翠。到了冬日，小雪降临，湖面飘雪，湖上有船舫游过，若在其中煮酒论史，也颇有意趣。

今日也有小雪，在万家灯火的映照下，雪粒如晶莹剔透的玉花，打着旋儿从天上掉下来。湖岸边的柳树挂满雪条儿，一时间竟然教人分不清哪里是雪、哪里是灯。

众人还没走到万礼湖边，便听到焰火声，抬起头来便见漆黑的夜幕中，大片大片的焰火几乎要将眼睛晃花。底下人潮涌动，有情人并肩携手，或是一家人其乐融融，皆是抬头目不转睛地看着那焰火，看这一瞬间的永恒。

"姑娘！姑娘快看！"惊蛰兴奋地道，"那就是万礼湖边的焰火，听闻今夜的焰火要放整整一夜呢！"

"可真是好看。"谷雨也喃喃地道。

"京城果真是繁华。"沈丘对罗雪雁道，"可比咱们西北那头好玩多了。"

罗雪雁也是一边走一边感叹。

沈府一行人再往前走，突然见身边的人群一股脑儿地往前跑去，也不知在急什么。沈信一把抓住一个从他身边跑过的男子，问道："这位兄台，前方有什么？怎么大家都往前跑？"

"玉兔仙子到啦！"那人道，"大家都去瞧玉兔仙子了！"他看了沈信一眼，忽然道，"兄台是新来的吧？今年那玉兔仙子可是宝香楼的流萤姑娘扮的，兄台还不赶紧去！"说罢，男子又乐颠颠地跑走了。

沈信回过头。罗雪雁不冷不热地道："还不快去看那流萤姑娘？"

"夫人说哪里的话？！"沈信抹了一把额上的汗，"我看夫人都看不够，流萤姑娘是什么人？肯定不如夫人美丽大方。"

话虽如此，既然来了这里，罗雪雁就不会扫众人兴致，仍往前走去。

待挤过重重人群，沈府一行人便听到有人喊："流萤姑娘来了！流萤姑娘来了！"

沈妙个子太小，看不到上面，沈丘便拉着她走到一边的石台上，将她放下后，自己也站在沈妙身边。

沈妙抬起头，便见人群簇拥着一辆花车过来。

大冬天的，这花车上满满地点缀着鲜花，姹紫嫣红。

这时，大家才瞧清楚花车里的人。那是名妙龄女子，端坐在花车上，穿着月白的棉纱长裙，外头罩着绒披风，头发梳成飞仙髻。她螓首蛾眉，齿如编贝，最动人的是一双狭长的凤眸，冷而诱人，仿佛随着她的到来，身边的风都多了一丝暧昧的香气。这玉兔仙子说是仙，却又有些人间的风尘味，说是人间女子，那股子妖娆的清冷却又是人间没有的色彩。

流萤并不十分美，论起五官来，比万姨娘还要略逊一筹，然而骨子里冷淡的妖娆却勾得人心痒痒。这玉兔仙子究竟是仙还是妖，惹人思量。不过这种调调对寻常男子来说，却是极吸引人的。

沈妙的目光在流萤身上停了一瞬，她又转头去瞧周围，想看看那人来了没有。她找了一圈未曾发现。

沈丘瞧见她的动作，奇道："妹妹，你在看什么？"

"哥哥怎么不看这位流萤姑娘？"沈妙将话头转开。

沈丘道："我不喜欢这样的。"

沈妙挑了挑眉，道："那大哥喜欢怎样的？"

沈丘说不出话来。

沈妙觉得沈丘这窘迫的模样很有趣，有些想笑。曾经，沈丘娶了那位恶毒的嫂子，从头至尾大约也没有遇到过心仪的姑娘。如今沈妙重来一世，却不知今生做自己嫂嫂的那一位是谁。

"咱们走吧。"沈丘朝沈妙伸出手，要将她从石台上拉下来。

方才为了让沈妙看清流萤姑娘，沈丘带着她走到这边，同沈信他们隔着十来米。这会子看完了热闹，他们自然要回沈信身边，一起去万礼湖边放灯。

沈妙正要跳下来，突然听见一阵小孩的啼哭声。沈丘也听见了。两人转头看去，便见相隔几米处，一名三四岁的孩童倒挂在岸边商铺的横梁上。小孩大约是淘气，爬到横梁上想看热闹，结果滑倒了。眼下他两只手紧紧地抱着横梁柱子，半个身子悬挂在外头，若就这么掉下去，只怕会出大事。

周围的人已经去拿梯子了，可孩子坚持不了多久，眼看着小手越来越使不上力，孩子的母亲已经捂着脸哭起来。

"妹妹在这里等等我。"沈丘见状，连忙吩咐沈妙，随即朝那头走去。

沈丘还没走到，那孩子便小手一软，直接摔了下去。

周围顿时响起一阵惊呼。

沈丘轻点脚尖，一脚踏在旁边的柱子上，腾空将孩子接住，堪堪保住了孩子的一条性命。周围人俱是为他叫好。沈丘将孩子交还给孩子母亲，母亲含着泪连连冲他道谢，倒让沈丘有些不好意思。

好容易安抚完这对母子，沈丘准备回石台接沈妙。因着不过几丈的距离，刚一转头，他就愣住了。那石台上空空荡荡，一个人也没有。

沈丘心中一紧，三步并作两步，大力拨开人群跑到石台前，那里什么人都没有。他心中还怀着侥幸，四处看了看，大声唤了两声："娇娇！"可没有人回答他。

他抓住站在石台不远处的一个人，问道："方才站在这儿的小姑娘呢？你有没有看到这儿的小姑娘！"

那人不耐烦地回道："什么小姑娘？没有没有！"说罢，那人又看了他一眼，"莫不是你家姑娘被人拐走了吧？这玉兔节上拐子多得很，若没有护卫，府中小姐又和人走散，十有八九都是被拐子拐走了！"

沈丘的身子剧烈地颤抖起来。身高八尺的大汉，在战场上大敌当前眼都不眨一下的人，就在此刻，面上霍然变色。

万礼湖边的街道上，摩肩接踵的人群中，两个男子在其中行走。一人蓝衫玉冠，器宇轩昂；一人紫衣风流，眉目俊俏如画。

这二人生得不错，尤其是紫衣少年，行动间有种不露声色的优雅矜贵，唇边挂着淡淡的笑容，惹得周围的女眷不时地往这头看来。

"你要跟我到什么时候？"谢景行问道。

苏明枫摇头晃脑地道:"如此佳节,既为好友,自然该一道出行。你又何必心中不愿?"

"我还有事。"

"相请不如偶遇,既然遇着了,你就和我一道游呗。咱俩多少年没一起游过玉兔节了?"苏明枫不满地道,"你现在真是越来越神秘了。"

今日苏明枫和苏家人一道出游,恰好遇着谢景行一人,就硬是将谢景行拉来。苏家和谢家关系交好,苏老爷也不会说什么。此刻苏老爷他们走在前面,苏明枫和谢景行走在后面。

苏明枫问:"你今日又一个人出来,你爹没有生气?"

玉兔节都是一家人出游,眼下只有谢景行一人,不用想,肯定又是谢景行自己出来了。

"有他儿子陪着,我就不去凑热闹了。"谢景行漫不经心地道,"我没那么闲。"

苏明枫摇了摇头,道:"你倒是洒脱啊!"

两人正说着,却见前方走来一行人。

苏明枫一愣,道:"那不是沈将军?"

谢景行抬眸,见沈信正匆匆地往这头走来,紧跟着他的是沈丘和罗雪雁,后头更是一众侍卫。每个人面上的表情都十分沉重紧张。

苏明枫摸着下巴,道:"看样子沈家是出什么麻烦了,怎么都是这种表情?"

在一众喜气洋溢的人群中,沈家人的表情十分突兀,不用想,肯定不是什么好事。

苏老爷也瞧见他们了,停下来和他们攀谈。

谢景行和苏明枫没有上前,只是远远地站着。都是练武之人,他俩倒可以听见双方谈话。

苏老爷问:"沈将军这是要去哪儿?"

"随意逛逛。"沈信道,"只是内子突然身子不适,只得先回府。苏老爷逛得开心点儿。"说罢,他拱了拱手,便头也不回地走了。

沈家和苏家平日也没什么交情,苏老爷见沈信这么不想跟自己说话,心中也不太舒坦。他懒得多管闲事,便不再多说,径自往前走。

倒是苏明枫道:"沈将军这么狂?怎么看着像是出大事了?就算沈夫人身子不适,他也不必带着这么多侍卫吧?"

谢景行的目光在一众侍卫中一扫,他道:"沈家五小姐不在。"

"啊？"苏明枫一愣。

"沈妙不在。"谢景行看了沈家那支队伍一眼。

以沈妙和其他两房的关系，断没可能会抛弃自己的爹娘，和其他两房的人赏灯。眼下这支队伍里并没有沈妙的身影，总不能是沈妙今日根本就未曾出府？这样大的节日，就算沈妙自己不愿，沈信也不会将她一个人落在府中的。

正在这时，谢景行突然听到一个软软糯糯的声音响起："沈家姐姐不见了！"

谢景行低头。苏明朗不知什么时候从苏老爷身边溜了过来，跑到苏明枫身边，拽着自己大哥的衣角，脆生生地道："我方才偷偷跑到他们那里，听到那些人说要尽快找到沈家姐姐。"

苏明朗一个胖肉团子混在人群中几乎可以忽略不计，也是他胆子大，都不怕被人群挤散了，找不到回来的路。

"他们说也许沈家姐姐是被拐子抓走了。"苏明朗继续道，"大哥，我们去把沈家姐姐救出来！"

"不见了？"谢景行若有所思地看了看远去的沈家一行人的背影，忽然对苏明枫道："此事不要声张，我先走一步。"他又低头看着苏明朗，邪邪地一笑，道："沈妙不见这回事，你要是说出去，我就将你卖给拐子。"